[전면개정판]

건륭황제

인류 역사상 최대의 제국을 지배한 위대한 황제

9

얼웨허 역사소설

홍순도 옮김

더봄

건륭황제 9권

개정판 1판 1쇄 인쇄　　2016년 6월 13일
개정판 1판 1쇄 발행　　2016년 6월 18일

지은이　　얼웨허(二月河)
옮긴이　　홍순도
펴낸이　　김덕문

펴낸곳　　더봄
등록번호　　제399-2016-000012호(2015.04.20)
주소　　경기도 남양주시 별내면 청학로중앙길 71, 502호(상록수오피스텔)
대표전화　　031-848-8007　　**팩스**　　031-848-8006
전자우편　　thebom21@naver.com
블로그　　blog.naver.com/thebom21

ISBN 979-11-86589-61-8 04820
ISBN 979-11-86589-52-6 04820(전18권)

책값은 뒤표지에 있습니다.

유통훈劉統勳과 유용劉墉 부자

옹정제와 건륭제 2대에 걸쳐 군기대신과 재상을 지낸 유통훈은 건륭이
가장 신임했던 고굉지신股肱之臣 중 한 명으로, 청렴과 정직, 간언으로
유명세를 떨쳤다. 특히 정무와 군사, 치수 등 다방면에 걸쳐 업적을 남겨 후대
관리들의 모범이 되었다. 그의 아들인 유용 또한 건륭 16년(1571)에 진사에
급제하여 한림원 학사가 된 후 태원太原 지부知府, 강녕江寧 지부, 태자태보,
체인각대학사를 거쳐 가경제 때는 재상까지 역임한다. 특히 유용은 서법書에도
조예가 깊어 첩학帖學의 대가로 '농묵재상'濃墨宰相으로 일컬어진다.

위가씨魏佳氏

1727~1775. 소설《건륭황제》속에서 궁녀 내낭崍娘으로 등장해서 건륭의 총애를 받아
영빈令嬪으로 승격되는 위가씨는 한족漢族 출신으로, 본성본성本姓은 위씨魏氏이다.
건륭제 초기에 입궁해 건륭 10년에 귀인貴人으로 책봉된 후 잇따라 영빈令嬪, 영비令妃로
진봉된다. 열넷째황자인 영로永璐를 낳은 두 해 뒤인 건륭 24년에는 귀비貴妃로 진봉된다.
이어 건륭 25년에 열다섯째황자인 영염永琰을 낳는데, 그가 건륭제에 이어 청나라 7대 황제로
등극하는 가경제이다. 그림은 영비로 봉해진 직후의 초상화이다.

화친왕和親王 홍주弘晝

1712~1770. 옹정제의 아들 중 청나라 황실 대동보에 오른 아들은 셋째 홍시와
넷째 홍력(건륭제), 다섯째 홍주뿐이다. 그런데, 홍시는 건륭제 즉위 전에
사망하였기에 건륭제에게 있어 홍주는 유일한 형제였다. 홍주는 건륭제 못지않은
지혜와 자질을 지녔으나, 조선 세종 때의 양녕대군처럼 기상천외한 행동을 일삼아
스스로 권력에서 멀어졌다. 건륭제는 이런 홍주를 총애해 즉위 직후 화친왕에
봉하고 든든한 힘이 되어주길 원했다. 일생 동안 황실종친으로서 부귀영화를
누렸지만 말년에는 아편에 중독되어 사망한 것으로 전해진다.

3부 일락장하日落長河

25장

미복 차림으로 강남에 나타난 건륭

    내정內庭에서 발송한 조서詔書에 따르면 건륭황제의 어가는 7월 26일에 북경을 떠나 8월 8일 진시辰時 정각에 남경에 당도한다고 했다. 그러나 조서는 쾌마편이 아닌 보통 우편으로 역관을 통해 발송됐다. 따라서 양강 총독아문에서 이 소식을 접했을 때는 이미 8월 3일이었다.

    양강 총독아문의 업무를 겸직한 윤계선과 당분간 총독 자리에 유임된 김홍은 조서를 받고 놀랄 새도 없이 바쁘게 움직였다. 가장 먼저 남경에 주둔하고 있는 북경 직속 아문의 당관堂官 및 유격遊擊 이상 장군들을 소집해 비상 대책회의를 열고 시급한 사항부터 결정지었다. 우선 어가가 금릉金陵에 머무는 동안 호위에 대한 총책임은 항주 장군 수혁隨赫에게 맡기기로 했다. 또 관부 차원의 환영식으로는 망강정望江亭 부두에 송백松柏으로 만년수萬年壽 채방彩坊을 세 개 세우기로 했다. 간소하면서도 정중하게 한 것이었다. 다만 백성들이 자발적으로 어가를 영접할

채방을 세우는 것은 굳이 제지하지 않기로 했다. 한마디로 이번 영접 행사의 취지는 정중함과 환희에 찬 분위기를 강조하되 백성들에게 해가 되는 일은 없어야 한다는 것이었다.

"내가 두 가지 의견을 덧붙일까 하오."

김홍은 당분간이나마 총독 자리에 더 앉아 있을 수 있게 되어 안도한 나머지 목소리가 더할 수 없이 밝았다. 그가 두 손으로 책상을 짚으며 정색을 하고 말했다.

"무엇보다 양강 총독아문에는 현재 실질적으로 책임을 지는 총독이 없소. 그러나 윤 원장과 유 연청 두 분 군기대신이 정좌해 계시고, 나도 여차하면 직무 태만의 책임을 피할 수 없는 만큼 쓴소리를 좀 해야겠소. 이번에 어떤 식으로든 우리 총독아문의 명예를 훼손하는 자에 대해서는……."

김홍이 잠깐 말을 멈추고는 좌중을 쓸어봤다. 이어 다시 입을 열었다.

"나는 왕명기패王命旗牌를 청해 엄히 죄를 물을 것이오. 그리고 지부와 현령들은 지주와 소작농 간에 분쟁이 있으면 친히 현장을 찾아 쌍방의 의견을 수렴하고 절충안을 마련하도록 지시해야겠소. 만에 하나라도 있을 불상사를 미연에 틀어막는 것이 가장 중요하오. 또한 '만수만년'萬壽萬年이라는 글자를 새긴 월병月餠을 빨리 만들어야 하오. 중추절에 월병을 먹지 못하는 빈민과 거지들이 없도록 해야한다는 말이오. 또 오십 세 이상의 노인들에게는 고기와 술을 상으로 내리고 각 현에서는 어가御駕가 머무르는 동안 빈민들에게 쌀죽을 제공해주는 급식소를 적어도 두 곳 이상 만들어야겠소. 여기 모인 사람들은 자리에 앉아 명령만 내리는 데 그치지 말고 수시로 현장을 찾아다니면서 문제점을 파악하고 실행 여부를 감독해야 할 것이오. 모두들 무슨 말인지 알아들었소?"

"예!"

좌중의 관리들이 김홍의 명령에 일제히 대답했다. 그 소리가 방 안이 떠나갈 듯 우렁찼다. 윤계선이 흐뭇한 듯 웃으며 입을 열었다.

"폐하께서 이번에 드디어 오랜 숙원을 푸시게 됐소. 남순 얘기는 몇 년 전부터 해마다 있었지만 번번이 무산되고 말았소. 우레만 울리고 비는 오지 않으니 얼마나 궁금하고 답답했던지……. 참 잘 됐소. 자, 우리이제 연청 대인을 뵈러 갑시다!"

김홍이 그의 말에 덧붙였다.

"이번 일이 순조롭게 끝나면 나는 광주로 돌아가고 원장 공은 서안으로 갔다가 다시 남경으로 돌아오게 됐소. 이 역시 묘한 우연이 아닐 수 없소. 어쩌면 우리가 서로 자리를 바꿔가면서 상대방의 고초를 헤아리라고 하늘이 정해준 것 같소!"

윤계선과 김홍 두 사람은 어깨를 나란히 하고 밖으로 나갔다. 마당에서는 원매가 아역을 데리고 기다리고 있었다. 그의 앞에는 상자 하나가 놓여 있었다.

"내가 말한 물건을 가져왔나? 운토雲土 맞지?"

윤계선의 물음에 원매가 즉각 대답했다.

"인도印度에서 운반해온 것입니다. 말로는 운토보다 몇 배 더 좋은 것이라고 합니다. 모두 백 근 남짓합니다. 하관의 창고에 아직 두 상자 더 있으니 이걸로 부족하시면 사람을 보내십시오."

김홍은 윤계선과 원매의 대화를 듣고도 무슨 뜻인지 영문을 알 수 없었다. 궁금했던 그는 다짜고짜 상자를 열어봤다. 벽돌처럼 딱딱하고 새까만 물건이 들어 있었다. 그가 호기심에 물건을 만져보니 반들거리는 촉감이 느껴졌다. 김홍은 그중 하나를 집어 올리면서 윤계선을 향해 물었다.

"이건 대체 뭘 하는 데 쓰는 물건이오?"

"독물毒物이오!"

윤계선이 웃음기를 싹 거둔 채 짤막하게 대답했다. 김홍은 깜짝 놀라
바로 내팽개치듯 물건을 내려놓았다. 윤계선이 덧붙였다.

"이건 속칭 부용고芙蓉膏라고 하는 아편이오. 이것에 맛들이면 천석꾼
이나 만석지기도 말짱 헛것이지. 어제까지 부자 소리 듣던 사람이 어떡
하다 하루아침에 쫄딱 망해 무일푼의 신세로 거리에 나앉게 되는지 보
여주는 물건이오. 그대도 광주로 내려가기 전에 이 물건의 암거래를 중
단시킬 수 있는 조치를 고민해 보시오"

김홍이 알겠다는 듯 고개를 끄덕였다.

"말로만 듣던 아편이 이렇게 생겼구먼. 그런데 그대는 어찌 이런 독물
을 가까이 하는 거요? 설마 맛들인 건 아니겠지?"

"이 사람아!"

윤계선이 당치도 않다는 듯 김홍을 밉지 않게 나무랐다. 그리고는 정
색을 한 채 덧붙였다.

"믿어지지 않겠지만 이 물건은 약으로도 요긴하게 쓰인다고 하오. 태
의원에서 필요하다고 해서 고항이 구해주는 것 같소!"

원매는 임무를 마쳤다고 생각한 듯 예를 갖춰 인사하고는 물러가려
했다. 그러자 윤계선이 그를 다시 불러 세웠다.

"민간의 어떤 책방에서 《홍루몽》 전집을 각인刻印해 출간한다고 하던
데 가봤는가?"

원매가 고개를 숙이며 대답했다.

"예, 원래는 유소림 대인이 사비를 털어 각인하기로 했으나 그 양반
이 갑자기 병으로 죽는 바람에 진척이 없었습니다. 그러던 중 내정에서
이 원고를 필요로 한다면서 도서채방국圖書採訪局에서 가져갔다고 합니
다. 아니나 다를까, 하관이 그리로 가보니 원고들이 방안 가득 높다랗

게 쌓여 있었습니다."

윤계선이 소리 없이 한숨을 내쉬었다.

"조설근의 심혈이니 잘 지켜주도록 하게. 폐하께서는 중추절을 남경에서 보내실 거네. 자네는 박학홍유과에 천거 받은 재학才學인 만큼 일거수일투족에 각별히 신경을 써야 하네. 벗들이 모여 술잔을 기울이면서 회문會文하는 자리에 끼더라도 무조건 '태평성대'만 칭송해야 하네. 함부로 세 치 혀를 놀려 자칫 설화舌禍를 자초하는 불상사는 없어야겠네. 일단 돌아가서 기다리게. 준비가 대충 끝나면 짬을 내서 자네를 다시 부를까 하네."

원매는 알겠다고 공손하게 인사를 하고는 물러갔다. 그때 문지기가 다시 아뢰었다.

"한림원의 두광내 편수께서 뵙기를 청합니다."

솔직히 윤계선에게 두광내는 그리 달가운 손님이 아니었다. 그래서일까, 그가 히죽 웃으면서 김홍에게 말했다.

"고집불통 대마왕大魔王이 왔다네. 친왕들이 술을 권해도 끝끝내 입술에 대는 시늉 한 번 하지 않고 자리를 떠버렸던 그자 말이오! 지금은 시간이 없으니 돌아갔다가 오후에 공문결재처로 들라 하게."

윤계선은 문지기에게 퉁명스레 몇 마디를 내뱉고는 김홍과 함께 서둘러 걸음을 옮겼다. 유통훈을 만나기 위해 서화청의 북쪽 서재로 가는 것이었다.

"마침 잘 왔소. 그러지 않아도 방금 부상의 서찰을 받고 부르려던 참이었는데!"

유통훈은 항상 침착하고 굳센 모습만 보여주던 사람이었다. 그런데 어쩐 일인지 오늘은 평소의 그답지 않게 얼굴에 초조한 기색이 역력했다.

심지어 이마에서는 땀까지 삐질삐질 흘리고 있었다. 그러더니 갑자기 일어나 방 안에서 서성거리기도 했다. 이어 두 사람을 한참 동안 쳐다보고는 다짜고짜 분통을 터트렸다.

"이게……, 이게 대체 어찌된 일이오! 이렇게 중요한 문서가 청하清河 역관에서 자그마치 나흘씩이나 묵혀 있었다는 것이 말이나 되는 소리요?"

유통훈이 갓 화칠火漆을 뜯은 편지를 책상 위에 던졌다. 엄청나게 화가 난 모습이었다. 윤계선은 오랜 세월 동안 유통훈과 얼굴을 맞대고 일해왔지만 이렇게 화를 내는 모습은 처음 보았다. 적이 놀라워하면서 편지의 속지를 꺼내들었다. 그리고는 곰곰이 음미할 겨를도 없이 황급히 훑어 내려갔다. 순간 그의 얼굴 역시 흙빛으로 변했다. 특히 어느 한 곳의 내용을 보고는 그곳에 못 박힌 눈길이 아래로 내려갈 줄을 몰랐다. 그리고는 천천히 고개를 들고 망연자실한 채 중얼거리듯 말했다.

"천하의 부상이 무슨 일을 이렇게 처리한다는 말이오? 한로旱路로 열사흘째면 벌써 강남 경내에 들어서고도 남았을 시간이오. 폐하께서 이미 당도하셨는데 우리 봉강대리封疆大吏들은 감쪽같이 모르고 있었으니 어허, 이를 어쩌나!"

김홍도 상황이 심상치 않다고 생각한 듯 편지를 받아 읽어봤다. 내용은 짤막했다.

연청 중당, 그동안 별래무양別來無恙(아무 일도 없었느냐는 뜻)하시오? 이 아우는 폐하의 급한 부름을 받고 기윤, 조혜, 해란찰, 의비마마, 혜비마마 등과 함께 어가를 수행해 미복 차림으로 남하 길에 올랐소. 노선은 폐하께서 말씀을 하지 않으시어 아직 잘 모르겠소만 먼저 산동에 도착한 다음 다시 한로로 남경에 들어갈 것 같소. 아계는 북경에 남아 군기 업무를 주관하기로 했소. 폐하께서 미리 고지해서는 안 된다고 하셨기에 잠깐 틈을 내 몇 글자 적는 바임을 밝혀두오. 김홍은 이 서찰을 받는 대로 어가 영접 준비에 차질이 없도록 최종 점검을 하기 바라오.

-7월 24일 부항으로부터

김홍은 전체적인 필체를 살펴봤다. 무척 다급한 상황에서 쓴 것 같았다. 더구나 뒷부분은 미처 먹을 제대로 찍지 못한 듯 필묵이 희미했다. 그 역시 유통훈과 윤계선에 이어 대경실색하지 않을 수 없었다. 곧이어 어찌할 바를 몰라 하면서 입을 열었다.

"어허, 이를 어찌하면 좋을까? 여섯 분 중에 둘은 아녀자이고 기윤은 일개 문약한 서생이 아니오? 만에 하나 위험한 상황이 생겨도 자기 한 몸 제대로 건사하기도 힘든 사람들이 어찌 폐하를 호위한다는 말이오? 장장 이천 리나 되는 혼잡한 황톳길에서 무슨 차질이라도 생기는 날에는 누가 폐하의 신변을 보장할 수 있다는 말이오? 아하, 이것 참! 여러 사람의 목숨을 재촉하게 생겼구먼."

"이럴 때일수록 차분하게 생각해야 하오."

그래도 윤계선이 평소 침착한 그답게 가장 먼저 마음을 진정시켰다. 이어 허리를 바로 편 채 자리에 앉아 창밖의 해 그림자를 바라보면서 말을 이었다.

"이는 폐하께서 황자 시절부터 쭉 해 오셨던 방식 그대로요. 아무도 말릴 수 있는 상황이 아니었을 거요. 요즘은 직예, 산동, 안휘, 강남 네 개 성에 비적들의 움직임이 뜸해져 큰 어려움은 없을 거요. 또 폐하께서는 한두 번 미행을 하셨던 분이 아니니 본인의 신변에 무심하실 리 만무하오. 아계 역시 총명하고 영리한 사람이니 아무런 호가護駕 대책도 없이 폐하의 출경出京을 묵인했을 리 만무하오. 부상의 서신을 보면 끝에 적은 날짜가 분명치 않아 발송한 시일이 이십일인지 이십사일인지를 잘 모르겠소. 설령 이십일이라고 할지라도 도중에 민풍民風, 관풍官風을 살피면서 천천히 움직이시다 보면 아직 남경에 당도하지 못하셨을 가능성이 더 크오. 북경에 있는 아계 역시 불면의 나날을 보내고 있을 거요. 보름 동안 북경에서 쾌마 편으로 보내오는 긴급문서가 없는 걸로 봐서는 조정의 모든 마필馬匹이 폐하의 이동 노선에 따라 수천리 길에 널려 있을 가능성이 크오. 청하 역관에서 중요한 서찰을 며칠씩이나 묵힌 것도 이 때문이 아닌가 싶소. 일단은 잠자고 기다려 보는 것이 좋을 듯하오!"

윤계선의 차분한 분석에 유통훈과 김홍은 비로소 조금 안심하는 눈치를 보였다. 물론 황제와 연락이 두절됐다는 사실 자체는 진짜 보통 일이 아니었다. 그랬으니 좌중의 세 사람이 입술이 바짝바짝 마르고 속이 타서 재가 될 것 같은 것은 당연했다. 급기야 유통훈이 주저앉듯 고통스럽게 의자에 엉덩이를 내렸다. 그리고는 한껏 화가 난 표정으로 애꿎은 이마를 툭툭 치면서 한숨을 내쉬었다.

"내가 울화통이 치미는 것은 아계와 부상 때문이오. 대체 뭘 하는 사람들인지 모르겠소. 내가 북경에 있었더라면 건청문 밖에서 목숨을 걸고 간언했을 텐데. 내 시체를 밟지 않는 한 미행을 못 나가신다고 며칠이 걸리더라도 무릎 꿇고 막았을 텐데! 아이고 폐하……, 어찌 그리 모험을 하시어 이 늙은이의 목숨을 재촉하시는 것이옵니까? 대체 어디 계시는 것이옵니까, 부디 소식을 전해주시옵소서. 흑흑……."

유통훈은 도무지 주체할 수 없는 불안을 참을 수 없는지 가슴을 쥐어뜯었다. 급기야는 오열을 터뜨렸다. 그는 그동안 일지화를 추적하랴, 어가 영접 준비를 하랴 그야말로 몸이 열 개라도 모자랄 정도였다. 몇 개월 사이에 10년은 더 늙어 보였다. 윤계선과 김홍은 유통훈의 그런 모습을 보면서 콧마루가 찡해졌다. 그예 김홍은 자신도 초조하고 불안하기는 마찬가지였으나 애써 유통훈을 위로했다.

"연청 대인, 그만 고정하시오. 우리도 죽을 지경이오. 조만간 아계 중
당으로부터 소식이 있을 터이니 진정하고 기다리는 수밖에 없소. 이런
다고 달라지는 것도 없잖소."

유통훈이 그러자 콧물을 닦아내면서 말했다.

"이 사람은 하루라도 빨리 폐하의 소식을 듣지 않고서는 도무지 숨을
쉬고 살 수가 없소. 부탁인데 오늘밤 유용에게 한 번 더 다녀가라고 전
해주오. 꼭 일러둘 말이 있어서 그러오. 지금 당장 오할자吳瞎子에게 서
찰을 보내 강호의 동향을 면밀히 주시하라고 해야겠소. 그리고 산동, 안
휘의 얼사아문에 공문을 보내 근자에 경내에서 발생한 크고 작은 사건
일지를 전부 정리해 올려 보내라고 해야겠소. 지금 나로서는 할 수 있는
일이 이것뿐이오. 서둘러주오!"

윤계선과 김홍이 유통훈의 말에 연신 고개를 끄덕이면서 공감을 표
했다. 이어 둘이 작별을 고하고자 막 자리에서 일어섰을 때였다. 갑자기
발이 걷히는 소리와 함께 마흔 살 가량의 중년 사내가 바람을 달고 성
큼 들어서면서 물었다.

"무슨 일인데 그리 서두르라고 하는 거요?"

"부상!"

그랬다. 중년의 사내는 부항이었다. 윤계선 등 세 봉강대리는 느닷없는
그의 등장에 깜짝 놀라 그만 눈이 휘둥그레졌다. 이어 마치 생판 낯선
사람을 바라보듯 멍하니 그의 얼굴만 쳐다봤다. 유통훈이 잠시 후 더듬
거리면서 먼저 입을 열었다.

"이게 대체…… 어찌된 일입니까? 폐, 폐하는 어디 계시고 혼자 왔습
니까?"

유통훈의 말이 끝나기 바쁘게 다시 발 걷히는 소리가 들렸다. 부항은

문가를 향해 턱짓을 하면서 히죽 웃었다. 그런 부항에게서 시선을 돌리던 윤계선 등의 세 봉강대리는 다시 한 번 입이 쩍 벌어지고 말았다. 각각 의빈과 혜빈이 된 언홍嫣紅과 영영英英 두 후궁이 양 옆에서 발을 걷어 올리자 신하들이 가슴을 까맣게 태우면서 오매불망 기다려왔던 건륭이 씩씩하게 모습을 드러낸 것이다. 세 신하는 또 다른 충격에 마음이 오그라든 듯 어찌할 바를 몰랐다. 건륭이 그런 세 사람의 앞으로 다가가면서 자상한 미소를 지었다.

"짐의 소식을 몰라 초조했던 게로군! 불가마 위의 개미들이 따로 없군!"

"맙소사!"

윤계선과 김홍이 비명 비슷한 소리를 지르면서 쓰러지듯 땅바닥에 납작 엎드렸다. 그러나 유통훈은 건륭을 발견한 순간 혼신의 맥이 풀려 허물어지듯 의자에 주저앉았다. 곧바로 몸을 일으키려 했지만 두 손만 덜덜 떨 뿐 일어나지를 못했다. 건륭은 한눈에 그동안의 노심초사를 엿볼 수 있을 정도로 초췌해진 유통훈을 바라보면서 천천히 그에게 다가갔다. 이어 두 손으로 그를 눌러 앉혔다.

"경들을 놀라게 해서 미안하네. 안색이 안 좋은 것이 심질心疾이 발병하는 것 같은데 약병은 어디 있나?"

유통훈이 건륭의 말이 끝나기 무섭게 오른손을 심하게 떨면서 가슴속에서 조그마한 유리병 을 꺼냈다. 그러나 손 떨림이 멈추지 않아서 마개를 제대로 열지도 못했다. 그러자 건륭이 나서서 유통훈을 대신해 마개를 열었다. 이어 약병을 입에 대주면서 조금씩 마시게 했다. 그의 얼굴에 안쓰러운 기색이 역력했다.

"자, 한 모금 더 마시게. 그래……, 그렇지! 꿀꺽 넘기게. 됐네, 의자에 잠시 기대 있게. 곧 좋아질 걸세!"

유통훈은 건륭에 의해 막무가내로 의자에 반쯤 뉘어졌다. 어느새 두 눈에서 눈물이 샘솟듯 울컥울컥 쏟아졌다. 그는 메마른 입술을 달싹이면서 뭔가 말을 하려고 했다. 그러나 입에서는 아무 소리도 새어나오지 않았다. 길게 엎드린 윤계선과 김홍도 크게 다르지 않았다. 눈물이 줄 끊어진 구슬처럼 그칠 줄 모르고 흘러내렸다.

잠시 침묵이 흘렀다. 유통훈은 약을 먹고 심장 박동이 조금씩 회복되자 "움직이지 말라!"는 건륭의 명령에도 불구하고 힘겹게 일어나 그 자리에 무릎을 꿇었다. 그때 평소처럼 부삽 같은 곰방대를 손에 든 기윤이 들어와 아뢰었다.

"폐하께서 하명하신 대로 죽을 나눠주는 배급소에 다녀왔사옵니다. 쌀죽은 고양이 얼굴에 바르기에도 모자랄 정도로 양이 적었사옵니다. 그러나 그림자가 비칠 정도로 묽지는 않았사옵니다. 떠먹어보니 곰팡이 냄새가 약간 났으나 모래나 불순물이 씹히지는 않았사옵니다. 빌어먹게 생긴 국자로 조금씩 떠주고 내쫓으니 간에 기별도 가지 않은 사람들은 다시 꾸역꾸역 가마솥 근처로 몰려들었사옵니다. 국자를 휘두르면서 배고픈 백성들을 내쫓는 아역이 어느 아문에서 나왔는지 입이 너무 쌍스러웠사옵니다. 폐하의 면전에서 이런 말을 입에 올린다는 것이 대단히 불경스러우나 그 험상궂게 생긴 아역은 배가 고파서 무질서하게 달려드는 백성들에게 '암퇘지 배때기냐? 아예 솥째로 안고 가서 배때기에 다 쑤셔넣지 그래. 거시기 털과 부추를 섞어놓은 것처럼 마구 엉키지 말고 줄을 서라, 줄을 서!'라고 했사옵니다."

결코 웃을 수 있는 상황이 아니었다. 그러나 좌중의 분위기는 기윤 덕분에 한결 가벼워졌다. 윤계선과 김홍은 울다가 웃을 수도 없었기 때문에 정색을 한 채 고개를 들고는 기윤을 바라봤다. 어느 집의 머슴을 방불케 하는 남루한 행색에 비죽비죽 마음대로 뻗은 머리카락이 마구 뒤

엉킨 것이 산적도 저리 가라 할 정도였다.

"자네는 그만 주절대고 어서 행색이나 바꾸고 오게. 나머지 셋은 그만 일어나게!"

건륭의 얼굴은 좌중의 신하들이 한동안 못 본 사이에 많이 변해 있었다. 우선 햇볕에 고동색으로 그을린 것이 매우 건강해보이기도 했다. 그새 감정을 추스른 유통훈이 무슨 말을 하려고 나서자 건륭은 손을 내밀어 제지하면서 말을 이었다.

"경이 무슨 소리를 하고 싶어 하는지 짐은 다 아네. 아계가 고간苦諫을 하고 부항이 곡간哭諫을 하면서 말렸었네. 무사히 도착했으면 기윤의 말을 듣고 웃기나 할 일이지! 경은 기어코 만승지군萬乘之君이 구중九重을 내려오는 것은 바람직하지 않다는 간언을 되풀이하려고 그러나? 계속 그리 고집을 부리면 짐은 귀경할 때도 미복으로 잠행할 것이네. 설마 그러기를 원하는 건 아니겠지?"

건륭은 나무라는 척하면서 유통훈의 고집을 꺾었다. 승리의 기쁨을 만끽하기라도 하는 듯 얼굴에는 미소가 넘실거렸다. 유통훈은 불장난하다가 아버지에게 혼이 난 세 살배기 어린애처럼 고개를 푹 숙일 수밖에 없었다. 그 모습에 부항과 김홍은 약속이나 한 듯 슬며시 웃음을 깨물었다. 건륭이 웃으면서 다시 입을 열었다.

"경들의 깊은 뜻과 충정을 짐이 어찌 헤아리지 못하겠나? 짐은 지난번에 남순 계획을 만천하에 알리면서 '조식천하藻飾天下(세상을 잘 다스린다는 의미)'라는 네 글자를 특별히 천명했었지. 나름대로 여러 가지로 해석할 수 있겠으나 짐은 문자 그대로 '밖에는 폭우요, 집 안은 가랑비'인 그런 곳에서 사는 백성들을 위로하고 싶었네. 적어도 배를 곯고 잠잘 곳이 없는 백성들이 있어서는 안 된다는 생각에 미복을 강행했던 것이네. 백행百行에 종사하는 억만 백성 모두가 따뜻하고 배부른 태평성대를 살아갈 수 있도록, 그들의 올망졸망한 가정에 웃음꽃이 넘쳐나게 해주고 싶었네. 일각에서 비난의 목소리를 내는 '분식천하'粉飾天下와는 그 뜻이 극과 극으로 상이하다고 하겠네. 짐이 언제 북경을 떠나서 어디를 경유해 언제, 어디에 당도한다고 낱낱이 알리는 식으로 남순 길에 오른다면 '눈 가리고 아웅'하는 식의 자기기만이 아니고 무엇이겠는가? 철저히 계산되고 분식된 '성세'盛世는 짐의 총기만 흐리게 할 것이네. 또 짐을 천추의 못난 군주로 만든다는 걸 경들도 모르지는 않을 테지. 먼 얘기 할 것 없이 방금 기윤의 얘기만 들어도 그렇지 않은가. 쌀죽을 나눠주는 아역들이 짐이 당도했다는 소식을 미리 접했더라면 적어도 국자를 조금 더 큰 것으로 바꾸고 한결 부드러운 얼굴을 보이지 않았겠나?"

윤계선과 김홍은 자리에 앉아 공손히 건륭의 말을 경청하다 마지막 대목에 이르러서는 등골에 가시가 박히는 기분을 느꼈다. 감히 그대로 앉아 있을 수가 없었다. 결국 두 사람은 황급히 일어나 이구동성으로 "지당하신 훈육입니다!"라고 말하면서 고개를 푹 숙였다.

건륭은 그런 그들을 보고 앉으라는 손짓을 하면서 다시 말을 이었다.

"짐이 경들을 겨냥해서 한 소리는 아니네. 짐은 지금 자언자어自言自語(혼잣말을 의미함)를 하고 있는 셈이네. 법가法駕나 용주龍舟에 올라 산호해효山呼海哮하는 만세소리를 들으면 이치吏治가 저절로 쇄신되고 하늘에서 가가호호家家戶戶에 꿀떡을 내려준다던가? 구중궁궐을 나와 혼잡한 한로旱路로 나선 짐은 마음이 편한 줄 아는가? 운무가 끼면 한 치 앞도 헤아릴 수 없는 것이 현실이네. 또 세상 모든 것이 멀리서 볼 때는 아련하고 아름답게만 보이는 법이네. 억만 중생의 어버이라는 사람이 구중궁궐에서 조감하는 데만 익숙해서야 말이 되겠는가? 사악한 아첨꾼이나 간교한 무리들의 사탕발림 소리나 듣고 있으면 세상 꼴이 어찌 돌아가겠는가? 또 백성들은 누구를 믿고 살겠는가? 오는 길에 몇 번 민가에 머물렀었네. 생각보다 사정이 열악한 곳도 있었으나 그런대로 배는 곯지 않겠다 싶어 마음이 놓인 곳도 있었지. 백문百聞이 불여일견不如一見이라는 말을 수없이 되뇌었네. 그 많은 간언을 뿌리치고 미복 순유를 강행한 것은 참으로 잘한 일이라고 생각했네. 그러나 회북淮北 일대는 상황이 참 안 좋더군. 작년에 수마水魔가 기승을 부려 장정들은 전부 밖으로 돈벌이하러 나가고 촌락에는 여자와 개들만 남아 있었네. 원장, 자네가 군기대신의 신분으로 안휘 순무에게 서찰을 보내 질의를 하게. 일인당 구호식량을 쉰 근씩 내주라고 했는데 어째서 백성들의 수중에는 고작 열다섯 근밖에 들어가지 못했는지, 나머지 서른다섯 근의 행방에 대해 따져 묻도록 하게!"

윤계선이 건륭의 명령에 곧바로 자리에서 벌떡 일어났다. 이어 건륭의 말이 완전히 끝나기를 기다렸다가 조심스레 입을 열었다.

"어의를 받들어 모시겠사옵니다. 현재 강남으로 몰려든 이재민은 어림잡아 십만 명 정도이옵니다. 그중 대부분은 회북, 하남과 산동 사람들이옵니다. 회북 지역에 대홍수가 있었으니 아마 지금쯤은 온통 갈대밭으로 뒤덮여 있을 것이옵니다. 마침 강남 지역 의창義倉과 양고糧庫의 갈대 멍석을 새것으로 갈 때가 됐사오니 강남의 식량과 수해 지역의 갈대를 맞바꾼다면 두 곳의 생업에 모두 도움이 될 거라고 생각하옵니다. 통촉해주시옵소서, 폐하."

건륭의 얼굴이 환하게 밝아졌다. 윤계선의 대답이 만족스러운 모양이었다.

"바람직한 발상이네. 경들이 재해지역 백성들에게 적극적인 관심을 보이니 짐은 대단히 흐뭇하네. 사선에서 허덕이는 백성들에게 어떤 실질적인 도움을 줄 수 있을지 조금 더 상세히 토의해 보게. 그 내용을 기윤이 글로 작성해 짐에게 올리도록 하게."

그러자 김홍이 건륭의 말이 끝나기 무섭게 재빨리 끼어들었다. 우선 보고한 것은 몇몇 행궁의 수선, 복구 상황이었다. 그러다 본론으로 들어가 자신이 양강 총독을 그만두고 광주로 가게 된 이야기를 조심스럽게 꺼냈다. 그리고는 몇 마디 더 주청을 올렸다.

"광주는 양인洋人이 많사옵니다. 또 민풍民風이 거칠어 치안 강화가 불가피하옵니다. 그러니 홍의대포紅衣大砲를 몇 대 더 만들고 포대를 축조할 수 있도록 윤허해 주시옵소서!"

건륭이 조용히 김홍의 말에 귀를 기울이는가 싶더니 미간을 찌푸렸다.

"양인들이 천주니 예수니 믿고 다니는 것에 대해서는 간섭하지 않기로 했네. 비싼 값에 부지를 사서 교회를 짓는 것도 우리 천조天朝와의 무역을 촉진시키는 차원에서 부분적으로 허락할 것이네. 그들의 신앙에 대해서는 간섭하지 않겠으나 우리 땅에서 선교를 하는 건 불허하네. 우리는 유도儒道와 석도釋道만 있으면 충분하니 말일세. 따라서 내국인이 자신의 정체성을 상실하고 그자들의 종교를 믿는 행위가 발각될 경우 즉시 삼천 리 밖으로 유배를 보내야 할 걸세. 동시에 양인 선교사 역시 즉각 본국으로 추방해 두 번 다시 우리 땅을 밟지 못하게 해야 마땅할 걸세! 아편인가 뭔가 하는 독물도 의약품으로 요긴하게 쓰이기는 한다지만 지금 지나치게 퍼져 우리 건강까지 해치는 단계에 이르렀으니 더 이상 간과할 수 없네! 종실의 패륜, 패자들 중에도 아편에 인이 박혀 정신 못 차리는 자들이 있다고 들었네. 짐은 이미 내무부에 신분의 고하를 막론하고 철저히 수사해 엄벌에 처하라는 명을 내렸네!"

건륭은 하고자 하는 말을 다 마친 듯했다. 곧이어 신하들 사이에서 그가 머물 곳에 대한 논의가 이어졌다. 건륭은 화려한 행궁에 머무는 걸 한사코 마다했다. 또 총독아문에 투숙해 신하들의 업무에 지장을 초래하는 것도 싫다고 손을 저었다. 결국 난상토론 끝에 사찰인 비로원毗盧院에 머무는 것이 좋겠다는 결정을 내렸다. 나머지 수행원 몇 사람은 김홍이 광동으로 떠날 채비를 하느라 짐을 꾸려놓은 집에 여장을 풀기로 했다. 건륭은 숙소 문제가 해결되자 바로 몇 마디를 덧붙였다.

"짐은 비로원으로 가 있을 테니 문후 올리러 자주 들락거릴 필요 없네. 평소에 하던 그대로 업무에만 전념하도록 하게. 주청 올릴 일이 있으면 기윤이나 다른 수행원들 편에 전하면 되겠네. 그런데 원장, 짐은 아직 아침 수라 전이네! 짐을 따라온 사람들노 모두 뱃가죽이 등에 들러붙었을 것일세."

"오시午時를 넘긴 시각에 아직 아침 수라도 들지 않으셨다니요?"

윤계선이 건륭의 말에 깜짝 놀라 일어났다. 이어 부항에게 질책조의 말을 건넸다.

"폐하께서 아침 곡기를 거르셨는데, 여태 언질을 주지 않았다는 말입니까? 어찌 그럴 수가 있습니까? 폐하, 초조와 불안에 떨다 폐하의 용안을 뵈니 서럽고 반가운 마음에 그 생각을 미처 못한 신들의 불찰을 용서해주시옵소서!"

윤계선은 말을 마치자마자 머리를 조아리고는 서둘러 수라상을 준비하러 나가려고 했다. 그때 건륭이 말했다.

"이재민들은 몇 날 며칠을 굶는데 한 끼 거른 것이 뭐가 대수라고 그리들 호들갑인가! 있는 대로 대충 요기나 하면 될 일이지. 짐이 금릉에 당도했다는 소문이 퍼지면 좋을 게 하나도 없네."

윤계선이 건륭의 만류에 연신 알겠노라면서 굽실거렸다.

"무슨 말씀인지 알겠사옵니다. 심려 거두시옵소서, 폐하! 하오면 작은 주방에서 신들을 위해 준비한 음식을 폐하께서 드시고 신들은 막료들의 밥을 빼앗아 먹도록 하겠사옵니다. 막료들이 큰 주방에서 아역들과

밥그릇 쟁탈전을 벌이면 무척 재미있을 것이옵니다."

좌중의 사람들은 윤계선의 농담에 약속이나 한 듯 웃음을 터트렸다. 잠시 후 건륭은 유통훈만 옆자리에 앉힌 채 점심상을 받았다. 부항을 비롯해 윤계선, 조혜, 기윤, 김홍 등은 화청에서 점심을 해결했다. 그런 다음 그들은 건륭이 일반 향객香客의 신분으로 머물고자 하는 비로원의 경비 대책에 대해 의논했다. 물론 1000명이 넘는 윤계선과 김홍의 친병을 소집하면 간단했다. 하지만 그럴 경우 건륭이 황제 신분을 밝히지 않는 이상 비로원 측이나 다른 향객들에게 위압감을 줄 소지가 다분했다. 나아가 주위 사람들이 건륭의 신분에 의혹을 품을 수도 있었다. 김홍은 그게 걱정이 되는 모양이었다. 하지만 태산 같은 걱정을 짊어진 그와는 달리 윤계선은 느긋했다.

"비로원 동북쪽에 번고藩庫를 비롯한 중요한 창고들이 밀집돼 있어 그곳 수비군들만 이천 명이 넘소. 여차하면 인해전술로 밀어 붙일 수 있으니 그런 염려는 안 해도 되겠소. 다만 폐하의 가까이에서 시중드는 근위병이 부족한 것은 확실히 문제요. 갑자기 위험한 상황이 닥칠 경우 어찌 막을지 그것이 고민이오. 그렇다고 수행원을 많이 붙이면 향객답지 않을 테고."

부항은 윤계선의 말을 듣더니 만두를 크게 떼어 입안에 넣고 씹으면서 비로원 주변의 지도를 들여다봤다. 이어 조혜를 쳐다보면서 말했다.

"지나치게 염려할 것은 없소. 밥을 먹고 나면 자네는 해란찰과 교대를 하게. 무림 고수들인 오할자吳瞎子와 단목양용端木良庸, 파특아처럼 약삭빠른 시위와 눈치 빠른 두 분 빈마마가 폐하의 옆에 계시니 별문제는 없을 것이오. 폐하의 무예 실력도 어지간한 자객을 물리칠 정도는 충분할 정도요. 단지 나는 옛날에는 명성이 자자했어도 지금은 피폐하기 이를 데 없는 비로원에 폐하께서 머무신다는 것이 내키지 않을 뿐이오."

윤계선이 걱정하지 말라는 듯 대답했다.

"비로원은 일 년 전에 재건축을 했습니다. 방장은 남경 제일의 고승인 법공法空스님이죠. 불심이 깊고 불경 지식도 해박해 폐하와 선禪에 대해 논의하면서 말벗이 되기 좋은 사람입니다. 또 사기邪氣가 폐하께 범접 못하도록 막아 드릴 만한 능력도 있는 분이죠."

그때 마침 조혜와 경비 교대를 한 해란찰이 들어섰다. 기윤이 옆자리의 의자를 툭툭 치면서 반색을 했다.

"배고프지? 어서 와 앉으시게. 좋은 걸 주고 싶어서 불렀어!"

해란찰은 워낙 외향적인 성격인 데다 붙임성도 좋았다. 하는 짓도 밉지 않아 건륭을 수행하면서 내려오는 동안 신분의 차이는 있어도 나이가 비슷한 부항, 기윤과 허물없는 사이가 되었다. 그는 기윤의 말을 듣자 사양하는 기색도 없이 짝도 맞지 않는 젓가락으로 소고기 한 덩어리를 집어 냉큼 입안에 넣고는 우적우적 씹었다. 이어 고기를 대충 씹어 넘기고는 다시 한 점을 집으면서 방금 전 윤계선의 말을 받았다.

"세상에 '사기'라는 게 어디 있습니까? 윤 총독께서는 걱정이 지나치신 것 같네요. 이 세상에 귀신이 있느냐, 없느냐 하는 문제에 대한 정답은 저하고 조혜가 알려드릴 수 있습니다. 세상에 실제로 원귀라는 게 존재한다면 전쟁터에서 수천 명의 목을 벤 우리 두 사람이 여태까지 멀쩡히 살아 있을 수 있겠어요? 언젠가 우리 둘은 일부러 귀신을 찾아 나선 적이 있어요. 밤중에 원혼들이 득실거릴 법한 옛날의 전쟁터에 나갔었는데 아무리 살폈어도 귀신 그림자조차 발견하지 못한 걸요!"

"조혜는 엄숙하고 점잖은 사람이야. 그런 사람이 요즘은 너무 싱겁게 변해버렸어! 그대하고 어울리더니 그렇게 됐나?"

기윤이 입가의 기름기를 닦아내면서 농담을 했다. 이어 입을 닦은 수건을 저만치 내던지더니 좌석 밑에서 두 권의 책을 꺼내고는 해란찰에게 물었다.

"귀신을 찾아 나섰다고 했는데, 솔직히 남자 귀신과 여자 귀신 가운데 어느 쪽이 더 만나고 싶었는가?"

볼이 미어터지게 고기를 먹고 있던 해란찰이 기름이 묻지 않은 새끼손가락으로 책을 두어 장 넘겨보고는 입을 열었다.

"대갈통에 털이 나고부터 묵향 한번 맡아보지 못한 사람에게 웬 공자 왈, 맹자 왈입니까? 칼싸움밖에 모르는 나에게 이리 난해한 책을 선물한다는 것은 소 귀에 거문고 소리를 들려주는 것이나 다름없지 않겠어요? 그리고 남자 귀신, 여자 귀신은 왜 물어요? 뻔한 걸 가지고! 여자 귀신도 계집은 계집이니 당연히 여자 귀신을 만나고 싶죠."

그때까지 지도에 얼굴을 파묻고 있던 부항이 해란찰의 말에 풋! 하고 웃음을 터트렸다.

"여자 귀신들은 떼거리로 달려든다던데? 아마 감당하기 쉽지 않을 걸?"

"다다익선이라고 하잖아요. 저는 무엇이든 무조건 많은 걸 좋아합니다!"

좌중의 사람들은 해란찰의 솔직한 말에 배꼽을 잡고 뒤로 넘어갔다. 기윤이 껄껄 웃으면서 턱수염을 쓰다듬더니 입을 열었다.

"어쨌든 솔직해서 좋다니까! 이 책은 내가 돈이 썩어나서 사주는 게 아니야. 조혜하고 한 권씩 나눠서 열심히 읽다보면 좀 더 황홀한 첫날밤을 보낼 수 있을 거야. 이 책에 얼마나 심오한 뜻이 담겨져 있냐 하면……, 치고 빠질 때를 제대로 가르쳐주고 오르고 내리는 순서를 콕 집어주거든. 책 제목은 《시운》詩韻이야."

"그러게 사람은 겉만 봐선 모른다니까! 산더미 같은 서적에 파묻혀 사니 유식하고 지적인 사람 같으나 사실은 얼마나 속물인가 좀 보라고!"

부항이 기윤을 손가락으로 가리키면서 농담을 했다. 그러나 기윤은 전혀 아랑곳하지 않은 채 허허 웃으면서 말을 받았다.

"쳇, 세상 그 어떤 성인군자라 하더라도 올라갔다 내려갔다 뺐다 넣었다 하는 짓을 안 하고 살 것 같습니까? 운우지정은 후대를 번식하는 숭고한 일이자 천륜이라서 결코 무시할 수 없는 일이죠."

좌중의 사람들은 천연덕스러운 기윤의 말에 다시 마음 놓고 폭소를 터뜨렸다. 그때 유통훈이 조혜를 데리고 들어섰다. 오래간만에 긴장을 풀고 있던 사람들이 모두 웃음을 멈추고 자리에서 일어났다. 유통훈은 들어오자마자 근엄한 표정을 한 채 입을 열었다.

"오늘부터 어가 호위에 대해서는 이 사람의 지휘에 따라야겠습니다. 부상과 조혜, 해란찰 세 분은 내일 당장 사천으로 가서 군사들을 정비해야겠어요. 또 늑민 공이 한양漢陽에서 어지를 받고 대기하고 있으니 그대들은 한양에 사흘 동안 머물렀다가 성도成都 군영으로 출발해야 합니다. 이는 지엄한 어지임을 밝혀두는 바입니다!"

부항 등은 어지라는 말에 황급히 무릎을 꿇었다. 그리고는 큰 소리로 외쳤다.

"어지를 받들어 모시겠사옵니다, 폐하!"

유통훈이 일어나라는 손짓을 했다. 동시에 얼굴에 희미한 미소를 지었다.

"폐하께서는 수라상을 물리기 바쁘게 여러분을 접견하시고자 하셨으나 이 사람이 잠시 오침午寢을 하시라고 권했습니다. 조금 있다 파특아가 부르면 건너가도록 하오."

부항은 유통훈의 말이 끝나자 방금 다섯 사람이 나름대로 의논했던 바를 그에게 들려줬다. 그리고는 덧붙였다.

"그럼 이 순간부터 폐하의 신변은 연청 대인께서 신경을 써드려야겠소. 그런데 중추절이 지나고 나서 사천의 군사를 정비하러 가기로 하지 않았소? 상황이 변한 것이오?"

"난병亂兵들의 행태가 더 이상 묵과할 수 없는 지경에 이르렀다고 합니다. 폐하께서는 늑민과 악종기 공이 올린 주장을 읽으시고 진노하시어 젓가락까지 내던지셨어요."

유통훈이 말을 마치고는 잡히는 대로 의자를 당겨 앉았다. 동시에 조혜와 해란찰을 향해 말했다.

"폐하께서는 원래 남순을 마치고 자네 두 사람에게 삼 개월 간의 휴가를 상으로 내리시고자 하셨네. 그동안 혼례도 올리고 유람도 하면서 원기를 회복하도록 해주시겠다는 성려聖慮가 깊으셨다네. 그런데, 미안하지만 이 사람이 자네들을 부상에게 딸려 보내는 것이 좋겠다고 주청을 올렸네. 폐하께서도 이를 윤허하셨네. 별 싱거운 인간 때문에 삼 개월의 달콤한 휴가를 날렸다고 원망하지는 않겠지?"

조혜가 바로 대답했다.

"대장부로 태어나서 어찌 사사로운 정에 빠져 국사國事를 소홀히 할수 있겠습니까? 저희들은 그 정도 사리분별은 하는 사람들입니다."

해란찰 역시 맞장구를 쳤다.

"부상을 따라가면 반드시 승전고를 울릴 수 있을 것입니다! 그동안 금천에서 받았던 수모를 설욕하고 개선장군이 되어 돌아와 만인의 축복을 받으면서 성혼한다면 훨씬 멋진 일이 아니겠습니까?"

유통훈이 고개를 끄덕였다.

"난병들은 여왕벌을 잃은 벌떼나 다름없다고 하네. 진 내로 들어가 가게들을 부수고 재물을 약탈하는 것만으로도 부족해 여염집 부녀자들을 겁탈하고 살해하는 포악무도한 사건이 속출한다고 하니 심각한 문제가 아닐 수 없네. 차라리 짐승이라면 배고플 때만 살육하고 비적들이라면 의리나 있지, 이건 이것도 저것도 아니니 그곳 지방관들이 여간 골머리를 썩이지 않는다고 하네."

유통훈의 말대로 하면 부항은 이제 조직상으로 조혜와 해란찰의 직속상관이 되는 셈이었다. 그는 그런 사실을 깨달았는지 정색을 하면서 입을 열었다.

"금천은 고한高寒 지역이라 지금쯤이면 아마 내지內地의 한겨울 같을 거요. 원장, 나에게 은자 이십만 냥을 빌려주오. 사천에 당도하는 즉시 월동준비를 해야겠소. 지금부터 동상을 입는 병사들이 수두룩할 거요."

"조혜와 해란찰이 금천에서 들고 나온 군비가 있지 않습니까? 그 은표와 황금을 남경에서 은자로 교환하면 이십만 냥에서 얼마 모자라지 않을 겁니다. 부족한 액수는 내가 번고에서 보충해주도록 하겠습니다."

윤계선은 역시 언제 한번 불안해하거나 초조한 기색을 하는 적 없이 모든 면에서 딱 부러지는 그다웠다. 여유만만한 얼굴로 부채질을 하면서 덧붙였다.

"나도 중양절重陽節을 쇠고 나면 서안으로 출발할 겁니다. 사실은 나 역시 부상을 보좌하러 가는 거죠. 사람까지 다 '빌려'준 마당에 은자인들 못 빌려주겠습니까? 다 같이 합심해 고전苦戰을 이겨내고 사라분을 단두대에 올리도록 전력투구해야 할 겁니다."

윤계선의 말에 좌중의 사람들은 의기가 충천하고 전의가 샘솟았다. 그때 저만치에서 몽고족 시위 파특아가 모습을 드러냈다. 건륭이 잠에서 깬 모양이었다. 부항이 즉각 조혜와 해란찰에게 말했다.

"건너가야겠네."

건륭은 낮잠을 조금 자고 일어나서 그런지 정신이 한층 맑아 보였다. 옥색 비단 두루마기 하나만 입고 허리띠도 매지 않은 편한 차림으로 책

꽂이에서 《자치통감》資治通鑑을 꺼내 펼쳐보고 있었다. 그러다 부항 등 세 사람이 들어서자 고개도 들지 않은 채 말했다.

"그냥 자리에 앉게."

"예, 폐하!"

부항 등 세 사람은 간단히 예를 갖춘 다음 조심스레 나무걸상에 앉았다. 그러자 한참 책 속에 머리를 묻고 있던 건륭이 한숨을 쉬면서 고개를 들었다.

"경들은 혹시 '관구'冠狗라는 말을 들어봤나?"

"신은 못 들어봤사옵니다."

조혜가 선뜻 대답했다. 얼굴에 창피한 기색이 역력히 묻어나고 있었다. 그러나 그는 그에 굴하지 않고 다시 입을 열었다.

"신은 워낙 학식이 얕아 《삼자경》三字經이나 《삼국연의》를 읽는 데도 상당히 어려움을 겪었사옵니다. 하오니 폐하께서 열람하시는 《자치통감》은 감히 읽을 엄두도 못내옵니다."

그러나 해란찰은 조혜와는 달랐다. 조혜의 말이 끝나기 무섭게 바로 자신에 찬 음성으로 아뢰었다.

"신은 알 것 같사옵니다. '관구'라 하면 '모자를 쓴 개'를 뜻하지 않을까 추측되옵니다."

건륭이 다시 뭔가 기억이 날 듯 말듯 고민하는 부항을 향해 물었다.

"자네도 기억이 아리송한가 보네?"

부항은 건륭의 말을 듣는 순간 뭔가 떠오른 것 같았다. 이어 기억을 놓칠세라 즉각 대답했다.

"《자치통감》 제이십사 장에 몸통은 사람이나 머리는 누렁이인 해괴한 동물을 서한西漢 때의 창읍왕昌邑王 유하劉賀에 비유했던 것 같사옵니다. 그 외에는 기억이 어렴풋해 감히 말씀 올릴 수 없사옵니다."

"그게 아니라……."

건륭이 고개를 저었다. 그리고는 천천히 말을 이어나갔다.

"창읍왕이 환각상태에서 이 괴물을 보고 공수襲遂에게 길흉을 물었지. 그러자 공수가 아뢰기를 '이는 곧 천계天戒(하늘의 계시)이옵니다. 군주의 옆에 있는 신하들은 모두 관구라 하겠사오니 버리면 살아남을 것이나 그리 하지 못하면 망할 것이옵니다'라고 했다네."

부항을 비롯한 세 사람은 건륭의 설명에 어리둥절한 표정을 지었다. 그들은 이제 곧 사천으로 군사를 정비하러 떠나게 되었으므로 건륭이 군정軍政에 대한 훈육을 할 것으로 생각하고 있었다. 그러나 그들의 그런 생각은 여지없이 빗나갔다. 건륭의 질문이 다소 황당하기는 했으나 부항은 건륭이 혼탁한 이치에 회의를 느낀 나머지 상심에 겨워 그런 말을 한다고 생각하고 정중히 예를 갖춰 아뢰었다.

"한낱 음혼淫昏한 제왕에 불과했던 창읍왕이 괴물을 본 것은 그리 놀라운 일이 아니라고 생각하옵니다. 우리 대청이 개국한 지 백년이 넘었으나 지금이 최고의 전성기임은 삼척동자도 다 아는 사실이옵니다. 내우외환이 없고 국력이 강성하여 태평성대가 이어지고 있사옵니다. 다만 이치吏治가 여의치 않은 것이 옥에 티라고 하겠사오나 이는 어느 조대를 막론하고 성세의 고질痼疾이오니 폐하께서는 크게 염려치 않으셔도 될 것이옵니다. 꾸준히 이치의 강도를 높여 간다면 언젠가는 획기적인 변혁을 맞이할 날이 도래할 것이옵니다."

"두 무장은 어찌 생각하나?"

건륭이 부항의 말을 듣고 우울한 기색을 조금 떨쳐낸 듯 조혜와 해란찰에게 고개를 돌렸다. 조혜가 먼저 대답했다.

"신은 우매해 역사를 잘 모르옵니다. 그러나 노익장을 과시하는 몇몇 장수들은 한결같이 지금의 성치聖治가 성조 때를 능가한다고 입을 모으셨사옵니다. 천하가 청명하고 건곤이 낭랑하온데 폐하께서 어찌 돌연 '관구'를 운운하시면서 우울해하시는지 그 까닭을 무지몽매한 신은 알지 못하겠사옵니다."

해란찰도 입을 열었다.

"신은 폐하께서 무너지는 이치 때문에 고심하고 계시는 줄로 생각하고 있사옵니다. 신의 어리석은 생각으로는 천하의 썩어 문드러진 관리들을 빗대는 말로 쓰이는 '구관'狗官이나 방금 말씀하신 '관구'나 뜻이 비슷한 것 같사옵니다."

건륭이 부항 등의 말을 다 듣더니 마침내 깊은 한숨을 토해냈다. 그리고는 침울한 어조로 말했다.

"짐도 그리 생각하네. 그래서 짐의 마음이 납덩이처럼 무거운 거겠지. 가진 자의 횡포는 갈수록 심해지고 권력을 거머쥔 오합지졸들만 살판났으니 전처럼 칼을 가는 모습만 보여줘서는 아무 소용이 없네. 이제는 서슬 푸른 칼날이 피를 부르는 장면을 보여줄 때네!"

건륭이 말을 마치고는 입을 굳게 다물었다. 그 입의 꼬리가 무척이나 날카로웠다.

26장

환부를 도려내라!

부항을 비롯한 조혜와 해란찰 세 신하는 아무런 대답을 하지 못했다. 그러자 건륭이 형형한 눈빛으로 신하들을 바라보면서 말을 이었다.

"오는 길에 배 안에서 기윤의 얘기를 들었네. 요즘 관가에서 공공연히 떠도는 말이라면서 들려주는데, 기가 막혀 말이 안 나오더군. '관직의 높고 낮음에는 관심이 없네, 권력만 움켜쥐면 만사대길인 걸! 맡은 일의 크고 작은 것은 상관없네, 은자만 챙기면 그만인 걸!'이라는 말이라는 거야. 관리들이 이제는 아예 대놓고 부정을 저지르겠다는 얘기가 아니고 뭔가? 또 이런 얘기도 있어. 언젠가 무석無錫현 현령이 아문의 대문에 대문짝만 한 글씨로 이렇게 써 붙였다고 하더군. '돈에 관심 없고, 관직에 미련 없고, 처첩에 욕심 없다'라고 말일세. 그랬더니 어떤 호사가가 그 옆에 조그맣게 각주를 달아 놓았다는 거야. '돈에 관심이 없다는 건 미친 소리, 관직에 미련 없다는 건 허튼소리, 처첩에 욕심 없다는 건

개소리야'라고 말일세. 겉은 금옥金玉이나 속은 패서敗絮(풀어헤쳐진 솜)인 관리들의 표리부동을 신랄하게 비웃는 말이 아니겠나? 짐은 이를 백성들의 마음의 소리라고 생각하네. 백성들은 요즘의 관가를 탐욕, 저속함, 음란과 비열함의 대명사로 생각하고 있어. 몸에 생긴 고름은 제때 치료하지 않으면 나중에 온몸이 썩어 들어갈 정도로 커지는 법이라네. 이치吏治 역시 제때에 쇄신하지 않고 이대로 방치한다면 언젠가는 엄청난 민변民變을 불러오고 말 걸세. 이치가 악화일로를 치닫는 상황에서 어찌 장구한 태평성대를 영위할 수 있겠는가?"

부항은 건륭의 말을 듣자 가슴이 거대한 바위에 눌린 듯 숨을 쉬기도 힘들었다. 그러다 겨우 숨을 길게 들이마시기는 했으나 감히 크게 뱉지 못하고 속으로 삭였다. 그가 조심스레 아뢰었다.

"이덕유李德裕는 한漢나라 소제昭帝를 논하는 《본기》本紀에서 이같이 적었사옵니다. '황제의 덕은 영명함에 있다. 영명함은 빛과 같아 사악한 무리들이 숨을 곳이 없게 비추기 때문이다'라고 말이옵니다. 폐하께서는 구중궁궐에 높이 계시면서도 시시각각 백성들을 생각하시니 지극히 영명하신 분이옵니다. 이는 만민이 공감하는 바이옵니다. 비록 관구가 득실대는 건 사실이오나 신은 아직 그 관구들이 제실帝室 가까이에는 접근하지 못했다고 생각하옵니다. 인간은 때로는 수덕修德에 신중하지 못하고 율기律己에 게을리 해 관구로 전락하는 경우가 있사옵니다. 부끄럽사오나 신은 항시 근신하고 자중자애하기 위해 노력해왔사옵니다. 그래서 '관구'의 오명은 덮어쓰지 않을 자신이 있사옵니다. 유통훈, 기윤, 아계 역시 우국충정이 남다른 신하들이라고 생각하옵니다. 명군明君을 우러러 보필하는 정인신료正人臣僚들이 있는 한 폐하께서 심려하시는 그런 혼란은 없을 것이옵니다."

"신료들이 모두가 경들만 같다면 짐이 무슨 우려가 있겠는가?"

건륭은 부항의 말이 위로가 안 되는 듯 짤막하게 말했다. 표정 역시 여전히 우울했다. 그럴 수밖에 없었다. 이치가 급전직하해 몇 번이고 고삐를 조였으나 아무런 소용이 없는 현실이 참담했다. 실제로 그는 즉위 이래 줄곧 일벌백계의 입장을 취해왔다. 읍참마속泣斬馬謖의 심정으로 대학사 두 명과 대장군 한 명을 주살하기도 했다. 봉강대리 여러 명을 파면시킨 것은 말할 것도 없었다. 심지어 유강의 참형을 집행할 때는 일부러 백관들을 불러 직접 주륙의 현장을 지켜보도록 했다. 그러나 이런 이치 쇄신의 노력에도 불구하고 군軍, 관官의 탐관오리들이 사행하는 부패는 날로 수위를 더해갔다. 급기야 상, 하첨대上下瞻對와 금천金川 양대 전사 등에서 두 번 다시 떠올리기 싫을 정도로 끔찍한 패배를 기록하고 말았다. 그러나 '잃은 것이 있으면 얻는 것도 있다'고 했던가. 패전으로 인한 분노와 수치심이 촉매제가 돼 군기처는 젊은 나이에 문무를 겸비한 아계를 얻을 수 있었다. 또 조혜와 해란찰이라는 숨은 '보석' 두 명도 발견할 수 있었다.

따라서 군사에 대해 논의하려면 당연히 조혜와 해란찰이 적임자라고 해도 좋았다. 건륭이 잠시 생각에 잠겨 있더니 조혜와 해란찰을 향해 말했다.

"경들은 어찌 아무 말이 없는가?"

조혜와 해란찰 두 사람은 갑작스런 건륭의 하문에 화들짝 놀랐다. 그들은 사실 코앞에서 천위天威를 대면하고 있다는 긴장감 때문에 크게 숨조차 못 쉬고 있었다. 게다가 군국대사를 논하는 자리에서 묻지 않은 말에는 끼어들 수도 없었다. 그런 상황에서 건륭이 갑자기 고개를 돌려 묻자 두 사람은 어찌 대답해야 할지 몰라 당황했다. 평소 차분하고 침착한 조혜는 곧 정신을 차리고 대답할 말을 머릿속에서 정리하기 시작했다. 그때 해란찰이 먼저 입을 열었다.

"폐하께서는 국가의 흥망대계를 논하고 계시옵니다. '아는 게 도둑질'이라고 신들은 칼싸움밖에 모르옵니다. 당치도 않은 말로 폐하의 심기를 불편하게 해드릴까 봐 감히 입을 열 수 없었사옵니다."

건륭은 장시간 앉아 있느라 몸이 불편한지 자리에서 일어났다. 이어 천천히 걸음을 떼어놓더니 히죽 웃었다.

"경은 공자가 아니네. 짐이 언제 구구절절 주옥같은 말만 하라고 했는가? 국가의 흥망대계에는 필부도 책임이 있다고 했어. 그런데 대신인 경들이 입을 봉하고 있어서야 되겠나!"

해란찰이 그러자 바로 무릎을 꿇고는 아뢰었다.

"신은 먹물도 많이 먹지 못했사옵니다. 게다가 경륜도 턱없이 부족하옵니다. 신의 어리석은 생각으로 군사를 이끌 때 가장 중요한 것은 병사들에게 한가할 틈을 주지 말아야 한다는 것이옵니다. 사람은 한가하면 하루에도 오만 가지 생각을 하게 되옵고 급기야는 죽을 생각까지 한다고 하옵니다. 병영에는 모두가 홀아비들이오니 한가하면 온통 계집생각만 할 것이옵니다……."

건륭과 부항은 해란찰의 말이 끝나기도 전에 웃음을 터트렸다. 그러나 건륭은 껄껄 웃으면서도 계속하라는 손짓을 했다. 해란찰은 건륭의 격려를 받자 용기백배한 듯 머리를 쿵 조아리고는 다시 말을 이었다.

"그 때문에 전사戰事가 있을 때, 훈련이 고달플 때가 오히려 병사를 지휘하기가 더 용이하옵니다. 그래서 양병養兵과 용병用兵에서 가장 금기시해야 할 것은 둔병屯兵이라고 하옵니다. 병사들을 한가하게 내버려둬서는 절대 안 되옵니다. 밥 먹고 할 일이 없으면 도박에 빠지고 계집에 미치고 서슴없이 강도짓을 하게 되옵니다. 측간 담벼락에 붙어 여인들의 볼일 보는 걸 훔쳐보는 것도 바로 이때이옵니다. 따라서 신은 군법을 강화해 군사들에게 한가할 틈을 주지 말아야 한다고 생각하옵니다. 전투가 없을 때는 총을 닦거나 칼을 가는 일이라도 하루 종일 시켜야 한다고 생각하옵니다!"

해란찰의 말이 끝나자마자 이번에는 조혜가 머리를 조아렸다.

"해란찰의 말에 깊이 공감하옵니다. 지금 사천의 탈영병들이 갖은 사달을 일으키는 것도 바로 한가하기 때문이옵니다. 장군, 병졸 할 것 없이 도덕이 해이해지고 군기가 문란해져가니 참으로 심각한 문제이옵니다. 이치 역시 마찬가지라 사료되옵니다. 아문 중에서도 돈 많고 한가한 아문에서 각종 사달이 생기는 것도 같은 이치가 아니겠사옵니까? 다만 관가는 병영과 사정이 다르오니 우격다짐으로 밀어붙이는 것이 능사는 아닐 것이옵니다."

"둘 다 좋은 건의를 했네. 경들의 말대로 회초리만 들 것이 아니라 때로는 사탕도 주면서 교화를 시도해야 할 것이네. 짐은 이미 윤계선에게 어명을 내렸네. 관리, 학정, 교유^{敎諭} 그리고 훈도^{訓導}들은 누구도 예외 없이 모두 제도에 따라 시험을 보고 시험 결과를 고공사^{考功司}에 기록하도록 했네."

건륭이 조혜와 해란찰의 말을 칭찬하면서 자신의 계획도 밝혔다. 어느새 표정이 많이 밝아져 있었다. 가볍게 부채질을 하면서 미소 띤 얼굴로 다시 말을 이었다.

"이치 정돈과 군대의 풍기 진작을 동시에 추진해야겠네. 물은 고이면 썩고 사람은 편하면 변질하듯 다들 한가해지니 관구 같은 괴물이 판을 칠 수밖에 없을 테지. 우선 군대의 풍기를 진작시키는 것이 중요하네. 전쟁이 발발하면 군비와 전량을 뒷바라지해야 하니 지방에서도 한가할 틈이 없지 않겠나!"

건륭은 말을 하다 보니 자신감이 회복되었는지 얼굴에 만족스러운 미소가 나타났다. 부항 역시 따라서 기분이 좋아졌는지 길게 엎드린 채 입을 열었다.

"폐하의 말씀을 조서로 작성해 공문으로 띄우는 것이 어떻겠사옵니까?"

"경들만 알고 있으면 됐네. 공문으로 띄우면 밑에서는 성의聖意를 점친답시고 뒤집어보고 뜯어보고 한바탕 어지러울 걸세."

건륭이 어찌할 도리가 없다는 듯 웃으면서 말했다. 사실 그는 과거부터 철저히 계산적으로 만들어진 '인재'에 대해서는 질색을 했다. 마찬가지로 위에서 지시가 내려간 다음 밑에서 호들갑을 떠는 것을 무척이나 싫어했다. 그러나 싫어도 현실은 어쩔 수 없었다. 그로서는 쓴 웃음이 나올 수밖에 없었다.

"금천 군사에 대해 논하고자 경들을 불렀네. 조정은 더 이상 서부에서의 패전을 용납할 수 없는 상황에 처했네. 경들이 금천을 평정하지 못한다면 짐은 친정親征을 강행하는 한이 있더라도 반드시 사라분을 생포해 죄를 물을 것이네. 경들은 사천에 도착한 다음 군사부터 정비해야 할 걸세. 군사를 정비하려면 필연적으로 피비린내를 풍겨야 하겠지. 그러나 구제불능의 인물들 몇몇을 처단한다고 군기가 바로잡히고 군사 정비가 끝났다고 볼 수는 없네. 경들은 병사들의 사기를 북돋워야 하는 의무도 있네. 맹적猛敵과 생사를 건 결투를 벌일 때 용맹무쌍한 투지를 발휘할 수 있도록 말이네. 선인들은 '맹수를 이기려면 우선 기를 꺾어야 한다'라고 했네. 반드시 기 싸움에서 이길 수 있는 강한 부대를 만들어야 하네."

건륭은 특히 마지막 한 마디에 힘을 주었다. 이어 한참 후 다시 입을 열었다.

"오늘은 이만 물러들 가게!"

"어명을 받들겠사옵니다!"

부항을 비롯한 세 명의 신하는 깊이 머리를 조아렸다.

건륭은 부항을 비롯한 김홍, 윤계선을 총독아문으로 불러 저녁 수라를 함께 했다. 따로 일정을 잡은 기윤은 오후에 강남도서채방국의 관리를 접견한 후 북쪽 서재에 있는 유통훈을 찾아갔다. 이어 건륭의 신변보호에 대한 지시사항을 전하고 기타 공무에 대해 간단하게 논의했다. 기윤이 공무에 대한 얘기를 끝내고 "연청 대인의 건강은……?"이라고 안부 인사를 꺼냈을 때였다. 유통훈이 바로 축객령을 내렸다.

"할 말이 끝났으면 어서 가서 폐하의 기거에나 신경 쓰시오! 폐하께서 귀경길에 오르시면 그때는 시간을 낼 수 있으니 밤새워 얘기하도록 하고. 조금 있다 나는 얼사아문의 당관과 강남 대영의 제독을 접견하고 자시 무렵에는 유용도 잠깐 봐야 하오. 밤새도록 일에 매달려도 부족하니 서운해 하지는 마시오! 그리고 미리 쐐기를 박아두지만 이곳 남경은 풍기가 별로 안 좋은 곳이니 만큼 나쁜 계집들이 폐하께 꼬리치지 못하게 해야겠소. 우리 두 사람의 우정은 폐하의 신변을 철저히 지켜드리는 기초 위에서만 유지될 수 있다는 걸 명심하오."

유통훈은 일에 대해서만큼은 호랑이 저리 가라 할 정도로 무서운 사람이었다. 기윤은 그런 성격을 모르지 않았으므로 그의 말에는 전혀 개의치 않고 자리에서 일어났다.

"북경을 떠나기 사흘 전 자녕궁 태후마마 전에 문후를 여쭈러 들었더니 역시 같은 말씀을 하셨죠. 황후마마께서도 부상을 따로 부르셔서 당부하신 걸로 알고 있어요. 폐하께서 이 꽃, 저 풀을 건드리지 않도록 옆에서 잘 살펴드리라고요. 걱정하지 마세요. 폐하께서는 비록 풍류를 즐기시나 자신의 척도가 없으신 분은 절대 아니십니다!"

기윤은 말을 마치고는 바로 유통훈에게 작별 인사를 고하고 나왔다. 날은 이미 어두워진 후였다. 그가 화청의 뒷담벼락까지 걸어가자 조혜가 다가왔다.

"폐하께서는 저녁 수라를 마치셨나? 지금은 누가 초소를 지키고 있나?"

"폐하께서는 저녁 수라를 물리셨습니다. 해란찰이 두 분 마마를 모시고 계명사鷄鳴寺로 가서 지금은 파특아가 당직을 서고 있습니다. 폐하께서는 이 사람을 시켜 기윤 공을 불러오라고 하셨습니다. 향촉香燭과 불전佛錢을 준비해 곧 비로원으로 출발하실 예정이라고 합니다. 이 사람과 해란찰이 산문山門 밖까지 경호를 담당하고 그 뒤로는 안찰사아문에서 호위를 할 것입니다."

기윤이 알겠다는 듯 고개를 끄덕이고 나더니 웃으면서 말했다.

"자네, 그 소식을 알고 있는지 모르겠네? 일전에 감옥에서 자네를 무지하게 괴롭혔던 그 옥졸 말이야. 이름이 뭐라 그랬지?"

"호부귀 놈 말씀입니까?"

"그래, 맞아! 호부귀."

기윤이 짧게 말을 마치고는 붉은 노을 아래 지친 날개를 퍼덕이면서 남으로 날아가는 기러기 떼를 응시했다. 이어 천천히 덧붙였다.

"자네 휘하로 가면 죽음이라는 걸 아는지 제발 금천 대영에는 보내지 말아달라고 병부를 찾아가 통사정을 했나 보더라고. 그런데 병부에서는 그의 청을 들어주지 않았다는군. 급기야 울며 겨자 먹기로 금천 대영의 중군 소속으로 출전하게 됐다지 뭔가? 원수는 외나무다리에서 만난다더니, 그 자식 드디어 임자 만난 것 같군!"

조혜는 기윤의 말에 아무런 대꾸도 하지 않았다. 그러자 기윤이 다시 입을 열었다.

"듣자니 자네는 그자를 반드시 죽여 없애버리겠노라 하늘에 맹세를 했다고 하던데?"

"중당 대인! 그걸……, 그걸 어찌 아셨습니까?"

기윤이 추호의 망설임도 없이 말했다.

"자네가 폐하께 이실직고했으니 내가 알지. 폐하께서는 눈에는 눈, 이에는 이라면서 자네의 선택에 맡기겠다고 말씀하시던데?"

"폐하!"

조혜가 나직하게 외쳤다. 그런 그의 얼굴에 감동이 가득했다. 그는 마치 건륭을 면대하듯 길게 엎드린 채 머리를 조아리면서 감격에 겨워 울먹이는 소리로 말했다.

"폐하께서 신의 마음을 그토록 잘 헤아려주시니 신은 오로지 뼈를 빻아 성은에 보답하는 심정으로 충정을 다질 뿐이옵니다!"

기윤이 그런 조혜를 바라보더니 까닭 모를 한숨을 지었다.

"어찌 됐건 선택은 이제 자네한테 달렸네. 나는 그만 폐하를 뵈러 가야겠네."

기윤이 말을 마치고는 서둘러 걸음을 옮겼다.

조혜는 어쩐지 마음이 내내 석연치 않았다. 기윤의 그 한숨이 마치 풀리지 않는 수수께끼처럼 머릿속에서 사라지지 않았던 탓이었다. 그렇게 해서 군함이 무한武漢 부두에 당도할 때까지 조혜는 내내 깊은 생각에서 빠져나오지 못했다. 부항 역시 비슷했다. 금천 군정軍情에 관한 자료를 읽고 지도를 보면서 금천 지역의 형세를 분석하느라 몇 날 며칠 선실 안에서 꼼짝도 않고 있었다. 그때 친병이 다가와 군함이 곧 부두에 정박할 거라는 보고를 올렸다. 그제야 부항은 뻐근한 몸을 이리저리 비틀면서 산책 삼아 선창으로 나왔다. 선창에서는 해란찰이 등을 돌리고 서서 긴 물줄기를 힘껏 뿜어 올리고 있었다. 부항이 엉덩이를 앞으로 잔뜩 내밀고 허리를 빙빙 틀면서 오줌을 누는 해란찰의 모습을 보고는 별꼴 다 본다는 듯 실소를 터트렸다.

"그렇게 하면 오줌이 더 잘 나오나? 아무튼 특이한 사람이라니까!"

해란찰이 익살스런 웃음을 지어보였다.

"속에 있는 걸 다 배출시켜야 전쟁터에서 더 날렵하게 적들을 무찌를 수 있죠!"

지극히 해란찰다운 대답이었다. 부항은 고개를 돌려 저만치 떨어져 말없이 어딘가를 응시하고 있는 조혜에게 말을 걸었다.

"조혜, 자네는 무슨 고민거리가 있나? 어째 심사가 무거워 보이는데?"

그러자 조혜가 기윤으로부터 들었던 말을 부항과 해란찰에게 전했다. 해란찰이 먼저 격한 반응을 보였다.

"그런 문제라면 고민할 게 뭐가 있어? 화냥년이 싸지른 벼락 맞아 뒈질 놈의 새끼, 단칼에 죽여 버리면 끝날 일을 가지고! 기윤 공이 뭔가 묘한 여운을 남겼다 이 말이지? 그건 기윤 공의 심성이 인의仁義로워서 그런 거고……, 당해보지 않은 사람이 그 더러운 기분을 어찌 알겠어!"

부항은 동으로 굽이쳐 흐르는 강물을 바라보면서 침묵을 지키다가 한참만에야 물었다.

"죽여 버릴 건가?"

"……"

"병권은 자네에게 있으니 그자를 없애는 건 개미 한 마리 비벼 죽이는 것보다 쉽겠지."

"부상, 그때 제가 당했던 굴욕을 부상께서도 당하셨다면…… 역시 그자를 용서할 수 없을 겁니다."

"암!"

부항이 짧게 대답하고는 미간을 좁힌 채 석양이 물든 핏빛 강물을 바라봤다. 점점 가까워지는 황학루黃鶴樓는 저녁 놀 아래에서 더욱 신비로웠다. 동시에 은가루 같은 파도는 높이 솟구쳐 오르면서 뱃전을 털썩털

썩 때리고 있었다. 그러자 하늘과 바다, 갈매기와 사람이 혼연일체를 이루는가 싶더니 일몰 무렵의 장강에 웅혼한 장관을 연출하기 시작했다. 부항은 취한 듯 주변의 경치에 빠져 긴 침묵을 지키고 있었다. 그러다 코앞을 지나가는 외기러기의 울음소리에 정신이 든 듯 눈꺼풀을 움직이면서 두 사람을 향해 돌아섰다.

"호부귀는 자네와 비교할 것도 못 되는 미물이네. 아마 폐하께서는 아끼는 신하의 굴욕을 씻어주고자 그리 말씀을 하셨을 거네. 장사壯士는 죽임을 당할지언정 굴욕은 당할 수 없다고 하지 않았는가? 그러나 우리가 역으로 생각해볼 수는 없을까? 자네도 한신韓信의 얘기를 잘 알겠지? 남의 가랑이 밑으로 드나드는 굴욕을 당하고도 출세한 후 그자를 부하로 받아들여 세상에 둘도 없는 충신으로 키워냈지. 자네도 한신을 본받아 백번 죽여 마땅한 자를 살려줌으로써 세인들에게 미담으로 널리 회자된다면 어떨까?"

조혜와 해란찰은 부항의 조언에 의외라는 표정을 지었다. 조혜는 여전히 말이 없었다. 그러자 해란찰이 뒷머리를 긁적이면서 입을 열었다.

"듣고 보니 그렇군요. 살아 있어도 송장이나 다름없을 텐데, 굳이 칼에 피를 묻힐 것 없이 내버려두면 그런 좋은 점도 있겠군요. 미처 생각하지 못했습니다."

부항이 조용히 웃었다. 그때 황학루 쪽에서 음악소리가 바람을 타고 들려왔다. 부항은 선실로 들어가지 않고 밖에서 의관을 정제한 다음 두 발을 모으고 똑바로 섰다. 조혜와 해란찰 역시 장검에 손을 얹은 채 부항의 뒤에 시립했다. 경호를 맡은 친병들은 대오를 정렬해 양쪽으로 길게 늘어섰다. 삽시간에 뱃전에는 칼과 검의 그림자가 번뜩였다. 장군 깃발도 표표히 나부꼈다. 누가 봐도 위풍당당한 광경이었다.

부두가 점점 가까워졌다. 그러자 임시로 설치한 접관정接官亭과 그 옆을 오가는 사람들의 얼굴도 알아볼 정도가 되었다. 맨 앞에는 늑민이 있었고, 호광湖廣 장군 제도濟度가 흑탑黑塔처럼 그 옆에 버티고 있는 모습이 보였다. 두 번째 줄에는 이시요, 전도, 악종기, 장유공과 노작 등의 모습이 보였다. 왼쪽으로 조금 떨어진 곳에 서 있는 사람들도 모두 부항과 안면이 있었다. 호부와 병부의 당관, 호광 얼사아문과 번대아문에서 나온 관리들이었다. 그들의 등 뒤에 산처럼 늠름하게 정렬한 의장대는 호광 수사水師와 한양漢陽 기영旗營의 병사들, 그리고 부항을 따라 사천으로 내려갈 중군들로 구성돼 있었다. 그들은 저마다 장검에 손을 얹고 늠름한 가슴팍을 쑥 내민 채 앞을 응시하고 있었다. 막강한 위용을 자랑하기에 모자람이 없었다. 부항은 중군 친병들을 쓸어보다 무직武職 관포冠袍 차림에 고개를 꼿꼿이 쳐들고 그린 듯 서 있는 자신의 집사 왕소칠王小七을 발견했다. 그의 얼굴에 희미한 미소가 떠올랐다.

배가 부두에 정박하자 세 사람이 나란히 걸어 나올 수 있을 정도로 넓은 판자가 부두에서 군함까지 연결되었다. 이어 뒤따르던 두 척의 경호 선박이 도착하자 귀청을 찢을 듯한 세 발의 대포소리가 쿵! 쿵! 쿵! 울려 퍼졌다. 황학루를 새까맣게 덮고 있던 까마귀들이 그 소리에 놀랐는지 까악까악하고 정신 사납게 울면서 오르내렸다. 그러나 그에 아랑곳하지 않고 폭죽소리가 계속 이어졌다. 매캐한 연기로 모두의 시야가 뿌옇게 흐려진 가운데 부항은 천천히 배에서 내려섰다. 순간 늑민을 필두로 흠차를 영접하러 나온 관리들과 무한 전역에서 선발된 진신縉紳들이 일제히 마제수馬蹄袖(관리들 의복의 말굽 형태 소매)를 올리는 소리에 천지가 떠나갈 듯했다. 이어 그들 모두가 무릎을 꿇은 채 머리를 조아리면서 일제히 외쳤다.

"신들이 폐하께 문후를 여쭙사옵니다!"

"폐하께선 강녕하시네!"

부항은 근엄한 표정으로 천자를 대신해 대례를 받았다. 이어 표정을 부드럽게 풀고는 늑민에게 다가가 몸을 일으켜 세웠다. 그리고는 전도와 이시요 등의 손도 잡아주고는 북경에서 온 몇몇 당관들을 향해 말했다.

"여러분도 수고가 많았네! 군무를 도와주러 무한까지 온 사람들이니 온 김에 반년만 더 고생해주게. 금천 전사가 끝나는 대로 내가 자네들에게 삼 개월의 휴가를 줄 테니."

부항이 말을 마치고는 악종기의 손을 굳게 잡았다.

"할 말은 오기는 서찰을 통해 다했으니 익 장군은 백옥사白玉寺에 주둔하도록 하시오. 뭐니 뭐니 해도 건강이 가장 중요하니 잘 챙기도록 하오. 일반 서찰은 비둘기로 주고받는 것이 좋겠소. 내가 조련을 부탁했던 군용 비둘기들이 사천에 도착했는지 모르겠소."

"예, 부상!"

백발이 성성한 나이임에도 여전히 기력이 정정해 보이는 악종기가 무쇠종처럼 우렁찬 목소리로 대답했다. 이어 자세히 보고하기 시작했다.

"조련사 칠십 명이 조련해낸 삼백육십 마리의 군용 비둘기들은 전부 사천으로 보냈습니다. 여러 번 시험해봤는데 아직 한 번도 실수한 적이 없다고 합니다. 그 점은 염려하지 마십시오!"

부항은 악종기의 말에 흡족한 미소를 지은 채 다른 사람들과도 간단히 인사말을 주고받았다. 이어 자신을 향해 바보처럼 웃고 있는 제도를 발견하고는 다가가서 그의 어깨를 두드려주었다.

"의리의 사나이, 여기서 또 보네? 그래 이곳 수토水土에는 적응할 만한가?"

제도가 부항의 말에 하하하! 크게 웃음을 터트렸다.

"개집 같아도 자기 집이 최고라고, 저는 그래도 봉천으로 돌아가고 싶습니다. 무슨 놈의 동네가 음력 팔월이 됐는데 아직도 부채가 없으면 살 수가 없으니, 나 원 참!"

이시요가 바로 제도의 말을 받았다.

"운남과는 비교할 수 없죠. 얼마 전 한양 지부 비조덕費祖德이 저를 찾아왔답니다. 한순간도 부채를 놓지 못할 정도로 하도 더워하기에 우리 사이에 허물로 삼을 것도 아니니 관포冠袍를 벗으라고 했습니다. 말이 떨어지기 바쁘게 홀렁홀렁 껍데기를 벗어던지더군요. 그래도 여전히 땀을 비 오듯 흘리는 모습이 너무 안쓰러워 보여 더 올 사람도 없으니 벗을 수 있는 데까지 다 벗으라고 했지 뭡니까. 그러자 이 사람이 글쎄 속곳만 남기고 다 벗어버리는 게 아닙니까? 그러고 나서는 시원해서 잠이 온다면서 연신 쾌재를 부르더군요. 그러다 마침 집안에 급한 일이 있노라면서 가인家人이 밖에서 부르자 벌거벗은 그대로 역관을 뛰쳐나갔다는 거 아닙니까. 만고의 웃음거리를 자초했지요, 허허허!"

부항이 이시요의 말에 호탕하게 웃었다. 그리고는 늑민과 전도를 향해 말했다.

"호부에 있던 그 엉뚱한 인간이 언제 한양 지부로 발령이 났나? 이참에 짬을 내서 한번 봐야겠네."

전도는 근래 들어 무척 냉담해진 부항의 태도 때문에 은근히 주눅이 들어있었다. 그러나 부항이 웃으면서 물어오자 마음이 다소 놓이는지 황급히 굽실거리면서 대답했다.

"예, 그렇습니다. 한양 지부로 발령이 난 지 얼마 안 됐습니다."

부항이 고개를 끄덕이면서 그렇게 관리들과 담소를 즐기고 있을 때였다. 늑민이 가까이 다가왔다.

"이번에는 오복루五福樓에서 환영행사를 가지기로 했습니다. 황학루는 바람이 너무 세고 파도소리가 시끄러워서……."

부항이 늑민의 말에 바로 그의 말허리를 자르고 나섰다.

"지난번 눌상(눌친)이 황학루에서 거하게 먹고 가서 패망했다고 황학루를 기피하는 건가? 그런 미신은 믿지도 말게. 나는 그래도 황학루가 좋네!"

부항은 말을 마치자마자 곧바로 다른 관리들에게 다가갔다. 이어 이 손, 저 어깨를 잡아주면서 위로와 격려의 말을 건넸다.

부항의 고집대로 연회석은 황학루에 차려졌다. 그러나 부항은 술은 한 방울도 입에 대지 않았다. 늑민이나 이시요 등의 대신들과도 거의 어울리지 않았다. 대신 진신縉紳이라 불리는 호상의 명류들에게는 적극적으로 다가가서 술을 권하거나 기분을 북돋아주면서 담소를 나눴다. 황제의 남순행이 가지는 의미에 대해 그것이 백성을 자식처럼 사랑하는 천자의 은덕임을 설득력 있게 설명한 것이다. 또 백성들의 부모관이라면 마땅히 그들의 삶에 관심을 갖고 실질적인 도움을 줘야 한다는 가르침도 내렸다. 연회에 참석한 관리들은 여느 국구와는 달리 사려 깊고 진중하면서도 사리에 밝은 부항의 말에 모두들 적지 않게 감명을 받은 눈치였다.

하지만 부항은 군무와 정무에 대해서는 일언반구도 없었다. 그렇다고 강남을 왕래하면서 큰 장사를 하는 갑부들이 바보는 아니었다. 한 갑부가 "중당 대인의 큰 뜻에 동참해 금천 군사에 일조하겠다"면서 가인들을 집으로 보내 은표를 가져오도록 하자 모두들 덩달아 호응한 것이다. 그렇게 삽시간에 '낙수'樂輸라는 이름으로 80만 냥의 은자가 모였다. 부항은 찬성도 반대도 하지 않고 그저 처음 그대로 그들을 깍듯하게 예우하면서 술을 권할 따름이었다. 그가 술 주전자를 들고 한 바퀴 돌아서 상석으로 왔을 때였다. 해란찰이 이시요의 귓전에 입을 바짝 대고 뭔가를 소곤거리고 있었다. 그 모습을 본 부항이 말했다.

"사내가 돼서 뭘 그리 계집처럼 속닥대는 건가?"

"이 사람이 자기가 여자로 태어났더라면 무슨 수를 쓰든 부상과 결혼을 했을 거라면서 허튼소리를 하고 있습니다. 그래서 제가 그런 저팔계 꼴을 해 가지고 부상의 요강을 비우는 일이라도 할 수 있으면 다행이겠다고 했습니다."

이시요가 해란찰의 입을 밀어내면서 대답했다. 부항은 너무나도 노골적인 아부의 말에 어이가 없다는 듯 실소를 흘렸다. 그때 얼굴에 벌겋게 취기가 오른 제도가 5품 정자를 단 뚱보를 끌고 와서는 소개를 했다.

"부상, 돼지 한 마리를 몰고 왔습니다. 이자가 바로 한양 지부 비조덕입니다."

부항은 몹시 더운 듯 헐떡거리면서 연신 부채질을 하는 비조덕을 보자 참지 못하겠다는 듯 껄껄 웃고 말았다. 이어 가까이에 있는 의자를 가리켰다.

"힘들게 예를 갖출 거 없이 편히 앉게! 그래, 자네는 언제 때의 진사인가?"

비조덕은 너무 작아 실처럼 보이는 두 눈을 나름 부릅뜨면서 자리에 털썩 주저앉았다. 그리고는 자신을 향한 수많은 시선에도 전혀 무안해하는 기색 없이 힘차게 부채질을 하면서 대답했다.

"건륭 원년에 일갑一甲 오등으로 합격한 진사입니다. 장형신(장정옥) 재상의 문하에서 공부했습니다."

"한양부의 인구는 얼마쯤 되나?"

"작년 통계로 일백칠십만 사천칠십일 명이었습니다. 일 년 사이에 새로 태어나거나 죽은 인구는 계산에 넣지 않았습니다."

"쌀값은 어떤가?"

"보통 한 되에 삼 전 오 푼이었으나 요즘은 군량미를 징수하는 바람에 가격이 조금 올라 어제는 삼 전 칠 푼에 거래됐다고 합니다."

"돼지고기는?"

"돼지고기는 한 근에 칠십 문입니다. 쌀값이 올랐으니 돼지고기도 곧 오르지 않을까 합니다."

"한양부에서 작년 가을에 처형한 죄수는 몇 명인가? 올해 계획은 어떤가?"

"작년에 한 명입니다. 올해도 이미 한 명을 처형했습니다."

"무슨 죄목으로 처형했나?"

"백약이 무효한 악질분자였습니다! 주인집 닭을 훔쳐 먹고도 죄를 뉘우치기는커녕 주인집 아들이 한소리 했다고 그 자리에서 장대로 두드려 팼다고 합니다. 동네 사람들이 모두 그자의 이름만 들으면 덜덜 떤다고 하니 민생 치안을 바로잡는 차원에서라도 어쩔 수 없었습니다."

비조덕이 입술을 빨면서 억양 변화 없이 대답했다. 이어 덧붙였다.

"세상 무서운 줄 모르고 깝죽대던 놈이 닭 한 마리 먹고 뒈졌으니 앞으로 보십시오. 내년 가을에는 사형대에 오르는 죄인이 하나도 없을 것입니다."

부항이 비조덕의 말에 빙그레 웃으면서 고개를 끄덕였다. 몇 마디 질문을 통해 겉으로는 미련하고 엉뚱해 보이는 비조덕이 결코 멍청한 인물이 아니라는 사실을 알 수 있었다. 그러나 자리를 가득 메운 관리들은 부항이 그런 자질구레한 질문을 하는 이유를 알 수가 없었기에 다들 멀뚱한 표정을 짓고 있었다. 비조덕은 부항이 더 이상 질문을 하지 않으면 관례대로 알아서 자리를 떠야 마땅했다. 그러나 그는 그런 예의를 전혀 모르는 듯했다. 좀처럼 물러갈 기미를 보이지 않았다. 오히려 의자를 당겨 앉으면서 물었다.

"재상 어르신께서는 아직 여전해 보이십니다. 춘추를 여쭤 봐도 되겠습니까?"

"먹는 것 없이 벌써 마흔 셋을 먹었네."

잠시 침묵이 흘렀다. 비조덕은 여전히 물러갈 생각을 하지 않고 또다시 물었다.

"국구 어르신은 양황기鑲黃旗 소속이시죠? 하관이 보기에는 정황기正黃旗가 더 나아 보이는데, 그리로 옮길 수는 없는지요?"

이쯤 되면 비조덕의 말은 애교 수준을 넘었다. 위험 수위에 이르렀다고 할 수 있었다. 좌중을 꽉 채운 빈객들은 모두들 놀라서 눈이 휘둥그레졌다. 양황기가 만주족의 팔기 제도에서 가장 존귀한 계급에 속한다는 사실조차 모르는지 비조덕이 할 말, 못할 말 가리지 않고 엉뚱한 소리를 내뱉었기 때문이었다. 늑민 등은 손에 식은땀을 쥔 채 가슴을 졸였다.

부항도 황당하기는 마찬가지였다. 하지만 그는 화를 내지 않고 고개를 뒤로 젖히면서 크게 웃었다. 사람들은 그 웃음의 의미를 가늠할 수 없어 더욱 좌불안석이었다. 그때 부항이 담담한 어조로 되물었다.

"자네는 내무부에서 일을 해본 적이 없지?"

"예, 없습니다."

"올해 나이가 몇이나 됐나?"

"사십하고도 아홉입니다."

"자네는 스물아홉이어야 맞을 텐데. 스물아홉이 아무래도 마흔아홉보다는 낫지 않을까?"

부항이 웃으면서 말했다. 좌중의 사람들은 그의 이색적인 농담에 순간 폭소를 터뜨렸다. 잠시 말귀를 알아듣지 못한 듯 어리둥절해 있던 비조덕 역시 고개를 뒤로 젖히면서 껄껄 웃었다. 장내의 무겁던 분위기는 부항의 농담 덕분에 흔적도 없이 사라졌다.

"지금은 폐하의 성려가 깊으실 때이니 우리 신하들도 자제할 것은 자제해야 하네."

부항이 낭자한 술판을 쓸어보고는 얼굴이 벌건 관리들을 다시 둘러 봤다. 이어 정색을 했다.

"나는 무한에서 며칠 묵어갈 거요. 하지만 술자리는 이 한 번으로 족 하오. 폐하께서 맡겨주신 임무를 성공리에 끝내고 돌아오면 내가 주최 해서 이곳 황학루에서 근사하게 한턱낼 것을 약조하오! 방금 이 나라와 애환을 같이하고 폐하의 성려를 깊이 헤아린 뜻 있는 관리들이 군비 팔 십만 냥을 지원해주셨소. 이 사람은 큰 감동을 받았소. 아울러 삼군三軍 장사들을 대신해 심심한 사의를 표하는 바이오!"

부항의 말이 끝나기 무섭게 좌중에서는 떠나갈 듯한 박수갈채가 터 져 나왔다. 부항은 그에 화답하는 의미로 관모를 벗고 천천히 자리에 서 일어난 다음 진신들 쪽을 향해 계수稽首를 했다. 일순 당황한 관리 들은 황급히 일어나 맞절을 했다. 그러는 바람에 장내는 다소 시끌벅 적했다. 부항이 미소를 지으며 다시 자리에 앉았다. 그리고는 몇 마디 를 덧붙였다.

"국력이 강성한 시점에 조정의 숙원인 금천 정벌에 나서는 만큼 군비 가 부족하거나 하는 일은 없소. 그러나 여러분의 뜻이 하도 가상해 이 사람은 폐하께 이 사실을 상주할 생각이오. 여러분의 이름 석 자를 비 석에 새기고 기윤에게 칭송하는 글을 부탁해 후세에 널리 전할 것이오. 내가 부를 테니 늑민, 자네가 적게. 호광 영흠상회榮鑫商會의 이경도李敬 陶 선생이 은자 십오만 냥을 쾌척하셨네. 또 한양 산서회관山西會館의 유 삼외劉三畏 선생이 팔만 냥, 한양 금은방의 정정덕丁正德 선생이 오만 이 천 냥을 성금으로 내셨네……."

부항은 성금을 기부한 서른두 명의 이름과 직업을 토씨 하나 틀리지 않고 정확하게 입에 올렸다. 방금 술을 따르면서 어디에서 무엇을 하는 누구인지 관심 있게 물어봤을 뿐인데 짧은 시간에 그 많은 사람들의 이름을 머릿속에 전부 기억하다니, 좌중의 사람들은 하나같이 부항의 뛰어난 기억력에 놀라움을 감추지 못했다.

"그 밖에 성금 액수가 가장 많은 분은……, 양평陽平 태생인 추명모鄒明珥 선생이네. 자그마치 은자 이십만 냥을 쾌척하셨네."

순간 부항의 얼굴에서 웃음기가 사라졌다. 목소리도 방금 전과 달리 근엄해졌다.

"성의를 무시하는 것 같아 안 됐네만 나는 이 돈은 감히 받을 수 없네. 자네가 동인도東印度의 무슨 '공사'公司라는 데서 일 년에 무려 삼백 상자도 넘는 아편을 수입한다고 들었네. 약용으로 취급한다면 과연 그렇게 많이 들여올 필요가 있는가? 조정에서는 아편 수입을 엄금하고 있네. 많이 들여오든 적게 들여오든 모두 내 허락이 있어야 하는데, 자네가 언제 이 사람의 허락을 받은 적이 있는가? 나는 멀쩡한 우리 병사들에게 자네가 기부한 은자로 음식을 사 먹였다가 경을 치게 될까 걱정이네!"

좌중의 사람들은 서로 얼굴을 마주보며 수군대기 시작했다. 한참 동안이나 그 소리는 그칠 줄을 몰랐다. 그러자 추명모라는 사람이 회초리처럼 쏟아지는 수많은 시선을 이기지 못하고 자리에서 일어나 나왔다. 이어 머리를 쿵쿵 조아리고 나서 고개를 푹 숙였다. 부항이 그를 보면서 다시 자상한 미소를 지었다.

"잘못을 아는 것 같으니 이번만은 용서하겠네. 자리로 돌아가 내 말을 듣게. 아편은 독물이네. 아무리 약용이라지만 많이 먹으면 죽게 되고, 중독이 되면 패가망신도 순식간이지. 사람도, 귀신도 아닌 말로 형언 못할 꼴이 된다네. 예전에 서주徐州를 지나면서 몰골이 섬뜩한 거지 한 명이 구걸을 하기에 불쌍해서 몇 푼 줘서 보냈지. 그런데 음식점의 주인에게서 들으니 그자는 십년 전까지만 해도 서주 지역에서 이름만 대면 알

만한 만석꾼이었다고 하네. 인근의 사향팔리四鄕八里를 다 먹여 살리다시피 하던 지주였다는 거야. 그런데 거지로 전락하기까지 불과 일 년도 걸리지 않았다고 하네. 재미로 조금씩 태우다가 어느 순간 구제불능의 아편쟁이로 전락하고 만 것이지. 늑민, 자네는 이곳의 아편 유통 상황을 철저히 수사하게. 모든 아편은 일률적으로 현지 아문에 바치게 하게. 추명모, 자네가 또다시 아편을 수입해 매매했다가는 그때는 내가 결단코 용서치 않을 것임을 분명히 밝혀두네!"

추명모는 부항의 말에 혼비백산한 듯했다. 곧바로 죽어라 머리를 조아렸다. 이어 일어나면서 다짐했다.

"흠차 대인의 훈육 말씀을 명심하겠습니다! 다시는 아편에 손도 대지 않을 것을 약속드립니다!"

추명모는 말을 마치고 엉덩이를 의자 모서리에 대고는 앉으려고 했다. 그러나 낡은 의자가 삐거덕 하고 움직이는 바람에 그만 화들짝 놀라 몸을 떨었다. 다른 관리들은 그 모습을 보고 터져 나오려는 웃음을 애써 참았다. 부항이 다시 자상한 어조로 말했다.

"잘못을 뉘우쳤으면 됐네. 그리 혼비백산할 것까지는 없네. 이 사람의 지시에 고분고분 따라준다면 자네는 착실한 진신이 되기에 손색이 없을 것이네. 자자, 놀라움을 진정시키는 뜻에서 내가 한 잔 더 따라줄 테니 받게!"

부항이 말을 마치고는 자리에서 일어나 추명모에게 다가갔다. 이어 수많은 이목이 집중된 가운데 황감해 어찌할 바를 몰라 하는 추명모에게 술을 따라주었다.

"너무 수치스럽게 생각할 필요는 없네. 먼저 매를 맞은 것이 얼마나 다행인지는 두고 보면 알 것이네. 김홍 총독이 광동으로 가자마자 대대적인 아편 몰수 및 분소焚燒 운동을 벌일 것이네. 나 역시 금천 전사를 끝내고 남경에 돌아오는 대로 아편과의 전쟁을 선포하고 행동에 옮길 것이네. 자네는 병이 고황에 들기 전에 예방주사를 맞았으니 이 얼마나 다행인가!"

추명모는 경황없이 술잔을 받아들었다. 그리고는 자신도 못 알아들을 소리로 몇 마디 중얼거리고는 바로 술을 들이켰다. 그의 얼굴은 어느새 완전히 흙빛이 돼 있었다.

부항은 얼마 후 황학루에서 자리를 파하고 물러 나왔다. 그러자 적지 않은 사람들이 따라오려고 했다. 하지만 그는 대부분 물리치고 늑민만 데리고 강가 산책길에 나섰다.

때는 해시亥時가 다 된 시각이었다. 그러나 '천하의 화로'라는 명성에 걸맞게 무한의 음력 8월의 밤은 무덥기만 했다. 부항은 황학루 강변에서 사방을 둘러봤다. 귀산龜山과 사산蛇山이 병풍처럼 사방을 두르고 있는 가운데 인가가 밀집한 곳곳에 등불이 휘황찬란했다. 흰 거품을 일으키며 동쪽으로 쉼 없이 흘러가는 물소리가 마치 자장가 같았다. 길 양옆에 안개처럼 자욱하게 펼쳐진 홰나무 숲에서는 개똥벌레들이 숨바꼭질을 하고 있었다. 조용하고도 몽롱한 밤이었다. 부항과 늑민 두 사람은 잠시 아무 말 없이 거닐기만 했다.

"부상! 지금 부상과 나란히 걸어오면서 이 사람이 무슨 생각을 했는지 아십니까?"

늑민이 먼저 오랜 침묵을 깨고 어둠 속에서 하얀 이를 드러냈다.

"글쎄……. 혹시 이런 건 아닐까? '사라분이 그리 호락호락한 상대가 아님은 익히 알려진 바인데, 부항 이자식이 겁 없이 깝죽대고 가는군. 과연 살아서 돌아올 수는 있을까?' 뭐 이런 생각?"

부항이 웃으면서 말했다. 늑민이 곧바로 무겁게 고개를 저었다. 이어 몇 번이고 망설이더니 아주 조심스레 입을 열었다.

"제가 어찌 그런 불길한 생각을 하겠습니까! 부상, 혹시 추명모 그자가 누구의 문하인지 아십니까?"

"응? 그게 무슨 말인가?"

"추명모는 노장친왕老莊親王의 포의노包衣奴 출신입니다."

늑민이 가벼운 한숨을 지으면서 덧붙였다.

"고향 역시 그의 약 상회에 자금을 대고 있는 걸로 알려졌습니다. 확실한 건 모르겠지만……, 전도도 개입돼 있고요. 공부工部 상서들도 해마다 이윤을 따져 얼마간의 분홍分紅(돈을 투자해 얻는 이익)을 타 쓴다고 합니다. 아편 매매의 덕을 보는 자들이 수없이 많은데, 이를 정면으로 돌파하려면 얼마나 많은 사람들과 척을 지게 될지 그게 염려스럽습니다."

부항이 늑민의 말을 듣고는 바로 그 자리에 멈춰 섰다. 두루마기 자락이 강바람에 높이 휘날렸다. 순간 그의 눈이 어둠 속에서 결연하게 빛났다. 곧 그의 입에서 단호한 어조의 말이 쏟아져 나왔다.

"그렇다면 더더욱 물러설 수 없지! 대대적인 수사를 펼쳐 아편 매매의 현장을 덮치고 호광 지역의 아편 장사치들을 전부 색출해 엄벌에 처하도록 해야겠네. 내가 자네에게 군기처 전용 정유廷諭를 주고 갈 테니 상대가 그 어떤 거물이든 절대 주눅 드는 일 없이 행동해주기 바라네. 그리고 일이 끝나는 대로 군기처에 직접 보고하면 될 것이네."

27장

금천에서 온 자객

부항은 한양에서의 마지막 날, 출발을 앞두고 간단히 군무회의를 소집했다. 그리고는 "수적인 우위와 군사력의 우위로 지리적인 약세를 극복한다"는 전략을 제시했다. 이는 악종기를 비롯한 장군과 고위 관리들의 공감을 이끌어냈다. 회의에서는 또 사라분의 양도糧道와 염도鹽道를 차단하기로 결정을 내렸다. 동시에 사라분이 서쪽으로 상, 하첨대, 북으로 청해성, 남으로 양광兩廣(광서성과 광동성) 지역으로 도주할 모든 경우의 수를 분석해 적절한 대응책도 마련했다. 군수물자 수송과 전사자 가족에 대한 보상과 위로 조치에 대해서도 꼼꼼하게 논의했다. 부항은 모든 사안에 대해 거의 완벽할 정도의 조치를 끝내고 나서 습관적으로 시계를 쳐다봤다. 어느덧 저녁 무렵이었다.

부항은 잠시라도 지체할세라 즉시 자신의 중군 3000명을 소집해 출발준비를 서둘렀다. 조혜와 해란찰 역시 각각 2000명의 좌, 우익군左右翼

軍에 대한 점호를 마치고 황학루 부둣가에 대기시켰다. 곧 수천 개의 횃불이 부두를 대낮처럼 환하게 밝혔다. 부항은 이어 바로 무한 삼진三鎭(한양을 비롯해 무창, 한구 지역)의 문무 관리들과 작별인사를 나눴다. 순간 군함 위에서 대포 10문이 일제히 신호탄을 발사했다. 동시에 발밑이 꿈틀거리면서 전함이 순서대로 움직이기 시작했다. 검은 용을 방불케 하는 전함 행렬은 파죽지세로 강을 거슬러 서행 길에 올랐다.

'배를 다룰 줄 모르는 사람은 순풍에도 배를 뒤집는다. 반면 잘 다루는 사람은 역풍을 순풍으로 바꿀 수 있다'는 말이 있다. 때는 8월이라 양자강의 풍향은 대부분 남풍이었다. 때문에 부항의 군사가 강을 거슬러 올라가기란 무척 힘든 때였다. 그러나 부항은 당연히 그에 관해서도 대비한 것이 있었다. 태호太湖 수사水師에서 정예병을 엄선해 군함의 방향타를 잡게 한 것이다. 늑민 역시 양자강, 즉 장강에서 잔뼈가 굵고 물길에 밝은 뱃사공 200여 명을 각 군함에 배치했다. 덕분에 일행은 별다른 어려움이 없이 그야말로 순풍에 돛단 듯 예정된 시간에 양자강과 사하沙河가 만나는 양풍涼風진에 도착할 수 있었다.

그날은 마침 중추절이었다. 원래 계획대로라면 이곳에서 뭍에 올라 만萬현까지 가서 하룻밤 묵은 다음 다시 육로로 사천四川의 성부省府인 성도成都 경내로 들어가야 했다. 그러나 부항은 장시간의 승선으로 뱃멀미 때문에 고생하는 병사들이 많이 생기자 생각을 바꾸었다. 하선하자마자 길을 떠난다는 것이 무리라는 판단을 내린 것이다. 그는 계획을 변경해 조혜와 해란찰에게 병사들을 인솔해 이곳에서 하룻밤 묵어가도록 했다. 천총千總 이상의 관리들은 천막에서 잠을 자도록 하고 병사들은 노숙을 하기로 했다.

이곳에서 가까운 만현 현령 만헌萬獻은 소식을 접하고 눈썹을 휘날리면서 달려왔다. 그리고는 대군이 현성縣城 안으로 들어가 밤을 보내지 않을 것이라는 부항의 말을 듣자 2000명의 민부民夫들을 동원해 수박, 사과, 포도, 배, 대추, 호두, 월병 등 명절 음식들을 군중으로 날라 왔다. 또 병사들 한 명당 절인 쇠고기 두 근과 황주 한 근씩을 제공해 대군을 위로했다.

7000명의 병사들은 곧 각 소속 부대 지휘관의 지시에 따라 광대무변한 백사장에서 대오를 정돈하고 천막을 치기 시작했다. 그들은 사실 보통 병사들이 아니었다. 대부분 강희제의 열일곱째 황자인 과친왕果親王 윤례允禮가 고북구古北口에서 엄격한 군법에 따라 훈련시킨 정예병들이었다. 하나를 시키면 둘을 알 정도로 눈치가 보통이 아니었다. 때문에 병력이 많아 혼잡스러운 것도 잠시였다. 7000명의 병사들은 질서정연하게 자리를 잡고는 조용히 명령만 기다렸다. 조혜와 해란찰은 병사들이 그렇게 눈짓 하나로 척척 움직여줬으므로 지휘하기가 쉬웠다. 금천 병사들을 데리고 애를 먹을 때와는 비교할 수가 없었다.

병사들은 곧 모든 준비를 마치고 여기저기 한 무리씩 둘러앉은 채 대낮같이 환한 보름달을 감상하면서 음식을 먹었다. 그 와중에 중군 소속인 왕소칠은 안팎으로 눈코 뜰 새 없이 바빴다. 우선 친병들을 지휘해 나무지도를 옮겨놓았고, 이어 달에게 소원을 빌기 위한 책상을 설치한 다음 그 위에 먹을거리를 보기 좋게 차렸다. 그리고 천막 안 부항의 잠자리에 모기장을 두르고 모기향까지 피워놓고서야 한숨 돌릴 수 있었다.

얼마 후 왕소칠이 땀투성이가 된 채 천막 밖으로 나왔다. 마침 부항도 병영 순시를 마치고 돌아오던 참이었다. 그는 자신이 집에서 데리고 온 종군 가정家丁들인 열 몇 명의 근위병近衛兵들의 호위를 받고 있었다. 왕소칠이 아뢰었다.

"모든 준비가 완료됐습니다. 만현에서 보내온 음식들은 책상 위에 차렸습니다. 조혜 군문과 해란찰 군문을 부를까요?"

왕소칠이 한쪽 무릎을 꿇은 채 군례를 올렸다.

"그럴 것 없어! 중군中軍 좌령佐領인 마광조馬光祖와 여덟 명의 유격遊擊들만 있으면 돼! 조혜와 해란찰은 이참에 휘하의 장군들과 안면을 익히고 조금 더 가까워져야 할 것이야."

부항은 말을 마치고는 성큼 천막 안으로 들어섰다. 이어 모기 한 마리라도 들어갈세라 꽁꽁 여며져 있는 모기장을 보고는 즉시 명령을 내렸다.

"지걸 딩징 없애버려! 병사들은 땅바닥에서 자는데 이따위를 다 준비하다니! 나는 침대라도 있으니 됐어. 마 장군, 그리고 여러 형제들! 의자도 없이 서서 먹어야겠지만 이 사람의 자그마한 성의이니 편하게 즐겨줬으면 좋겠네. 소칠이는 가서 각 병영에 군령을 전하고 오거라. 여기는 이번 출정길에서의 첫 군영지인 만큼 당직을 서는 병사들을 제외하고는 모두 술을 마셔도 좋다고 하거라. 대신 내일부터 전사戰事가 끝날 때까지는 나를 포함해 그 누구도 술은 한 방울도 입에 대지 못한다. 이를 어기는 자는 군곤軍棍 팔십 대의 곤욕을 치르게 될 것이다! 이대로 토씨하나 빼놓지 말고 전하고 오너라."

왕소칠이 대답과 함께 날듯이 달려 나갔다. 부항이 다시 옆에 있는 집안 병사들을 향해 분부를 내렸다.

"뇌문영賴文英, 동자휘董子輝, 정무악程無惡! 너희들 셋은 우리 집에서 나온 종군 가인들을 철저히 단속하고 보살펴야 한다. 오늘밤은 술을 양껏 먹되 절대 술타령을 하거나 떠드는 건 금물이야. 취해서 내일까지 인사불성이 된 자들이 있으면 안 취한 자들이 업고 행군해야 할 것이야. 무슨 말인지 알아들었느냐?"

성도에서 병을 치료하고 있던 마광조는 부항을 영접하기 위해 달려와 있었다. 비록 중군의 장군은 아니었으나 병부의 주사主事로 있으면서 가끔 고북구로 들락거렸던 관계로 부항 휘하의 병사들과는 서로 그리 서먹한 사이는 아니었다.

"잠시 기다려 주게. 이 사람은 남들이 하는 짓은 다 해야 직성이 풀리는 사람이니 어쩌겠나. 지겹더라도 조금만 참아주게."

부항은 풍성한 먹을거리만 뚫어지게 쳐다보고 있는 부하들을 위로하고 책상 앞으로 다가갔다. 이어 향을 피워 들고 휘영청 밝은 보름달을 향해 세 번 절을 한 다음 향을 모래바닥에 꽂았다. 그리고는 한 발 뒤로 물러나 은쟁반 같은 달을 바라보면서 소원을 빌었다.

"비나이다. 비나이다. 천지신명께 비나이다. 만 리 정벌 길에 양자강변에서 잠시 쉬어가는 칠천 용사들이 비나이다. 적을 소탕하라는 조정의 명을 받고 예측불허의 땅으로 향하는 저 부항의 마음속에는 오로지 적을 무찔러 폐하와 종묘사직에 충성을 다하고 싶은 심정뿐입니다. 저 부항은 십만 천병天兵들과 생사고락을 같이해 기필코 승전고를 울리고야 말 것입니다. 구차하게 한 목숨 부지하고자 전전긍긍하거나 공로를 탐해 군주를 기만할 시에는 천지신명께서 삼군 장사들의 이름으로 이 사람을 주살해 주십시오. 진심으로 고하는 바입니다!"

부항은 밝은 달 아래 씻은 듯 희고 깨끗한 모래사장에서 철썩대는 파도소리를 배경음악으로 삼아 달을 향해 빌었다. 그의 소원은 어찌나 간절한지 주위 사람들의 마음을 숙연하게 만들 정도였다. 부항은 발원을 마치고는 환한 미소를 지으면서 손짓으로 사람들을 불러 모았다.

"가까이 와서 앉게! 만현 현령 이름이 만헌이라면서? 우연의 일치인지 모르겠지만 참으로 묘하네. 조금 있다 춤추는 가녀 몇 명을 데리고 온다고 했네. 내일은 사천 순무 김휘金輝가 보낸 천마川馬(사천四川 지방에서 나는 명마) 삼백 필도 도착한다고 하니 오늘밤은 실컷 퍼마시게. 못 깨면 내일 말에 태워주겠네. 똑똑한 천마들이 어련히 잘 알아서 실어

다 주지 않겠는가!"

분위기가 분위기인지라 숙연해 있던 좌중의 사람들은 부항이 갑자기 농담을 하자 모두 웃음을 터트렸다. 그때 마광조가 한숨을 내쉬었다.

"하관은 전에 눌상이 쇄경사刷經寺에서 천지신명께 기도하는 걸 들은 적이 있습니다. 그러나 부상처럼 대원수의 각오를 다지는 말은 한마디도 듣지 못했습니다. 그저 빠른 시일 내에 금천을 소탕할 수 있도록 도와주십사 하는 내용뿐이었습니다. 그 말을 듣고 있노라니 사라분은 마치 톡 건드리기만 하면 나가넘어질 것 같은 허수아비처럼 느껴졌죠. 심지어 금천에 당도하기만 하면 우리 군의 승리가 보장될 것 같은 착각마저 들었습니다."

그러자 마광조의 옆에 앉아 있던 유격 한 사람이 조심스레 말했다.

"만현 현령이 보낸다는 그 기녀들을 못 오게 하는 것이 어떻겠습니까? 전투를 앞두고는 계집을 가까이하지 말아야 한다면서 과친왕께서 누누이 훈계를 내리셨거든요."

"그런가? 그렇다면 천지신명께 아부 떨고 군중에 계집 한 번 들이지 않은 눌상은 대승을 거뒀어야 하는데?"

부항은 말을 마치고는 술잔을 높이 들었다. 이어 호탕하게 말했다.

"술을 마실 때는 실컷 마시고 계집질을 할 때는 실컷 하다가도 전쟁터에만 나가면 모든 잡념을 버리고 적들과의 싸움에 전력투구하는 사람이야말로 진짜 사내대장부이지! 성도에 도착해 군사를 정비하고 나면 전군에 사흘 동안의 휴가를 주겠네. 출전을 앞두고 신나게 놀게 해줄 거야. 살아 있음의 즐거움을 만끽하지 않은 사람이 어찌 죽음의 비애를 알 수 있겠는가!"

부항의 말에 좌중의 병사들은 적이 공감하는 눈치를 보였다. 부항이 막 술잔을 들어 건배를 외치려고 할 때였다. 갑자기 조혜의 병영에서 우렁찬 군가소리가 울려 퍼졌다.

씩씩한 우리 용사들 나아간다,
적들을 향해 무적영웅 돌진한다.
충천하는 기개로 전쟁터를 종횡무진,
하룻밤의 칼질에 적군은 흔적조차 없구나!

그에 화답하듯 부항이 인솔하는 중군 대영에서도 병사들의 노랫소리
가 들려왔다.

대장군이 진지에 친히 왕림해 활을 잡으시니,
용기백배한 용사들 파죽지세로 돌진하네.
창공을 날아대면서 먹이 찾는 독수리,
갈팡질팡 토끼들 숨을 곳 있을 줄 아느냐?

좌중의 사람들은 순간 어느 병영의 군가가 더 우렁차고 호소력이 있
는지 비교라도 하듯 귀를 기울였다. 조혜와 부항의 대영에서 군가가 흘
러나왔으니 이제 다음 차례는 해란찰의 대영이 돼야 했다. 그런데 이어
져야 할 군가는 뚝 멈추고 말았다. 그러자 부항이 왕소칠을 불러 지시
를 내렸다
"해란찰 쪽에서는 뭘 하는지 보고 오너라. 군중에 개선가가 없으면 병
사들의 사기가 고조되지 못하는 법이야. 다들 목청껏 군가를 부르는데
저들은 어찌 조용한지 모르겠구나."
왕소칠이 재빨리 대답했다.
"소인이 벌써 각 병영마다 둘러보고 왔습니다. 조혜 군문께서는 군관

들과 함께 음식을 드시면서 달구경을 하고 계십니다. 또 해란찰 군문은 군관들과 친병들을 불러 백사장에서 씨름판을 벌이고 있습니다."

"과연 그 장군에 그 장졸들이구만! 아무튼 잠시도 조용히 있는 꼴을 못 봐요."

부항이 왕소칠의 말에 흡족한 웃음을 지으며 마광조를 향해 말했다. 그때 그들의 말을 엿듣기라도 한 듯 해란찰의 군영에서도 높낮이가 일정치 않은 노랫소리가 들려오기 시작했다. 그러나 병부에서 작사, 작곡해 각 병영에 내려 보낸 군가는 아니었다. 아마도 해란찰이 즉석에서 곡을 붙인 것 같았다. 병사들 역시 군가를 부른다기보다는 목청을 빼들고 고함을 지른다고 하는 편이 더 어울릴 것 같았다.

화살이 등에 꽂혀도 가렵기만 한 우리는 타고난 대병大兵,
세상에 두려운 것 없고 마음먹으면 못할 일 없으니 승리는 반드시 우리 것!
이렇게 먹는 황량皇糧이라도 황량은 황량, 아무나 먹는 건 아니야.
배부르면 집 생각이 왜 나겠느냐? 배부르면 집 생각도 나지 않는다네!
일, 이, 삼사, 오륙칠팔!

노래 같지도 않은 노래는 2절까지 이어졌다.

칼에 찔리고 몽둥이에 맞아 죽어도
썩어 문드러지면 한줌의 흙이 된다네.
이십 년 후에 다시 용감한 병사로 태어날 테니,
제기랄, 오늘 이겼다고 으스대지 말라.
누가 더 많은 적을 베나 시합이나 해볼까,

무서워서 도망가는 놈은 화냥년이 싸지른 불알 없는 개종자다.

일, 이, 삼사, 오륙칠팔!

좌중의 사람들은 노래를 듣고는 해란찰이 그 정도나마 만드느라 고심했을 모습을 떠올린 듯 웃음을 터트렸다. 얼굴에 칼자국이 선명한 마광조가 먼저 입을 열었다.

"예전에 송강松崗에 있을 때도 툭하면 이상한 욕지거리를 섞어 노래랍시고 만들어 부르더니, 건아建牙 장군이 돼서도 그 버릇은 못 고치는 군요! 내일 만나면 끝 부분의 '일이삼사'가 뭘 뜻하는지 물어봐야겠습니다!"

"아무렇게나 주워 붙인 것 같아도 나름대로 뜻이 있다네."

부항이 해란찰이 뜻하는 바를 알겠다는 듯 여러 장군들에게 술을 따라주면서 말했다. 이어 차분하게 설명을 하기 시작했다.

"뜻이 잘 통하지 않는 노랫말 같으나 내가 보기에는 끝 부분의 여덟 개 숫자가 효제충신예의염치孝悌忠信禮義廉恥의 '팔덕'八德을 뜻하는 것 같네. 그러니 얼마나 깊은 뜻이 담겨 있는가!"

부항이 말을 마치자마자 만현 현령이 가녀들을 데리고 왔다는 보고가 전해졌다. 부항은 곧바로 분부를 내렸다.

"누가 가서 조혜와 해란찰 두 군문을 모셔 오너라. 우리도 군막 밖으로 나가 중군 교위校尉들과 함께 가무歌舞를 감상하세!"

부항의 말이 끝나자마자 친병 한 명이 대답과 함께 쏜살같이 달려갔다.

조혜는 성정이 엄격하고 흐트러짐이 없는 사람이었다. 평소에도 비교적 격식에 얽매이는 편이었다. 때문에 같은 시각 조혜의 군막 분위기는 허물없이 웃고 즐기는 부항의 그곳과는 판이하게 달랐다. 또 이미 장병들이 하나가 돼 모래밭에서 뒤엉켜 돌아가는 해란찰의 그곳과도 달랐다. 술잔을 기울이면서 달구경하는 자리에 나무지도가 등장하는가 하면 허리를 꼿꼿이 편 채 음식상을 마주한 군관들은 마냥 진지한 표정을 짓고 있었다. 각자의 앞에 수박 한 조각, 월병 두 개, 절인 쇠고기 한 근, 술 한 병씩이 놓여 있었으나 아무도 그것에 손을 댈 생각을 하지 않았다. 그저 조용히 앉아서 지켜보고만 있을 뿐이었다.

고북구에서 병사들을 이끌고 온 잠장 뇌진야雷震吽는 원래 조혜와는 잘 아는 사이였다. 이런 자리에서 사사로이 알은체하는 걸 무척 싫어하는 조혜의 성격 역시 모르지 않았다. 그래서 말 한마디 건네지 못하고 잠자코 있을 수밖에 없었다. 그러니 조혜를 처음 보는 나머지 군관들은 더더욱 자리가 어색할 수밖에 없었다. 그저 조혜가 포도 한 알이라도 떼어 입안에 넣으면 따라서 조금 먹는 시늉을 하고 잔을 들면 그제야 술잔을 들어 마른 목을 축일 뿐이었다.

사실 조혜는 나름 꾀하는 바가 있었다. 군관들 무리에 섞여 자신의 눈치만 보는 호부귀에게 무언의 압력을 주고 싶었던 것이다. 그렇게 한참 동안 무거운 침묵이 흘렀다. 군관들은 이제 앉은 자리가 가시방석처럼 느껴질 정도가 돼 있었다. 조혜가 드디어 고개를 돌려 호부귀를 힐끗 일별하면서 물었다.

"호부귀, 내가 준 월병 맛이 별로인 모양이지?"

호부귀는 조혜의 휘하로 들어온 순간부터 내내 좌불안석이었다. 조만간 액운이 자신의 머리 위에 떨어지고 말 것이라는 불안감이 계속해서 그를 짓눌렀다. 당초 그는 조혜의 밑으로 들어오지 않으려고 온갖 노력을 다 기울였다. 가산을 내다 팔면서까지 여기저기 선을 대기도 했다. 그러나 아무 소용이 없었다. 나중에서야 그는 자신에게 '눈독'을 들인 조혜가 선수를 쳤기 때문에 어떻게 할 수 없었다는 사실을 알게 되었다. 때문에 그는 이제 모든 것은 하늘에 맡긴다는 자포자기의 심정으로 하루하루 숨통을 옥죄어오는 불안을 달래고 있었다. 그리고 오늘, 드디어 기다리던 순간이 오고야 말았다. 조혜가 드디어 그에게 말을 건넨 것이다. 호부귀가 참담한 웃음을 지으면서 대답했다.

"그런 건 아닙니다, 군문! 사방에 흩어져 있던 가솔들도 이날만은 모두 집으로 돌아간다는 단원절團圓節(추석의 다른 이름)에 달을 바라보니 어쩔 수 없이 밀려드는 외로움에 마음이 조금 울적할 따름입니다."

"그렇게 관면당황冠冕堂皇(황제의 의관처럼 장엄하고 당당함)한 이유뿐인가? 조금 솔직해져 보시지!"

조혜가 얼굴 근육을 무섭게 움직였다. 이어 날카로운 눈빛으로 좌중을 쓸어보면서 말을 이었다.

"우리는 외나무다리에서 만난 원수지간이지! 이는 여러분도 익히 들어서 알고 있을 거라 생각하는데……."

조혜는 운을 떼자마자 자신과 호부귀의 굴욕적인 옥중 조우遭遇와 관련한 얘기를 소상히 들려줬다. 감정을 억제할 수 없는 부분에 이르러서는 울먹이기까지 했다.

"모름지기 '썩어도 준치'라고 했어. 아무리 패망한 '탈영병'이라고 하나 나는 당당한 장군이었어. 한낱 옥졸로부터 그렇게 수모를 받을 정도로 잘못한 게 없는 사람이야. 장사에게는 굴욕 대신 죽음을 주라고 했어. 또 모욕을 당하는 것은 죽음보다 더한 아픔이라고 했어. 그런데 호부귀, 너는 그런 도리도 몰랐다는 말인가?"

조혜가 옥중에서 옥졸로부터 굴욕을 당했다는 소식은 한동안 북경에서 엄청난 파문을 일으킨 바 있었다. 그랬으니 지금 자리한 군관들 중에 그에 대해 모르는 이는 아무도 없었다. 다만 늘 구석자리에 앉은 채

굳은 안색으로 좀체 말을 하지 않던 호부귀가 그 장본인일 줄은 아무도 짐작하지 못했다. 그런데 이제 그 사실이 밝혀졌다! 좌중의 군관들은 모두 속으로 똑같은 말을 하고 있었다.

'호부귀, 너는 이제 끝이야!'

좌중의 군관들이 모두 그렇게 생각하고 있을 때 조혜가 갑자기 입을 열었다.

"호부귀! 일어서!"

이어 패검을 벗어 모래바닥에 내던지고는 벌떡 일어나 그에게 다가갔다.

호부귀가 잔뜩 겁에 질린 채 엉거주춤 일어섰다. 그의 낯빛은 달빛에 비친 창호지처럼 창백했다. 그는 모두의 이목이 집중된 가운데 뭔가 할 말이 있는 듯 입을 실룩이면서 고개를 들었다. 조혜가 그런 호부귀의 얼굴에 솥뚜껑 같은 손바닥을 힘껏 날렸다. 순간 호부귀의 눈에서 불꽃이 번쩍 하고 튀었다.

찰싹, 찰싹, 찰싹……!

뺨을 때리는 소리에 듣는 이들은 오싹함을 느꼈다.

"이건 네가 나에게 선물한 굴욕에 대한 앙갚음이다!"

조혜는 말을 마치자마자 주변의 경악한 시선에는 아랑곳하지 않고 손을 내밀어 호부귀의 뒷덜미를 덥석 낚아챘다. 그리고는 "얍!" 하는 악에 받친 고함소리와 함께 독수리가 병아리를 낚아채듯 그를 머리 위로 힘껏 들어 올리더니 저만치로 던져버렸다. 호부귀는 비명소리 한 번 제대로 못 지르고 천막 모퉁이에 쿵! 하고 머리를 찧고는 땅에 널브러졌다.

"내가 받은 굴욕에 비하면 아무것도 아니다. 앞으로 두고두고 괴롭혀 줄 테니 그리 알거라!"

조혜가 침을 퉤! 하고 내뱉었다. 그래도 그다지 분이 풀리지 않는 듯

했다.

조혜가 호부귀의 뺨을 때리고 내던지는 데까지는 불과 몇 초밖에 걸리지 않았다. 그랬으니 나름 치고받는 주먹질에는 고수라고 자부해온 군관들마저 조혜에게 감탄 어린 시선을 보낼 수밖에 없었다. 며칠 동안 함께 하면서 마냥 근엄하다고만 여겼던 자신들의 사령관이 그토록 대단한 사람인 줄 그제야 알았던 것이다. 아무려나 조혜는 비틀거리면서 힘겹게 일어나는 호부귀를 바라보더니 한결 차분해진 어조로 말했다.

"내가 너를 죽이려고 마음먹었다면 무한에서 병권을 포기하고 단칼에 반으로 갈라버렸을 거야! 내가 당한 만큼의 굴욕을 주려면 사흘 밤낮을 꼬박 무릎 꿇고 있게 할 수도 있지. 그러나 나는 너 같은 인간을 죽이느라 칼에 피를 묻히고 싶지 않아. 또 너 같은 놈에게 앙갚음을 하고 싶지도 않다! 어찌됐건 나도 어느 정도 화풀이를 했으니 이제부터는 너를 부려먹어야겠다. 내 등에 칼을 꽂을 생각 같은 건 애초에 집어치우고 적들이나 힘닿는 데까지 무찔러 보거라. 나는 상벌을 분명히 하는 사람이니 살아남고 싶으면 어찌해야 하는지 잘 생각해 보면 알 것이다!"

"군문!"

호부귀가 벌벌 떨면서 일어나더니 떨리는 목소리로 입을 열었다. 이어 엉금엉금 조혜에게 기어갔다. 그리고는 모래바닥에 이마를 찧으면서 굶주린 이리가 울부짖듯 오열을 터뜨렸다. 그리고는 손으로 모래를 긁으며 몸부림치느라 더 이상 말을 잇지 못했다. 착잡한 표정으로 그 모습을 지켜보던 조혜가 손사래를 쳤다.

"일어나! 나에게 죽지 않을 만큼 얻어맞았으니 이제 목이 이사 갈 염려는 없다고 집에 편지나 써!"

조혜는 말을 마치자마자 돌아서려고 했다. 바로 그때 저 멀리 천막 언저리에 서 있는 해란찰이 눈에 들어왔다. 조혜는 히죽 웃으면서 말했다.

"아이고 참, 꼴이 그게 뭔가? 누가 봤으면 어디 마구간에서 뒹굴다 온 줄 알겠네."

해란찰은 조혜의 말에는 아랑곳하지 않고 바로 끄윽! 하고 트림을 했다. 이어 호부귀를 바라보면서 말했다.

"돼지를 잡을 때 꼬리부터 잘라도 내 마음이라더니, 사람 죽이는 방법도 가지가지로군! 그런데 그렇게 집어던져도 기절하지 않고 일어나 앉는 쪽도 대단하네. 가세나! 번파番婆(이민족 여인을 비하하는 말)들이 한바탕 춤사위를 벌일 모양인데 부상께서 함께 구경하자면서 부르셨어!"

해란찰은 말을 마치기 무섭게 조혜를 끌고 가려했다. 동시에 울상이 돼 서 있는 호부귀를 향해 익살스러운 표정도 지어보였다. 좌중의 사람들은 그 모습을 보고 약속이나 한 듯 폭소를 터뜨렸다.

조혜의 병영에서 중군 대영까지는 1리쯤 떨어져 있었다. 조혜와 해란찰은 교교한 달빛 아래에서 하얀 모래밭을 함께 걸었다. 한참 침묵을 지키던 그들은 결국 잠시라도 조용히 못 있는 성격의 해란찰이 먼저 입을 열었다.

"지금쯤 남경에서는 폐하를 모시고 달맞이 행사가 한창일 거야. 동참하지 못해 천추의 유감이군. 아, 일지화의 선녀 뺨치는 미모에 비하면 우리 마누라나 그쪽의 하夏 부인(조혜의 부인 운아)은 한낱 부지깽이에 불과할 거야."

해란찰의 수다는 주절주절 끝이 없었다. 조혜는 그저 조용히 웃기만 할 뿐이었다.

"지난번에 보니 하 부인의 편지가 온 것 같던데, 깨가 쏟아지는 말이나 좀 들어보자고."

해란찰이 그렇게 다그치고 있을 때였다. 조혜가 갑자기 걸음을 멈추면서 놀란 표정을 지었다.

"가만있어 봐. 저 음악 소리, 어딘지 귀에 익지 않은가?"

조혜가 말을 마치더니 중군 군막이 있는 곳을 가리켰다.

"그런가?"

해란찰이 잠시 귀를 기울이고는 빙그레 웃었다. 이어 몇 마디 덧붙였다.

"북, 호각, 나팔소리 모두 장족藏族의 냄새가 폴폴 나는 걸? 금천에서 귀 따갑게 듣던 소리가 분명해. 그런데 여기서 어떻게 저런 소리가 들리지?"

조혜는 해란찰이 고개를 갸웃거리는 사이 성큼성큼 걸음을 빨리 옮겼다. 뭔가 불길한 예감에 사로잡힌 듯했다. 해란찰 역시 부랴부랴 조혜의 뒤를 따랐다.

부항의 군막 앞에는 보초를 서는 친병 몇 명밖에 없었다. 나머지 군관들과 병사들은 모두 백사장 공터에서 명절의 분위기에 흠뻑 젖어 있었다. 언뜻 보기에도 그 공터를 메운 사람은 100명도 넘을 것 같았다. 은가루를 뿌려 놓은 것 같은 백사장에서는 여섯 명의 가녀들이 흥겨운 음악에 맞춰 매혹적인 춤사위를 펼치고 있었다. 하얀 맨발이 반쯤 모래 속에 파묻혀 있었다. 소매가 짧은 저고리와 통이 넓은 바지, 높이 틀어 올린 머리 등의 풍속을 볼 때 묘족苗族들인 것 같았다.

조혜는 사람들 사이로 부항을 찾았다. 부항은 책상을 마주하고 앉아 한 손에 술잔을 든 채 가녀들의 춤을 구경을 하고 있었다. 옆자리의 마광조와 담소도 나누고 있었다. 휘하의 장병들은 기러기 대열로 부항의 양옆에 나눠 앉은 채 여인들의 황홀한 몸짓에 취해 넋을 놓고 있었다. 해란찰은 저만치에서 왕소칠과 얘기를 주고받고 있는 만현 현령을 발견하고는 다가가서 물었다.

"그쪽이 만현 현령인가? 나는 해란찰이라는 사람이야!"

"아, 예. 해란찰 군문, 말씀 많이 들었습니다. 하관은……."

"주절거릴 시간 없으니 묻는 말에만 대답해! 저 계집들과 악기를 다루는 자들은 현지인들인가?"

"이 마을에 살고 있다고 들었습니다. 가무에 능하다고 소문이 자자하기에……."

"저자들 중에 평소 알고 있던 사람이 있는가?"

현령 만헌은 해란찰이 왜 그런 질문을 하는지 몰라 어리둥절했다. 의아한 목소리로 고개를 저으면서 대답했다.

"저 가무는 보고들은 적이 있으나 사람들은 다 처음 봅니다. 중당 대인과 여러 군문들께서는 중원의 가무만 감상하셨을 것 같아 이색적인 걸 보여드리고 싶어서 불렀던 것입니다. 그런데……, 뭐가 잘못됐습니까?"

"해란찰은 가무 구경을 하지 않고 거기서 뭘 하나?"

부항이 곡 하나가 끝나기 무섭게 휘하의 친병들과 더불어 박수갈채를 보내면서 해란찰을 불렀다. 가까이 와 앉으라는 손짓도 했다. 그리고는 머리에 청색 두건을 두른 가무단 단장인 사내를 향해 말했다.

"노랫소리도 은방울이 굴러가는 것 같고 춤도 절묘하네. 가사까지 알아들을 수 있다면 금상첨화였을 텐데!"

사내가 그러자 알겠다는 듯 허리를 깊숙이 숙여 보이고는 여인들에게 다가가 몇 마디 주고받았다. 이어 다시 돌아와 한어로 부항에게 말했다.

"금천을 노래한 한어 곡도 있으니 그것으로 나리의 주흥酒興을 북돋아 드리겠다고 합니다."

해란찰은 사내가 금천을 운운하자 더욱 의혹이 깊어졌다. 그러나 굳이 내색하지 않고 부항의 옆자리로 가서 앉았다. 이어 왕소칠에게 몰래 눈짓을 했다. 그리고는 다시 두리번거리면서 조혜의 행방을 살펴봤다. 조혜는 어느새 한쪽에서 북을 치는 사내에게 다가가 있었다. 곧 마치 갈고羯鼓(양쪽 면을 말가죽으로 씌운 장구와 비슷한 타악기)를 처음 보는 사람처럼 호기심 어린 눈빛으로 가까이에서 갈고와 고수를 요모조모 살펴보고 있었다. 해란찰의 은밀한 암시를 눈치챈 왕소칠 역시 경계 어린 눈빛으로 이 수상쩍은 가무단의 일거수일투족을 주시하기 시작했다.

둥둥……, 두둥둥!

타악기 특유의 긴 여운이 월금月琴과 호금胡琴 반주에 섞여 멀리멀리 울려 퍼졌다. 고요한 달빛 아래에서 유난히 미려한 자색을 자랑하는 여섯 가녀는 허리에 두른 패환佩環을 찰랑거리면서 황홀한 몸짓을 이어갔다. 동시에 여섯 명뿐이었으나 때로는 바람에 갈대꽃이 흩어지듯, 때로는 영사靈蛇(신령스런 뱀)가 구슬을 희롱하듯 지루할 틈 없이 변화무쌍한 자태를 뽐냈다. 부항이 그 모습에 시선을 뺏기고 있을 때였다. 유일하게 검은 옷을 입은 여자가 긴 소매를 흔들면서 사뿐사뿐 걸어 나오더니 두 손을 맞잡고 노래를 부르기 시작했다.

아름다운 금천의 산, 웅장한 내 영혼의 산!
도도한 금천의 강물, 장엄한 내 영혼의 섯줄!
층층첩첩 우거진 숲속에 조잘조잘 새소리 평화롭구나…….

부항은 아무런 눈치도 못 챈 듯 마냥 즐거워 보였다. 그러나 해란찰은 검은 옷의 여자에게서 잠시도 눈을 뗄 수가 없었다. 여자가 몸 어딘가에 칼이라도 숨기고 있을 것 같은 느낌이 든 탓이었다. 그때 물 흐르듯 잔잔하던 음악 소리가 갑자기 높아지기 시작했다. 순간 여인이 손을 앞으로 뻗으면서 정열적으로 목청을 돋우기 시작했다.

천길 높은 곳에서 떨어지는 폭포는 굽이굽이 은하수처럼 심금을 울리고,

고기잡이하는 등불이 휘황찬란한 밤배는 평화롭구나.

오소리, 사슴, 토끼가 산에서 내려와 내 발밑에서 노닐고,

푸른 비단이 끝없이 펼쳐진 초원에 양떼들이 한가로이 풀을 뜯는,

그곳은 정녕 아름다운 금천, 영원히 지지 않을 꽃이라네!

금천의 산아! 금천의 강아! 너희들은 아느냐, 나의 이 깊은 그리움을…….

　여인의 마지막 내목의 긴 청음은 돌을 가르고 구름을 뚫을 듯 깊은 여운을 남겼다. 노래가 끝나고 춤이 멈춘 지 한참 됐는데도 좌중의 장병들은 감동에서 헤어나지 못했다.

　부항이 먼저 박수를 쳤다. 이어 장병들도 뒤따라서 우레와 같은 박수 갈채를 보냈다. 춤사위를 펼치던 여인들이 돌변하여 부항을 습격할세라 마음을 졸이고 있던 조혜와 해란찰은 길게 한숨을 내쉬었다. 부항이 검은 옷의 여인에게 말했다.

　"참으로 멋진 가무였소. 쟁반에 옥구슬이 구르듯 노랫소리도 아름답고, 구름과 물이 흘러가듯 유연한 춤사위도 참으로 감동적이었소! 그런데, 금천이 과연 그렇게도 아름다운 곳인가? 은자 스무 냥을 상으로 내리거라!"

　바로 그때였다. 다소곳하게 몸을 낮춰 사은을 표하던 여인들이 갑자기 서슬 푸른 장도藏刀를 꺼내들었다. 이어 검은 옷의 여자가 다섯 명의 호위를 받으면서 돌풍처럼 몸을 날렸다. 동시에 몇 바퀴 공중회전을 하더니 순식간에 부항에게 가까이 날아들었다. 여자가 외쳤다.

　"그래, 금천은 더없이 아름다운 곳이지! 그런 금천을 너희들이 유린하려 들다니, 우리가 가만히 있을 줄 알았더냐?"

　그야말로 위기일발의 상황이었다. 다급해진 부항은 앞에 있던 식탁을

번쩍 들어 검은 옷의 여인에게 힘껏 내던졌다.

"자객이다! 어서 덤비지 않고 뭘 해?"

왕소칠이 가장 먼저 정신을 차렸다. 부항을 향해 칼을 휘두르는 검은 옷의 여자에게 달려든 그는 황소처럼 그녀의 몸을 들이받았다. 여자가 뒤로 밀려나면서 칼을 휘둘렀다. 그 칼에 왕소칠의 오른쪽 이마 한 귀퉁이가 싹둑 잘려나가고 말았다! 그 사이 조혜, 해란찰과 마광조는 어느새 칼잡이로 돌변한 열댓 명의 장족들을 향해 덤벼들었다. 자객들은 저마다 날렵하고 용맹한 사람들이었으나 부항의 병사들과는 상대가 되지 못했다. 전쟁터를 종횡무진 누빈 장군들까지 합세해 한꺼번에 달려들자 자객들은 이내 제압당하고 말았다.

부항은 천만다행으로 위험에서 벗어났다. 그는 정신을 차리고 검은 옷의 여자를 가리키면서 크게 소리쳤다.

"도망가지 못하게 진을 쳐! 해란찰, 나는 산 사람을 원하네. 생포해!"

그러나 부항이 말을 마치기도 전에 갑자기 쌩! 하는 바람소리가 울려 퍼졌다. 동시에 장도 하나가 눈부신 포물선을 그리면서 부항을 향해 날아왔다. 부항은 날렵하게 몸을 날려 그 비수를 피했다. 그러나 비수는 그의 왼쪽 팔에 꽂혔다! 비수를 날린 사람은 다름 아닌 악기를 메고 있던 꼬마였다. 그가 또다시 비수를 날리려 할 때였다. 등 뒤에서 해란찰이 그의 뒤통수를 가격했다. 이렇게 해서 부항을 암살하기 위해 결성된 '가무단' 단원들은 순식간에 두 팔을 뒤로 묶인 채 포박당하고 말았다.

한편 만현 현령 만헌은 대경실색한 채 "어찌 이럴 수가! 어찌……?"라는 말만 연발하고 있었다. 그러자 왕소칠이 피가 질펀한 이마를 움켜쥐고 입안에 흘러드는 피를 퉤퉤 내뱉으면서 다가가 그의 뺨을 냅다 후려 갈겼다. 그리고는 집어삼킬 듯이 노려보면서 욕설을 퍼부었다.

"이런 개새끼가 있나! 일은 혼자 저질러 놓고 '어찌 이럴 수가'라고?"

"중당 대인!"

만헌은 왕소칠에게 뺨을 얻어맞자 그제야 정신이 드는지 털썩 무릎을 꿇었다. 이어 죽어라 머리를 조아렸다.

"하관은 정말 몰랐습니다. 저년들이 악마로 돌변할 줄 어찌 알았겠습니까?"

만헌의 말이 채 끝나기도 전에 군의軍醫들이 후다닥 달려왔다. 그리고는 왕소칠의 이마에 붕대를 감아줬다. 이어 부항의 왼팔에 명중한 비수에 독이 묻었는지도 확인한 나음 상처 부위에 약을 바르고 응급처치를 했다. 부항은 다행히 크게 다치지 않은 것 같았다. 그가 애써 웃는 얼굴을 하면서 만헌에게 말했다.

"나는 자네를 믿네. 그러니 그리 죽을상을 짓지 말게. 가무는 비싼 대가를 치를 만큼 좋았네. 절대 처벌을 내리는 일은 없을 테니 걱정하지 말게."

부항이 말을 마치고는 여전히 웃는 얼굴로 분부했다.

"금천에서 온 손님들을 이리로 모시게!"

"예, 중당 대인!"

마광조가 대답과 함께 결박돼 있는 무리들에게 다가갔다. 부항의 옆에 있던 유격 하나가 분통이 터지는지 갑자기 실없는 소리를 했다.

"사라분, 그 자식이 최후의 발악을 하는군. 계집들의 손까지 빌어 우리를 해치려 드는 걸 보니!"

부항은 그러나 유격의 말이 채 끝나기도 전에 굳어진 낯빛을 한 채 버럭 화를 냈다.

"쓸데없는 소리! 썩 물러가지 못해?"

곧 여자와 남자 각 여섯 명, 그리고 아직 젖냄새조차 가시지 않은 꼬마까지 총 열세 명의 자객들이 끌려왔다. 그들은 저마다 꼿꼿이 선 채로 무릎을 꿇으려 하지 않았다. 친병들이 무릎 뒤쪽을 걷어차 억지로 꿇어앉히자 다시 오뚝이처럼 일어섰다. 부항을 노려보는 눈에서는 불꽃이 튀었다.

부항은 잠시 동안 아무 말도 하지 않았다. 그러나 친병들이 한 명당 두 사람씩 붙어 억지로 눌러 앉히는 장면을 묵묵히 지켜보고는 천천히 입을 열었다.

"그대들은 영웅이네. 그래서 나는 그대들을 존경하네. 마음 같아서는 억지로 꿇어앉히고 싶지 않으나 명분은 세워야 하니 어쩔 수 없구먼. 나는 천자를 대신해 병영에 진좌鎭坐한 흠차대신이네. 처마가 낮으면 머리를 숙여야 하는 법이 아닌가. 내키지는 않겠지만 자네들도 그리 하지 않을 수는 없을 것이네! 통역관, 내 말을 못 알아듣는 자가 있을지도 모르니 장어藏語로 통역을 해주게."

부항은 통역관의 통역이 끝나자 바로 "포승을 풀라!"고 명령했다. 이어 몇몇 여자들이 격투 과정에서 옷이 찢겨 가슴 부위를 두 손으로 감싸고 있는 것을 보고는 왕소칠에게 명령을 내렸다.

"옷가지를 가져다 걸쳐 주거라! 눈치가 어찌 그리 무딘가?"

장족 자객들은 부항이 포승을 풀어 주리라고는 꿈에도 생각지 못했는지 더 이상 일어서지 않았다. 그저 얌전히 무릎을 꿇은 채 고개를 숙이고 있었다. 부항이 검은 옷의 여자를 향해 물었다.

"자네는 한어를 할 줄 아는 것 같더군. 이름을 말해줄 수 없겠는가?"

"색륵분 탁마色勒奔卓瑪라고 하오!"

"색륵분이라? 발음이 틀린 건 아닌가? 색륵분이 아니라 사라분일 테지!"

부항이 차가운 냉소를 흘렸다. 그러자 여자가 경멸에 찬 눈빛으로 부항을 힐끗 쓸어보고는 턱을 거만하게 추켜올리면서 대꾸했다.

"아무것도 모르는 소리! 사라분은 내 부친의 아우요. 나는 색륵분의 전처 소생이오. 그러니 내 성은 색륵분이오. 어째서 사라분이란 말이오?"

"아무것도 모른다고?"

부항은 그렇게 말하면서도 속으로는 적지 않게 놀랐다. 그러나 짐짓 태연한 표정을 지은 채 다시 입을 열었다.

"색륵분……. 그래, 자네 아비 색륵분은 아우 사라분에게 죽임을 당했지. 사라분은 자네 계모인 타운까지 빼앗아갔어. 이래도 내가 뭘 모르는 건가? 자고로 아비 죽인 원수나 마누라 빼앗은 원수와는 같은 하늘을 이고 살 수 없다고 했네. 굳이 내가 상기시켜주지 않아도 자네는 숙부 사라분에 대한 원한이 하늘에 사무칠 것이네. 자네가 정녕 명석한 처자라면 우리 편에 서야 마땅한 게 아닌가? 조정을 배신하고 천병에 항거하는 사라분에게 대적해야지 어째서 나를 죽이려 드는 건가?"

탁마는 부항의 말이 끝나기 무섭게 그를 뚫어지게 노려보았다.

"당신네 한족들은 하나같이 돼지새끼만도 못해! 굶주린 이리떼가 양의 무리를 에워싸고 맴도는데 양들이 나 잡아 잡숴요, 하고 가만히 있을 거라고 생각해?"

부항이 탁마의 말에 껄껄 웃음을 터트렸다.

"유감스럽게도 나는 한족이 아니네. 그래서 자네가 말하는 '돼지새끼'에 속하지 못해 안타깝네. 내가 그런 돼지새끼라고 치자고. 그러면 사라분의 지시를 받고 나를 없애려다 되레 미련한 돼지새끼에게 생포당한 자네는 뭔가?"

"그건 당신네 사람새끼가 워낙 많아 그렇지!"

"처음에 자네들 여섯 명은 나 한 사람만을 공격했었네. 말장난하지 말게."

부항의 눈에서 갑자기 흉흉한 빛이 어린魚鱗처럼 일어났다. 탁마는 잠시 겁을 먹는 듯했다. 그러나 곧 다시 태연한 표정을 지으면서 코웃음을 쳤다. 부항이 안 되겠다고 생각한 듯 병사들을 향해 소리쳤다.

"여봐라!"

"예!"

"꼴도 보기 싫으니 끌어내!"

"예!"

"배불리 먹이고 노자를 챙겨 보내게. 아름다운 고향, 금천으로 돌아가게 해주게!"

부항의 느닷없는 결정에 주변 장군과 군관들은 아연실색했다. 마광조, 조혜와 해란찰도 놀란 눈으로 일제히 부항을 쳐다봤다. 탁마 역시 믿어지지 않는다는 표정으로 멍하니 부항을 바라봤다.

"내 마음이 변하기 전에 어서 떠나게. 나는 영웅을 존중하는 마음에서 자네들을 보내주는 것뿐이네."

부항이 말을 마치고는 어서 가라면서 손사래를 쳤다. 탁마 일행은 여전히 얼떨떨한 표정으로 잠시 서 있다가 말없이 고개를 숙여 보이고는 곧바로 물러갔다. 부항의 옆에 멍하니 서 있던 현령 만헌이 조심스럽게 말했다.

"중당 대인, 하관이 아역들을 풀어 다시 잡아들일까요?"

"그럴 필요 없네."

부항이 말을 마치고는 통 이해할 수 없다는 듯 궁금한 눈빛을 보내는 사람들을 불러 모았다.

"자, 자, 다들 가까이로 와서 함께 달구경이나 하세. 내가 저자들을 풀어준 이유를 설명할 테니."

부항은 모두가 귀를 기울이는 가운데 천천히 말을 이었다.

"나는 영웅들을 존경하네. 이것이 첫 번째 이유이네. 물론 필요에 따라서는 영웅을 죽여야 할 때도 있지만 말이네."

부항의 목소리는 차분하고 여유로웠다. 등불에 비치는 낯빛 역시 편안해 보였다.

"저자들은 금천의 내분으로 인해 도망쳐 나온 유민流民들이네. 아마 가족과 고향을 지키기 위해 자기들끼리 모의해 나를 죽이려고 달려온 거겠지. 결코 사라분의 지시를 받고 온 것은 아니네. 아까 그 여식은 아비를 죽인 원수의 명을 받을 만큼 지조 없는 사람이 아닐 테니까. 이것이 두 번째 이유이네. 그리고 그동안 아군이 두 번이나 대패했는데도 사라분은 우리 군사를 막다른 골목으로 몰아넣지 않았네. 어떻게든 조정과 강화협정을 맺어 조용히 고향땅을 차지하고 살기를 소망했기 때문이지. 그런 사라분이 자객을 동원해 나를 죽이려는 짓을 할 리가 없네. 이것이 세 번째 이유이네. 한마디로 저자들을 죽여 봤자 우리에게는 아무런 도움이 안 되네. 설령 우리가 대승을 거뒀다고 할지라도 금천 장족의 씨를 말릴 수는 없지 않는가? 금천은 여전히 견제세력이 필요한 문제의 땅이라는 걸 잊지 말게!"

부항의 말에 주위의 부하들은 크게 공감한다는 듯 연신 고개를 끄덕였다.

28장

다시 만난 불공대천의 원수

비로원은 막수호莫愁湖 서쪽에 있었다. 거북 등처럼 완만한 땅에 건물들이 뱀처럼 구불구불 길게 들어앉은 곳이었다. 남북으로 장강, 서쪽으로는 석두성石頭城과 잇닿아 있어 경관이 일품이었다. 언덕에 올라 멀리 동쪽을 바라보면 거울처럼 맑은 막수호, 그림 같은 정자와 버드나무들, 그리고 10리에 달하는 진회하秦淮河가 시원하게 펼쳐졌다. 또 선원禪院의 허리를 반쯤 휘감으면서 동남쪽으로 도도히 흐르는 양자강 역시 엄청난 장관이었다. 특히 멀리 시선이 닿는 강 한가운데에는 연자기燕子磯가 우뚝 솟아 있었다. 북으로 마주 보이는 사찰은 계명사鷄鳴寺였다. 그 외에도 비로원 언덕에 서면 호거관虎踞關과 청량산淸涼山도 어렴풋이 볼 수 있었다. 한마디로 비로원은 사방에 명소를 품은 천하제일의 명승지名勝地라고 해도 과언이 아니었다.

그러나 그 일대에서는 좋지 않은 일도 많았다. 대표적인 사건은 강희

황제가 강남 순유 길에 올랐을 때 발생했다. 당시 비로원 막수호 호반에 자리 잡은 행궁에서 역신逆臣 갈례葛禮와 가짜 주삼태자朱三太子가 산 위에 홍의대포를 설치해놓고 강희를 시해하려 했던 것이다. 그 일이 있은 뒤 연갱요는 불순한 무리들의 둥지를 털어내기 위해 천년 역사를 지닌 선림禪林에 불을 질렀다. 결국 비로원은 향화香火가 갈수록 줄어들면서 옛날의 번창하던 모습을 잃어버리고 말았다.

건륭 일행이 이곳 선원 산문山門 앞에 당도했을 때는 어둠이 막 깔리기 시작할 무렵이었다. 막수호 동쪽 기슭의 승기루勝棋樓 일대에는 이미 등불이 휘황찬란했다. 시원한 밤바람이 불어오는 막수호에는 어망을 걷고 귀로에 오른 어선들의 행렬이 이어졌다. 몇몇 화방畵舫(놀이배)에서는 아직 음풍농월의 여흥이 남은 듯 죽현竹弦을 뜯는 소리와 가기歌妓들의 꾀꼬리 같은 노랫소리도 들려왔다.

가을바람 불어오는 호숫가 정자,
그대와 단둘이서 만든 추억들,
가녀린 허리에 얹었던 그대 손길 아직도 따뜻한데,
자는 듯 깨어 있던 사흘 동안은 황홀한 시간이었더라.
영원히 함께 할 줄 알았는데,
깨어나니 강물에 떨어지는 이내 눈물이 애달프구나…….

건륭은 어두운 숲속 길을 걸으면서 귀에 들려오는 노랫말을 음미하고 있었다. 그러다 옆에 바싹 붙어 있는 기윤을 향해 입을 열었다.

"좀 후덥지근했는데 애절한 노랫소리에 가슴이 서늘해지는 것 같군. 효람, 이와 같은 양소미경良宵美景(아름다운 밤의 좋은 경치)에 우리의 대재자才子께서도 뭔가 있어야 하지 않을까?"

"벌써 잊으셨사옵니까? 신은 이제부터 연풍청^{年風淸}이옵니다. '효람'이라는 이름은 민간에서 약간 유명한지라 조심스럽사옵니다."

기윤이 한껏 목소리를 낮췄다. 이어 조용히 말을 이었다.

"신은 처음으로 이런 곳에 따라 나와서 그런지 긴장이 돼 심장이 튀어나올 것 같사옵니다. 바람 따라 흐느적거리는 연꽃이 모두 비적들의 그림자처럼 보이옵니다. 또 어두운 달빛 아래 석두성 곳곳에서는 귀신도 나올 것 같사옵니다. 고향을 떠난 슬픔이 이제 시작이온데 어둡고 요원한 불측의 길이 조심스럽기만 하오니 감히 시에 대한 생각 따위는 떠올릴 수 없사옵니다!"

"창졸간에 쏟아낸 연구^{聯句}가 이 정도인데, 감히 시사^{詩思}를 떠올릴 수 없다니……. 그래, 짐이 들은 걸로 하겠네. 들어보게, 절의 만종^{晩鐘} 소리네."

건륭의 말대로 과연 비로원에서 스님들이 종을 치는 소리가 들려왔다. 지척에서 들려오는지라 울림은 컸다. 그러나 웅혼하고 긴 여운은 없었다. 곧이어 만종과 목어의 합주에 동자승들의 경 읽는 소리도 음창처럼 들려왔다. 언뜻 듣기에도 100여 명은 넘을 것 같은 동자승들의 합창이었다.

"이제부터 산문에 들어섭니다."

기윤은 가볍게 숨을 들이마셨다. 파특아와 색륜 두 시위는 건륭의 양옆에 바짝 붙어 호위를 했다. 언홍^{嫣紅}과 영영^{英英}은 조심스레 건륭의 뒤를 따랐다. 참배객이라 우기기에는 주인이 주인 같지 않았을 뿐 아니라 아랫것도 아랫것 같지 않은 어색한 조합이었다. 그 와중에도 오직 단목양용만은 시종 건륭으로부터 대여섯 보의 거리를 유지하면서 자연스럽게 수행하고 있었다. 일행의 모습을 유심히 지켜보던 기윤이 한마디 했다.

"다들 너무 긴장하고 계십니다. 참배객들이 뭐가 그리 두렵다고 긴장을 하십니까?"

건륭 일행은 곧 산문에 들어섰다. 순간 노란 등불 밑에서 긴 그림자를 끌고 서성이는 사내가 보였다. 기윤이 사내에게 말을 걸었다.

"어이! 오 영춘거사永春居士께서 오셨네? 머무를 곳은 알아봤나?"

기윤이 '오'라고 부른 사람은 다름 아닌 오할자였다. 그의 뒤에는 작고 다부지게 생긴 사내도 한 명 서 있었다. 바로 오할자가 과거 괴수둔槐樹屯에서 상제로 복종시킨 '철두교'鐵頭蛟라는 자였다. 물질에 능해 물속에서 잠도 잘 수 있다는 괴물이었다. 건륭의 승선乘船 시 물속에서 일어날지 모를 우환에 대비해 유통훈이 긴급 투입한 인물이었다. 건륭은 신하들의 주도면밀함에 심히 흡족한 듯 고개를 끄덕이면서 물었다.

"자네도 오는가? 그러면 선원에는 우리 식구들 외에는 없겠네?"

철두교가 건륭을 향해 읍을 하면서 아뢰었다.

"얼굴이 좋아 보이셔서 다행입니다! 나리께서 청정한 곳을 찾아 마음의 평정을 찾고자 하시는데 하인들이 어찌 들락거리면서 정신을 사납게 하겠습니까? 동쪽 선원은 우리가 통째로 빌렸고, 남쪽 선방禪房은 양주의 한 도자기 상인이 전세를 냈다고 합니다. 대비전大悲殿을 사이에 두고 북쪽은 방장 스님이 기거하시는 정사精舍입니다. 이쪽입니다!"

오할자와 철두교는 건륭을 경호하면서 앞으로 걸어갔다. 오할자가 전각 배치 상황과 절 내부 구조에 대해 건륭에게 자세히 설명을 했다. 이어 말미에 몇 마디를 덧붙였다.

"모든 준비는 끝났습니다. 서신 왕래도 불편이 없을 것입니다. 다만 이곳 방장인 법공法空 스님이 워낙 콧대가 높아 불전을 아무리 많이 낸 사람이라도 접견하지 않는다고 합니다. 불법佛法 앞에서는 상전, 아랫것이 따로 없이 만인이 평등하다면서 코빼기도 비치지 않는데 할 말이 없지 뭡니까?"

건륭이 오할자의 말에 웃음을 머금었다.

"스님들은 워낙 예의 같은 걸 따지지 않는 법이네. 그들은 연분을 중요시 할 따름이네."

건륭 일행은 어느새 천왕전天王殿에서 선방정사禪房精舍로 향하는 길에 들어섰다. 이곳은 주변에 비해 지세가 약간 높았다. 끔찍한 화마火魔가 한 차례 휩쓸고 지나간 이후 키 낮은 송백들을 새로 심어 마치 울타리처럼 주위를 두른 곳이었다. 그래서 습한 강바람이 시원하게 불어오고 있었다. 그때 머리를 파랗게 깎은 동자승 한 명이 합장한 자세로 문가에 그림처럼 서 있었다. 건륭이 물었다.

"이보시오, 동자승! 다들 독경에 여념이 없는데 동자승은 어째서 여기 이렇게 서 있는 거요?"

"나무아미타불!"

나이가 열두어 살쯤 되어 보이는 동자승은 목소리도 앳된 티를 벗지 못하고 있었다. 그럼에도 제법 스님답게 합장한 채 건륭을 향해 깊이 허리를 숙였다.

"거사님을 안으로 모시고 오라는 사부님의 분부가 계셨습니다."

건륭은 오할자를 바라봤다. 오할자는 어찌된 영문인지 모르겠다는 듯 고개를 갸우뚱했다. 건륭이 못내 의아스러운 말투로 물었다.

"동자승의 사부님은 누구시오? 혹시 법공 방장이시오?"

"소승의 사부님은 각색覺色이라는 법호를 쓰시는 분입니다. 법공 방장은 소승의 사조師祖입니다. 소승은 성명性明이라고 합니다."

"동자승의 사부님이 어찌 이 사람이 오는 줄을 아신단 말씀이오?"

"아미타불! 그건 소승도 모르겠습니다."

성명이 다시 허리를 깊이 숙이면서 말을 이었다.

"점심 불경 후 사부님들께서 사조師祖를 모시고 좌선을 하셨습니다. 그때 선을 마친 사부님께서 사조께 '왔습니다'라고 말씀 올리자 사조께 서 '그럼 저녁 불공 때 사람을 보내 영접하도록 하지!'라고 말씀하시는 걸 들었을 뿐입니다."

"동자승의 사부님은 올해 나이가 몇이나 되셨소?"

"사부님께서는 속연俗緣의 연세가 백 세 하고도 사 년이 더 많습니다."

건륭이 놀라워하면서 다시 물었다.

"그러면 사조께서는 연세가……?"

"아미타불! 소승은 잘 모르겠습니다."

성명이 그리고는 다시 덧붙였다.

"그럼 단월檀越 시주께서는 재齋(잿밥을 의미함)를 드시고 쉬십시오. 소 승은 물러가겠습니다."

성명은 말을 마치고는 바로 물러갔다. 동자승이었으나 행동에 한 치 의 흐트러짐도 없었다.

사찰에서 준비한 저녁 공양은 풍성하지는 않았지만 깔끔하고 맛깔스 러웠다. 참기름을 넣고 무친 오이지, 표고버섯볶음, 청홍색 고추를 넣은 배추볶음, 김이 모락모락 나는 순두부, 그리고 목이버섯 오이무침 등이 었다. 평소 육식을 그다지 즐기지 않는 건륭에게는 제법 구미가 동할 법한 음식들이었다. 그러나 육류를 즐기는 파특아와 기윤에게는 성에 차지 않는 밥상이었다. 건륭은 언홍과 영영 두 빈만 옆자리에 앉혔다.

"어쩌다보니 오늘은 고기를 못 먹으면 손등이라도 뜯을 육식가들만 동행했군! 내일부터 자네들은 번갈아 가면서 밖에서 먹고 오게."

파특아가 건륭의 말에 어색한 손짓을 했다. 벙어리 행세를 하기로 했 기 때문인 듯했다. 아마도 건륭에게 잠깐 기다리라는 뜻인 것 같았다. 그가 먼저 음식을 골고루 조금씩 먹어봤다. 그리고는 문제가 없다는 생각이 들었는지 건륭에게 젓가락을 들도록 했다. 건륭은 시장했을 뿐 아니라 빨리 이곳의 방장을 만나보고 싶은 생각에 서둘러 밥을 먹었다. 기윤은 수저를 드는 둥 마는 둥 하다가 건륭이 수저를 놓자 따라서 내려놓았다.

기윤은 건륭이 수라를 마주한 모습을 몇 번 본 적이 있었다. 그러나 오늘처럼 서두르는 모습은 처음이었다. 곧이어 그가 건륭의 생각을 짐작하고는 빙그레 웃으면서 아뢰었다.

"오할자의 헛소리를 믿지 마세요. 불전을 은자 이천 냥씩이나 냈는데, 아무리 콧대 높은 방장이라고 하나 설마 우리를 찬밥 취급이야 하겠습니까? 방장도 사람이니 만큼 선림禪林에도 인정이 존재하는 법입니다. 윤계선 공이 그러는데 이들의 사조도 원래는 아미산峨嵋山의 도사였다고 합니다. 중도하차해서 불가에 귀의한 사람이 수행이 깊어봤자 얼마나 깊겠습니까?"

그러나 건륭은 기윤의 말이 채 끝나기도 전에 상을 물리고 일어났다. 그리고는 기윤을 가리키면서 말했다.

"자네와 언홍, 영영, 단목양용만 따라 나서고 나머지는 불당에 안 들어오는 게 낫겠네."

건륭은 말을 마치고 걸음을 옮겨 밖으로 나갔다. 스님들의 《금강경》 독경 소리가 거의 끝을 향해 달려가고 있었다.

건륭 일행은 스님들의 독경이 끝나갈 무렵 이세불전二世佛殿이 있는 동쪽 측문을 통해 뜰 안에 들어섰다. 넓은 바닥에는 어른어른 그림자가 비치는 임청전臨淸甎(바닥재의 일종)이 깔려 있었다. 네모반듯한 벽돌마다에는 '참배객 아무개 증정'이라는 글씨가 새겨져 있었다. 정전 앞에는 다행히 화재를 피한 백년 고목이 몇 그루 서 있었다. 그들의 무성한 잎이 하늘을 덮어 아무것도 보이지 않았다. 정원 한가운데에는 두 사람의

키를 합한 높이는 족히 될 것 같은 정로鼎爐가 있었다. 그 속에서 아지
랑이 같은 향연香煙이 모락모락 피어오르고 있었다. 법당 안에서는 100
여 명의 스님들이 가부좌를 한 채 독경 삼매경에 빠져 있었다. 석가모
니불 앞 공대供臺에는 족히 수천 개가 넘을 촛불이 불전의 구석구석을
대낮같이 환하게 밝히고 있었다. 가위를 들고 촛불 심지를 잘라내고 있
던 동자승 성명은 건륭 일행 네 사람이 들어서자 황급히 가위를 내려
놓고 합장을 했다.

"어서 오십시오, 시주!"

건륭이 법당 안에 질서 정연하게 앉아 있는 노소老少 스님들을 둘러
보면서 물었다.

"어느 분이 동자승의 사부님이시오? 사조 스님도 이 안에 계시오?"

"사조 스님과 사부님 두 분 모두 여기 계시지 않습니다. 목어木魚를 두
드리고 계신 분은 큰사형인 성적性寂 스님입니다."

공손히 대답을 마친 동자승이 "아미타불!" 소리와 함께 다시 가위를
들고 촛불께로 다가갔다. 건륭은 발길 닿는 대로 법당을 둘러보기 시작
했다. 여섯 장丈 높이의 석가모니상은 도금한 지 얼마 안 된 듯 산뜻했
다. 생명 없는 불상이지만 자비와 연민이 담뿍 담긴 듯한 눈이 보는 이
의 가슴을 뭉클하게 만들었다. 또 관음보살, 보현보살, 문수보살, 지장
보살 등 4대 보살이 인자한 미소를 짓고 부처님 옆에 서 있었다. 석가
모니상 맞은 편 벽면에는 천화天花와 오백나한의 그림이 눈길을 끌었다.

그 사이 스님들은 만과晩課 공부를 마치고 공손하게 합장을 하고는 모
두 물러갔다. 건륭은 향을 살라 묵묵히 석가모니불을 향해 기도하고 난
다음 점괘를 넣은 죽통竹筒을 몇 번 흔들었다. 그러자 글귀가 적힌 대오
리 하나가 땅에 떨어졌다. 영영이 그것을 황급히 주워 두 손으로 건륭
에게 건넸다. 건륭이 글귀를 보고 말했다.

"연풍청에게 설명을 좀 부탁해야겠네. 워낙 먹물이 부족하니 무슨 말인지 잘 모르겠는 걸?"

기윤이 건륭의 말을 듣고는 다가가 대오리를 받아들었다. 그때 저만치에서 젊은 참배객 한 사람이 역시 죽패를 보려는지 다가왔다. 서쪽 선원에 머무는 거사이려니 생각한 건륭은 별로 주의 깊게 쳐다보지 않았다. 기윤이 보니 대오리에는 그다지 길지 않은 시구가 적혀 있었다.

　　번화한 성경盛京에 늦봄이라, 배꽃은 분분하고 버드나무는 오동통 물이
　　올랐네.
　　멀리서 온 나그네여, 고향생각은 잠시 접고 석양에 물든 만주晚舟(밤배)에
　　올라 술잔이나 기울이세.
　　정자에 기대니 마음이 평온하고, 사달 많은 옥송獄訟이 결국 끝이 난다. 우
　　여곡절 끝에 분쟁이 사라질 것이니 아낌없이 재백財帛을 풀어 삼면으로 그
　　물 치는 걸 주저하지 말라.

건륭이 대오리의 글을 보고는 흡족한 표정으로 고개를 끄덕였다. 이어 막 입을 열려고 할 때였다. 방금 전의 거사가 옆으로 다가왔다. 그리고는 대오리를 하나 들고 고개를 갸웃거리면서 작은 목소리로 부탁을 했다.

"저기……, 죄송합니다만 이것도 좀 봐주시죠!"

거사가 다가오는 순간 옆에서 벽화를 구경하는 척하던 단목양용이 어느새 빠른 걸음으로 건륭의 옆에 다가왔다. 기윤이 보니 거사의 대오리에 적힌 것도 몇 구절의 짧은 시였다.

　　만하晚霞(저녁놀)에 붉게 물든 농염한 도리桃李, 화원의 백화百花가 어여쁘

다고 질투하지 말거라.

춘삼월 미경美景이 부러워 황금대黃金臺 위의 까마귀 늦은 밤에도 떠날 줄 모르네.

젊은 거사가 손가락으로 대오리를 가리켰다.

"잘은 모르겠으나 '황금대 위의 까마귀 늦은 밤에도 떠날 줄 모른다' 는 구절이 어쩐지 불길한 느낌이 드네요."

거사의 말에 기윤이 설명을 했다.

"이는 거사의 귀숙歸宿을 뜻하는 글귀요. 까마귀는 효성이 지극한 새로 알려져 있소. 거사는 끊임없이 주목받고 두각을 드러내는 비범한 일생을 살았고 죽어서도 황금대에 묻힌다는데 그래도 만족을 못한다면 말이 되겠소?"

건륭은 처음에는 젊은 거사에게 별로 관심이 없었다. 그러다 갑자기 그의 눈빛이 심상치 않게 변했다. 눈길이 자꾸 거사에게 향했다. 분명 낯익은 얼굴인데 언제 어디서 어떻게 만났는지 도무지 기억이 나지 않았던 것이다. 기윤의 해설을 들으면서 골똘히 기억을 더듬던 건륭은 돌연 깜짝 놀란 표정으로 고개를 쳐들었다. 순간 그의 뇌리에 과거 산동성 평음平陰현 성 밖 관제묘關帝廟 광장에서 잠시 맞닥뜨렸던 얼굴이 떠올랐던 것이다. 그때 만났던 사람이 틀림없었다. 그렇다면 이자는 일지화이거나 백련교의 핵심인물 중 하나일 터였다!

건륭은 거기까지 생각이 미치자 가슴이 철렁 내려앉은 것 같았다. 어떻게 이렇게 묘한 우연이 있을까? 그러나 억만 중생이 득실거리는 세상에는 용모가 비슷한 사람이 얼마나 많은가! 게다가 괜히 잘못 짚어 사달이라도 일으킨다면 신하들에게 웃음거리가 되고도 남을 일이 아닌가. 건륭은 자신이 지나치게 한 가지 생각에 집착해 착각을 했을지도 모른다고 생각하면서 실소를 흘렸다. 그리고는 거사에게 다가가 부채를 쥔 손 그대로 읍을 하면서 말을 걸었다.

"외람되지만 거사의 존함을 여쭤 봐도 되겠소이까?"

"존함이라뇨? 황감합니다. 이 사람은 성은 변卞이고, 자字는 화옥和玉이라고 합니다."

젊은이가 황급히 답례를 했다. 그러면서 단목양용을 힐끗 쳐다봤다. 이어 건륭에게 되물었다.

"그러는 거사께서는 이름을 어찌 쓰시는지요?"

"나는 융隆이오. 기인旗人이고. 그저 융격隆格이라고 불러주면 되겠소이다. 변화옥이라……. 음, 참 의미 깊은 이름이구먼."

건륭은 그렇게 말하고는 이내 후회했다. 말투가 영락없는 황제의 말투라 젊은이에게 신분이 들통 날까 불안했던 것이다. 그렇다고 하던 말을 갑자기 멈출 수도 없었다. 그는 할 수 없이 말을 이었다.

"춘추전국시대의 변화卞和라고 하는 초楚나라 사람이 조정에 박옥璞玉을 공납했는데, 지로천황地老天荒(세월이 많이 흐름을 의미)의 장구한 세월 동안에도 알아주는 이가 없어 빛을 보지 못했다지 않소. 그러다 결국 조룡祖龍(진시황을 일컬음)이라는 사람이 옥의 진가를 알아보고 중화 제일의 국새國璽로 만들었다지 않소."

변화옥이라는 젊은이가 말을 받았다.

"결코 길한 이름은 못 됩니다. 변화라는 사람은 결국 몸을 다치고 피를 흘리면서 비운의 생을 마감했어요. 그리고 진귀한 박옥 역시 갈고 닦이는 각고의 고통 끝에 고작 조서에 붉은 도장이나 찍는 국새로 전락하고 말았죠. 그랬으니 박옥 자체의 고매한 천성을 잃은 셈이죠."

기윤은 당시 평음현에서 건륭을 수행했었다. 그 역시 다 잡은 역영을 놓친 데 대한 아쉬움을 잊지 못하고 있었다. 하지만 당시 워낙 사람이 많아 적아敵我를 가리기 힘든 상황이었던 데다 근시가 심해 역영의 모습을 똑똑히 보지 못했다. 따라서 눈앞의 점잖고 예절 바른 젊은 거사가 그때의 역영이리라고는 꿈에도 생각하지 못했다. 그저 건륭의 안전을 철저히 보호해야 하는 사람의 입장에서 낯선 사람의 접근을 경계해야 한다고 생각할 뿐이었다. 그는 건륭이 상대에게 호감을 보이면서 다가가자 다급해진 듯 황급히 두 사람 사이에 끼어들었다.

"내 짐작이 틀리지 않는다면 화옥 선생은 남위南闈 시험을 보러 온 수재秀才 같소. 내 말이 맞소? 《삼사경》에서는 '옥은 갈고 닦지 않으면 그릇이 될 수가 없다'고 했소. 갈고 닦노라면 본성을 잃는 건 당연지사일 테지. 주목받지 못하던 한낱 박옥이 갈고 닦음을 거쳐 국새로 자리매김했다면 그 역시 크나큰 행운이 아니겠소? 아니면 박옥이라 해도 강바닥에 깔린 조약돌이나 다를 바가 뭐 있겠소."

변화옥이 갑자기 조소 어린 어조로 맞받았다.

"나는 수재가 아닙니다. 그래서 《삼자경》 같은 건 듣지도 보지도 못했어요. 구린내가 진동하는 관가에서 국새면 뭘 하겠어요? 맹자孟子는 '잔민殘民들이 득세해 날뛰는 혼탁한 세상에서 사느니 진흙 속에서 사는 것이 낫다'고 말했어요. 몰라서 그렇지 강바닥에도 함께 더러워지기를 거부한 채 세상에 나오지 않고 숨어 있는 명주明珠가 얼마든지 있어요. 안 그렇습니까? 그러고 보니 아직 그쪽의 고성대명은 묻지도 않았네요!"

건륭의 의심은 적중했다. 자신을 '변화옥'이라고 밝힌 눈앞의 젊은이는 바로 일지화이자 백련교의 지도자 역영이었다. 아무러나 그, 아니 그녀는 얼마 전 부하 포영강을 시켜 "어가를 영접하는 데 요긴하게 쓰라"면서 윤계선에게 은자 10만 냥을 바치는 '충성'을 한 바 있었다. 물론 그건 양주의 호적에 등록된 가짜 이름으로 바친 것이었다. 그 대가로 그녀는 양강 총독부의 명의로 발송한 붉은 초청장을 받을 수 있었다. 그

초청장에는 음력 8월 3일 이전에 남경에 도착해 어가 영접 행렬에 참석하고 소견召見을 대기하라는 내용이 적혀 있었다. 때를 같이 해 8월 5일 막수호 승기루에서는 개영호와 황천패의 무예 시합이 열릴 예정이니 '광림光臨하여 지켜 주십사' 하는 내용의 서찰도 날아들었다. 역영은 그러자 주위 사람들의 만류에도 불구하고 교송, 한매, 당하 등 세 제자만 데리고 부랴부랴 남경으로 향했다. 그렇게 해서 그녀 역시 어제 비로소 남경에 당도한 터였다. 이곳 비로원에 머문 것도 개영호의 사전 계획에 따른 것이었다.

역영은 상대방의 숨결이 느껴질 정도로 가까운 거리에서 그를 보는 것은 처음이었다. 눈앞의 그는 정말 대단한 사람이었다. 높낮이가 별로 없는 평온한 어조, 차분한 말투, 일거수일투족에서 발산되는 주체할 수 없는 풍류와 자상한 미소 등……. 감히 범접할 수 없는 권위가 느껴졌다.

아무려나 기윤은 역영의 야유 섞인 말에 달리 반격할 말이 없다고 생각한 듯 자신을 소개했다.

"나는 성은 연年이고, 이름은 풍청風淸이오. 내가 소금 가루를 몇 년 더 먹은 것 같으니 연장자로서 한마디만 하겠소. 관가官街나 상가商街는 발을 담근 사람이 하기 나름이오. 천성이 탁한 자는 탁한 물에서 놀게 되고 청명한 자는 청명한 물에서 놀게 마련이오. 연꽃을 보시오. 그렇게 탁하고 더러운 물에서도 얼마나 깨끗한 꽃을 피우는지. 그러니 세상만사는 그렇게 단칼에 무 자르듯 극단적으로 말할 수는 없다고 생각하오."

"세상이 온통 오물천지인데 어찌 청탁淸濁을 가리겠어요."

기윤이 부드럽게 나오자 역영의 말투 역시 조금 누그러들었다. 하지만 그녀는 여전히 비판하는 태도를 잃지 않았다.

"의리 하나만 먹고산다는 강호의 흑도黑道에서마저도 서로 파리 머리만 한 이익을 놓고 피비린내를 풍기면서 싸우는 일이 다반사이니 무슨 말을 더하겠어요?"

역영의 말이 끝남과 동시에 건륭이 천천히 걸음을 떼어놓았다. 이어 역영의 말에는 별로 관심이 없는 듯 벽면을 가득 채운 벽화에 시선을 던지며 천천히 입을 열었다.

"세상이 워낙 넓으니 태양의 빛이 닿지 못하는 곳도 있게 마련이오. 다습하고 햇빛이 안 드는 곳은 아무래도 곰팡이가 번식하게 될 테고. 숲이 크면 별의별 새들이 다 둥지를 틀게 되는 법이오!"

역영이 고개를 끄덕이면서 천천히 건륭의 말뜻을 음미했다. 건륭이 잠시 입을 다물고 있는 사이 기윤이 다시 끼어들었다.

"세존世尊의 불당에서 이런 말을 하는 건 대단히 불경스럽습니다만 일전에 원자재袁子才라는 현령이 범인을 취조하다가 그만 기가 막혀 죽는 줄 알았다고 하오. 원고는 착하고 성실한 사내였는데 마누라가 무려 다섯 명의 사내와 대낮에, 그것도 자신의 집구석에서 그 짓을 하는 걸 목격했다지 뭐요? 현령이 도무지 믿어지지 않아 피고로 잡혀온 여자에게 물었다고 하오. 그러자 이 아녀자가 부끄러운 기색도 없이 '현령 나리는 어여쁜 일지화一支花(한 떨기 꽃)에 나비가 떼로 몰려드는 걸 막을 수 있나요? 나 없이는 못 살겠다고 달려드는데 난들 어쩌란 말인가요!'라고 당당하게 대꾸하더라고 하지 뭐겠소. 요즘은 입에 올리기조차 구역질날 정도로 음란하고 방탕한 일들이 관가뿐만 아니라 민간에까지 만연된 것이 큰 문제요."

일지화라는 말에 역영은 얼굴을 살짝 붉힌 채 건륭을 힐끗 훔쳐봤다. 그러나 건륭은 묵묵히 벽화에만 시선을 고정시키고 있을 뿐 아무 말이 없었다. 역영은 마음을 진정시키고 나서 입을 열었다.

"가지 많은 나무에 바람 잘 날 없는 건 당연지사이나 그래도 큰 가지가 항상 먼저 움직이는 법입니다."

역영이 건륭과 기윤의 눈치를 살피면서 고항이 양주의 중락원衆樂園에서 설백 낭자, 아홍, 운벽 등과 벌였던 음란한 애정행각을 들려줬다. 그리고는 다시 덧붙였다.

"설백은 이 사내 저 남자를 마다하지 않는 기생이니 그렇다손 치더라도 나머지 둘은 양주 부모관父母官의 첩들이라죠, 아마? 윗사람에게 잘 보이고자 자기 애첩마저 선뜻 내놓는 관가의 행태가 참으로 한심하더군요. 그 극장의 주인이 나하고 친분이 있어 우연히 듣게 됐는데 얼마나 지저분한지 구역질을 멈추지 못하겠더군요!"

"그게 과연 사실이오?"

건륭은 잠시 자신의 처지도 잊은 채 다그치듯 물었다. 사실 고항의 행실이 지독히도 좋지 않다는 얘기는 건륭도 익히 들어 알고 있었다. 염문설의 주인공으로 찍혀 어사들로부터 올라오는 탄핵안도 심심찮게 읽었다. 언젠가 당아도 언뜻 그런 얘기를 비춘 적이 있었다. 그럼에도 건륭은 그다지 심각하게 생각하지 않았다. 국구이자 대신인 신분이면서 자신과 똑같은 호봉환접呼蜂喚蝶(벌과 나비를 부르는 것을 의미. 풍류를 즐긴다는 뜻)의 한량이라는 동질감 비슷한 감정 때문에 번번이 허물을 덮어주었다. 그러나 고항이 일은 뒷전인 채 국구의 위상은 말할 것도 없고 조정의 체통까지 헌신짝처럼 내버리고 그렇게 더러운 행각을 벌이고 다니는 줄은 정말 몰랐다! 건륭은 순간 만 장 높이의 파도가 가슴을 치는 듯한 충격을 받았다. 숨이 턱 막혔다. 또, 고항도 고항이지만 자신들의 목적을 위해 그를 더러운 구정물로 유인해 오물을 먹인 배홍인과 근문괴가 더욱 괘씸하다는 생각에 분노가 치솟았다. 건륭은 애써 진정하고자 연신 마른침을 삼키면서 주먹을 움켜쥐었다. 그러나 낯빛이 하얗게 질리는 것까지는 감출 수가 없었다. 건륭이 그렇게 감정을 주체하지 못하고 크게 화를 낼 기미가 보이자 다급해진 것은 기윤이었다. 급기야 황급히 나섰다.

"불전에서 이처럼 입에 담지 못할 말을 꺼내고 나니 속이 영 거북합니다. 바깥바람을 좀 쐬어야겠어요."

기윤의 말뜻을 알아차린 건륭이 제깍 호응을 했다.

"그러지! 부처님을 모독하는 말을 했다가 인과응보에 걸려 욕을 볼까 두렵네."

건륭은 말을 마치자마자 불당 뒷문으로 나왔다. 순간 등촉이 환한 방장의 정사精舍에서 사람의 말소리가 들려오는 것 같았다. 그가 어느새 따라 나와 긴 숨을 쉬고 있는 역영을 향해 입을 열었다.

"이곳 방장 스님은 백년 노승이라오. 조금 있다 들어가 배견하려고 하는데 원한다면 함께 들어가는 것이 어떻겠소?"

건륭의 말이 끝나기 무섭게 안에서 늙고 쉬었으나 기운이 느껴지는 목소리가 들려왔다.

"가야 할 사람은 아직 가지 않았소이다. 와야 할 사람은 이미 당도했구려. 아미타불! 어서 드시오, 시주!"

목소리는 방장의 것이 분명했다. 언홍과 영영은 그 말에 한발 앞서 정사로 들어갔다. 방장이 막 목욕을 마친 듯 두 동자승이 김이 나는 나무대야를 들고 나오고 있었다. 건륭 일행은 안쪽을 들여다봤다. 온돌 아래 부들방석 위에 표정을 읽을 수 없는 스님 한 분이 눈을 반쯤 감은 채 다리를 포개고 앉아 있는 모습이 보였다. 그 북쪽 방향으로 놓여 있는 긴 나무결상 위에는 검고 마른 노승이 가부좌를 하고 앉아 있었다. 백년 세월의 풍상을 확실하게 보여주듯 얼굴에 주름이 자글자글한 노승이었다. 수염 몇 가닥이 맥없이 드리워져 있었다. 노승이 바로 윤계선이 말한 법공 스님이었다. 온돌 아래 부들방석에 앉아 있는 스님은 아마도 법공의 제자 각색 스님일 터였다. 언홍과 영영은 조용히 합장하고는 문 옆으로 물러났다.

단목양용은 경계심이 대단했다. 건륭과 기윤이 안으로 들어간 뒤 '변화옥', 다시 말해 역영이 자신에게 먼저 들어가라면서 손짓을 하자 뒤로 물러나면서 오히려 먼저 들어가라고 고집을 부렸다. 약간의 승강이가 벌어질 수밖에 없었다. 그 와중에 역영은 이 젊은이의 팔 힘이 천근바위 같음을 분명히 느꼈다. 역영은 할 수 없이 못 이기는 척하고 먼저 들어갔다. 그제야 단목양용도 따라 들어가 건륭과 가까운 곳에 섰다. 건륭이 먼저 입을 열었다.

"큰스님께서 높고 깊은 덕을 갖고 계시다는 얘기를 익히 들었습니다. 이렇게 뵙게 되어 무한한 영광입니다. 큰스님의 가르침을 받고자 왔습니다!"

"아미타불!"

나무걸상 위의 스님은 눈을 뜨고 천천히 시선을 움직이면서 사람들을 쓸어봤다.

"거사와는 참으로 인연이 깊은 것 같습니다. 노납老衲(스님이 자신을 겸손하게 칭함)은 강희 사십 년에 기도종석棄道從釋(도교를 버리고 불교를 택함)한 이후 올해로 불문에 귀의한 지 오십 년을 맞았습니다. 바랑 메고 발길 닿는 대로, 마음 가는 대로 유랑하던 시절에 소장小壯(건륭을 의미함)을 우연히 만난 적이 있습니다. 그 뒤 언젠가 종루鐘漏(물시계) 가에서 어깨를 나란히 하고 앉아 쉬던 기억도 새로우니 오늘의 해후 역시 하늘의 뜻이 아닌가 싶습니다."

좌중의 다른 사람들은 법공이 도대체 무슨 얘기를 하는지 도통 알 수가 없었다. 모두들 망연한 표정을 지을 수밖에 없었다. 그러자 법공이 쪼글쪼글한 주름을 활짝 펴면서 단목양용을 향해 말했다.

"영조令祖(다른 사람의 조부에 대한 존칭) 봉封 어르신은 아직 건재하신가? 그 어르신이 열 살 때 거사의 태조太祖(증조할아버지) 공의 손에 이끌려 아미산으로 소승을 찾아왔던 적이 있었지."

법공이 다시 깊고 예리한 눈빛을 건륭에게 돌렸다. 동시에 가벼운 한숨을 내쉬었다.

"막수호 호반의 생가笙歌는 한창인데 돌아보니 백년 세월이 간 곳 없네. 청화육덕淸華毓德(육덕은 덕성을 함양한다는 의미)의 거사, 그대는 어쩌면 영조令祖와 그리도 흡사하십니까?!"

법공이 말을 마치고는 다시 스르르 눈을 감았다. 누가 보더라도 모든 것을 초월한 고승다운 모습이었다.

기윤은 당대의 알아주는 정통 유학파의 한 사람이었다. 당연히 선불교에 대해서는 '존이불론'存而不論(인정은 하나 논하지 않음)의 원칙을 고수하고 있었다. 때문에 법공이 귀신놀음을 한다면서 속으로 비웃었다. 그러나 법공의 입에서 '청화육덕'이라는 네 글자가 흘러나오자 흠칫 놀라고 말았다. 역영은 예리하게 그 찰나의 모습을 포착했다. 동시에 법공이 건륭 일행의 내력을 귀신처럼 맞춘 데 대해 적이 감복하면서 그에게 다가가 절을 올렸다.

"대사님, 이 사람은 속가의 이름이 변화옥입니다. 오래 전부터 불가에 귀의하고 싶었습니다. 큰스님께서 부디 제자로 받아주시기를 간절히 청하는 바입니다."

법공은 묵묵히 앉아 있을 뿐 가타부타 말이 없었다. 그러자 부들방석에 앉아 있던 각색이 대신 입을 열었다.

"거사는 육근六根이 청정치 못하고 팔구八垢를 떨쳐내지 못한 사람이오. 그러니 부처님께 귀의한들 성불할 수 있을 것 같소?"

역영이 각색의 말에 가벼운 한숨을 내뱉었다.

"두 분 스님께서도 도가道家에 드셨다가 중도하차해서 불가佛家에 귀의하셨다고 했습니다. 이 사람은 비록 불민하고 부덕하나 안이비설신의眼耳鼻舌身意, 색성향미촉법色聲香味觸法 등 이른바 육근육성六根六性에 대해서는 평소에 조금씩 수련을 해왔습니다."

"그럼 내가 묻겠소."

각색이 역영을 시험하려는 듯 입을 열더니 본격적으로 질문을 던졌다.

"불가에서 번뇌를 생각한다 함은 무얼 뜻하는지 알겠소?"

건륭은 동궁東宮 시절부터 불교에 상당한 흥미를 가졌다. 그래서 옹정으로부터 장춘거사長春居士라는 칭호를 받기도 했다. 따라서 스스로 불학佛學에 대해 조예가 깊다고 자부해온 터였다. 오늘 이곳을 찾아온 목적도 이미 100세 고령을 넘긴 두 선사禪師와 기봉機鋒(선승의 예리한 말이나 동작)이나 주고받으면서 마음의 안식을 찾기 위해서였다. 그러나 역영이 깊은 관심을 보이는 것을 보고는 한발 물러나 조용히 지켜보기로 마음을 고쳐먹었다. 역영이 계수稽首를 하고 나서 대답했다.

"번뇌를 생각한다는 것은……, 탁수濁水를 연꽃 위에 떨어뜨리는 것과 같다고 생각합니다."

"이를 어떻게 제거할 수 있소?"

"날붙이로 연 뿌리를 잘라버리겠습니다."

"번뇌를 생각하지 않는다는 건 무얼 뜻하오?"

"가는 청풍淸風에 유서柳絮(버드나무 꽃씨)를 실어 보내는 것입니다."

"이를 어떻게 제거할 수 있소?"

"맨 곳에서 매듭을 찾아 금령金鈴을 풀어내겠습니다."

"소위 염불염念不念 번뇌라는 것은 무엇이오?"

"누에가 실을 뽑아 제 몸을 자승자박하는 것입니다."

"이 번뇌를 어찌 날려버리겠소?"

"촛불이 한줌의 재가 될 때까지 태워버리겠습니다."

"번뇌를 부른다는 건 무슨 말이오?"

"역수逆水에서 서로 뱃사공이 되겠노라 분쟁하는 것입니다."

"그럼 그 번뇌를 어찌할꼬?"

"순행順行에 배를 밀어 보내겠습니다."

"번뇌가 자생한다는 말은 무얼 뜻하는가?"

"느릅나무 속에서 불을 피우다 나무를 다 태운 격입니다."

"자생 번뇌를 막을 길은 무엇인가?"

"물은 얼음이 되면 파도가 일지 않습니다."

역영은 침착하게 잘도 대답했다. 그러나 각색은 여전히 무표정했다. 곧이어 호두알처럼 쪼글쪼글한 안검眼瞼 속에서 유리알처럼 반들거리는 두 눈으로 역영을 응시하면서 가벼운 한숨을 내쉬며 입을 열었다.

"역수에서 분쟁이 한창인데, 배를 돌려 순행順行에 밀어 보낼 수 있는 사람이 몇이나 될까?"

역영이 즉각 대답했다.

"대사님, 그렇다면 이 사람이 참선을 통해 깨달은 것에 그릇됨이 있다는 말씀입니까?"

각색이 즉각 대답했다.

"그릇된 말은 없소. 입에서 연화蓮花를 내뱉는 건 쉬운 일이나 세속의 현란함을 등지고 불가에 귀의한다는 것은 쉬운 일이 아니오. 바로 코앞에 여행객들이 인산인해를 이루는 막수호가 있고, 그림 같은 양자강이 띠를 두르고 흘러가오. 장님이 아니고 벙어리가 아닌 거사께서 그 속에서 요공了空을 볼 수 있다는 말이오?"

역영이 히죽 웃으면서 대답했다.

"이 사람은 그리 할 수 있습니다. 이 사람의 가문은 독실한 불교 가문입니다. 소싯적부터 어깨너머로 배우고 귀동냥을 했습니다. 요연공법了然空法도 연마해 왔습니다."

역영의 말에 각색이 처음으로 얼굴에 웃음을 띠웠다. 이어 늙고 쉰 목소리이기는 하나 대단히 똑똑하고 힘이 느껴지는 어조로 말했다.

"'요연공법' 네 글자는 그리 쉽게 혀끝에 올릴 수 있는 것이 아닌데……. 우리 사부님은 아미산에서 이십 년 동안 고선苦禪의 세월을 거치셨소. 이곳 비로원에서도 삼십 년 동안 부들방석이 해질 정도로 좌선을 정진해왔소. 어제 입적入寂을 신고하고 오늘밤 서쪽으로 돌아가시기로 했소. 이는 우리 제자들에게 몸소 생사의 도를 깨닫게 해주시기 위함이오. 거사께서는 양주에서 강물을 거슬러 이곳에 왔으니 어찌 순행에 배를 밀었다고 할 수 있소. 목적이 있어 왔거늘 어찌 요공了空을 논할 수 있겠소? 불가에서 공언空言의 죄업보다 더 큰 것이 어디 있을까! 아미타불!"

"빈손으로 왔다 빈손으로 가는 세상, 명예도 벼슬도 부질없고 미움도 성냄도 당치 않더라!"

나무걸상 위에 가부좌를 하고 있던 법공 스님이 갑자기 먼 곳의 산울림처럼 울리는 목소리로 말했다.

"노승은 이제 그만 가봐야겠소. 보고 싶었던 사람의 배웅을 받으면서 가니 법공의 가는 길은 한결 따스할 것 같소!"

법공이 말을 마치고는 건륭을 일별했다. 사실 건륭은 동궁 시절부터 여러 고승들의 입적하는 모습을 종종 봐온 터였다. 그들 대부분은 선남선녀의 배례를 받으면서 공수래공수거空手來空手去의 삶을 마감했다. 이처럼 태연자약하게 원적圓寂을 준비하는 경우는 거의 없었다. 처음이었다. 말 그대로 몸소 생사의 도를 가르쳐주고 순수한 공수래공수거의 삶을 매듭짓는 모습이라 할 수 있었다. 건륭은 갑자기 가슴이 뭉클해지면서 저절로 고승에 대한 경외심을 느꼈다.

법공은 안색이 다소 창백해진 건륭을 향해 미소를 짓고는 머리를 끄덕여 보였다. 이어 온돌에서 내려섰다. 그리고는 허리를 굽혀 친히 망화靴의 끈을 조심스레 동여맸다. 각색이 가사장삼을 걸쳐주려고 하자 법공이 힘차게 손사래를 쳤다.

"필요 없네. 내 몸뚱이가 최고의 껍데기인 걸!"

법공은 땅비닥에서 발이 가는 대로 몇 길음 떼어놓너니 불감佛龕에 기대어 섰다. 그리고는 조용히 읊었다.

배고프면 밥 먹고, 곤하면 잠자는 것이 최고의 선禪이더라. 돈오돈수頓惡頓修(단박에 깨쳐서 더 이상 수행할 것이 없는 경지)해서 세상의 이치를 설파하니 돌이 고개를 끄덕이더라. 삶과 죽음을 묻고, 흥성과 쇠락을 물은들 그 무슨 의미가 있나. 갈 때는 모두가 빈손인 것을! 때가 되면 가고 때가 되면 오고, 물 흐르듯 바람 가듯 인생의 윤회는 쉬는 법이 없다네!

법공이 열반송 같은 것을 읊고 나더니 방금 전 각색이 앉아 있던 부들방석에 다리를 괴고 앉았다. 이어 오른팔을 무릎에 대고 오른손으로 턱을 괸 채 왼손으로는 단전을 쓸어내리면서 미소 띤 얼굴로 어딘가를 조용히 응시했다. 더 이상 움직이지도 않고 아무 말도 없었다.

"사부님, 사부님!"

각색이 그 앞에 길게 엎드려 나직이 불렀다. 그러나 법공은 아무런 대답도 없었다. 각색은 가슴에 올린 법공의 왼손을 가만히 내려 손목을 짚어보고 코의 기운을 살펴봤다. 이어 법공의 왼손을 다시 가슴에 올려놓고는 조심스레 무릎걸음으로 물러났다. 그리고는 말없이 깊숙이 머리를 세 번 조아리고는 몸을 일으켰다. 그의 온몸이 후들후들 떨리고 있었다. 영락없는 백 세 노인의 모습이었다. 얼마 후 각색이 희비를 가늠할 수 없는 표정으로 사람들을 향해 합장하고 나서 갈라진 목소리로 말했다.

"단월 시주, 그리고 여러분! 노승의 사부님은 불조가 계신 서쪽 불멸의 경지로 가셨소. 스님들이 송별의 법사를 할 것이니 여러 거사께서는 그만 걸음을 돌려주세요. 아미타불!"

법공은 앉은 자리에서 그렇게 원적에 들었다. 부들에서 입적한다는 불가의 최고 경지를 몸소 실천하면서 서천의 극락세계로 떠났다. 건륭, 기윤과 단목양용은 자신들도 모르게 주체할 수 없을 만큼 끓어오르는 경배의 마음을 담아 법공의 법신을 향해 엎드렸다.

건륭 일행이 착잡한 심경을 안고 선방에서 나왔을 때는 주변에 어둠이 짙게 깔려 있었다. 그때 역영이 삼세불三世佛 정전 뒷담 아래에서 건륭을 향해 작별 인사를 올렸다. 건륭 역시 부채를 잡은 손 그대로 공수하면서 답례를 했다.

"초면이 구면이라고, 얼굴을 익혔으니 심심하면 놀러 오시오."

"심심할 겨를이 있을 것 같지 않습니다."

역영이 등롱을 등지고 서 있는 건륭을 조용히 응시했다. 이어 속으로 까닭 모를 한숨을 내쉬었다.

"안면을 텄지 마음까지 튼 건 아니지 않습니까? 그쪽은 귀인이신데 나처럼 별 볼 일 없는 사람이 어찌 처소를 들락거리겠어요. 내일은 총독아문으로 가서 윤 총독과 김 총독의 영가迎駕 연습 장면을 구경할까 합니다. 아, 참! 모레 승기루에서 남경의 실세 개영호가 주최하는 성회盛會가 있다고 합니다. 구경 갈 의향이 있다면 이 사람이 초청장을 보내도록 하겠습니다."

건륭 역시 황천패와 개영호가 승기루에서 일전을 벌인다는 소식은 이미 들어 알고 있었다. 그러나 기윤은 그 사실을 알자마자 바로 "절대 예측할 수 없는 상황에 발을 들여놓아서는 아니 된다"면서 건륭에게 고간苦諫을 했다. 건륭은 고심 끝에 기윤의 건의를 받아들였다. 승기루에는 가지 않기로 한 것이다. 그런데 변화옥이 또다시 그 얘기를 하고 있었다. 기윤은 다급해지지 않을 수 없었다. 워낙 호기심이 많은 건륭이 그러겠노라 흔쾌히 대답해버릴까봐 걱정이 됐던 것이다. 비록 눈앞의 변화옥이 일지화라고 단언할 수 없는 상황이기는 하나 가급적 위험한 곳은 피해 나서야 하시 않겠는가! 기윤은 다급한 심에 건륭의 대답을 앞지르는 불경을 범해가면서 서둘러 끼어들었다.

"뜻은 고마운데 우리 주인나리께서도 개영호로부터 초청장을 받은 상태요. 솔직히 우리 주인나리는 관직에 몸담고 계시는 분이라 강호에 모습을 드러내봤자 좋을 게 하나도 없소. 나는 어느 집 노적가리에 불이 붙지 않았는지 기웃거릴 정도로 구경거리를 좋아하는 사람이니 내가 대신 가보겠소."

건륭은 어쩔 수 없이 흔쾌히 대답하려던 마음을 거두었다. 그리고는 미소를 지으면서 고개를 끄덕였다. 역영도 더 이상 권하지 않았다. 그저 미소를 지으면서 읍을 했다.

"어쩐지 풍기는 분위기가 보통 사람과는 다르다 싶었어요. 두 분은 분명 어가 영접 행사에 참여하기 위해 북경에서 온 조정의 대원大員들인 것 같네요. 나는 공명에 관심이 없는 사람이니 구태여 잘 보이고 싶은 마음은 없어요. 그럼 팔월 팔일 어가가 당도하는 날에 또 볼 수 있겠네요."

"다시 만날 수 있었으면 좋겠소."

빙그레 웃는 건륭의 얼굴에 아쉬움이 그득 묻어났다.

29장
국구國舅 고향의 위기

건륭은 무거운 발걸음을 옮겨 거처인 동쪽 선원으로 돌아왔다. 뇌리에서는 법공의 좌화坐化(앉은 채로 열반하는 것) 장면이 떠날 줄 몰랐다. 마음속이 존경심과 감동, 이름 모를 허무, 그리고 신비에 가까운 두려움 등으로 뒤범벅되어 복잡하기 이를 데 없었다. 하늘은 어느새 잔뜩 흐려져 있었다. 덩치 큰 먹장구름이 멀리서 천천히 이동해오는 모습이 보였다. 바람 끝도 제법 차가워 목덜미에 좁쌀 같은 소름이 돋았다. 점점 거세지는 바람에 울창한 나무숲이 슬슬 요동칠 준비를 하는 듯 했다. 검은 숲속에서 송곳 같은 이빨을 드러낸 귀신들이 머리를 풀어헤치고 괴성을 지르면서 덮칠 것 같았다. 옆에 시립해 있던 기윤은 건륭이 꼼짝 않고 어딘가에 시선을 고정시킨 채 말 한마디 없는 것을 가만히 지켜보고 있었다. 그러나 감히 놀라게 할 수도 없어서 초조하게 바라만 보고 있을 뿐이었다.

한참 뒤 기윤이 정면으로 불어 닥치는 바람에 몸서리를 치면서 조심스레 입을 열었다.

"동옹東翁(자기 주인에 대한 존칭), 동옹……! 바람이 차갑습니다. 곧 비도 쏟아질 것 같습니다. 그만 안으로 드시죠."

"……"

"동옹!"

"응? 응!"

건륭은 그제야 기윤이 부르는 소리를 듣고 흠칫하면서 긴 사색에서 깨어났다. 습관처럼 시계를 꺼내 처마 밑에 매달린 등불 빛을 빌어 들여다보니 아직 해시亥時도 되기 전이었다. 마침 언홍과 영영이 나무로 만든 욕분浴盆에 김이 서린 더운물을 받아 동쪽 행랑채로 들고 가고 있었다. 그걸 본 건륭이 물었다.

"내 처소를 동쪽 행랑채에 정했나? 북쪽 행랑채의 정방正房에는 누가 들기로 했는가?"

기윤은 건륭이 찬바람을 맞아 자칫 감기라도 들면 어떡하나 염려하고 있던 차였다. 그러나 건륭은 그의 염려와는 달리 건강하고 밝은 목소리였다. 기윤이 내심 안도하면서 대답했다.

"정방은 외벽과 맞닿아 있어 춥습니다. 파특아 등이 번갈아 가면서 야경夜警을 서는 곳으로 정했습니다. 이는 부 집사(부항)와 계목佳木(아계), 유 사환(유통훈)과 소인이 상의한 끝에 결정한 바입니다. 미리 동옹에게 말씀드리지 않은 점을 용서해주십시오!"

건륭은 기윤의 말이 끝나기도 전에 이미 동쪽 행랑채로 들어갔다. 언홍과 영영이 문을 닫았다.

기윤은 건륭이 목욕을 하는 동안 관보와 상주문 절략節略이 추가된 것이 없는지 궁금해 서둘러 윗방으로 돌아왔다. 오할자가 그를 기다리며 앉아 있었고, 책상 위에는 서류뭉치가 잔뜩 쌓여 있었다.

"누가 보내온 건가? 그 사람은 어디 있나?"

"얼사아문의 형건민邢建敏이 다녀갔습니다. 저는 혹시라도 이상한 낌새가 없는지 한 바퀴 돌고 지금 막 돌아왔습니다. 저기 저 철두교도 방금 호수 밑에 들어가 한 번 휘젓고 나왔습니다. 물속에서도 별다른 이상이 발견되지 않았다고 하니 심려를 거두십시오!"

오할자가 자리에서 일어나면서 대답했다. 기윤은 오할자가 가리키는 곳을 바라봤다. 과연 남쪽 창문 밑에 앉아 있는 철두교의 모습이 보였다. 품이 넓은 두루마기로 갈아입은 그는 나무 걸상에 앉아 이마에 번들번들 땀이 밴 채로 생강차를 마시고 있었다.

"저런! 술이나 한 대접 마시고 말지 웬 궁상인가. 그래, 물밑 세계는 볼 만하던가?"

기윤이 철두교에게 물었다. 그러면서도 손은 이미 서류뭉치에 가 있었다. 철두교가 땀을 닦으면서 히죽 웃었다.

"그건 나리께서 몰라서 하시는 말씀입니다. 한여름도 아니고 지금 이 날씨에 물속에 들어갔다 나오면 오장육부가 꽁꽁 얼어 동태가 되는 기분입니다. 이럴 때는 뭐니 뭐니 해도 생강 끓인 물을 마셔 찬 기운을 밖으로 발산시켜야 장기가 손상되지 않죠. 술은 열성熱性이 강하고 자극적이어서 오히려 안 좋습니다. 배 속에 들어가는 즉시 찬 놈과 더운 놈이 주먹질해서 비위가 크게 상하게 된단 말입니다."

기윤은 지나가는 말로 물었을 뿐인데 철두교의 사설은 길기도 했다. 기윤은 미소를 짓고 더 이상 말을 하지 않았다. 대신 문서를 한 장, 한 장 넘기면서 분주하게 읽었다. 우선 먼저 관보를 보니 '어가는 이미 산동성 태안泰安에 당도했습니다. 태산泰山 유람은 다음 기회로 미루고 곧 남하하실 거라는 어의가 계셨습니다'라는 내용이 눈에 들어왔다. 황제의 신변안전을 위해 거짓 행적을 적어놓은 것이 틀림없었다. 기윤은 빙그레 웃으면서 이번에는 상주문을 집어 들었다. 하방河防 총독으로 발령이 난 노작盧焯이 하도河道 재정을 갉아먹는 좀벌레 세 명을 직무 해제시키고 정법에 처할 것을 주청한 내용이 있었다. 이 밖에 섬서성 북부 백성들이 구호식량을 받고 황제의 성은에 감지덕지한 나머지 경내의 절마다 향배香拜를 올리러 오느라 장사진을 이루고 있다는 등의 기쁜 소식들도 많았다. 그리고 화칠火漆로 밀봉한 두꺼운 서간書簡도 있었다. 봉투 겉면에는 '효람 공께서 친히 받아보시게. 이계 근배謹拜'라는 글씨가 적혀 있었다. 그가 막 개봉해 속지를 뽑아내려고 할 때였다. 영영이 다급한 걸음으로 들어왔다.

"폐하께서 풍한風寒에 걸리신 것 같아요. 머리가 조금 어지럽다고 하시니 선생께서 어서 건너가 보셔야겠어요."

"알겠습니다."

기윤이 황급히 대답하면서 일어섰다. 이어 철두교에게 지시했다.

"어서 계선 공에게 기별해 의원을 보내라고 하게! 계선 공은 올 것 없고 거기서 어지를 기다리라고 하게."

기윤은 명령을 마치고는 바로 동쪽 행랑채로 걸음을 재촉했다. 황제가 풍한에 걸렸다는 말에 내심 당황한 오할자 역시 일어나 기윤의 뒤를 따라 나섰다. 문어귀에서는 파특아가 두리번거리면서 주위의 동정에 신경을 잔뜩 곤두세우고 있었다. 오할자가 다가갔다.

"여기는 내가 지키고 있을 테니 자네는 뜰 안 곳곳을 샅샅이 뒤져보고 오게."

파특아는 그러나 오할자의 말이 채 끝나기도 전에 여전히 서투른 한어로 퉁명스레 대꾸했다.

"나는 여기 꺼요. 당신이나 가!"

기윤은 문후를 올리고 나서 서둘러 건륭의 기색부터 살폈다. 역시 안색이 별로 좋지 않은 듯했다. 그러나 단목양용이 침대 앞에 무릎을 꿇은 채 쭉 편 두 손을 당겼다 밀어내고 다시 거두기를 반복하면서 건륭에게 기공요법을 시도하자 안면에 홍조가 조금 피어오르는 것도 같았다. 건륭은 침대에 반쯤 기댄 채 고개를 들어 천장을 바라보는 와중에도 읽다가 만 《자치통감》을 손에 꼭 쥐고 있었다. 그는 기윤의 인기척을 느끼고 고개를 돌렸다. 이어 황황한 신색으로 꿇어 엎드리는 기윤에게 말했다.

"머리가 조금 어지러울 뿐이니 곧 괜찮아질 걸세."

건륭이 문밖에서 들려오는 파특아의 목소리에 귀를 기울이더니 갑자기 피식 웃음을 터트렸다.

"파특아가 뭐라고 하나 들어보게. '나는 여기 꺼'라고 하지 않는가! 그놈의 한어는 왜 그리도 늘지 않을까? 지난번에는 황후 앞에서도 저렇게 퉁명스럽게 대답하더라고. 그래도 황후는 언제 봐도 변함없이 우직한 충정을 갸륵하게 여겨 동주東珠 한 알을 상으로 내렸다네. 몽고족들은 한번 먹은 마음은 변치 않는 진짜 호한好漢들이지."

건륭은 다행히 기력만은 괜찮아 보였다. 기윤이 적이 안도하면서 머리를 조아렸다.

"소인은 세상에 두려운 것이 없사오나 단 하나, 폐하께서 병을 얻으시어 존체를 다치실까 염려되옵니다. 불편하시면 성 안으로 돌아가 계시는 것이 바람직하지 않을까 사료되옵니다. 이곳은 어쩐지 음기陰氣가 지나치게 성한 것 같아 조심스럽사옵니다."

"우리의 정통 유학자가 언제부터 그런 걸 믿기 시작했나?"

건륭은 언홍이 받쳐 올린 인삼탕을 한 모금 마시고는 고개를 저으면서 농담을 입에 올렸다. 그러나 곧 진지하게 다시 입을 열었다.

"됐네, 자네가 마저 마시게. 연풍청(기윤), 이리 와서 맥을 좀 봐주게."

기윤은 황급히 무릎걸음으로 다가가 베개를 건륭의 왼팔 밑에 받쳤다. 이어 두 손가락을 혈맥에 조심스레 올려놓고 주의 깊게 박동을 살폈다. 건륭은 기윤이 진맥을 하는 동안 단목양용에게 말했다.

　"자네 말대로라면 이번에 좌화한 노승老僧이 바로 호궁산胡宮山이었다는 말인가? 호궁산에 대해서는 조부님으로부터 들은 바가 있어서 알고 있네. 삼번三藩의 난이 일어나기 전에 오삼계吳三桂가 북경 태의원으로 잠입시킨 밀탐密探이었다지. 나중에 성조聖祖(강희제)의 대덕에 감화돼 과감히 오삼계를 떠나 싱조에게 투신했고. 나중에는 경천보가驚天保駕(하늘을 울리면서 어가를 호위함)의 혁혁한 공을 세웠다고 하지. 어떤 여인과 가슴 아픈 만남과 이별을 겪으면서 실의 끝에 귀산歸山해 은둔의 세월을 보냈다고 하던데……, 여태 살아있었군! 그래서 나를 만난 적이 있다는 얘기를 하고 마지막 순간까지 깊은 심동心動을 주는 눈길을 보냈었군. 전해들은 얘기지만 인생의 굴곡이 구곡십팔만九曲十八灣의 황하黃河보다 더한 사람이라고 하네."

　단목양용은 건륭의 말을 듣고 가슴이 쩡했다. 그 역시 가슴 아픈 과거가 떠올랐던 것이다. 실제로 그는 환관宦官 가문의 규수 육매영陸梅英을 좋아했으나 가족들이 결사적으로 반대했다. 결국 두 사람의 사랑은 이뤄지지 못했다. 나중에는 지엄한 가법에 의해 가문에서 쫓겨나 하마터면 객사할 뻔했다. 이후 그는 마음을 다잡고 기공에 몰두했다.

　단목양용은 무공이 극에 달했다는 단목세가의 적손嫡孫이었다. 가법대로라면 세속의 부름에 응해 다른 사람들의 일에 관여할 수 없는 몸이었다. 그런 그가 이번에 세간에 모습을 드러낸 데는 다 그럴 만한 이유가 있었다. 생전에 그의 구명은인이었을 뿐만 아니라 육매영과 인연을 맺어주기 위해 백방으로 뛰어다녔던 전 양강 총독 이위李衛의 부인 취아가 얼마 전 친히 그에게 서한을 보내 남순 길에 오른 어가를 경호해주십사 하고 간곡히 청을 해왔던 것이다. 아무리 가법이 지엄하다고는 하나 그에게 취아의 부탁은 바로 구천九泉에 있는 은인의 청과도 같은 것이었으니 마다할 수가 없었다. 건륭의 수행원들 중에서 그가 유일한 '민간인'이었던 것은 바로 그 때문이었다.

단목양용은 얼마 후 자손대대로 물려받은 태음소영공太陰消影功으로 건륭의 체내에 있던 나쁜 기운을 다 몰아냈다. 건륭의 낯빛은 점차 정상을 회복하기 시작했다. 기윤이 진맥하고 있던 손을 떼면서 말했다.

"폐하의 맥은 이미 정상을 회복하셨사옵니다. 단목 선생, 이번에 수행한 언홍과 영영 두 분도 기공요법으로 폐하의 풍한을 치유한 적이 있네. 그때는 잠깐이면 되던데, 선생의 기공은 시간이 꽤 걸렸어. 그 두 분 역시 단목세가의 제자들이거늘 그렇다면 그들의 실력이 단목 선생을 능가한다는 말인가?"

단목양용이 건륭을 향해 머리를 조아리고는 일어서면서 대답했다.

"폐하께 풍한 기운이 조금 있는 건 사실이옵니다. 하오나 이번에 병을 얻은 것은 변 선생(역영)이라는 자와 어느 정도 관련이 있는 것 같사옵니다."

건륭은 단목양용의 치료가 끝나자 곧바로 고개를 전후좌우로 돌려봤다. 과연 어지럼증이 가시고 귀와 눈도 한결 시원했다. 그는 일어나 침대 모서리에 걸터앉았다. 그러다 단목양용의 마지막 말을 듣고는 흠칫 몸을 떨었다. 이어 노기 띤 눈으로 단목양용에게 물었다.

"그자가 감히 사술邪術로 나를 해하려 들었다는 말인가?"

건륭은 이어 기윤에게 시선을 돌리면서 적잖게 흥분한 어조로 목소리를 높였다.

"자네, 그자를 어디서 본 기억이 없는가? 산동 평음현에서 우리 앞에 나타났던 자들 중 한 명이네. 지금은 남장男裝을 하고 있으나 실은 일지화 역영일 가능성이 상당히 높네!"

건륭이 말을 마친 다음 가만히 고개를 갸웃거렸다. 아무래도 아까 만난 젊은이가 신경이 쓰이는 모양이었다. 그때 갑자기 밖에서 불어온 세찬 바람에 창호지가 배불뚝이처럼 안으로 떠밀려 들어왔다. 구석의 촛불들은 꺼질 듯 아슬아슬하게 흔들거리다가 가까스로 되살아났다. 기둥에 붙여놓은 모서리가 떨어져나간 '불佛'자도 힘없이 펄럭거렸다. 그렇게 한바탕 바람이 몰아치더니 찬비가 내리기 시작했다. 달빛 어두운 밤에 누에가 뽕잎을 갉아먹는 소리처럼 사르륵대는 빗소리는 사람들의 마음을 불안하게 했다.

기윤이 건륭의 말에 고개를 저었다.

"그럴 리가 있겠사옵니까? 소인은 머리털 나고 처음 배운 말이 '엄마'가 아닌 일지화일 정도이옵니다. 그렇게 오래 전부터 악명이 높았던 자이옵니다. 산동 평음현에서 만났던 자는 자세히 보지는 못했으나 매우 젊어 보였사옵니다. 일지화는 어림잡아 오십 세는 넘었을 텐데 그리 젊어 보인다면 그건 인간이 아닌 요물이죠."

"일지화가 아니라면 어인 이유로 나를 사술을 가지고 해하려 들겠는가?"

기윤은 건륭의 질문에 즉답을 하지 못했다. 그러자 단목양용이 대신 입을 열었다.

"저자가 아무리 사술을 부려봤자 고승이 많은 이 같은 절에서는 그것이 잘 먹히지 못할 것이옵니다. 이번에 일명 순양공純陽功이라는 기공을 폐하의 체내에 주입시킨 것은 폐하의 무예실력이 어느 정도인지 가늠해보기 위함이었던 것 같사옵니다. 이 기공은 사람을 해하는 성질의 것은 아니옵니다. 체력이 약한 사람에게는 오히려 보익補益의 효능도 있사옵니다. 개영호와 황천패가 승기루에서 무예를 겨루기로 했으니 아마

저자는 시합을 앞두고 우리의 내력과 실력을 탐지하고자 한 것 같사옵니다. 저자가 일지화 본인인지 여부는 소인도 알 수 없사옵니다. 연풍청 공은 공자 외에는 그 누구도 믿지 않는 사람이니 강호에 일명 불로회춘공不老回春功이라는 기공이 있는 줄을 모르시겠죠. 그 기공은 동남처녀童男處女라면 누구나 가능한 것이옵니다. 죽을 때까지 그 기공을 연마하면 땅속에 묻히는 순간까지도 젊음을 유지할 수 있다고 하옵니다."

좌중의 사람들은 단목양용의 설명을 듣고서도 의혹이 완전히 가시지 않는다는 표정을 지었다. 그러나 속으로는 적이 안도하는 눈치를 보였다. 순간 기윤이 한숨을 지었다.

"송유宋儒 이래 뱃속이 오물로 출렁이면서도 툭하면 도학道學임을 표방하면서 가혹한 말로 타인을 비난하는 족속들이 많았네. 물론 진짜 도학에 정통해 기지奇智와 이능異能을 겸비한 인물들도 춘추春秋 이래 사적史籍들에서 심심찮게 볼 수 있지. 옛사람들이 없는 소리를 해서 후세를 희롱할 수는 없지 않은가? 내가 공자를 숭상하는 건 사실이네. 그러나 공자는 귀신이 존재하지 않는다는 말은 한 번도 한 적이 없어! 경經과 의義를 논할 때는 추호의 차이도 엄청난 차이가 된다는 걸 알아야 하네. 유가儒家는 치세治世에 힘쓰고 석가釋家는 제세濟世에 진력하니 오직 충서忠恕의 도만 벗어나지 않는다면 둘 다 '인仁'의 본질을 충실히 시킨다고 할 수 있지. 그러니 아무도 어느 쪽이 더 바람직하다고 왈가왈부할 수는 없네. 유학이 주눅이 들면 '관구'冠狗가 생겨나. 또 석가가 빛을 보지 못하면 백련교 같은 역적의 무리들이 들끓기 마련이야. 한마디로 지금 사회의 큰 고질병은 본질을 이탈한 허상으로 종파宗派의 이익만 대변하려 한다는 거야. 그래서 민심이 올바른 길을 찾아가지 못하고 사도에 빠지게 된다고 생각해. 법공 스님처럼 수행이 깊고 덕이 높으신 분이 많이 계셔야 유학의 발전에도 큰 힘이 될 터인데!"

기윤이 장황하게 자신의 철학을 단목양용에게 설파하더니 갑자기 말투를 바꾸어 들고 온 관보와 상주문 절략을 건륭에게 받쳐 올렸다.

"미처 다 읽어보지 못하고 달려왔사옵니다. 아직 존체가 완전히 회복되지 않으신 것 같사오니 내일 어람을 하셔도 될 것이옵니다. 부상 등은 이미 결전의 땅으로 떠났사옵니다. 문후를 여쭙는 상주문이 이 속에 들어있사옵니다."

"그날 일은 그날로 마쳐야지 무슨 소리인가!"

건륭이 피곤한 기색이 역력함에도 애써 남남하게 책상을 마주 했다. 그리고는 등불을 빌어 주장奏章을 한 장씩 넘기면서 가끔씩 묵필墨筆로 동그라미를 쳤다. 이어 몇 줄을 읽어 내려가더니 입을 열었다.

"《열미초당》閱微草堂은 사부四部까지 썼지? 계속 써내려가게. 읽을 만하더군. 자네가 조금 전에 참 좋은 말을 했네. 요즘은 한줌도 안 되는 가짜 도학가들이 싸구려 인의도덕으로 자신들의 남도여창男盗女娼의 행각을 덮어 감추면서 세상을 온통 뒤숭숭하게 만들고 있지! 문호門戶를 표방해 배타적인 정서를 키우고 이 당, 저 당 호붕구당狐朋狗黨의 무리를 만들어내고 있네! 본인이 속한 무리는 그 어떤 포악무도한 짓을 해도 항상 옳다고 주장하고 다른 무리는 세상에 둘도 없는 포청천일지라도 갖은 혐의를 덮어씌워 해치려 들지. 이것이 오늘날 관가의 추태만상일세. 자네 앞으로 온 편지도 있네. 읽어보게!"

건륭이 말을 마치고는 아계의 서간을 기윤에게 건네줬다. 이어 노작의 상주문과 감숙甘肅 순무의 상주문을 비교하면서 읽어보더니 바로 노작의 상주문에 어비御批를 달기 시작했다.

주장을 받아보고 나니 마음이 흡족하네. 짐은 경을 하도 총독으로 파견할 때까지만 해도 일말의 염려를 감출 길 없었네. 경이 과오를 범해 파면을 당했던 불미스런 전력 때문에 스스로 주눅이 들어 과감히 일에 임하지 못할까봐 걱정했었네. 마음이 약한 경이 사심을 품고 접근하는 무리들을 물리치지 못하는 건 아닐까 염려스러워 전전반측했었네. 그러나 경은 짐의 기대를 저버리지 않았네. 짐의 기대에 부응해 진력투구하고 있으니 참으로 흡족하네. 성조께서는 죄신인 곽수를 중용하셨었지. 비록 죄를 짓기는 했으나 잘못을 뉘우치고 훗날 크게 될 사람이라고 믿으셨던 게지. 과연 곽수는 훗날 일대 명신名臣으로 사책史册의 한 면을 크게 장식했네. 짐 역시 경에게 거는 기대가 참으로 크다는 걸 명심하게! 나날이 승승장구하는 경의 활약상을 기대하겠네! 상주문에 언급한 세 범관犯官은 경의 뜻대로 참살하도록 하게. 지방관들이 학전澗田(하천부지) 매매를 금한다는 군기처의 지시를 어기고 임의로 처분한 학전에 대해서는 전부 회수하도록 하게. 그리고 감숙성은 강우량이 충분한 곳이네. 빗물이 내년 농사에 큰 도움이 될 건 분명하지만 대신 흙모래가 쌓여 황하의 하류 하상河床(하천의 바닥)이 높아질 수 있다는 걸 염두에 둬야 할 걸세. 이는 하방 총독인 경의 소임이니 차질이 없도록 하기를 바라네!

건륭은 어비를 다 쓰고 난 다음 고개를 들었다. 편지를 읽던 기윤이 입을 감싸 쥔 채 킥킥거리고 있었다. 건륭은 붓을 내려놓고는 궁금한 표정으로 물었다.

"어인 이유로 그리 웃음을 참지 못하는 건가?"

기윤이 웃음을 참느라 빨개진 얼굴로 바로 아뢰었다.

"아계가 신에게 보낸 편지 속에 해란찰의 안사람이 그에게 쓴 편지가 들어 있었사옵니다. 글 솜씨와 내용이 하도 재미있어서 그만 불경을 저지르고 말았사옵니다."

건륭의 얼굴에도 웃음꽃이 피었다. 그가 내용이 자못 궁금한 듯 재촉했다.

"재미있다면서 혼자만 웃으면 의리 없지! 자, 어디 같이 웃게 읽어보게."

기윤이 대답과 함께 편지를 펴들었다. 그러나 웃음을 참느라 한참 동안이나 입을 열지 못했다.

"이리 주게! 무슨 사내가 그리 웃음을 참지 못한단 말인가?"

건륭이 답답했던지 편지를 받아 직접 읽기 시작했다. 그러나 그 역시 '개똥이 어미가 개똥이 아비에게'로 시작되는 편지를 보자 껄껄 웃기 시작했다.

어젯밤 누가 업어 가도 모를 정도로 퍼져서 자다가 개똥이가 걷어차는 바람에 깜짝 놀라 깨고 말았어요. 당신이 또 배를 타고 살인백정 노릇을 하러 간다니 무섭기도 하고 불여우 같은 년들이 꼬리칠까봐 걱정도 되어 잠이 오지 않았어요. 폐하께서 고래등 같은 집을 상으로 내리셨어요. 사람이 양심을 개에게 뜯어 먹히지 않은 이상 폐하의 얼굴에 먹칠을 하는 짓을 해서야 되겠어요? 당신은 사람 잡는 일이라면 내가 닭 모가지 비트는 것보다 더 이골이 났겠지만 계집 앞에서는 영 숙맥이라 걱정이 되네요. 아계 나리께서 남자 하인 두 명과 계집종 두 명을 보내주셨어요. 남자 둘은 조금 덜 떨어져 보이고 계집 둘은 그나마 쓸 만한 것 같더군요. 당신이 열심히 싸워서 건강하게 돌아오시면 내가 마음 내킬 때 첩실을 두어 명 들일 수 있게 허락해줄 테니 길에서 엉뚱한 계집년들에게 발목 잡히는 짓은 하지 말아요, 아셨죠? 우리 개똥이는 둥글둥글 호박처럼 잘 자라고 있어요. 장난이 심해서 어제도 나무에 기어오르다 떨어졌어요. 이제는 '도련님' 소리를 듣는 신분이니 두드려 패서라도 조금 얌전해지게 만들어야겠어요. 내가 매일매일 향을 사르면서 기도할 테니 무사히 돌아오세요. 나무

아미타불 관세음보살!

-정아 올림

건륭이 계속 웃음을 참지 못하겠다는 표정으로 입을 열었다.

"천하의 해란찰이 마누라에게 꽉 잡혀 사는구먼. 어디 겁이 나서 숨이나 제대로 쉬고 살겠나? 그래도 황은을 잊어서는 절대 안 된다고 하는 걸 보면 썩 괜찮은 처자일세! 금천 전사가 끝나면 조혜의 안사람과 함께 둘 다 고명부인誥命夫人으로 봉할 것이네. 그런데, 저건 누구의 편지인가? 짐이 좀 보세!"

기윤이 바로 대답했다.

"아계가 동봉해 보낸 밀서이옵니다. 폐하께 직접 어람을 청했사옵니다."

기윤이 말을 마치고는 편지를 공손히 받쳐 올렸다.

"오, 아계의 수필手筆은 날로 수준이 높아지는군."

건륭이 봉투의 봉인封印을 떼어냈다. 봉투 속에는 아계의 편지와 상주문이 들어 있었다. 건륭은 먼저 상주문을 펴들었다. 주먹만 한 글씨가 한눈에 들어왔다.

신 두광내竇光鼐가 호부 상서 겸 염정사鹽政使 고항을 부패와 횡령, 직무유기죄로 고발하옵니다.

상주문의 첫줄을 읽는 순간 건륭의 낯빛이 시퍼렇게 굳었다. 가슴이 철렁하고 내려앉는 듯했다. 급기야 그는 긴 주장은 잠시 제쳐두고 우선 아계의 편지부터 읽어보기로 했다. 그의 편지는 몇 마디 의례적인 인사말을 빼자 본론은 그리 길지 않았다.

대리시大理寺에서는 두광내가 고항을 탄핵한 상주문을 관보에 싣고자 하는 뜻을 피력했사옵니다. 하오나 신은 워낙 민감한 사안인 만큼 폐하의 어람을 거친 연후에 어의에 따라 처리하는 것이 바람직할 것 같다고 대리시 측에 전했사옵니다. 두광내는 현재 도찰원의 어사이옵니다. 대단히 고집스럽고 강직한 사람이라고 알려져 있사옵니다. 그가 탄핵한 고항은 막중한 권력을 행사하는 중신重臣으로, 다년간 염무鹽務에 몸담았습니다. 그러나 조정의 신망을 저버리고 쥐가 소금을 녹이듯 공금을 적지 않게 유용한 줄로 알고 있사옵니다. 그런데 수사가 시작되자마자 그 많은 적자를 감쪽같이 메웠다는 사실도 대단히 수상쩍사옵니다. 두광내는 고항이 사사로이 관염官鹽을 팔아 무려 육백만 냥에 달하는 은자를 챙겼다고 하는데, 이는 아직 사실로 밝혀진 바 없습니다. 신 역시 감히 믿을 수 없사옵니다. 고항이 그 정도로 담대한 사람이라고는 생각지 않사옵니다. 이 밖에 고항이 양주 극장에서 공공연하게 음란한 행각을 벌였다는 고소장이 빗발치는 실정이옵니다. 신은 이미 상세한 내막에 대한 조사를 부탁하는 협조 공문서를 보냈사옵니다.

아계는 편지 말미에 "부디 용체를 정양靜養하시옵고 백룡어복白龍魚服 (미행을 하는 것을 말함)의 불측을 밟지 말아주시옵소서!" 하는 따위의 '잔소리'를 많이 했다. 그러나 건륭은 그런 것까지 읽어 내려갈 마음의 여유가 없었다.

밖에서는 빗소리가 더욱 크게 들려왔다. 기와지붕과 커다란 나뭇잎에 떨어지는 그 소리는 마치 수많은 사람들이 장화발로 물속을 첨벙대면서 걸어오는 소리처럼 들렸다. 별로 좋은 소리는 아니었다. 그래서일까, 문어귀에서 지키고 서 있는 단목양용과 건륭의 등 뒤에 시립해 있는 기윤은 모두 착잡한 표정을 짓고 있었다.

"전도까지 연루돼 있다는군……."

건륭은 열 손가락을 깍지 낀 채 꽉 움켜쥐었다 폈다 하기를 반복했다. 그러더니 자리에서 벌떡 일어났다. 이어 몇 발짝 거닐면서 자신의 긴 그림자가 변하는 모습을 바라봤다. 그 모습이 그의 혼란스러운 심경을 그대로 대변하는 것 같았다. 한참 후 그가 비로소 입을 열었다.

"이 두광내도 너무 경거망동하는 것 같군. 섬서, 감숙 두 순무에 이어 악선을 탄핵하더니 이번에는 급기야 국척國戚의 목덜미까지 잡겠다는 건가? 다른 사람은 몰라도 악선은 그런 짓을 할 사람이 아닌 줄로 아는데, 설마 악선마저 재물에 눈이 어두운 소인배라는 말인가? 효람, 언젠가는 경도 탐관오리가 될 수 있다는 얘기인가?"

기윤은 건륭의 느닷없는 질문에 잠시 멍해졌다. 그러나 곧 정신을 추스르면서 대답했다.

"신은 성현이 아니온지라 탐념貪念이 전혀 없다면 그건 거짓말일 것이옵니다. 하오나 끊임없는 수련과 독서를 통한 정서 함양을 통해 이해利害라는 것이 찰나의 일념에 달려 있다는 도리를 깨달았사옵니다. 신은 분에 넘치는 재물을 탐내어 두고두고 오욕으로 점철된 삶을 살 수는 없사옵니다! 또 성주聖主께서 조석으로 수범수교垂範垂敎하시온데 신이 어찌 감히 자중자애自重自愛를 잊을 수 있겠사옵니까? 신은 거지로 전락할지언정 결코 탐관으로 구차하게 연명하지는 않을 것이옵니다! 뿐만 아니라 신은 악선의 인품에 대해서도 믿어마지 않사옵니다. 전하磚河, 영정하永定河 등 몇몇 대공사를 맡으면서 주무른 은자만 해도 천문학적인 숫자일 것이온데, 검은 돈을 챙기려 들었다면 어찌 그때 슬쩍하지 않고 하필이면 고향의 염세鹽稅와 관련해 사사로운 이익을 취하려 들었겠사옵니까? 고항이 행실이 부정하고 인품이 부덕함은 주지하는 바이옵니다. 또 두아무개가 전혀 근거 없는 소리를 할 수는 없다고 생각하옵니다. 신의 소견으로는 이 탄핵문은 잠시 보류했다가 형부와 대리시에서 실사를 마친 다음 다시 처리하는 것이 바람직할 듯하옵니다."

건륭은 기윤의 말이 끝나기 무섭게 차갑게 내뱉었다.

"형부, 대리시에서 이 몇몇 대원大員들의 뒤를 캐낼 수 있을 것 같은가? 소꼬리에 붙은 파리격일 텐데! 고항이 양주에서 주지육림을 휘젓고 다닌 건 신빙성이 충분하니 그에 대한 죄를 먼저 물어야겠네. 고항을 모든 직무에서 파면시키고 북경으로 소환해 처벌한다는 어의를 작성해 발송하게. 가숙을 먼저 벗겨버리지 않으면 누가 감히 '호랑이'에게 칼을 댈 수 있겠는가?"

기윤은 찬물을 뒤집어쓴 듯 마음이 서늘해졌다. 그럴 수밖에 없는 것이, 고항이 누구던가! 부항보다는 못해도 비슷한 위치에는 있다고 해도 좋을 조정의 실세가 아닌가.

사실 건륭은 불과 하루 전만 해도 고항이 올린 '염무정돈'鹽務整頓 보고서를 읽고는 "경은 국보國寶로서 짐의 기대를 저버리지 않고 있다. 지속적인 쾌거를 기대한다"라는 주비를 다는 등 그야말로 최고의 치하를 아끼지 않았다. 그 치하의 이면에는 황제로서의 건륭 자신의 치적을 은근히 과시하려는 마음도 없지 않아 있었다. 그럼에도 불구하고 건륭은 불과 하루 만에 고항에게 엄정한 죄를 물으려고 하고 있다. 황제를 뒤에 업고 막강한 권력을 휘두르던 국구가 단 하루 사이에 황제의 노여움을 입고 밑바닥으로 추락하려 하고 있었다. 기윤으로서는 관가의 생리라는 것이 참으로 허망하고 무정하다는 생각이 들지 않을 수 없었다. 얼마 후 건륭이 기윤의 속내를 꿰뚫어본 듯 히죽 웃어보였다.

"짐은 악선을 믿네. 고항에게 발목 잡혀 한 입씩 물린 장유공, 이시요 그리고 섬서, 감숙의 두 순무까지도. 경은 사적인 명의로 그들에게 서찰을 보내게. 짐은 그리 대책 없이 귀가 얇은 사람이 아니니 안심하고 직무에 전념하라고 이르게. 그리고 윤계선을 시켜 내일 당장 양주의 그 배 아무개와 근아무개, 고항을 모두 파직시키라 이르게!"

기윤은 점차 냉정을 되찾았다. 그런데 건륭의 분부를 유심히 들으니 전도에 대한 언급이 없었던 것이다. 그는 고항의 뒤를 이어 전도 역시 칼바람을 피해가지 못할 것임을 짐작했다. 그에 대해 안타까운 마음을 금할 수가 없었다. 그는 건륭의 말이 끝나자 속으로 가만히 한숨을 내쉰 다음 조심스레 의견을 피력했다.

"이 일은 부상과 아계에게도 언질을 주어야 할 것이옵니다. 장상(장정옥)도 현재 남경에 있사온데 그분에게도 이 사실을 알려야 할지 폐하께서 가르침을 주시옵소서."

"명백한 증거도 없이 이 사람 저 사람에게 돌을 던진 두광내의 죄도 물어야 마땅하네. 어사가 무책임하게 붓을 놀리면 어느 대신이 마음 놓고 업무에 임할 수 있겠는가? 두광내에게는 관품을 한 등급 강등시키는 처벌이 마땅할 걸세. 군기처에 그 정도 권한은 있으니 자네가 알아서 처리하게. 장정옥은 이미 일선에서 물러난 사람이네. 산수와 벗하면서 유유자적 영양榮養하고 있는 사람을 하찮은 일로 귀찮게 할 수는 없지 않겠는가!"

건륭이 신하들에 대한 조소 어린 발언을 계속할 때였다. 갑자기 물에 빠진 생쥐 꼴을 한 철두교가 추위에 퍼렇게 질린 채 덜덜 떨면서 들어와 아뢰었다.

"주인어른, 에취……! 의생醫生을 불러왔사옵니다. 양강兩江에서 가장 유명한 엽천사葉天士라는 의생이옵니다. 에취, 에취, 에취! 안으로 들일까요?"

"의생은 자네에게 더 필요할 것 같군!"

건륭은 의원을 부르러 갔던 철두교가 연신 재채기를 하는 모습을 보면서 실소를 터트렸다. 이어 다시 차분하게 덧붙였다.

"오늘 자네가 수고 많았네. 막수호에 들어가 한 바퀴 돌고 나온 데다 찬비를 맞으면서 그 멀리까지 다녀왔으니. 아무리 '쇠주둥이'라고 하지만 감기에 안 걸리고 배기겠나! 나중에 짐이 왜도倭刀 한 자루를 상으로 내릴 것이네. 물러가게. 가서 엽천사에게 증상을 보이고 약을 좀 지어달라고 하게. 지금은 자네가 환자일세!"

고항은 8월 4일 수로를 통해 남경에 도착했다. 연자기 부두에 당도하자 어스름하게 동이 트기 시작했다. 그는 침대에 엎드린 채 선창船窓을 통해 밖을 내다봤다. 끝없이 펼쳐진 양자강에 짙게 드리워졌던 어둠이 서서히 걷히면서 뽀얀 물안개가 피어오르는 광경이 가히 장관이었다. 창문 틈새로 불어오는 시원한 강바람에 새벽잠이 모조리 달아났다. 그는 고개를 돌려 옆에 곤히 잠들어 있는 설백을 쳐다봤다. 희고 말간 몸뚱이, 길고 가지런한 속눈썹, 우윳빛 얼굴에 감도는 해당화 같은 홍조 등은 마치 한 폭의 미인도를 보는 것 같았다. 자는 모습도 어쩌면 이리 황홀할까? 고항은 속으로 되뇌다가 그만 참지 못하고 그녀의 얼굴에 수염이 까칠까칠한 입을 갖다 대고 말았다.

설백은 콧소리를 내면서 쌔근거리다 화들짝 놀라 잠에서 깼다. 그러더니 손바닥 안의 옥구슬을 들여다보듯 자신을 응시하는 고항을 잠에 취한 몽롱한 눈빛으로 바라보면서 물었다.

"다 왔어요? 밤새도록 몸살 나게 굴더니……. 아, 피곤해라."

고항은 알몸 그대로 벌떡 일어나 앉은 채 웃옷만 대충 걸쳤다. 이어 백옥 같은 설백을 일으켜 품에 안았다.

"예쁜 것! 묘시卯時가 다 됐어. 윤 총독에게 오늘 도착한다고 기별했으니 아마 마중 나올 걸? 어서 일어나서 옷이나 입어! 현무호 호반에 전도가 사준 별장이 한 채 있어. 가인들이 그리로 데려다줄 거야. 나는 두 총독을 만나 일을 대충 끝내고 뒤따라갈 테니 먼저 가서 기다리고 있어."

고항은 서둘러 옷을 입었다. 설백이 갑자기 코를 훌쩍거리면서 매달렸다.

"꼭 와야 합니다! 이년을 버리시면 안 됩니다. 다섯 살에 조실부모하고 여러 차례 죽을 고비를 넘겼습니다. 숙모가 은자 열두 냥에 이년을 청루靑樓에 넘길 때 이년은 이팔의 꽃다운 나이였습니다. 먹고살기 위해 이 남자, 저 사내 품을 전전하긴 했지만 이처럼 애잔한 정을 느껴본 적은 없었습니다……"

고항이 그러자 여자의 눈물을 닦아주면서 애틋하게 대답했다.

"누누이 말했듯 나도 지금까지 참으로 방탕하게 살아왔어. 그러나……, 이제부터는 조심할 거야. 그러니 나를 믿고 따르면 돼."

배에서 내린 고항은 설백을 토닥여 떠나보내고는 타교駝轎를 빌려 타고 총독아문으로 향했다. 도착하자 진시辰時 무렵이 되었다. 그런데 아문의 넓은 뜰에는 인적이 거의 없고 휑뎅그렁했다. 게다가 추적추적 내리는 찬비에 떨어진 누런 낙엽들이 빗물 고인 땅바닥에 나뒹구는 모습이 황량해보였다.

문턱이 닳도록 들락거렸던 아문이었으나 안면 있던 문지기들은 하나도 보이지 않았다. 전부 새로운 사람들로 바뀐 모양이었다. 고항은 명찰을 제시했다. 그러자 문을 지키던 친병들이 고항의 계급을 확인하고는 깍듯하게 군례를 갖췄다. 이어 곧바로 윤계선이 업무를 보는 공문결재처로 안내했다.

"국구 어르신, 잠깐만 기다려주십시오. 소인이 가서 두 분 총독께 아뢰겠습니다."

그러자 고항이 이상하다는 표정으로 돌아서는 친병을 황급히 불러 세웠다. 이어 고개를 갸웃하면서 물었다.

"아문이 왜 이리 쥐 죽은 듯 조용하지? 원래 있던 사람들은 다들 다른 데로 갔나봐?"

"그건 소인도 잘 모르겠습니다. 하관은 태호 수사水師에서 새로 전근해온 군관입니다. 명을 받고 임무를 수행할 따름입니다."

친병이 공손히 대답하고는 바로 물러갔다. 고항은 친병이 물러간 다음에도 머릿속에 의혹을 가득 품은 채 방 안을 두리번거렸다.

'아무리 그래도 차 한 잔 가져다주는 아역도 없다니……. 이상한데? 여기 있어야 할 막료, 서리들은 다 어디로 가버린 걸까?'

고항은 꼬리에 꼬리를 무는 의문이 풀리지 않았다. 잠시 후 조금 전의 그 군관이 빗물을 첨벙거리면서 우산을 쓰고 다시 나타났다.

"두 분 총독께서는 서화청에 계십니다. 고 어르신을 그리로 모시라는 분부이십니다. 하관이 안내해 드리겠습니다."

고항이 손사래를 쳤다.

"내가 여기를 얼마나 뻔질나게 다녔는데? 눈을 감고도 어디든 찾아내지 못하겠나! 수고할 것 없이 나 혼자 찾아가겠네."

군관이 즉시 말을 받았다.

"하관은 상부의 지시를 어길 수 없습니다."

군관은 기어코 고항을 따라 나섰다. 그리고는 서화청 처마 밑에 다다라서야 물러갔다. 고항은 실실 눈웃음을 치면서 서화청 안으로 걸음을 옮겼다. 그러나 이내 놀란 표정을 감추지 못했다. 방 안에는 유통훈 부자도 함께 자리해 있었던 것이다. 그는 너무 뜻밖의 상황에 계속 놀란 표정을 한 채 황급히 공수를 했다.

"연청 공, 세형世兄! 두 분도 계셨네? 만나서 반갑소. 그런데 아문이 이리 조용해도 되는 거요? 두 총독 중 한 명은 군기처에 입직해 재상 반열에 올랐고, 한 명은 양성洋城(광동성을 지칭)의 방면대원方面大員으로 발령이 나서 권세가 하늘을 찌르고도 남는 분이신데……."

그 사이 윤계선을 비롯한 네 사람도 일어나 답례를 했다. 김홍이 가장 먼저 고항의 손을 잡고 말했다.

"아무래도 상전은 못 되겠소. 방금 고 국구 얘기를 하고 있었는데, 어쩌면 이리 딱 맞춰 들어오오? 눈이 빠지게 기다리던 재신財神이 오니 참으로 반갑소. 명 효릉明孝陵의 망루望樓 한쪽 귀퉁이가 떨어져나갔다지 뭐요. 그것도 손봐야 하고 성조께서 남순하실 때 도금한 이래 여태 방치해뒀던 영곡사靈谷寺 불상도 새로 단장해야겠고……, 돈 들어갈 곳이 지금 한두 군데가 아니오. 선비들과 일선 관리들이 이미 모금을 시작했소. 그 돈을 거둬 갚을 테니 먼저 염정鹽政에서 은자 이만 냥만 빌려 씁시다. 조금 더 참신한 모습으로 어가를 영접하고 싶어서 하는 일이니 도와주시오. 번고藩庫에 손을 대기 어려운 상황도 좀 이해해주시고."

"내가 퍼다 쓴 구멍을 막느라 겨우 죽을 고비에서 살아났는데, 또 우는 소리요?"

고항이 히죽 웃으면서 사람들을 쓸어봤다. 그리고는 다시 말을 이었다.

"염정의 돈은 내 돈이 아니니 나도 그건 건드릴 수 없소. 벌써 돈 냄새를 맡았나본데 양주의 몇몇 부자들로부터 '충성' 명목으로 칠만 냥을 받아둔 건 있소. 여기 그들의 명단이 적혀 있소. 바쁘면 이거라도 먼저 빌려 쓰든가!"

고항은 그렇게 말을 하면서도 슬쩍 사람들의 눈치를 살피는 것을 잊지 않았다. 그의 예감은 유통훈만 보면 틀리지 않은 듯했다. 유통훈의 표정이 어제 대판 싸운 사람처럼 표정이 한껏 굳어져 있었던 것이다. 그러나 유용의 얼굴은 또 그렇지 않았다. 전혀 아무렇지 않고 무덤덤했다.

윤계선 역시 언제나 그렇듯 편안한 인상을 하고 있었다. 심지어 그는 고항에게 자리를 권하고는 아랫사람에게 분부를 내렸다.

"고 국구께 차를 가져다 드리거라!"

"이런 곳에서 상빈上賓 대접을 받으니 기분이 끝내주는군요!"

고항이 하녀가 건넨 차를 받고 한 말에는 날카로운 뼈가 있었다. 하지만 윤계선은 짐짓 모른 체하면서 얼른 화제를 돌려 본론을 꺼냈다.

"내가 궁금한 게 한두 가지가 아니오. 염무鹽務를 정돈한다고 했는데 어찌 돼 가는지, 또 염세鹽稅의 출납 현황은 어떤 상태인지, 이번에 통주通州에서 덕주德州에 이르는 구간의 다리를 철거하고 용주龍舟가 통과할 수 있도록 대대적인 공사를 했다는데 염정에서 지출한 건축비가 얼마나 되는지 그것도 알아야겠소. 그밖에 사천, 하남, 호광, 강서 경내의 어떤 현들에서는 소금 값이 관가官價(사염私鹽은 세금을 납부하지 않기에 시중가격이 관염官鹽보다 저렴함. 청나라 때는 개인의 소금 매매를 엄금했음)보다 적게는 일 할, 많게는 일 할 반 더 저렴하다고 하는데 대체 무슨 영문인지 모르겠소. 수치상의 오류는 조금씩 감안할 것이니 고 국구께서 염무의 돌아가는 상황을 대충 설명해 주셔야겠소. 지난번에 폐하께서 하문하실 때는 일문삼부지一問三不知(하나를 물으면 셋을 모른다는 뜻)의 태도를 보였어도 군기처에 입직한 지 얼마 안 된 사람이라고 너그럽게 용서했으나 그런 일은 두 번 다시 없을 거요."

윤계선 등이 틀림없이 염무에 대해 물어올 것이라는 고항의 예측은 역시 적중했다. 그는 기다렸다는 듯 주머니에서 미리 준비해온 책자 두 개를 꺼내 윤계선과 유통훈에게 나눠줬다.

"이는 각 지역의 염운사鹽運司에서 정리해 올려 보낸 지출 내역이오. 사실 여부는 내가 이미 사람을 파견해 확인했소. 두 중당께서 읽어보시오. 아계와 부상, 장상 등의 재상에게 한 부씩 발송하고 기록을 남겨야 하는 호부에도 한 부 보낼 생각이오. 보면 알겠지만 그중 사백만 냥은 공부工部에서 빌려간 돈이오. 봉천奉天에서도 고궁故宮과 황릉皇陵 수리비 명목으로 이백만 냥을 지출해 갔소. 준화遵化의 효릉孝陵에 폐하의 침릉寢陵 자리를 마련할 때도 내정內廷의 돈이 제때에 도착하지 않았다면서 역시 우리 염정의 돈을 가져갔소. 그러나 내정에서 나중에 입 싹 닦고 돌려주지 않을 것 같아 못 받을 셈치고 이십만 냥밖에 제공하지 않았소. 읽어보면 그 속에 다 명시돼 있소. 이번에 염무를 대대적으로 정돈하면서 장부 조사도 철저히 했소. 각 지역의 염고鹽庫도 비가 새는 데는 없는지, 지나치게 습해 소금의 품질에 영향을 미치지는 않는지 깐깐하게 점검하고 빈틈없이 보수작업을 진행했소. 장부 조사를 통해 문제가 발견된 열세 곳도 다시 집중적으로 조사했다오. 관리들의 비리를 낱낱이 들춰내고 배상, 파직 등 처벌도 내렸소……."

고항은 미리 외워뒀던 대로 숨 한 번 쉬지 않고 손짓발짓까지 곁들이면서 침을 튕겼다. 워낙 재무財務에는 문외한인 유통훈은 생각할 틈을 주지 않고 속사포를 갈겨대는 고항의 말에 머릿속이 검불처럼 복잡해졌다. 유용 역시 마찬가지였다. 김홍은 처음에는 그런 대로 전후 순서를 따져 손가락을 꼽으면서 계산을 해봤으나 어느 순간부터는 골치 아프다는 듯 손이 이마에 올라갔다. 그러나 윤계선은 그들과 달랐다. 수년간 '강남왕'江南王이라는 칭호를 달고 다닐 정도로 군정, 민정, 재정, 문정 모두를 일괄 관장해온 사람답게 처음부터 미혼탕迷魂湯을 먹이려 드는 고항의 속내를 훤히 꿰뚫어보고 있었다. 그러나 짐짓 아무런 내색도 하지 않고 끝까지 들어줬다. 고항은 그렇게 누구 하나 말을 자르는 사람이 없는 탓에 족히 3시간 동안이나 혼자 떠들어댔다. 이어 말미에 몇 마디를 덧붙였다.

"그 외의 번잡한 사무에 대해서는 일일이 설명을 드리지 않겠소. 두 분 중당께서 궁금한 사항이 있어 질문을 하신다면 대답해드리겠소. 어떤 곳의 소금 가격이 관가보다 낮은 건 지방관들이 사사로이 관염官鹽을 내다 팔아 사리사욕을 채웠기 때문이 아니오. 민간인들이 스스로 소금을 운반해 가격대를 낮췄기 때문이라고 생각하오. 그들이 어디서 소금을 구하느냐고 반문하겠으나 그건 뭘 모르고 하는 소리요. 청해青海 쪽에 가면 길 자체가 소금 길일 정도로 흔해 빠진 게 소금이오. 절대 우리 관리들이 수작을 부린 게 아니오. 그리고 이번에 어가를 영접하기 위해 이문을 새로 단장하면시도 우리는 지방관들이 십시일만 모금해 올려 보낸 은자로 충당했을 뿐 염세에는 손을 대지 않았소."

부항의 말이 끝나기 무섭게 한쪽에 멍한 표정으로 앉아 있던 김홍이 갑자기 끼어들었다.

"어가는 이미 남경에 당도해 계시오. 더 이상 어가를 영접한다는 명목 하에 떠들썩하게 모금을 해서는 곤란하겠소."

"뭐요? 폐하께서 벌써 당도하셨다는 말이오?"

김홍의 말에 고항의 눈이 튀어나올 것처럼 커졌다. 급기야 이 사람 저 사람의 눈치를 살피면서 조심스레 물었다.

"이제 태안에 도착하셨다고 하지 않았소?"

유통훈이 갑자기 매서운 눈으로 김홍을 흘겨봤다. 그제야 김홍은 말실수를 깨닫고 어찌할 바를 몰라 했다. 그러자 유통훈이 심각한 표정을 짓고 뭔가 잠시 생각하더니 천천히 입을 열었다.

"어가는 이미 당도해 계시오. 하지만 김 총독은 발설해서는 안 될 기밀을 누설하고 말았소. 듣기 거북하겠지만 이 사람이 미리 한마디 하겠소. 팔월 십오일 전에 이 기밀을 또다시 누설하는 자에 대해서는 그가 누구든 가차 없이 엄중하게 죄를 물을 것이오."

고항은 유통훈의 설명을 듣고서야 비로소 놀라움에서 헤어난 듯했다.

얼굴 가득 웃음도 머금었다.

"걱정하지 마시오, 연청 공! 나를 빗대 하는 말인 것 같은데, 내가 무슨 장추명張秋明이오? 미쳐 돌아가 동네방네 떠들고 다니게!"

장추명은 안찰사로 있던 기간에 일지화 토벌 계획을 동네방네 떠들고 다닌 인물이었다. 그로 인해 일지화 생포 작전은 물거품이 돼버렸다. 단순하게 작전만 실패하고 끝난 것이 아니었다. 장추명 때문에 손안에 들어온 일지화를 놓쳐버린 유통훈과 윤계선은 모두 직급 강등 처분을 받은 바 있었다. 그런데 고항이 갑자기 기억하고 싶지도 않은 옛날 기억을 끄집어내니 윤계선으로서는 기분이 언짢을 수밖에 없었다. 그렇다고 화를 낼 수도 없는 일이었다. 비록 고항과 사적인 친분은 크게 없으나 업무상 왕래가 잦아 서로에 대한 이해가 적지 않은 탓이었다. 윤계선은 애써 불쾌한 감정을 누르고는 고항을 파직시키고 북경으로 연행하라는 건륭의 어지를 속으로 생각하면서 물었다.

"고 국구, 그래 바삐 오느라 식사는 하셨소?"

"벌써 정오가 아니오. 아침 끼니 말이오, 아니면 점심 끼니 말이오?"

아무것도 모르는 고항은 윤계선의 관심이 싫지 않은지 싱글벙글하면서 되물었다. 이어 덧붙였다.

"내 걱정은 하지 마오. 조금 있다 역관으로 돌아가서 먹으면 되니까!"

"어느 역관에 여장을 풀었소? 호거관? 부자묘?"

"부자묘에 머물기로 했소. 그런데, 그건……?"

윤계선이 숨을 깊이 들이마시면서 유통훈을 슬쩍 쳐다봤다. 순간 유통훈이 고개를 끄덕였다. 그러자 윤계선이 김홍과 유용을 향해 말했다.

"두 분은 잠시 자리에서 일어나 주셔야겠소."

김홍과 유용은 무거운 표정을 지은 채 엉거주춤 일어났다. 고항이 의아해하면서 물었다.

"원장 공, 지금 뭐하는 거요?"

"어의가 계시오."

윤계선이 짤막하게 내뱉고는 곧바로 남쪽을 향해 돌아섰다. 얼굴이 딱딱하게 굳어지고 있었다. 이어 그가 잠깐 목청을 가다듬더니 낭랑한 목소리로 말했다.

"고항은 엎드려 어지를 받들라!"

30장
살아남을 방도를 찾아라!

　마른하늘의 날벼락이 이런 것일까! 고항은 가슴에 천근 무게의 바위가 쿵 내려앉는 것처럼 눈앞이 아찔해졌다. 어지가 내려진 사실을 모르고 있던 김홍 역시 놀라서 안색이 창백해졌다. 한편 고항은 마치 죽은 사람처럼 엎드려 있다가 한참 후에야 천천히 잿빛 얼굴을 들었다. 그는 마치 가느다란 줄에 매달려 움직이는 목각인형처럼 기계적으로 두 손을 올려 관모官帽를 벗었다. 방 안에는 쥐 죽은 듯한 정적이 감돌았다. 화청 밖의 빗소리가 빗발치는 탄우彈雨 소리처럼 들렸다.

　"신 고항은……"

　고항은 한 순간에 10년은 더 늙어 보이는 얼굴을 한 채 사시나무처럼 떨었다. 이어 다시 허옇게 말라붙은 입술을 열었다.

　"성유聖諭를 받들어 모시겠사옵니다!"

　윤계선은 돌처럼 딱딱한 표정으로 기윤이 작성해 보낸 조서를 읽어내려 갔다. 조서의 내용 중에는 '탐람황음'貪婪荒淫이라는 말도 있었다. 고항은 그 네 글자를 듣는 순간 몸을 흠칫 떨었다. 그러나 땅바닥에 댄 이마 아래에서는 눈동자가 빠르게 움직였다. 이 와중에도 그는 '탐람황음'이라는 네 글자의 무게를 가늠하고 대책을 강구하기 위해 머리를 굴리는 중이었다.

유용은 성유 앞에서 무릎을 꿇은 대신의 모습을 보는 것이 처음이었다. 신기하기도 했으나 평소에 마냥 멋스럽고 여유만만해보이던 실세가 순식간에 된서리 맞은 나뭇가지처럼 풀이 죽은 모습을 보자 마음이 아팠다. 급기야 고개를 돌리며 긴 탄식을 토해냈다.

"신은 죄를 지은 몸이오니 조정의 판결에 쾌히 응하겠사옵니다. 망극하옵니다!"

고항은 깊이 머리를 조아렸다. 윤계선이 물었다.

"달리 할 말이 남아 있소?"

"폐하께서 남경에 계신다고 하니 총독께 부탁하겠소. 죄신에게 면성面聖할 기회를 한 번만 주십사 하고 상주해 주셨으면 감사하겠소."

윤계선이 눈꺼풀을 차갑게 내리 깐 채 약간 쉰 목소리로 대답했다.

"대신 주청을 올려드릴 수는 있소. 다만, 폐하께서는 미복微服을 한 채 머물러 계신 만큼 연청 공이나 나나 모두 어지가 없는 한 마음대로 뵙기를 청할 수 없소. 중추절 이후 폐하께서 대신들을 접견하실 때 기회를 봐서 말씀 올리겠소. 일단 역관으로 돌아가 기다리시오. 이는 밀지密旨이기 때문에 천하에 알려지지는 않을 것이오. 그러니 역관에서는 예전처럼 후한 대접을 해줄 것이오."

"고맙소."

윤계선은 어지 선독을 마치자 바로 평상심을 회복하는 듯했다. 얼굴에 희미한 미소까지 지었다. 이어 무릎을 꿇은 고항에게 다가가 그를 두 손으로 일으켜 세웠다.

"관가에서 잔뼈가 굵었고 한때는 비적 떼를 섬멸하면서 쾌거를 이룩한 사람이 어찌 그리 혼비백산한 모습을 하고 있소? 고름은 짜버려야 하지 않겠소? 자, 자! 자리에 앉아 얘기하지."

윤계선이 억지로 고항을 눌러 앉혔다. 고항은 여전히 몽롱한 표정을 한 채 윤계선이 눌러 앉힌 그대로 앉아 있었다. 그리고는 중얼거렸다.

"폐하를 알현해야 하오. 폐하를…… 반드시 알현해야 해."

고항은 금방이라도 실성해 거리로 뛰쳐나갈 것 같은 모습이었다. 평소에 무뚝뚝하기만 한 유통훈은 그 모습이 불쌍했던지 자리에서 일어나 따뜻한 위로의 말을 건넸다. 입단속을 잘못해 낭패를 본 김홍 역시 위로의 말을 건넸다.

"너무 상심하지 마시오. 군친君親은 아직 남아 있소. 폐하의 하늘과 같은 인덕은 자고로 비견할 이가 없지 않소? 이럴 때일수록 오로지 폐하의 은덕에 감념感念하는 마음만 지니고 추호의 원망도 품어서는 아니 되겠소. 이 사람의 소견으로는 어서 빨리 북경으로 가서……."

김홍은 아무 생각 없이 위로랍시고 몇 마디 말을 하다가 뚝 입을 다물었다. 또 말실수를 한 것이었다.

'아차, 내가 또 돌 맞을 소리를 하는가?' '군친君親이 여전하다'라는 말은 듣기에 따라 북경으로 가서 후궁전에 들러 읍소하면 아직 가능성이 있다는 '훈수'로 들리고도 남을 터인데!'

김홍은 거기까지 생각이 미치자 바로 벌레 씹은 표정을 하고 고개를 푹 숙였다. 오늘 따라 실수를 연발하는 자신의 뺨을 때려주고 싶도록 스스로가 미웠다. 그러자 유통훈이 김홍에게 따가운 시선을 던지면서 철문처럼 무거운 입을 열었다.

"폐하께서 달리 하문하신 바는 없소. 그러나 한 가지만 미리 권유하고 싶소. 혹시라도 어딘가에 선을 대서 당면한 곤경에서 벗어나려는 생각은 아예 하지 마시오. 이 문전, 저 문전 기웃거리는 무지몽매한 짓은 하지 말라는 거요. 추호도 도움이 되지 않을 뿐더러 점점 더 깊은 수렁으로 빠져들게 될 뿐이오. 오장육부를 끄집어내 강물에 씻어내는 심정으로 진솔하게 자신의 죄를 참회하는 상주문을 쓰시오. 우리가 대신 올려주겠소."

고항은 목각인형처럼 연신 고개만 끄덕였다. 그러나 그에게는 지금 주위 사람들의 말이 한 마디도 귀에 들어오지 않았다. 오로지 어떻게 하면 발등에 떨어진 불을 끌 수 있을까 하는 생각밖에 없었다. 윤계선이 점심을 같이 하자면서 붙잡았으나 그에게는 이제 밥이 문제가 아니었다. 급기야 그는 자신도 알아듣지 못할 혼잣말을 중얼거리고는 우산도 쓰지 않은 채 비틀거리며 총독아문을 나섰다.

화청에 남은 네 사람은 모두 고항의 자승자박을 안타까워했다. 말은 하지 않았으나 모두 속으로는 어지에 명시된 '탐람황음' 네 글자에 대해 생각하고 있었다. 고항의 '황음'荒淫에 대해서는 사실 삼척동자도 다 아는 일이니 두말할 필요가 없었다. 그러나 '탐람'貪婪이 무엇을 의미하는지, 고항이 어떤 사건 때문에 이 같은 죄명을 뒤집어썼는지에 대해서는 그들도 짚이는 바가 없었다. 어지를 작성한 기윤은 '지방관들의 제보'라고만 했을 뿐 누가 무슨 일로 그렇게 말했는지는 상세하게 밝히지 않았다.

바로 그때 유용이 몸을 움찔했다. 원래 그는 관직이 낮아 이런 자리에 동석할 입장이 아니었다. 그러나 부친의 배려로 파격적으로 두 총독과 함께 하게 되었다. 그런 그였기에 대선배들의 훈육을 듣는다는 자세로 귀만 열어 놓고 있었던 것인데 뭔가 꼭 해야 할 말이 떠오른 듯 했다. 그는 잠시 고민한 끝에 입을 열었다.

"두 분 총독 대인, 그리고 아버님! 하관의 소견으로는 고 어른에게 미행을 붙여야 마땅하다고 사료됩니다. 그 양반은 워낙 발이 넓어 오호사해五湖四海에 모르는 사람이 없다고 들었습니다. '실의인쾌구'失意人快口(실의에 빠진 사람이 아무나 붙잡고 하소연을 함)라는 말도 있지 않습니까?"

유용이 말을 마치고는 아버지의 허락을 기다리지도 않고 옆방으로 갔다. 이어 부하들에게 몇 마디 지시를 내리고는 다시 자리로 돌아와 앉았다.

"연청 공, 집안에 이런 천리마가 있다는 것은 경하를 받을 일이오! 될 성부른 나무는 떡잎부터 알아본다고 했는데, 예사 인물이 아닌 것 같소. 벌써 척하면 삼천리를 달리는 것 좀 보오. 다 늙어 머리가 녹슨 우리보다 훨씬 낫소!"

윤계선이 유통훈에게 부럽다는 듯 입을 열었다. 김홍 역시 기다렸다는 듯 맞장구를 쳤다.

"그렇소. 이 사람이 보기에는 청출어람일 것 같소!"

유통훈 역시 윤계선이나 김홍의 생각과 별반 다르지 않았다. 아들의 예리한 분석력에 흡족해마지 않았다. 하지만 겉으로는 짐짓 훈계조로 말했다.

"잔머리 굴리지 마! 두 분 총독 대인의 칭찬을 받아도 될 만큼 잘난 구석은 하나도 없어. 자식, 감히 어느 면전이라고 까불기는……. '실의인쾌구'라는 말이 있으면 '득의불쾌심'得意不快心이라는 말도 있어. 주제를 모르고 깝죽대다가는 큰 코 다친다는 얘기야. 누군가 중히 여겨 높이 평가해줄수록 자세를 낮추고 살얼음판을 걷듯 조심성을 길러야 해. 무슨 말인지 알겠느냐?"

유용이 아버지의 가르침에 황급히 일어나 두 손을 앞에 모은 채 공손히 대답했다.

"명심하겠습니다."

유통훈이 그러자 아들에게 앉으라고 손짓하고는 덧붙였다.

"아까 하다 만 얘기를 해야겠소. 어가가 팔일에 입성하기로 돼 있으니 폐하께서는 적어도 육일에는 비로원을 뜨셔야 할 것이오. 만민이 용안을 우러러보고자 입성하는 길목에서 환호작약하면서 기다릴 터이니 이제 막 입성하는 모습을 보여주셔야 할 것 아니겠소? 그러니 미리 당도 했다는 사실은 끝까지 비밀에 부쳐야 할 것이오. 온 천하가 '태평'을 구가하는 자리에서 혼란을 야기해서는 안 되니 세선 공의 의견에 이 사람도 공감하오. 역영의 소재가 거의 확실시 됐다 할지라도 십오일 이후에 야 생포 작전에 돌입하자는 의견 말이오. 물론 역영도 거지와 난봉꾼들을 풀어 '성세'盛世에 흠집을 내려고 '보천동경'普天同慶(온 세상이 같이 축하함)의 자리를 이용하려고 들겠지. 그래서 나는 황천패와 개영호의 비무比武 날짜를 오일로 잡았던 거요. 나는 이번에 반드시 개영호의 기를 꺾어놓고야 말겠소. 남경의 삼교구류三教九流를 호령하는 개영호를 내 발밑에 무릎 꿇게 함으로써 일지화의 입지를 바늘구멍만큼 작아지게 만들 것이오. 일지화의 주문을 받고 월병을 만드는 가게들은 늦어도 팔월 십삼일에 모두 소탕해야 할 것이오. 이는 국가의 경전慶典(경사를 축하하기 위해 법도에 맞게 베푸는 의식)에 지대한 영향을 미치는 사안인 만큼 추호의 방심도 있어서는 안 되오!"

윤계선이 유통훈의 주장에 공감한다는 듯 고개를 끄덕였다.

"미꾸라지가 아무리 버둥거려봤자 풍랑을 일으킬 수 있겠소? 잔치 분위기를 깨지 않으면서 다른 한쪽에서 소리 소문 없이 도둑을 잡는다는 연청 공의 계획에 나도 공감하오."

김홍 역시 호응을 했다.

"나도 찬성이오. 우리는 이미 강남, 절강 두 개 성의 관찰사들을 불러 회의를 소집했소. 올해 중추절만은 지주고 소작농이고 간에 모두 불협화음을 잠시 중단해 달라고 협조를 요청했소. 그러니 예전처럼 그날 지주와 소작농 간에 칼부림이 벌어질 우려는 일단 불식시킨 셈이오. 그러나 문제는 있소. 우리가 만무일실萬無一失(완벽하게 조치함)의 조치를 다 취했는데 역영이 도주를 해버린다면 모든 것이 말짱 헛것이 되지 않겠소?"

그때 유용이 조심스런 표정으로 대화에 다시 끼어들었다.

"변화옥으로 개명한 역영은 벌써 우리 손아귀에 덜미를 잡혔습니다. 그리고 황천패는 오할자와 접선하는 데 성공했습니다. 관군의 경호와 감시의 눈이 도처에서 번쩍이고 있습니다. 청방靑幇 세력과 강호의 여러 무리들도 우리에게 협조를 승낙했습니다. 하관은 감히 역영을 생포할 수 있다고 호언장담할 수는 없으나 결코 놓쳐버리는 천추의 유감은 없을 것입니다!"

유통훈이 냉정하게 쏘아붙였다.

"돼지를 잡기도 전에 물부터 끓이지 마! 지금 역영은 폐하와 지척의 거리에 있어. 은자 십만 냥을 헌납했기 때문에 폐하의 접견까지 받을 예정이야. 만에 하나 그 누구도 예상치 못한 사태가 벌어진다면 네가 목을 내놓는다고 해서 해결될 수 있는 게 아니야!"

유용이 황급히 고개를 숙였다.

"무슨 말씀인지 알겠습니다! 소자, 반드시 신중에 신중을 기하도록 하겠습니다. 아직 연입운이 역영에 대한 옛정을 완전히 잊지 못한 것으로 보이니 그자에 대한 감시도 소홀히 할 수 없습니다!"

윤계선이 부자간의 대화를 잠자코 듣고만 있더니 하하하! 통쾌한 웃음을 날렸다.

"세형의 패기에 이 사람도 반해버렸네! 책략이 주도면밀하니 틀림없이 잘 될 거라 믿어. 다만, 이 사람이 바라는 것은 추석 전에는 되도록 일을 벌이지 말았으면 하는 거야. 벼룩 잡으려다 초가삼간을 태워서는 안 된다는 얘기지."

유용은 윤계선의 말에 빙그레 웃기만 했다. 얼굴에 자신감이 넘치고 있었다.

혼이 나간 사람처럼 총독아문을 나선 고항은 차가운 가을비를 고스란히 맞으며 걸었다. 그러다 순간 번쩍 제정신이 들었다. 그때 그를 부축해 타교駝轎에 올려주던 마부가 말했다.

"비바람이 칼처럼 날카로운데 어찌 우산도 없이 나오셨습니까? 그래도 관모는 비에 젖을까봐 품에 안으셨군요!"

고항은 마부의 말을 듣고 시선을 아래로 향했다. 과연 관모는 쓰지도 않은 채 옆구리에 끼고 있었다. 그가 땅이 꺼지게 한숨을 내쉬었다.

"호북촌湖北村으로 가세. 조 과부네 방직공장 옆집으로 가 주게."

마부는 대답과 함께 서둘러 출발했다. 날씨가 워낙 을씨년스러워서인지 길에는 행인들도 별로 보이지 않았다. 고항은 사방이 막힌 수레 안에서 천장에 떨어지는 요란한 빗소리를 들었다. 마음속이 혼란스럽기만 했다. 그는 찰박찰박 흙탕물 속을 달리는 노새의 단조로운 발소리를 들으면서 관모를 가만히 쓰다듬어 봤다. 평소에는 전혀 소중한 줄 몰랐을뿐 아니라 날이 더울 때는 귀찮게까지 여겨왔던 관모였다. 그러나 이제 다시는 쓰지 못할 수도 있었다. 그렇게 생각하자 새삼스레 더욱 애착이 갔다. 가슴이 미어지는 것 같았다. 그는 관모를 가슴에 꼭 껴안은 채 눈을 스르르 감았다. 콧마루가 찡해지면서 눈물이 주르륵 흘러내렸다. 세상 모든 것이 얻기는 힘들어도 잃는 것은 순간이라던 어른들의 훈육이 뒤늦게 가슴을 파고들었다……

도대체 어디서부터 잘못된 것일까? 그는 염세鹽稅를 유용한 흔적을 남기지 않으려고 낡은 장부를 전부 소각하고 새로 이중장부를 만드는 치밀함을 보였다. 그 외에도 빈틈없이 돌발 상황에 대한 준비를 했다. 그러니 그가 신선이 내려와도 흠잡을 수 없을 정도로 교묘하게 조작했다고 생각한 것은 이상할 것이 없었다. 사실 그가 관염官鹽을 개인들에게 헐값에 팔아 돈을 챙기고 장사꾼들에게서 또 '충성'이라는 명목으로 은자를 정기적으로 받은 것은 숨길 수 없는 진실이었다. 그렇게 마련한 돈으로 수년간 탕진한 300만 냥의 공금 중 대부분을 메웠다. 그리고 항상 비밀리에 거래를 하고 그 어떤 증거도 남기지 않았다. 때문에 심증이 확실해도 조정에서 물증을 잡기는 하늘의 별 따기였다.

그렇다면 구리를 매매한 일이 사달을 일으킨 것일까? 사실 조정의 눈 밖에 났다는 느낌을 받았을 때 손을 씻고 미련 없이 나앉으려 했던 적도 있었다. 그러나 전도가 '딱 한탕'만 더 하고 깨끗이 물러나자면서 집요하게 유혹을 하는 바람에 그만 흔들리고 말았다. 분명히 함정인 줄 알면서도 넘어가지 않을 수 없었다. 전도 역시 운남성 동정사銅政司에서 구리를 산더미처럼 쌓아놓고 있을 때는 돈과 부정부패를 몰랐다. 그러다 나중에 호부로 전근되고 나서 뒤늦게 돈맛을 들였다. 두 사람은 안휘성 동릉銅陵 현령 및 관찰사와 손잡고 구리를 몰래 들여와 놋그릇 제조상에게 넘겨 엄청난 차액을 챙겼다. 나중에 간이 더 커지자 급기야 직권을 남용해 관염官鹽에까지 손을 대고 말았다…….

고항은 생각할수록 눈덩이처럼 불어나는 자신의 죄상에 가슴이 오그라들었다. 아무래도 전도가 꼬리를 잡혀 자신에게까지 불똥이 튀었다는 생각이 들었다.

고항은 목적지에 당도하자 발을 굴러 수레를 세웠다. 마부에게 삯을 주고 보내고 나니 멀리서 설백이 두 계집종을 거느리고 달려오는 모습이 보였다. 그녀는 어린애처럼 폴짝폴짝 뛰면서 마구 호들갑을 떨었다.

"아이고, 나리. 이년하고 점심을 같이 드시려고 이리 일찍 돌아오신 거예요? 눈꺼풀이 잠시도 가만히 있지 않고 뛰기에 나리께서 집에 오시는 길이라고 철석같이 믿었죠. 그래서 얘들한테 지키고 서 있으라고 했는데, 과연 이년의 생각이 딱 맞아떨어졌지 뭐예요!"

열댓 살 가량 된 두 계집종은 전도의 첩인 늙은 기생어멈 조씨가 고항에게 선물한 하녀들이었다. 아직 고항과 익숙하지 않은 터라 설백의 등 뒤에 숨어 잔뜩 겁에 질린 모습으로 몸을 낮춰 인사를 했다.

고항은 우울한 눈빛으로 새로 지은 기와집을 둘러봤다. 고대광실을 바라보는 그의 표정에는 반가운 기색이라고는 없었다. 그동안 죽고 못 살던 아리따운 설백 앞인데도 그랬다. 곧이어 그가 쫓기는 사람처럼 황황한 태도로 말했다.

"데운 술을 가져오게. 있는 대로 대충 먹으면 되겠네."

고항은 내뱉듯 말하고 나서는 휭하니 대문 안으로 들어가 버렸다. 그의 속 타는 마음을 알 리 없는 설백은 마냥 좋아하기만 했다. 자박자박 잰걸음으로 그의 뒤를 바싹 뒤따라오면서 흥에 겨워 계속 재잘거렸다.

"이곳에 오니 산외산山外山, 누외루樓外樓라는 말이 실감나네요. 양주가 아무리 좋다고 해도 여기에 비하면 아무것도 아니에요! 이년은 오자마자 홀딱 반해버리고 말았지 뭐예요? 보세요, 비의 장막 속에 머리에 운무를 이고 있는 계명사의 모습이 얼마나 장엄해요. 전설에 나오는 선산루각仙山樓閣이 따로 없어요. 길을 나서면 양쪽에 끝없이 펼쳐진 버드나무 숲은 또 얼마나 환상적이에요. 어디를 간들 이런 곳을 찾을 수 있겠어요? 이쪽이에요, 나리. 형님(전도의 첩인 기생어멈 조씨)이 안에서 눈이 빠지게 기다리고 있어요."

전도의 애첩인 기생어멈 조씨는 이곳에서 '조 과부'로 불리고 있었다.

이때 그녀는 정방에서 주안상을 보느라 여념이 없었다. 그러나 고항이 들어서는 인기척이 들리자 곧바로 얼굴 가득 간사한 웃음을 띠우고 황급히 밖으로 나왔다. 이어 물 묻은 손을 옷섶에 닦으면서 몸을 낮춰 문후를 올리고 나서 호들갑을 떨었다.

"아이고, 고 나리! 이게 얼마 만이옵니까? 이년이 그동안 얼마나 뵙고 싶었다고요! 우리 전 나리께서 그러시는데, 고 나리께서 칠월 중순에 오실 거라지 뭡니까? 그래서 이년은 쓸 만한 기생년들을 불러 나리를 맞을 준비에 한참 들떠 있었습니다. 양주에서 우리 '설백 공주'에게 묶여 있는 줄도 모르고. 어서 안으로 드시옵소서. 비바람이 을씨년스러워서……."

조씨는 온갖 수선을 피우면서 고항을 안으로 안내했다. 누가 기생어멈 아니랄까봐 치장에 능하고 가꾸는 일이 몸에 뱄는지라 마흔을 훌쩍 넘긴 나이에도 여전히 매력적이었다. 하얀 얼굴은 잡티 하나 없이 말쑥했다. 중간 가르마를 타고 높이 올린 까맣고 반질반질한 머리도 여전했다.

그녀는 한때 고항이 밤새는 줄 모르고 품었던 여자였다. 여느 때 같았으면 실실 웃으면서 풍만한 가슴이라도 주물럭거렸을 터였다. 그러나 고항은 지금 아무 생각이 없었다. 겨우 정신을 추스르고 두 계집을 끼고 앉으니 그제야 전도의 근황이 궁금해졌다. 현재의 불리한 입장을 그들에게 털어놓아야 할지 말아야 할지도 고민이었다. 고항은 하녀가 따라 놓은 술잔을 들어 올리면서 처음으로 웃음기를 보였다.

"술이 있을 때 마음껏 취하세. 내일 일은 내일 묻고……. 자, 건배나 하세!"

고항은 조씨, 설백과 술잔을 부딪치고는 입안으로 술을 털어 넣었다. 이어 두 여자가 집어주는 음식을 받아먹으며 물었다.

"그래, 조씨는 요즘 직기를 몇 대나 굴리고 있나? 욕심도 많지, 그새 방직공장을 두 곳이나 삼켜버렸다면서?"

"그게 다 고 나리 덕분이 아니겠어요? 소문에는 천 대를 굴린다고 하지만 실은 육백 대 정도입니다."

30년 청루 인생에 남은 건 눈치뿐인 조씨는 처음부터 고항의 낯빛이 이상하다는 걸 모르지 않았다. 그러나 일부러 다그쳐 묻지 않았다. 대신 술잔이 빌세라 연신 술을 따라 올리면서 천천히 말을 이었다.

"이 잔은 고 나리와 우리 설백 공주의 교천지희喬遷之喜(이사 혹은 승진을 의미함)를 경하 드리는 뜻에서 올리는 잔입니다. 기분 좋은 술이니 쭉 비우시죠. 사실 이년은 남의 직방을 거저 삼킨 건 절대 아닙니다. 엄밀히 말하자면 그들은 경쟁에서 밀려나 스스로 먹혀들었다고 해야겠죠. 그들이 짜낸 비단은 비단결의 고르기나 날염 색상이 이년의 것과 확연히 차이가 난다고 합니다. 양인洋人들이 이년의 비단을 콕 집어서 원하니 주변에서 하나둘씩 죽어갈 수밖에요."

조씨가 깔깔거리고 숨넘어가게 웃으면서 다시 고항에게 술을 따라줬다. 고항은 두 여자가 마치 경쟁이라도 하듯 번갈아 따라 올리는 술잔을 연신 받아 마셨다. 어느새 취기가 올라 몽롱해지기 시작했다. 이제껏 가슴을 억누르고 있던 불안과 울분도 많이 사라졌다. 그가 희미하게 미소를 머금은 채 입을 열었다.

"역시 계집은 나긋나긋해야 제 맛이지! 전도가 요 맛에 갔겠지. 사실 자네가 아무리 날고 긴다고 해도 전도 앞에서 허벅지를 쩍 벌려주지 않았더라면 과연 오늘날의 이런 부귀영화를 누릴 수 있었을까?"

"아이참, 짓궂기도 하셔라!"

조씨가 고항의 음담패설에 민망한 듯 손가락으로 고항의 이마를 콕 찔렀다. 이어 교태를 부리며 말을 이었다.

"설백 처녀도 있는데 그게 무슨 망측한 소리입니까!"

"전도라면 질투심에 길길이 날뛰겠지만 설백은 괜찮아!"

고항이 술이 거나해지자 문득 자신의 처지를 떠올리고는 다시 물었다.

"그래, 전도는 지금 어디 있나? 얼굴 본 지도 오래돼서 말이야."

"호북성 무창으로 내려갔습니다. 그러잖아도 어제 편지가 왔는데, 서양 사람들이 사고 싶어 한다면서 색상이 은은한 비단 삼백 필을 보내라고 했습니다."

조씨가 말을 마치고는 고항을 힐끗 쳐다봤다. 그리고는 조심스럽게 말을 이었다.

"그러면 고 나리께서는 그이가 늑민 중승을 도와 금천의 군비를 조달하러 내려갔다는 사실을 아직 모르고 계셨다는 말씀입니까?"

그랬다. 고항은 조씨가 말한 내용을 까맣게 모르고 있었다. 그러고 보니 주변에서는 다 알고 있는 것을 정작 자신만 몰랐던 일들이 한두 가지가 아니었다는 생각이 이제야 들었다. 그가 다시 물었다.

"고궁 동쪽에 전도의 집이 한 채 더 있지 않은가. 남경에 왔을 때는 항상 거기서 일을 보고 손님을 접견했거든. 자네는 혹시 그곳에 가봤는가?"

"오늘도 다녀왔어요. 두 아들이 거기서 살고 있잖아요."

조씨가 시원스럽게 대답했다. 하지만 목소리에는 처연한 기운이 묻어났다. 자신의 소생임에도 전도가 데려가 따로 키우고 있는 바람에 당당하게 어미라는 사실을 밝히지 못하는 처지가 새삼 서글프게 느껴지는 모양이었다. 실제로 전도의 애들은 자신들의 어머니를 '조씨'라고 부르고 있었다. 그녀에게는 그것이 가슴을 저미는 아픔이었다. 그녀는 자식을 지척에 두고도 어미라고 밝히지 못하는 자신의 처지를 생각하자 갑자기 콧마루가 찡했다. 눈물이 쏟아질 것 같았다. 그러나 곧 고개를 홱 틀고는 애써 참으면서 억지로 웃었다.

"어찌 갑자기 그런 걸 물으셔요? 이년이 결례할 뻔했잖아요. 보고 싶다는 사람은 없지만 아무튼 저는 뻔질나게 그쪽으로 쫓아다녀요. 두 도련님이 아직 나이가 어려 걱정이 돼서요. 그런데 도련님들만 빼고는 어멈이고 몸종이고 전부 여자예요. 모르기는 해도 그곳에는 쥐새끼들도 암컷만 돌아다닐 걸요?"

고항이 머리가 무서운 듯 손으로 이마를 받치고 있다가 긴 탄식을 내뱉었다.

"둘 다 남이 아니니 말하는데, 어서 빨리 두 아이를 곁으로 데려오는 게 좋을 거야. 아니면 친척집에라도 데려다 놓든가 해야지……. 큰 사달이 일어날 것 같아서 그래!"

고항의 말에 영문을 모르는 두 여자가 눈이 휘둥그레지며 황당한 표정을 지었다. 조씨가 뭔가 불길한 예감이 드는지 다그쳐 물었다.

"도대체 나리 신변에 무슨 일이 생긴 겁니까? 속 시원하게 말씀 좀 해 주세요!"

설백 역시 '겁에 질린 표정으로 멍하니 앉아 있는 고항의 팔을 마구 흔들었다.

"나리, 어찌 된 영문입니까? 멀쩡하게 윤 총독께 다녀오시고는 어찌다 혼이 나간 모습을 하고 계시는 것입니까? 처음부터 뭔가 이상하다는 생각은 했어요. 어서 말씀해 주세요. 이년들도 함께 방책을 강구해 보겠습니다."

"무슨 영문인지는 나도 잘 모르네."

고항이 다 식은 농차 한 모금을 입에 넣고는 쓴 약을 마시듯 미간을 찌푸렸다. 이어 윤계선에게 가서 어지를 받았던 사실을 비롯해 길에서 자신이 생각했던 바를 들려줬다. 두 여자는 대경실색하여 혼비백산했다. 그 모습을 보고 고항은 다시 천천히 말을 이었다.

"나도 어지를 전하면서 즉석에서 누군가의 정자를 떼어낸 적이 한두 번이 아닐세. 뭘 그리 하늘이 두 쪽 난 것처럼 놀래서 그러나? 어지는 원래 신하들을 매몰차게 훈계하는 법이네. 별일 없을 문제라면 곧 조용해질 걸세. 나보다 더한 사람들도 나중에 보란 듯이 재기를 했거늘! 폐하께서는 지금 남경에 계시네. 언제 당도했는지는 모르겠으나 그동안 미복을 한 채 뒷조사를 하셨을 수도 있어. 그도 아니라면 유통훈 부자 저 개놈들이 돌을 던졌을 수도 있고. 하지만 아무리 세게 나와도 내가 자백을 하지 않는 이상 심증만 가지고는 날 처넣기 힘들 걸? 형부, 대리시 놈들 중에도 내가 먹여 살린 것들이 꽤 있거든. 오히려 내가 다 불까봐 전전긍긍하고 있을 거야. 그러니 조씨, 머뭇거리지 말고 어서 애들을 안전한 데로 조용히 옮겨. 그리고 사람을 보내 전도에게 이 사실을 알려야 해. 우리도 방책을 강구해야지. 단, 편지는 안 돼!"

"그러면 이년은요?"

설백이 황당한 표정을 한 채 물었다. 느닷없이 몽둥이로 뒤통수를 얻어맞은 듯 반쯤 넋이 나가 있었다. 그녀는 오자마자 금릉이라는 고장에 홀딱 반해버렸다. 엉덩이 붙일 새 없이 구경을 다니기도 했다. 그녀는 낭연히 앞으로 고항에게 붙어 평생 이 아름다운 곳에서 걱정 없이 살 것으로 믿어 의심치 않았다. 그런데 마른하늘에 날벼락 같으니! 그녀는 고항이 아무리 큰소리를 쳐도 곧 험한 일이 닥칠 것이라는 불길한 예감에 자꾸만 가슴이 떨려오는 것을 어쩌지 못했다.

고항이 약간 부은 눈두덩을 밀어 올리면서 서글픈 미소를 지었다.

"말안장 주머니에 금 몇 십 냥과 은표가 들어 있네. 자네 혼자 쓰기에는 충분할 거네. 관직은 잃었어도 자작子爵의 작위는 그대로이니 내가 감옥에 들어가는 일은 없을 것이네. 최악의 경우 다 불어버리고 들어갈 테니 자네는 양주로 가지 말고 여기서 조용히 그 돈을 가지고 살게. 여기가 좋다면서?"

"어머! 이를 어째? 어찌 이런 일이! 무슨 년이 팔자가 이리도 기구한지……."

고항이 호들갑을 떠는 설백을 애써 외면한 채 쌀쌀맞은 눈빛을 하고는 차가운 가을비가 추적대는 정원을 내다봤다. 이어 천천히 말했다.

"어허, 살게 만들어준다는데 웬 팔자타령이야? 지금은 나한테서 깨끗이 떨어져 나가는 것이 자네가 살길이라는 걸 모르겠나? 양봉협도에 있는 옥신묘로 따라가 갖은 추행과 능멸을 당하고 싶은 건가? 그러니 딴소리 말고 남경에 와서 장사로 목돈을 좀 쥐었다고만 생각해."

"나리! 아무리 비천한 계집이라고 하지만 어찌 이년을 돈밖에 모르는 몰염치한 계집으로 몰고 가시려 합니까? 이년은 나리가 좋아서 따라온 것이지 결코 돈 때문에 온 게 아닙니다."

고항은 아무런 말도 못했다. 그러자 조씨 역시 눈물을 흘렸다.

"생각해주시는 마음은 알겠으나 듣는 이년들은 마음이 편치 않습니다. 이년들은 비록 몸은 미천하나 마음은 여느 귀인들보다 깨끗하옵니다!"

조씨가 말을 마치고는 서럽게 훌쩍였다. 그러다 뇌리에 문득 고항의 누이를 떠올렸다. 이어 황급히 손수건으로 눈물을 닦고는 덧붙였다.

"일이 이 지경에 이르렀으니 다른 사람은 몰라도 귀비마마께 도움을 청하시는 것이 어떻겠습니까? 친동생인데 설마 수수방관하시려고요?"

"그건 자네가 뭘 몰라서 하는 소리네. 우리는 여염집처럼 툭하면 '누님, 나 왔소!' 하면서 대문을 활짝 열고 출입할 수 있는 처지가 못 되네. 부모형제의 의미도 여염집과는 많이 다르지."

고항이 다시 한 번 긴 한숨을 토해냈다. 그의 말대로 그가 누이의 도움을 받는다는 것은 전혀 불가능한 일이었다. 그는 그런 생각이 들자 혹시 친구들 중에 '의리' 있는 사람은 없을까하고 이리 저리 머릿속에서 정리를 해봤다. 안타깝게도 도움을 줄 수 있는 사람 역시 아무도 없었다. 그가 또다시 깊은 한숨을 내쉬면서 우울한 어조로 말했다.

"설령 누님을 만난다고 해도 아무 소용이 없을 거네. 세조(순치제), 성조(강희제), 세종(옹정제)에 이르기까지 자금성 각 후궁들의 궁전 앞에는 대문짝만 한 글씨로 '후궁들 중 정무에 간여하는 자는 가차 없이 주살한다'라는 철패어지鐵牌御旨가 세워져 있다네. 그러니 이런 경우에는 세력을 빌릴 수는 있어도 그 힘에 기댈 수는 없는 법이지."

고항이 말을 마치고는 다시 한숨을 몰아쉬었다. 순간 그의 뇌리에 번개처럼 스치는 사람이 있었다. 바로 당아였다. 그가 북경을 떠나기 전 당아를 찾았을 때였다. 그녀는 당시 황후에게 그 어떤 재앙이든 물리치게 해준다는 '혜수만자선기도'惠繡萬字璇璣圖 자수 작품를 선물하고 싶으나 물건을 구하지 못했다는 얘기를 한 적이 있었다.

'그 물건을 얻어다 바친다면 혹시 희망이 있지 않을까?'

고항은 다시 한 번 당아를 생각했다. 그녀는 비록 한 번도 곁을 주지는 않았으나 그렇다고 그가 갖다 바친 물건을 매정하게 물리친 적도 없었다. 그동안 그가 가져다 바친 보물만 해도 산을 이루고도 남을 터였다. 아예 나 몰라라 할 수는 없을 가능성이 높았다. 고항은 생각이 거기까지 미치자 하던 말을 멈추고 눈빛을 반짝였다.

"조씨, 장진각藏珍閣에 가격이 엄청난 선기혜수璇璣惠繡 한 점이 있다고 하지 않았나? 그 물건이 아직 있나?"

조씨가 놀라면서 반문했다.

"이 상황에 어찌 그런 걸 물으시는 겁니까? 아직 있기는 합니다. 보름

전에 그곳 주인이 와서 돈이 급해 팔아버리겠다고 하는 걸 조금만 더 기다려달라고 사정을 했지 뭡니까? 내가 돈이 생기면 소장하고 싶다고 말입니다. 온 천하에 고작 열 점밖에 없는 귀한 물건인데 누군들 가지고 싶지 않겠사옵니까?"

고항이 서둘러 물었다.

"가격이 얼마라고 했나?"

"그게…… 육천팔백 냥이라는 거 같아요, 아마?"

조씨가 대답했다.

"그래, 좋아! 육천팔백! 내가 사겠어. 내가 꼭 필요해서 그러니 오늘내일 안으로 가져다 놓게."

고항이 무릎을 탁 치더니 바로 일어섰다. 두 여자는 갑자기 뜬금없이 자신만만해진 고항에게 의아한 눈길을 보냈다. 그러나 고항은 그녀들의 궁금증에는 아랑곳하지 않은 채 밖을 한참 내다보더니 설백을 향해 입을 열었다.

"설백, 색상이 연한 두루마기를 한 벌 준비해 주게. 역관으로 가봐야겠네. 이대로 인생 종칠 게 아닌 바에야 만날 사람은 만나고 접견할 손님은 접견해야지. 바람을 봐가면서 노를 저어야 하지 않겠나!"

설백은 황급히 수레를 대기시킨 다음 고항의 옷을 갈아입혀줬다. 이어 수레에 오르는 고항의 입에 술 깨는 해주석解酒石 한 알을 넣어주는 것도 잊지 않았다.

방 안에는 두 여자만 남았다. 그녀들은 술과 안주가 고스란히 남은 주안상을 마주하고 앉은 채 잠시 아무 말도 하지 않았다. 그저 굵어졌다 가늘어졌다 변덕을 부리는 빗소리를 들으면서 멍하니 앉아 있었다. 가끔 서로 눈길이 마주칠 때는 그저 씁쓸한 미소만 지어보일 뿐이었다.

"우리 둘의 운명은 어쩌면 이리도 기구하지? 동병상련이라는 말이 남의 얘기 같지 않구나. 내가 속에 있는 말을 할 테니 마음에 들지 않으면 못 들은 걸로 해줘."

조씨가 한참 후 먼저 입을 열었다.

"예, 형님! 말씀하세요. 저는 어찌할 바를 모르겠어요. 살아온 경험이 많은 형님께서 가르침을 주세요."

설백이 무겁게 고개를 끄덕였다. 조씨가 한숨을 내쉬었다.

"이곳 남경은 흑백이 공존하는 복잡한 세상이야. 양으로는 윤계선 총독이 제일인자이지. 그러나 음으로는 개영호가 실세야. 우리 둘은 모두 백련교 소속이면서 또 이런 생활을 하니 양다리를 걸친 셈이야."

"맞는 말씀이기는 하나 개영호와 우리 주인(역영)은 같은 배를 탄 사람이 아니잖아요. 주인이 위험을 무릅쓰고 이번에 남경으로 온 것은 개영호를 못 믿기 때문이 아니겠어요? 개영호가 스스로 문호를 세우고자 교주의 명에 따르지 않는다는 소문도 있어요."

조씨가 설백의 말에 하얗고 가지런한 윗니로 도톰한 아랫입술을 잘근잘근 씹었다.

"그건 아니야! 개영호는 조정에 미련이 있는 자야. 건륭과 척을 지려고 하지 않는다는 말이야. 이위가 살아생전에 개영호를 참 인간적으로 대해줬나 봐. 그걸 못 잊어 조정에 귀순하고 싶어 하는데 여태 길을 찾지 못하고 있던 거지. 이번에 황천패와 무예 시합을 벌이는 목적도 겉으로 볼 때는 세력다툼 때문인 것 같지만 사실은……."

조씨가 한참 말을 하다 어떻게 설명해야 할지 모르겠다는 듯 입을 다물어버렸다. 그러나 설백은 조씨의 말뜻을 충분히 알아차리고 두 눈이 휘둥그레졌다. 이어 갑자기 한기를 느낀 듯 어깨를 덜덜 떨면서 떨리는 목소리로 말했다.

"무량수불無量壽佛! 천공조보살天公祖菩薩! 개영호, 설마 그 인간이 우리 교주를 건륭에게 바치려 드는 건 아니겠죠? 도무지 믿어지지 않아요. 그자는 모두가 지켜보는 앞에서 벌겋게 달아오른 인두로 손목과 허벅지를 지져 충성을 맹세한 자예요. 목숨이 붙어 있는 날까지 교주에게 충성을 다하겠다고 다짐하는 모습을 보고 얼마나 감동을 받았는데!"

설백의 고운 얼굴이 종잇장처럼 구겨졌다. 조씨가 바로 냉소를 흘렸다.

"너는 오늘에야 비로소 이 바닥이 얼마나 험악한지 안 거야? 비로원의 법공 스님과 제사들은 옛날에 모두 강희황제의 시위들이었어. 그들이 바로 비로원에서 강희를 시해하려 했던 가짜 주삼태자 양기륭을 생포한 사람들이라고! 허옇게 불타버린 비로원을 누가 다시 세워줬는지 알아? 바로 위동정과 무단 장군이야! 개영호가 교주를 비로원에 머물게 한 것도 다 이유가 있어. 교주가 법술을 부려 건륭을 시해할까봐 그게 전혀 먹혀들지 않는 비로원에 안치한 거지. 몰랐지? 개영호는 철저한 계산을 거쳐 교주를 조금씩 미끼 쪽으로 유인하고 있는 거야. 그런데도 교주는 아무것도 몰라. 황천패와 개영호의 무예 시합은 교주를 현혹시키기 위해 짜고 치는 지패놀이에 불과해!"

설백은 조씨의 말에 한밤중에 길을 가다 귀신이라도 만난 사람처럼 흑하고 숨을 들이쉬었다. 온몸이 고슴도치처럼 오그라들며 몸을 달달 떨었다. 입에서는 두서없는 말이 흘러나왔다.

"그러면 어서…… 비로원에 가서 알려야죠."

"이 천진난만한 것아! 그물을 겹겹이 쳐놓고 토끼가 걸려들기만 기다리고 있을 텐데 섶을 지고 불 속으로 뛰어들겠다는 말이냐?"

조씨가 당치도 않다는 듯 설백에게 면박을 쳤다. 찬비를 머금은 가을바람이 창호지를 찢어버릴 기세로 세차게 불어 닥치고 있었다.

"전도 나리나 고향 나리는 우리를 옷이나 신발 따위로 여길 뿐이야."

조씨가 말을 마치더니 주전자를 들어 입을 대고 술 한 모금을 꿀꺽 삼켰다. 그리고는 손등으로 입을 쓱 닦으면서 처연한 눈물을 글썽거렸다.

"남자들은 다 마찬가지야. 장삼張三이나 이사李四나 거기서 거기야. 그런 걸 뻔히 알면서도 속아 살 수밖에 없는 년들이 불쌍하지. 너는 그래도 나보다는 나아. 다 집어치우고 훌훌 떠나도 눈에 밟힐 새끼가 없잖아……."

조씨의 눈에서는 눈물이 비 오듯 흘러내렸다. 그러나 그녀는 그걸 닦지도, 굳이 참느라 애쓰지도 않았다.

사실 설백도 오갈 데 없는 자신의 처지가 슬프고 현실이 막막한 것은 크게 다를 바 없었다. 평소 우유부단한 그녀의 얼굴에는 더욱 갈피를 잡지 못하겠다는 표정이 어리고 있었다. 조씨가 그런 그녀를 보고 혀를 끌끌 찼다.

"벌이 옷 속으로 헤집고 들어왔으면 옷을 벗어 내쳐야 해. 독사가 팔을 물었으면 팔뚝을 잘라내야지 별수가 있나? 전도 나리가 입버릇처럼 하는 말이야. 너는 남경에 믿고 찾아갈 만한 친구도 없어. 나 역시 교주와 연락이 끊긴 지 오래 됐고. 이럴 때 도둑 배에서 내리지 못하면 바보야! 재물을 챙겨 떠날 채비를 해야겠어. 건륭도 간섭할 수 없는 곳으로 떠나버려야지!"

"세상에 그런 곳도 있어요?"

"있지, 그럼! 바다 건너 저편에 우리가 모르는 넓은 세상이 얼마든지 있단다. 영국, 불란서……. 직접 가보지는 못했어도 내가 그들과 비단 장사를 한 세월이 한두 해인 줄 아냐? 코 크고 눈이 시퍼래도 다 우리하고 똑같은 사람이야! 그곳에 가면 빌어먹을 삼강오륜三綱五倫이니 삼종사덕三從四德이니 하는 것도 없어. 돈만 있으면 누구나 대왕대비마마 대접을 받으면서 살 수 있대. 그곳 남자들은 모두 신사적이고 인간적이어서 우리 같은 천것들도 하대하는 법이 없대……"

조씨의 말에 설백의 마음은 걷잡을 수 없이 흔들렸다. 그런 이상세계가 있다면 얼마든지 따라가고 싶었다. 그녀는 어떡하겠느냐고 다그치는 듯한 조씨의 시선에 잠시 머뭇거리더니 잠시 후 단호하게 대답했다.

"같이 가요! 고 나리의 일이 어찌될지 조금만 더 지켜보다가……"

"나도 처리해야 할 일이 많아서 당장은 못 가. 전도와 고항 두 나리가 멀쩡하기만 하다면 우리가 뭐하러 떠나겠어? 내가 배 한 척을 사서 중요한 물건늘을 미리 실어놓을 테니 너도 그렇게 하거라."

조씨가 마음을 정한 설백의 대답에 안도했다. 이어 바로 문을 열고 나갔다. 설백이 다급히 쫓아가면서 물었다.

"형님, 어디 가요?"

"혜수蕙繡를 알아봐야지!"

조씨가 빗줄기가 한결 가늘어진 뜰로 나가면서 대답했다. 그녀의 말은 마당에 메아리처럼 울려 퍼졌다.

31장
북경에 나타난 타운

　아직 명확한 조서가 내려지지 않은 탓에 고항이 파직당한 사실은 윤계선을 비롯한 몇 사람 외에는 아는 이가 없었다. 그래서 총독아문 공문결재처의 당관은 고항의 부탁을 받자 조금이라도 지체할세라 고항이 북경의 가족에게 쓴 편지와 당아에게 보내는 자수품을 쾌마 편으로 발송했다. 원래 북경에 도착하는 팔백리 긴급서찰은 일률적으로 군기처 아계의 손을 거쳐 전해 받도록 돼 있었다. 나흘 뒤 고항이 당아에게 보낸 자수품을 비롯한 물건들이 북경에 도착했다.

　아계는 군기처에 입문한 이래 요즘처럼 바쁜 적이 없었다. 건륭이 북경에 있을 때와는 전혀 딴판이었다. 그 때는 유통훈은 형부, 법사, 도찰원, 대리시를 관장하고 기윤은 예부, 한림원, 국자감과 내무부를 주관했다. 게다가 부항은 군기처 업무 외에 공부, 호부, 이부 업무까지 겸직했던 탓에 아계는 아래에 높고 낮은 장경章京들을 거느리고 병부와 이

부 고공사만 중점적으로 관리하면 되었다. 물론 그때도 할 일 없이 빈둥거릴 정도로 한가로운 것은 아니었다. 그러나 그렇다고 지금처럼 버거울 정도는 아니었다.

아무려나 부항과 유통훈이 자리에 없으니 모든 일은 아계의 책임이었다. 육부삼시六部三寺의 대소사를 두 어깨에 짊어지고 각 성에서 올려보낸 상주문을 절략해 건륭에게 발송하랴, 태후와 황후의 남순 행적을 손금 보듯 파악하랴……. 몸이 열 개라도 부족했다. 게다가 그는 지방에서 술직述職차 온 관리들도 섭견해야 했다. 하루에 네 시간 잠을 자면 많이 자는 것이라고 할 수 있었다. 그러나 다행히 근골이 튼튼한 무장출신이라 간신히 버텼다.

아계는 이날도 남경에서 보내온 긴급문서를 받고는 즉각 접견을 중단했다. 이어 옆에 있던 대장경大章京에게 명했다.

"밖에서 대기 중인 관리들에게 이르게. 군기처에서 위임한 용건이 아니면 전부 부部로 가서 보고하라고 하게. 특별히 요긴한 일이 있는 사람은 핵심만 간단히 적어 올리라고 하게. 그리고 삼품 이하 관리들은 자네를 포함한 네 명의 대장경들이 먼저 접견하게. 자질구레한 것까지 일일이 보고할 필요는 없네."

아계는 분부를 마치기 무섭게 온돌에 올라가 다리를 포개고 앉았다. 이어 두툼한 서류들을 하나씩 넘겨봤다. 우선 윤계선이 그에게 보낸 서간이 눈에 띄었다. 밀봉한 봉투 겉면에는 '기밀사항이니 친히 열어보기 바람'이라는 글씨가 적혀 있었다. 아계는 종이칼로 조심스레 봉투를 열고 속지를 꺼내면서 태감을 불러 분부를 내렸다.

"여기 이 큰 봉투는 부상에게 배달된 사적인 서류이니 자네가 직접 부상 댁에 가져다드리게. 그 댁 마님에게 이 사람의 안부를 전해주는 걸 잊지 말게. 우리 군기처에서 도울 수 있는 일이 있으면 기탄없이 말

씀하시라고 마님께 전하게. 그리고 이건 고 국구의 가신家信이니 가는
길에 들러 가져다주게."

아계는 태감을 보내고 나서 편지를 꺼냈다. 윤계선과 기윤의 편지 그
리고 부항이 사천으로 떠나기 전날 밤에 쓴 서찰이 동봉돼 있었다. "본
의 아니게 무거운 짐을 한 사람의 어깨에 짊어지워 안쓰럽다. 건강을 돌
보면서 업무에 임하라", "큰일은 꼼꼼히 점검하고 작은 일은 부하들에게
맡기라"라는 내용의 글들이 적혀 있었다. 인간적인 배려와 선배로서의
가르침을 담은 내용이라고 할 수 있었다. 일에 눌려 숨조차 제대로 못
쉬면서 지내던 아계는 멀리서 날아온 따뜻한 배려와 힘찬 성원에 큰 감
동을 받았다. 갑갑하던 가슴이 박하기름을 바른 듯 뻥 뚫리는 느낌마저
들었다. 기윤의 서찰에는 또 다른 기분 좋은 내용도 있었다.

폐하께서 해란찰의 안사람이 그에게 보내는 편지를 읽으시고 파안대소하
셨네. 아우도 업무 때문에 숨이 턱턱 막힐 때 읽어보면 웃음이 절로 나올
것이네. 동봉해 보내니 가끔 읽어보게. 금천 전사에 뛰어든 조혜와 해란찰
이 집 걱정을 하지 않도록 가끔 들여다보는 걸 잊지 말게.

기윤은 그 밖에 고항이 파직 당한 사실에 대해서도 간단히 언급했다.
아계는 기윤의 편지를 읽으면서 고개를 갸웃했다. 이미 파직을 당한 사
람이 어찌 팔백리 긴급서찰을 보낼 수 있었는지, 부항도 없는 집에 어떤
물건을 보냈는지 뭔가 이상하다는 생각이 들었던 것이다……

군기처 입구의 커다란 자명종이 긴 여운을 남기면서 울렸다. 잠시 멍
하니 서 있던 아계는 그제야 사색에서 헤어났다. 그리고는 장경과 태감
들에게 명령을 내렸다.

"신시申時네. 날 밝기 전부터 엉덩이를 붙이고 앉아 있었더니 돌아버

릴 것 같군. 나가서 바람이나 좀 쐬고 올 테니 오늘 올라온 상주문들을 종류별로 정리해 놓고 그만 퇴조退朝하게. 나갔다가 어둡기 전에 돌아올 테니까."

장경들은 대답과 함께 흩어졌다. 아계는 전달할 서찰과 봉투를 챙겨 들고 서둘러 군기처를 나섰다. 경운문景運門 앞에서 접견 차례를 기다리고 있던 열 몇 명의 지방 관리들은 아계가 나타나자 일제히 예를 갖춰 문후를 올렸다. 경운문 태감들도 엉거주춤 허리를 굽힌 채 두 손을 앞에 모았다.

넓은 천가天街에 시원한 바람이 불어왔다. 힘껏 심호흡을 하고 나자 묵은 때를 씻어낸 듯 개운했다. 높고 푸른 가을하늘에는 하얀 구름이 솜뭉치처럼 두둥실 떠다니고 있었다. 우뚝 솟은 삼대전三大殿의 비첨飛檐(날개 모양의 처마) 위로 기러기 떼가 '인人'자 형을 이룬 채 남으로 날아가고 있었다. 아계가 다시 길게 숨을 들이마시면서 말했다.

"요즘은 독불장군이 없다는 말을 실감하면서 살고 있네. 혼자 정무를 보다 보니 본의 아니게 먼 길 온 여러분을 오래 기다리게 한 것 같아 미안하네. 이 사람에게 직접 보고해야 할 사안이면 간단명료하게 핵심만 얘기하게. 그렇지 않으면 장경들에게 얘기하도록 하게. 그것이 이 사람을 도와주는 것이네. 여기 어느 분이 대만 지부인가?"

"찾아 계십니까?"

서른 살 남짓한 관리가 무리 속에서 한 발 앞으로 나와 예를 갖췄다.

"하관 호라영胡羅纓은 건륭 십이 년의 진사 출신……."

아계가 바로 손사래를 쳤다.

"자네의 이력은 이미 알고 있네. 자네는 바다 건너 먼 곳에서 참으로 힘든 여정을 달려왔으니 오늘 접견하겠네. 전량, 왜구, 해적에 관한 문제, 그리고 대만에서의 백련교 동태에 대해 궁금한 게 많네. 나중에 폐하께서도 부르실 거네. 지금은 내가 급한 일이 있어 나가봐야 하니 여기서 기다리지 말고 어디 구경이라도 하러 갔다가 네 시간 후에 오게."

아계는 곧바로 경운문을 나섰다. 그러나 몇 발자국 가지 못하고 자녕궁으로 통하는 골목길에서 당아와 맞닥뜨리고 말았다. 아계가 먼저 인사를 했다.

"안녕하세요, 형수님! 그렇지 않아도 지금 막 문후 여쭈러 가려던 참이었는데 이렇게 만나는군요. 자녕궁에 들어 계셨나 봅니다?"

당아는 그러자 밉지 않게 눈을 흘겼다. 그리고는 가까이 다가왔다.

"재상이 되더니 갈수록 원숭이처럼 약아지는데요? 그동안 코빼기도 안 내밀더니 찔리나 봐요? 만나자마자 '막 가려던 참인데……'라고 속에 없는 소리까지 하고! 그런데 어찌 오늘만 살고 내일은 떠날 사람처럼 몰골이 그 모양인가요? 눈은 시커멓게 꺼져 들어가고 광대뼈는 툭 튀어나온 것이 많이 피곤한가 봐요? 급할수록 돌아가랬다고, 자신의 몸도 적당히 챙겨가면서 일을 해야죠. 아휴! 보기가 딱하네요. 나는 황후마마께 혜수蕙繡 한 점을 드리고 오는 중이에요. 지금 북경에 계시지 않지만 돌아오신 뒤 보실 수 있게 종수궁 작은 불당 안 관음보살상 앞에 고이 공봉供奉해 놓았어요. 나야말로 오늘은 대인이 보고 싶어서 찾아가려고 했었는데요. 황급히 전해줄 말도 있고요!"

"형수님, 이 사람도 정말로 형수님 댁에 가려고 나선 걸음입니다. 문후도 여쭈고 드릴 말씀도 있고 해서요. 형수님도 저도 서로 만나려 했던 참이니 잘 됐네요. 저기 좀 보세요."

아계가 턱짓으로 경운문 안을 가리켰다.

"다들 접견을 기다리는 관리들입니다. 형수님을 모시고 얘기를 나누면서 조혜와 해란찰의 집에나 들러보고 왔으면 좋겠군요. 아직 둘 다 정식으로 가례를 올리지 않은 사람들인 데다 북경에 일가친척도 없는지라 혼자 가기가 좀 그러네요."

당아가 아계의 말에 바로 웃음을 터트렸다.

"아이고, 참! 말을 말아야지. 그렇게 되면 분명히 내가 대인을 모시는 입장이 되는데, 자기가 나를 모신대요!"

아계가 직설적인 당아의 말에 머쓱한 웃음을 지었다. 밉지 않게 흘겨 보던 당아 역시 얼굴에 웃음이 번졌다.

조혜와 해란찰이 하사받은 저택은 호방교虎坊橋 석호石虎 골목에 서향으로 나란히 이웃해 있었다. 길 맞은편의 궁궐 뺨치는 대저택은 위씨의 집이었다. 내낭을 그렇게나 구박하던 위청태 일가가 내낭이 빈으로 봉해진 뒤 팔자를 고쳤던 것이다. 분홍 담벼락에 둘러싸인 새 건물은 주변의 늘어선 오래된 집들과 비교가 될 만큼 유난히 눈에 띄었다. 아계가 탄 4인 대교와 당아가 앉은 죽교竹轎는 석호 골목 입구에서 멈췄다. 수레 두 대가 나란히 들어갈 경우 다른 수레들이 드나들기 불편한 탓이었다.

아계는 사무관 두 명만 데리고 앞장을 섰다. 당아 역시 하녀 한 무리를 거느리고 아계의 뒤를 따라 골목으로 들어섰다. 두 사람이 천천히 모퉁이를 돌아가려던 찰나였다. 갑자기 앞에서 왁자지껄 떠드는 소리가 들려왔다. 조혜의 처가 울면서 넋두리하는 소리도 섞여 있었다. 두 사람은 황급히 걸음을 재촉해 조혜의 집 대문 앞에 다다랐다. 그때 출입문이 쾅 열리면서 안에서 산발이 된 운아(조혜의 처)가 한 손에 비수를 든 여자에게 끌려나오는 모습이 보였다. 여인은 검정색, 흰색, 붉은색 무늬가 섞인 양털 치마를 입고 무릎까지 오는 긴 장화를 신고 있었다. 그리고는 뭐라고 쉬지 않고 떠들어대는데 한마디도 알아들을 수가 없었다. 어조를 봐서는 뭔가 심한 욕설을 퍼붓는 것 같았다. 두 사람 뒤로 해란찰의 처 정아와 몇몇 하녀들이 엎어질세라 쫓아 나오면서 울상이 돼 외쳤다.

"사람 죽어요! 살려 주세요······. 어서 말려주세요!"

당아는 백정처럼 험상궂은 표정의 여자가 운아를 끌고 가까이 다가 오자 뒷걸음을 치더니 얼른 아계의 등 뒤에 숨었다. 골목에는 구경나온 사람들이 많았으나 아무도 감히 말릴 엄두를 못 내고 있었다.

아계의 굳어진 얼굴이 미세하게 떨렸다. 그는 위엄 있는 얼굴로 성큼 나서며 여자의 앞을 막았다. 악을 쓰던 여자는 남자가 앞을 막고 나서 자 조금 기세가 꺾이는 듯했다. 그러나 이내 다시 찢어지는 듯한 쉰 목 소리로 뭐라고 떠들어댔다.

"혹시 장족藏族인가? 한어를 할 줄 아나?"

대충 영문을 짐작한 아계가 차분한 어조로 물었다.

"당연하지! 당신은 또 뭐야?"

여자가 충혈된 눈을 부라리면서 고함을 질렀다. 주변 사람들이 알아 들을 수 있는 말은 그것뿐이었다. 여자의 입에서는 다시 속사포처럼 장 족의 말이 흘러나왔다. 말뚝처럼 여자의 앞을 가로막아선 아계가 말했 다.

"나도 한족은 아니네. 그렇지만 그리 악을 쓰고 욕해봤자 무슨 말인 지 알아들을 수가 없으니 내 기분이 나빠질 건 하나도 없다 이 말이야. 나는 비록 금천에 출병해 괄이애까지 쳐들어갔던 사람이지만 솔직히 장 족들에 대한 인상은 나쁘지 않아. 그런데 부인은 무엇 때문에 연약한 여 자를 괴롭히는 건가?"

"……"

여자가 잠시 할 말이 궁한 듯 고개를 내렸다. 이어 운아의 머리채를 몇 겹으로 감은 손을 푸는 듯했다. 그러나 이내 다시 분노가 치미는지 더욱 힘을 줘 움켜잡더니 소리쳤다.

"내가 누군지 궁금하오? 나는 금천 장군 사라분의 처 타운이오! 이 여자의 남편이 우리 금천으로 쳐들어왔소. 우리 형제자매들을 죽이고 우리의 생명이나 다름없는 목장과 초원을 빼앗으려고 하는데 내가 이 여자를 가만 놔둘 수 있겠소?"

"타운……?"

아계의 눈빛이 순간 전광석화처럼 빛났다. 이어 그가 담담한 표정을 한 채 흔들림 없이 말했다.

"타운이라면 금천의 여호걸이 아닌가! 위대한 장족의 여호걸이 죄 없는 약자를 이런 식으로 괴롭혀도 된다고 생각하는가? 금천 공격은 내가 폐하께 주청을 올리고 폐하의 윤허를 얻어 결정한 사항이야. 이는 조정의 뜻이니 따질 일이 있으면 조정을 상대로 따져야 마땅해. 그러니 복수를 하려면 나에게 해야 마땅하지 않겠는가? 저 부인은 죄 없는 사람이야. 어서 그 손을 풀어. 절대 난감하게 만들지 않겠어. 댁의 남편 사라분은 조정과 갈 데까지 가고 싶어 하는 사람이 아니야. 그걸 누구보다 잘 아는 부인이 여기서 저 부인을 죽이면 사라분은 조정과 강화조약을 맺을 기회를 잃게 돼. 살인상명殺人償命(목숨 빚은 목숨으로 갚는다)이라는 말을 모르나? 이는 우리 대청大淸의 엄연한 법률이야. 자네는 오늘부로 남정네도, 자식도, 금천의 양떼도, 초원도 다시 보고 싶지 않다는 말인가?"

타운의 얼굴에 난감한 표정이 떠올랐다. 마음이 흔들리는 것 같았다. 아계는 그런 타운의 등 뒤로 몰래 다가드는 순천부 아역들을 향해 고개를 끄덕여 보이면서 말을 이었다.

"가보니 참 좋은 곳이기는 하더군. 높은 산 위에는 만년설이요, 설수雪水가 녹으면서 시냇물이 졸졸졸……. 붙잡아!"

아계가 말을 하다 말고 갑자기 고함을 질렀다. 그와 동시에 타운에게 접근해 있던 아역들이 사정없이 덮쳤다. 순식간에 운아는 풀려나고 타운의 팔은 뒤로 꺾였다!

"묶지는 말게."

아계가 타운을 포박하려는 아역들을 저지했다.

"내가 묻고 싶은 말이 있으니 일단 해란찰 장군의 부저府邸로 데려가게."

그때 소식을 접한 순천부 지부인 노환빙券環冰이 헐레벌떡 달려왔다. 그가 미처 예를 갖추기도 전에 아계가 분부를 내렸다.

"구경꾼들을 해산시키고 방 안으로 들어가 먼저 타운에게 어찌 이런 무모한 짓을 했는지 물어보게. 내가 조금 있다 건너갈 테니."

해란찰의 집은 웬만한 왕부王府는 울고 갈 정도로 화려하고 웅장했다. 그 집의 안주인 정아는 아계, 당아, 운아 등을 객실로 안내했다. 이어 하녀가 쟁반에 받쳐 들고 온 찻잔과 물수건을 직접 일일이 나눠줬다. 당아가 그런 정아를 보고 말했다.

"나는 아직도 가슴이 터질 것 같은데 자네는 괜찮나 보네? 찻잔을 건네는 손이 떨리지 않는 걸 보니!"

정아가 입을 가리고 웃음을 머금은 채 입을 열었다.

"전에 덕주德州에 있을 때도 빚을 못 갚아 머리끄덩이 잡혀 동네방네 끌려 다닌 적이 한두 번이 아니었거든요. 죽을 고비를 수도 없이 넘겼는데 이런 일로 두려울 게 뭐가 있습니까!"

아계는 그러지 않아도 여인들 사이에서 어색했던 차였다. 순천부 지부 노환빙이 고개를 내밀고 두리번거리자 기다렸다는 듯 그에게 지시를 내렸다.

"물을 것 없이 알아서 취조하게. 고문은 가하지 말고 말로 하게!"

아계가 말을 마치고는 몰래 시계를 들여다봤다. 당아가 그러자 아계와 정아를 번갈아보면서 입을 열었다.

"아계 대인은 바쁜 분이시니 할 얘기가 있으면 단도직입적으로 하지.

내가 할 얘기는 중요하기는 하나 급한 건 아니니 오늘은 안 하겠네. 조만간 시간을 내서 우리 집에 들르면 그때 소상히 들려주지."

아계가 즉각 말을 받았다.

"형수님은 이 사람을 쫓아내지 못해서 안달이시군요?"

아계가 이어 기윤의 편지 내용 중에서 정아와 운아에 관련된 부분을 들려줬다. 이어 두 사람을 조만간 고명부인으로 봉할 것이라는 희소식도 전한 다음 다시 덧붙였다.

"……그러나 아무리 일러도 출전한 장군들이 돌아와야 하지 않겠어요? 사실 이처럼 천자께서 주혼主婚을 하시는 경우는 연극에서나 봤지 우리 대청에는 아직 선례가 없다고 해요! 사천에 서찰을 보내 이 희소식을 전하도록 하세요. 두 장군이 신이 나서 더 잘 싸우게 말이에요."

아계는 이어 정아가 해란찰에게 보낸 편지 내용을 기억나는 대로 당아에게 얘기해줬다. 당아는 '개똥이 어미가 개똥이 아비에게'라는 말을 들을 때부터 웃음을 터트리더니 배꼽을 잡은 채 한동안 웃음을 그치지 못했다. 아계가 다시 빙그레 웃으면서 입을 열었다.

"나는 오늘 특별히 중요한 일이 있어서라기보다는 두 부인이 무슨 어려움은 없는지, 어찌 생활하고 있는지 궁금해서 바쁜 와중에 짬을 내서 온 거예요. 내가 바쁘다고 해서 미안해 할 필요는 없어요. 앞으로 무슨 일이 있으면 우리 집이나 부상 댁에 가서 얘기하면 필요한 도움을 드리겠소."

정아와 운아가 아계의 말에 황감한 표정을 한 채 연신 고마움을 표했다. 정아가 먼저 입을 열었다.

"하루 세 끼 고기반찬을 거르지 않을 뿐 아니라 일 년 사철 비단옷을 입고 사는데 뭘 더 바라겠습니까? 사람은 만족을 모르면 천벌을 받는다고 했습니다. 두 분께서 이리 걸음을 하시어 극진한 배려를 해주신 것만으로도 소인들은 감지덕지하고 있습니다."

아계가 고개를 끄덕였다.

"달리 어려운 점이 없다면 다행이네요. 다만 집이 큰 데 비해 부리는 아랫것들이 너무 적은 것 같군요. 내가 내무부 완의국浣衣局(빨래방)에 연락해 궁녀 스무 명을 보내줄 테니 열 명씩 나눠 부리세요. 궁녀들의 월례는 매달 내무부에서 지출할 것이니 부담은 갖지 말고요. 그 밖에 노련한 문지기 둘을 더 보내겠어요. 방금 같은 그런 불상사가 두 번 다시 있어서는 안 될 테니까요."

당아가 아계의 말에 고개를 끄덕이며 말했다.

"문지기라도 든든했더라면 오늘 같은 일이 없었겠지요. 나도 돌아가서 일꾼을 몇 명 보내주겠네. 역시 그들의 월례는 내가 챙길 테니 두 사람은 걱정 마시게. 두 분 장군께서 돌아오시면 여유가 생길 걸세. 그동안 잠시 신세 좀 지기로서니 어디 덧나는 것도 아니고."

아계는 그제야 타운을 데려 오라고 명령을 내렸다. 이어 정아와 운아가 그쯤에서 자리를 피하려고 하자 손을 들어 만류했다.

"공당公堂에서 범인을 취조하는 것도 아니니 피할 필요는 없어요."

잠시 후 노환빙이 타운을 앞세우고 들어섰다. 마지못해 들어온 그녀는 눈썹을 꼿꼿이 세운 채 날카로운 시선을 방구석에 고정시킨 채 화가 나 씩씩거렸다. 아계가 준엄한 어조로 물었다.

"대낮에 칼을 들고 민가에 침입해 유약한 부녀자를 납치하려고 한 죄, 스스로 알겠는가? 여기는 성명하신 천자의 발밑이네. 어디라고 감히 칼을 들고 설친다는 말인가!"

타운이 경멸에 찬 콧소리를 내면서 받아쳤다.

"우리는 화가 나면 앞뒤 가리지 않소. 솔직히 내가 저 여인을 죽일 생각이 있었다면 단칼에 처버렸지 밖에까지 끌고 나왔겠소? 나는 북경

사람들을 다 불러놓고 내 하소연을 들어달라고 청을 드리고 싶었을 뿐이오. 사실 금천에서 여기까지 오면서 황금을 꽤 많이 들고 왔소. 어떻게든 선을 대서 건륭황제를 알현하고 싶었소. 그런데 빌어 처먹을 놈들! 금은 금대로 다 받아 챙기고 입을 싹 닦아버리고 말지 뭐요!"

말할수록 화가 치미는지 타운의 목소리는 갈수록 높아졌다. 그녀가 다시 단도직입적으로 말을 이었다.

"아계라고 했소? 말해보시오, 얼마나 주면 황제를 만나게 해줄 수 있는지!"

아계는 타운의 말에 충격을 금하지 못했다. 그녀, 즉 사라분의 부인이 북경에서 금으로 사람을 매수하려고 설치는 동안 아무도 그런 사실을 보고하지 않았던 것이다! 그는 불끈불끈 화가 치밀어 올랐으나 애써 죽이면서 대답했다.

"이 일은 내가 도찰원에 가서 조사해 보겠네. 자네의 금은 한 냥도 비지 않게 다 돌려주겠네. 그런데 폐하를 알현하려는 이유는 뭔가?"

"건륭황제께 금천의 병마를 철수시켜 주십사 청을 드리려고 그러오. 금천은 금천인의 것이거늘 어찌 해마다 한 번씩 들쑤시고 가는지 이해할 수가 없소."

아계가 즉각 반박했다.

"그 말은 옳지 않아! 신주神州 대지에 왕토가 아닌 곳이 없거늘 어째서 자네는 금천을 금천인의 것이라고 하나! 자손 대대로 뼈를 묻고 살아온 땅일지라도 조정의 명에 순응하지 않고 사사로이 할거를 꿈꾼다면 결코 용납할 수 없네! 법도와 예의가 엄연한데 이렇게 무작정 떼를 쓴다고 폐를 알현할 수 있을 것 같나? 사라분은 금천이 조정의 속지屬地임을 망각하고 제멋대로 날뛰고 있네. 폐하께 주청도 올리지 않고 형을 시해하고 권력을 잡은 것은 둘째치고 역적 반곤에게 은신처를 제공

했네. 또 사사로이 무력으로 주변의 묘족苗族들을 병합하고 이를 바로
잡으려는 천병天兵들에 항거해 조정에 엄청난 손실을 초래했지. 이 정도
면 십악불사十惡不赦의 대죄인이거늘 아녀자가 울고 불면서 하소연한다
고 해서 천자께서 병사들을 철수시킬 것 같은가?"

아계가 위엄에 찬 시선으로 타운을 바라봤다. 아니나 다를까, 천방지
축이던 타운은 처음으로 두려움에 몸을 떠는 듯했다. 큰 소리 한 번 내
지 않고 담담하게, 차근차근 도리를 따져가면서 말하는 아계에게 완전
히 압도당한 것이었다. 그녀는 아계의 말을 완전히 알아듣지는 못했지
만 뜻은 대충 파악했다는 듯 아계에게 물었다.

"그럼 나는 이제 어떻게 해야 하는 거요? 방법을 알려주시오."

"돌아가게. 내가 쇄경사刷經寺까지 사람을 붙여줄 테니 가서 사라분에
게 전하게. 처자를 데리고 북경으로 와서 그동안의 죄를 청하라고 하게.
아니면 새로 출병한 대군이 사정없이 진격할 것이고, 나중에는 닭 한 마
리도 살아남지 못할 거라고 말이네!"

"그렇다면 기를 쓰고 싸우는 수밖에 없소!"

"지금 싸운다고 했나? 누가 누구하고? 자네가 금천에서 남경으로, 남
경에서 북경으로 오면서 본 것은 우리 대청의 빙산의 일각에 불과할 뿐
이네. 자네들이 조정과 싸운다? 그 결과가 어떨지 상상이나 해봤는가?"

아계가 앙천대소했다. 타운은 아계의 말뜻을 바로 이해했다. 그것은
그들의 항거가 아무리 비장해도 결국 달걀로 바위를 치는 격이라는 뜻
일 터였다. 그녀 역시 그 정도 계산도 하지 못할 만큼 아둔한 아녀자는
아니었다. 급기야 땅이 꺼져라 한숨을 토하면서 고개를 들어 천장을 응
시하더니 갑자기 처연한 표정을 지었다.

"활불活佛이시여! 이는 대체 누가 지은 업보이옵니까? 저는 그만……."

타운은 눈물 어린 하소연을 끝으로 갑자기 무서운 기세로 기둥을 향

해 달려갔다. 이어 머리를 쿵! 박았다. 그녀는 사람들이 미처 경악에서 헤어나기도 전에 기둥 옆에 스르르 쓰러졌다.

아계, 당아, 정아 등은 비명에 가까운 소리를 지르면서 달려갔다. 노환빙이 황급히 여자의 콧김을 확인하고 맥을 짚어봤다. 그러더니 피가 질펀한 앞머리까지 살펴보고는 말했다.

"치명타는 아닙니다, 중당……."

당아는 목숨이 위태롭지 않다는 노환빙의 말에 가슴에 손을 얹은 채 놀란 가슴을 진정시켰다. 그리고는 멍하니 서 있는 노환빙에게 고함을 질렀다.

"치명타가 아니라면서? 그러면 빨리 태의원으로 데리고 가지 않고 뭘 꾸물대는가? 몸을 추스르고 일어날 때까지 잘 대해주라는 내 말을 전하게!"

타운이 들것에 실려나간 뒤에도 남은 사람들은 마치 악몽에서 헤어나지 못한 듯 멍한 모습을 보였다. 한참 후 아계가 깊은 한숨을 토하면서 먼저 입을 열었다.

"절부節婦는 아니어도 열부烈婦는 되는 것 같네요. 이 일은 즉각 폐하께 상주해야겠어요. 순천부 감옥에 보내 옥파獄婆들의 간호를 받게 해야겠어요. 원기를 회복하는 대로 남경으로 압송해 폐하께서 친히 치죄하시도록 하는 것이 좋겠고요."

아계는 말을 마치고 아직도 낯빛이 하얗게 질려 있는 정아와 운아에게 몇 마디 위로의 말을 건넸다. 이어 다시 당아에게 말했다.

"이제 그만 가봐야겠습니다. 대만 지부가 군기처에서 접견을 기다리고 있습니다. 임상문林爽文이라고 하는 자가 대만에서 백련교의 불씨를 뿌리고 다닌다고 하니 잡아들여야 할 것 같습니다. 이 사람에게 하실 말씀이 있다고 하셨는데 내일 점심때 저의 집으로 걸음을 하시는 것이 어떻겠습니까? 안사람이 형수님을 무척이나 그리워한답니다. 자, 그럼 이만 일어납시다."

아계, 당아와 노환빙을 배웅하기 위해 이문 밖으로 나온 정아와 운아는 골목길에 친병들이 쫙 깔려 있는 광경을 보고 적이 놀랐다. 순천부에서 철통같은 경비를 하고 있는 것이 분명했다.

"자네가 지시했나? 오늘 같은 경우는 흔치 않은 사고일 뿐이니 너무 소란을 떨 필요는 없네. 오히려 북경의 평화에 악영향을 미치는 수가 있네. 철수시키게."

아계가 노환빙을 바라보면서 분부를 내렸다. 노환빙은 자신의 관할 경내에서, 그것도 환한 대낮에 사고가 나는 바람에 전전긍긍하고 있었다. 사건에 대한 책임을 물으면 피할 수 없다고 생각하고 있었다. 그렇게 아계의 문책이 떨어질까 두려웠는데 아계는 예상 외로 '북경의 평화'를 운운했다. 노환빙은 적이 안도했는지 고개를 숙이며 입을 열었다.

"하관은 계엄 지시는 내리지 않았습니다. 다만 이곳 치안에 조금 소홀히 했던 점을 깊이 반성하고 오늘밤부터 순천부에서 번갈아 가면서 순찰을 돌기로 했었습니다. 하오나 중당 어른의 훈육을 받들어 소란을 피우지 않고 철수시키겠습니다."

아계가 고개를 끄덕이면서 두어 발짝 앞으로 걸어 나갔다. 그때 마침 화친왕 홍주弘晝가 나무상자와 새 조롱을 든 태감들을 거느리고 모습을 드러냈다. 아계는 노환빙을 먼저 보내고 나서 당아, 정아와 운아 등과 함께 문후를 올렸다.

"화친왕마마, 존체 강녕하시옵니까?"

홍주가 속없는 사람처럼 실실 웃으면서 아계에게 말했다.

"앞으로 나를 만나면 그런 허례허식은 집어치워. 방금 전 이곳에서 좋지 않은 일이 있었다기에 와 본 거네. 누구는 전장에서 피 흘리면서 싸우고 있는데 우리가 가족들 뒷바라지도 제대로 못해줘서야 되겠나?"

홍주는 변한 것이 하나도 없어 보였다. 한 손으로 계집을 껴안은 채 다른 손에는 새 조롱을 들고 있는 모습이 영락없는 한량이었다. 당아가 그런 홍주를 보고는 배시시 웃었다.

"역시 화친왕마마께서는 멋쟁이십니다. '뒷바라지' 하러 오시면서도 풍류를 즐기시니 말입니다!"

홍주가 당아의 말에 고개를 끄덕이면서 웃음을 터트렸다.

"모두 아계 덕분일세. 빈틈없어 일을 잘 하니 내가 걱정할 게 하나도 없잖은가. 나는 단순한 사람이라서 복잡한 건 딱 질색이네. 일에 대해 얘기하는 사람과 나에게 청탁을 넣는 사람이 세상에서 제일 싫다네. 이 상자에 피륙과 은자를 조금 넣었네. 두 집에서 반씩 나눠 쓰게. 그런데 이 집 안주인들은 어찌 이리 손님접대에 서투른가? 바람도 찬데 밖에서 주둥이 얼도록 내버려둘 건가? 차도 한 잔 안 주고!"

정아와 운아는 처음으로 건륭황제의 아우 화친왕을 대면하는 터였다. 당연히 당황하고 경황도 없었으나 그의 얘기를 들으면서 점점 편하고 인간적인 모습에 긴장을 풀다 보니 차 대접할 틈을 놓쳐버리고 말았다. 홍주가 따끔하게 꼬집자 정아가 비로소 제정신이 번쩍 들었는지 황급히 아뢰었다.

"소인들의 불경을 용서해 주시옵소서. 친왕마마의 존용을 뵈오니 당황한 김에 그만 예를 갖추는 것도 잊고 말았사옵니다. 안으로 드시옵소서, 친왕마마."

"친왕은 무슨 얼어 죽을! 자꾸 친왕, 친왕 하지 마. 나는 그 소리가 어색하기만 하네. 엎드려 절을 받자니 그것도 싫어지네. 바람을 조금 더 마시고 가면서 줄방귀나 뀌지 뭐. 그런데, 우리 복진福晉에게 했던 얘기를 아계한테도 했는가?"

홍주가 손사래를 치자 당아가 미소를 지으면서 말했다.

"그러지 않아도 친왕마마의 명을 받고 찾아가려던 참에 우연히 만났지 뭡니까? 조용히 얘기 하려고 했는데 또 이런 일이 생겨서 아직 못했사옵니다."

"그러면 내가 하면 되겠네. 아계, 미리 말해두지만 내가 지금 하는 얘기는 다른 사람에게는 절대 비밀이네. 자네들은 이 물건들을 해란찰 군문 댁에 들여놓고 그만 돌아가게."

홍주가 태감들에게 명령을 내리고 나서 주머니에서 건육乾肉 봉지를 꺼냈다. 이어 마른고기를 집어 메추리 입에 넣어주면서 다정스레 말했다.

"참을 먹은 지 한참 지나서 배가 고팠지? 먹어, 먹어. 허! 게걸스레 처먹는 건 아니라고 했지? 암컷은 말이야, 너무 살쪄도 안 되고 너무 말라도 안 돼. 수컷들에게 사랑 받으려면 몸매를 가꿔야 된단 말이야. 아계, 내 대교를 같이 타고 가면서 얘기를 나누자고. 서화문에서 내려줄테니!"

당아를 비롯한 세 여자는 홍주의 거침없는 언행이 너무나 우스웠다. 그러나 웃음을 터뜨려서는 안 될 일이었다. 그들은 모두들 웃지 않으려 참느라 무진 애를 썼다.

아계는 홍주의 8인 대교에 올랐다. 그러자 평소 자신이 자부심을 갖고 타고 다니던 4인 대교가 참으로 초라하다는 느낌을 가지지 않을 수 없었다. 홍주의 대교는 정말 굉장했다. 우선 몸체는 자작나무, 천장은 오동나무로 만들어져 있었다. 게다가 가마 안은 족히 네댓 명은 앉을 수 있을 정도로 널찍했다. 그 안에 찻잔을 놓는 탁자도 있고 찻물을 비롯해 다과 시중을 드는 하인까지 있었다. 차체에는 동백기름을 얼마나 덧칠했는지 원목 색깔이 마치 호박琥珀처럼 깨끗하고 투명하게 비쳤다. 양옆에는 밖이 훤히 내다보이는 커다란 유리창이 있었다. 반면 올올이 금실로 촘촘하게 짠 발이 드리워져 있어 밖에서는 안을 들여다볼 수 없었다. 무엇보다도 척 들어앉을 때 느낀, 햇솜으로 누빈 이불처럼 부드럽고 따뜻한 기분이 그럴 수 없이 좋았다…….

"신기하지? 처음 보는 건 다 신기한 법이네. 의자가 겹쳐져 있어 그렇지 펴놓으면 한숨 너끈히 잘 수도 있다네! 다과 좀 먹게, 오늘 오전에 갓 쪄낸 거라서 부드럽고 맛있네. 이 접시는 건드리지 말게. 요 메추리 놈의 먹이거든."

홍주가 가지각색의 고기와 다과가 조금씩 담겨져 있는 접시를 가리켰다. 아계는 홍주 앞에서는 항상 편하게 행동하는 그답게 과자 하나를 집어 입안에 넣으면서 말했다.

"친왕마마께서는 평소에 정무에 크게 관여하지 않사오나 이 사람이 보기에는 참으로 대단한 사람입니다. 성조 이래 황자들 중에 친왕마마처럼 무위無爲의 극치를 보여 주시면서도 다른 한편으로 치세의 도를 실천하시는 분은 없는 것 같습니다. 친왕마마께서 별반 관심을 보이시지 않는 일들은 신들이 얼마든지 알아서 처리할 수 있는 것들입니다. 그리고 마마께서 열심히 임하시는 일들은 어느 것 하나 군국軍國의 기본이 아닌 것이 없습니다. 소인은 단 한 번도 마마께서 중요한 일을 그르치는 걸 못 봤습니다. 무위를 철저하게 숭상하시는 듯하면서도 무불위無不爲의 일면을 보여주시는 친왕마마야말로 진정한 치세의 근본을 아시는 분이라 사료됩니다!"

홍주가 메추리의 털을 쓰다듬어주면서 당치도 않다는 듯 실소를 터트렸다.

"간지러워 죽겠네, 아부 떨지 마! 간혹 소가 뒷발질하다 쥐를 잡은 격으로 뜻하지 않게 얽어걸린 경우를 말하나 본데 나는 헛된 명성 따위에는 전혀 관심이 없네!"

홍주가 말을 하다 말고 얼굴에서 갑자기 웃음기를 싹 지웠다. 이어 스러져 가는 창밖의 노을빛에 비친 얼굴이 조금 우울해지더니 말을 이었다.

"내가 하고자 하는 말이 뭔 줄 아나? 전에 황후마마께서 영련永璉과 영종永琮 두 황자를 생산하셨으나 두 분 모두 천연두의 고비를 못 넘기고 하늘나라로 가시지 않았는가! 그래서 이번에 후궁 김가金佳씨 소생의 두 살 난 황자가 또 천연두에 걸릴세라 다들 촉각을 곤두세우고 있는 모양이네. 그 와중에 액운을 물리치는 데 으뜸이라면서 태감들이 백납의百衲衣를 구해왔다네. 그런데 밖에서 들어온 물건이 의심스러웠던 유모가 먼저 자신의 아이에게 그 옷을 사흘 동안 입혔는데……, 글쎄 멀쩡하던 아이가 사흘 만에 천연두에 걸리고 말았다지 뭔가!"

전혀 흔들림이 없던 대교가 가볍게 출렁거렸다. 귀를 바싹 세운 채 홍주 곁에 다가앉은 아계는 갑자기 뇌리를 스치는 불길한 예감에 낯빛이 하얗게 질리기 시작했다. 그가 떨리는 목소리로 말했다.

"이는 분명 누군가가 천연두를 앓은 아이의 백납의를 일부러 가져다 황자에게 입히려 했던 것입니다. 어떤 자가 황자를 노리고 있습니다!"

"황후, 진씨, 나랍씨 등 후궁들은 태후마마를 모시고 어가를 수행중이네. 현재는 귀비 유호록씨가 궁무宮務를 보고 있지."

홍주의 찌푸린 미간 아래 눈에서 날카로운 빛이 새어나왔다. 그가 덧붙였다.

"위가씨라고 알지? 본명은 내낭이지. 위청태의 첩의 소생으로 갖은 학대를 받다가 어미가 데리고 집을 뛰쳐나왔는데 부상의 안사람 도움을 받아 입궐한 위가씨 말이네. 회임 팔 개월째인데, 유호록씨를 도와 궁무를 보고 있다는군. 아무려나 유호록씨가 이 사건을 캐기 시작한 지 얼마 안 돼 백납의를 전해 받은 유모가 갑자기 중풍에 걸려 쓰러졌다네. 말을 못한다고 하더군. 그러니 태감들은 모두 위가씨로부터 백납의를 건네받은 것이라고 잡아떼고 있다네. 죄를 위가씨에게 덮어씌우는 게지. 위가씨는 죽어도 그런 일이 없노라고 자신의 결백을 주장했어. 그러나 유호록씨는 펄쩍 뛰면서 혹형을 안겨서라도 자백을 받아내겠다지 뭔가. 그래서 내가 '네년이 뭔데 황자를 잉태한 후궁을 쥐 잡듯 하느냐'고 고함을 질렀다는 거 아닌가!"

아계는 마음이 심란하기 이를 데 없었다. 어느 정도 짐작 가는 바도 있었다. 그사이 대교는 땅에 내려앉았다. 가마 안에서 기척이 들리지 않자 밖에서 태감이 소리쳤다.

"친왕마마, 중당 대인! 서화문에 당도했습니다."

"네 이놈! 지금 긴요한 얘기를 하고 있는 걸 보면 몰라? 어디서 동화문이니 서화문이니 떠들어? 망이나 잘 봐!"

홍주가 무섭게 눈을 부라리면서 밖에다 대고 일갈을 했다. 그리고는 목소리를 낮추었다.

"엊그제 집에 들어가니 부상의 안사람 당아가 우리 복진에게 이 얘기를 하고 있었네. 위가씨가 입궐한 당아를 껴안고 그렇게 슬피 울더라고 하네. 유호록씨가 위가씨에게 수녕궁壽寧宮으로 쫓아낼 거라고 으름장을 놓았나봐. 자네도 알다시피 수녕궁이라면 죄를 지은 궁인을 벌하는 냉궁冷宮이 아닌가! 삼시세끼 멀건 죽만 먹고 얼음장 같은 땅바닥에 거적 깔고 자고……. 폐하께서는 슬하가 허전하신 분이네. 혹시 위가씨가 황자라도 생산해 주지 않을까 기대가 크신데, 자칫 출산을 하기도 전에 사고라도 벌어진다면 큰일이 아닌가. 우리 두 사람은 결코 그 막중한 책임을 비켜갈 수 없을 것이네."

"이미 수녕궁으로 옮겼다고 합니까?"

"아직! 내무부에서도 입장이 난감한 거지. 유호록씨와 내가 줄다리기를 하고 있으니!"

"그 유모는 지금 어디 있습니까?"

"태의원에 있네."

아계가 눈을 지그시 감고 깊은 한숨을 토해내더니 갑자기 두 눈을 번쩍 떴다.

"화친왕마마, 이는 추호도 방심할 수 없는 중요한 일입니다. 또 진실을 밝히기가 상당히 어렵습니다. 신의 권한으로는 태의원이 있는 원명원을 마음대로 출입할 수 없습니다. 친왕마마께서 태감들을 파견해 유모의 안전을 지켜야 할 것입니다. 이 사건은 신이 친왕마마를 보좌해 잘 처리하도록 하겠습니다."

아계가 갈수록 증폭되는 불안을 애써 억제하면서 목소리를 낮춰 다시 말을 이었다.

"폐하께서 대내大內에 계시지 않사오니 궁중의 시시비비는 친왕마마께서 목소리를 높이셔서 해결해야 합니다!"

32장
군기처로 쳐들어온 귀비

아계는 가마에서 천천히 내렸다. 그때 어둠이 깃들기 시작한 서녘 하늘은 마치 빨갛게 달아올랐던 가마솥이 식은 것처럼 시커먼 맨살을 드러내고 있었다. 태감 복지가 신참 태감들을 데리고 대문에 궁등을 내걸고 있었다. 아계는 걸음을 멈췄다. 태감 복지가 아계의 눈치를 보더니 황급히 다가와 문후를 올렸다.

"어디 다녀오시옵니까, 중당 대인! 헤헤……. 방금 유호록 귀비께서 중당 대인께 드리라면서 제비집을 넣고 끓인 죽을 보내왔사옵니다. 그래서 중당 대인을 한참 찾았사옵니다."

복지가 먼발치에 세워져 있는 노란 덮개의 8인 대교를 힐끗 일별하더니 말을 이었다.

"화친왕마마 댁에 다녀오시는 길인가 봅니다. 소인이 아랫것들을 시켜 한 그릇 데워 놓으라고 했습니다. 제비집이 자음윤폐滋陰潤肺(정력을 북돋우고 폐를 보함)에는 그만이라 하옵니다."

아계는 태감의 장광설을 들어주고 있다가는 밤을 꼬박 새워도 모자랄 것 같았다. 그예 퉁명스레 그의 말허리를 쳐내면서 물었다.

"자네는 자금성紫禁城의 주사主事지? 그러면 원명원圓明園의 주관主管은 누구인가?"

"원명원은 왕충王忠이 맡고 있습니다."

"그러면 자금성과 원명원을 통틀었을 때는 누가 최고 책임자인가?"

"그거야 당연히 내무부 아니겠습니까? 내무부에서도 원명원 담당은 왕팔치王八恥이옵고, 궁궐 담당은 복의卜義입니다. 그런데 그 둘이 어가를 수행해 남하했으니 달리 큰일이 없는 경우에는 각자 알아서 관할범위를 책임지고 있습니다."

"알았네. 내무부의 조외삼趙畏三에게 이 사람이 좀 보자고 한다고 전해주게!"

아계가 짤막한 대답과 함께 서화문으로 들어가면서 분부했다. 이어 발걸음을 빠르게 옮기면서 경운문 안에 있는 군기처로 향했다. 기다렸다는 듯 몇몇 대장경들이 마중을 나왔다. 그동안 아계를 대신해 외관들을 접견한 그들은 각자 보고를 올리기에 바빴다. 그러자 아계가 제지했다.

"보고는 내일 천천히 들도록 하지. 오늘은 장경 한 사람만 남고 그만 퇴조들 하게."

아계가 손사래를 치고는 군기처 입구에 서 있는 대만 지부 호라영을 향해 다가갔다. 이어 그의 손을 잡고 친근하게 손등을 다독여주었다.

"안에서 기다리지 그랬나? 오래 기다린 것에 비해 내가 자네에게 할애할 수 있는 시간은 턱없이 부족할 것 같군. 미안하네."

아계는 조외삼이 오면 따로 뵙기를 청할 것 없이 그냥 들게 하라고 문지기에게 명하고는 바로 군기처 안으로 들어갔다. 발 없는 말이 천리를 간다고, 그 시각 태감과 군기처 장경들은 모두들 사라분의 처 타운이 난동을 부린 사실을 알고 있었다. 그들은 아계로부터 자세한 경위를 듣고 싶어 한껏 궁금한 표정들을 하고 있었다. 그러나 가랑이에 바람을 일구면서 걸음을 재촉하는 아계에게 감히 물어볼 엄두를 내지 못했다.

아계가 두 손을 앞에 모아 쥐고 어색하게 서 있는 호라영에게 자리를 내주었다.

"오래 기다리게 해서 나시 한 번 더 미안하다는 말을 하고 싶네. 급히 처리해야 할 일도 있고 상주문도 써야 하니 통 여유를 부릴 수가 없구먼. 될수록 간단히 얘기를 나눠야겠네."

아계는 온돌에 올라가 앉았다. 그 모습이 무척이나 권위가 있었다. 그는 처음 군기처에 입문했을 때 장정옥과 부항 두 선배로부터 중요한 가르침을 받았다. 그건 북경에 천지개벽이 일어나지 않는 한, 설사 군기처에 대화재가 발생하더라도 침착하게 당면한 업무에 임해야 한다는 가르침이었다. 때문에 여러 가지 일로 인해 머릿속이 검불처럼 복잡했으나 전혀 내색하지 않고 호라영의 보고를 들을 수 있었다.

"중당 대인께서 금쪽같은 시간을 할애해 주셨으니 하관은 간단히 말씀 올리겠습니다. 일전에 군기처에서 어지를 받고 하관에게 하문하셨죠? 대만은 어찌해서 아직도 식량을 자급자족하지 못하느냐고 말입니다. 그에 대한 대답을 올리겠습니다. 대만은 해역海域에 위치한 섬입니다. 기후가 다습하고 여름에는 사흘이 멀다 하고 크고 작은 태풍이 휩쓸고 지나갑니다. 그러니 밀은 아예 재배할 엄두도 못 냅니다. 벼도 수확량이 한 무畝당 백 근이 될까 말까 한 실정입니다. 해마다 황무지를 많이 개간합니다만 식량은 여전히 자급을 하지 못하니 하관도 속이 탑니다. 그래서 중당 대인께 간청하옵건대 복건성 복주에서 해마다 지원받는 백만 섬의 식량 예산을 줄이지 말아 주십시오. 폐하께 그렇게 상주해주시면 안 되겠습니까?"

호라영이 단도직입적으로 말했다. 그러나 아계는 깊은 생각에 잠긴 채 조심스럽게 입을 열었다.

"식량을 자급하지 못하고 지원만 받는 것은 필경 오랫동안 지속할 계책은 못 되네. 식량을 지원하기 위해 백리 바닷길을 왕복하면 배보다 배꼽이 더 크네. 호부에서 계산해본 바에 따르면 운반비와 인건비 때문에 식량이 대만 현지에 도착한 뒤에는 가격이 한 석당 은자 세 냥 이 전이 더 붙는 셈이 된다고 하네. 이는 엄청난 손실이 아닐 수 없네. 당면한 난국을 타개할 수 있는 묘안이 있으면 말해보게."

호라영이 즉각 대답했다.

"사실 대만부臺灣府는 식량만 빼고는 물자가 귀한 곳이 아닙니다. 역대 지부들은 모두 대만을 겉모양은 볼품없으나 속에는 꿀물이 가득 찬 꿀통쯤으로 생각하고 있습니다. 그래서 조정에서 식량을 자급하지 못한다는 이유로 처벌을 내려도 모두 끽소리 않고 감수하면서 깊은 내막을 밝히지 않는 것입니다. 호부에서 더 이상 관량官糧을 지원하지 않을까봐 두렵고 자신들의 양렴은養廉銀이 깎일까봐 염려하기 때문이 아닌가 싶습니다."

그때 조외삼이 의아한 기색을 보이면서 들어섰다. 아계가 조외삼에게 앉으라고 한 다음 다시 물었다.

"내막이라니 그게 무슨 말인가?"

호라영이 히죽 웃으면서 말을 계속했다.

"대만에는 사탕수수라는 '효자'가 있습니다! 대만의 사탕수수는 다른 지방의 것보다 품질이 월등히 우수합니다. 베어내는 즉시 단물이 하얗게 배어나올 정도입니다. 사탕수수 일 무를 재배하면 식량 십 무를 재배한 것과 같은 수입이 생긴다고 보면 됩니다. 왜구倭寇들은 진주珍珠와 설탕 무역을 통해 대만에서 떼돈을 벌고 있습니다. 그러니 우리도 무역 쪽으로 방안을 강구해보면 답이 나올 것 같습니다. 내지內地에는 설탕이 부족하고 대만은 식량난을 겪고 있습니다. 식량과 설탕을 교환한다면 이보다 더 매부 좋고 누이 좋은 일이 어디 있겠습니까? 주린 배를 끌어안고 아우성치는 백성들을 우격다짐으로 밀어내기보다는 식량을 더 많이 확보해 그들과의 마찰을 극소화시키는 것이 더 좋지 않겠습니까? 그리 하면 왜구와 사교邪教도 발붙일 곳이 없을 것입니다. 중당 대인, 사정이 이러하니 조정에서도 더 이상 밀과 벼를 재배하라고 대만에 강요하지 말았으면 좋겠습니다. 열 배의 이익을 포기하고 하필이면 할망구 뱃가죽 같은 쭉정이 벼를 생산할 필요는 없지 않겠습니까?"

"좋은 생각이네. 방향도 뚜렷하군."

아계가 만족스런 미소를 지으면서 고개를 끄덕였다. 대만으로 발령 난 관리들 치고 흔쾌히 떠난 사람은 아무도 없었다. 심지어 낙지처럼 들러붙어 못 가겠다고 생떼를 쓰는 경우도 없지 않았다. 마치 도살장에 끌려가는 짐승이 그럴까 없었다. 그러나 막상 가고 나면 모두들 언제 등 떠밀려 왔나 싶게 더 남아 있겠노라고 떼를 쓰고는 했다. 아계는 그 이유를 이제야 알 것 같았다. 그러나 시간이 없는 그는 곧 화제를 돌렸다.

"사교의 움직임은 어떠한가? 두목 임상문은 아직 스무 살도 채 안 된 애송이라면서?"

호라영이 역시 숨도 쉬지 않은 채 대답했다.

"임상문은 올해 스물 한 살입니다. 사술邪術을 좀 알기는 하나 봅니다. 들리는 소문에 의하면 귀신을 쫓아내고 맨주먹으로 호랑이도 때려잡는다고 합니다. 대만 원주민인 고산족高山族들에게 병을 치료해주고 약을 나눠주고 있다고 합니다. 그곳 백성들은 그자에게 그야말로 오체투지의

경배를 하고 있었습니다. 그렇게 우매한 신도들이 가세해 관부에 필사
적으로 대항하는 바람에 다 잡은 토끼를 놓친 적도 여러 번이었습니다.
하오나 먼저 말씀 드린 바와 같이 식량만 충분하게 확보된다면 작은 소
란은 몰라도 대란은 일어나지 않을 것입니다."

아계는 호라영의 말을 다 듣기 무섭게 시계를 꺼내 시간을 확인했다.
그러자 호라영이 미처 준비를 한 듯 안주머니에서 꼼꼼하게 밀봉한 서
간 한 통을 꺼내 두 손으로 아계에게 받쳐 올렸다.

"중당 대인을 기다리면서 대만의 과거와 현재를 조명하고 미래의 발
전상을 나름대로 구상한 글을 적어봤습니다. 중당 대인께서 참작해 주
시기 바랍니다."

"자네는 참으로 실속 있고 성실한 사람인 것 같군."

아계는 서간을 받아 책상 위에 내려놓았다. 이어 온돌에서 내려와 촛
불을 그윽하게 응시하면서 말을 이었다.

"자네가 원하는 바가 무엇인지 알겠네. 남경으로 가면 폐하께서도 접
견을 하실 거네. 그때 조금 더 상세하게 주청을 올리게. 이 서간은 내
가 읽어보고 나서 폐하께 올리겠네. 임상문은 양주에서 일지화와 접선
했다고 들었는데, 그 후 또다시 행방이 묘연해졌네. 대만으로 돌아갔을
가능성이 크다고 하네. 빠른 시일 내에 체포해 죄를 물어야 할 것이야!"

호라영이 황급히 자리에서 일어나 연신 알겠노라고 대답했다. 아계가
무척 흡족한 표정으로 그의 어깨에 손을 얹은 채 덧붙였다.

"자네는 젊고 패기 있고 장래가 촉망되는 훌륭한 일꾼이네. 아직 서
른이 안 됐지? 내가 힘껏 밀어줄 테니 일취월장하기를 바라네. 그만 가
보게."

아계는 친히 문밖까지 호라영을 배웅하고 그의 뒷모습이 사라질 때까
지 지켜봤다. 그리고 뒷덜미에 으스스한 한기를 느끼고 나서야 비로소

방 안으로 들어왔다. 조외삼이 엉거주춤 일어나며 아계를 바라봤다. 아계는 책상 위에 산더미처럼 쌓여 있는 문서들을 보면서 한숨을 내쉬었다. 이어 자리에 앉지도 않고 선 채로 말했다.

"나는 볼일이 있어 화친왕을 모시고 나가봐야 하네. 긴말 들어줄 시간이 없으니 묻는 말에만 대답하게. 위가씨의 신변에 그런 일이 발생했는데 내무부에서는 어찌 나에게 보고도 하지 않았다는 말인가?"

"그게 말이옵니다, 중당……."

내무부의 당관인 조외삼은 궁중에서 잔뼈가 굵은 태감 출신이었다. 따라서 비가 올지 바람이 불지 상대의 기분을 헤아려 비위를 맞추는 데는 가히 달인의 경지에 올라 있다고 할 수 있었다. 때문에 아계의 짜증 섞인 말투와 금세 나가버릴 듯한 자세를 보면서 급한 볼일이 있다는 것과 심기가 불편하다는 사실을 바로 간파했다. 그가 순식간에 간사한 웃음을 찍어 바르면서 대답했다.

"소인은 육궁도태감六宮都太監의 지시에 따랐을 뿐입니다. 소인은 마치 아무나 툭툭 치면 팽그르르 돌아가는 팽이처럼 위에서 시키는 대로 눈썹 휘날리면서 쫓아다닐 뿐입니다! 복지 태감께서 수녕궁의 잡동사니들을 치우라고 하기에 이유를 물어봤더니 그제야 그곳이 영빈令嬪의 새 처소가 될 거라고 하더군요. 군기처에 이를 알려야 하지 않겠느냐고 조심스레 물었더니, 유호록 귀비께서는 '이는 가무家務이니 군무, 정무로 바쁜 군기처에 알려서 뭘 하느냐'면서 면박을 주셨습니다. 그리고 '영빈은 잠시 처소를 옮길 뿐 폐위된 것이 아니다. 당치도 않은 요언을 퍼뜨리고 다녔다가는 그 죄를 물을 것이다'라면서 엄포까지 놓으셨습니다. 소인이 어찌 귀비마마의 지령을 감히 어기겠습니까? 그래서 납작 엎드려 기었다는 거 아닙니까?"

조외삼이 말을 마치고는 헤헤 하고 싱거운 웃음을 지어보였다.

"나는 군기대신이자 영시위대신領侍衛大臣, 내무부 대신일 뿐 아니라 태자소보太子少保이기도 하네. 천자에게는 가무가 따로 없는 법이야. 가무가 바로 정무이고, 정무가 바로 가무이지. 순 엉터리 같으니라고!"

아계가 서리 긴 얼굴로 눈알을 굴리는 조외삼을 질책했다.

"누가 아니랍니까? 바로 그것이옵니다! 순 엉터리……."

"수녕궁을 치우지 말게. 누가 물으면 내가 불허했노라고 하게!"

"알겠습니다, 중당 대인! 중당 대인께서 뒤를 받쳐주신다면 이놈은 두려울 게 없습니다!"

내무부 당관들은 소피를 보는 소리만 듣고도 그 사람이 누구인지 알 정도로 약아빠진 족속들이었다. 간도 쓸개도 없이 이 가랑이에서 저 가랑이로 옮겨 다니는 야비한 무리이기도 했다. 그래서 그들과 상대하려면 인내가 필요했다. 아계가 그렇게 생각을 한 듯 조금 부드러워진 말투로 물었다.

"자네는 원명원의 태감, 궁녀들을 다 알고 있나? 명단을 적어 놓은 기록부가 따로 있나?"

조외삼이 재빨리 대답했다.

"당연히 알고 있습죠! 소인은 노이친왕老怡親王(윤상)의 포의노 출신입니다. 열두 살에 내무부에 입문했으니 누군들 모르겠습니까? 궁중의 쥐새끼들이 어느 방 태생인지도 훤한 걸요! 다만 요즘 입궁한 궁녀들 중에는 이름이 헷갈리는 애들이 조금 있기는 하옵니다, 헤헤……."

아계는 말을 시키기 무섭게 튀어나오는 조외삼의 좀스럽고 천박한 꼴을 보면서 어이가 없다는 듯 웃었다. 그러나 일순 웃음기를 깡그리 거둬들이고는 목소리에 힘을 주었다.

"나를 따라 나서게. 오늘밤 자네의 뱃속에 대체 뭐가 들어 있는지 봐야겠네!"

말을 마친 아계는 곧 밖으로 나왔다.

"이놈들의 뱃속에는 똥밖에 더 있겠사옵니까. 헤헤헤……."

조외삼이 자라 등 같은 허리를 들썩거리면서 한 뼘 되나마나한 가랑이에 불을 붙인 채 따라나섰다. 아계가 종종걸음으로 따라오는 조외삼을 곁눈질하면서 피식 웃음을 지었다.

"우황구보牛黃狗寶(소의 쓸개에 생긴 덩어리와 개의 쓸개에 생긴 결석. 중풍 치료에 씀)도 훌륭한 약재라네. 못 믿겠으면 생약가게에 가서 물어보게! 어디서 무슨 일을 하든지 능력의 유무와 무관하게 '천리양심'天理良心 네 글자만 지켜낸다면 사람다운 사람이라고 할 수 있지!"

"그럼요, 그럼요! 천만번 지당하신 말씀입니다! 바로 소인이 시시각각 가슴에 아로새기는 말입니다."

가는 길 내내 한 가지를 물으면 열 마디를 대답하던 조외삼이 또다시 나불거리기 시작했다.

"……중당 대인께서는 소인 같은 아랫것들의 고충을 잘 헤아려주시는 것 같습니다. 요즘은 성조, 선제 때와 달라 이 노릇도 갈수록 힘이 듭니다. 자금성의 덩치가 엄청나게 커진 데다 원명원까지 겁나게 늘린다니 말입니다. 현재 태감과 궁녀들의 숫자가 족히 수천 명은 넘을 것입니다. 여기에다 승덕承德, 준화遵化에 널려 있는 인간들까지 합치면 만 명은 될 것입니다. 저것들이 먹고 싸고 갖은 개지랄하는 것까지 일일이 간섭하려면 밑도 끝도 없습니다. 소인의 아비 때만 해도 더러운 짓거리를 하고 다니는 놈들은 황장皇莊으로 유배 보내거나 완의국浣衣局으로 쫓아내 빨래를 시켰다고 합니다. 그런데 요즘은 고사기高士奇 대인의 자화字畵를 훔쳐내는 엄청난 짓을 하다 발각돼도 곤장 몇 대만 치고 만다니 저것들이 눈에 뵈는 게 없사옵니다."

아계가 조외삼의 말이 틀리지 않다는 듯 고개를 끄덕였다. 이어 자상한 어조로 말했다.

"내가 궁무 정돈의 필요성을 강조하는 내용의 상주문을 올리겠네. 이대로 방치하다가는 자금성이 거대한 난전으로 전락하고 말겠네!"

조외삼이 지치지도 않는지 헤헤거리면서 다시 입을 열었다.

"원명원을 증축하면서 더 심해졌습니다. 어제는 태감들이 채호榮戶(태감과 내연 관계를 가지고 있는 궁녀) 하나를 놓고 어화원에서 패싸움을 벌여 난리도 아니었습니다. 알아보니 한쪽은 나랍 귀비전의 조불인趙不仁이라는 태감, 다른 한 쪽은 유호록 귀비전의 진불의秦不義였습니다. 소인은 어느 쪽에도 미운 털이 박힐 수 없었기에 그만 뒤로 물러서고 말았습니다."

아계의 낯빛이 다시 굳어졌다. 그때 홍주가 궁벽 모퉁이에서 소피를 본 듯 바지춤을 추스르면서 걸어 나왔다.

"저놈이 무슨 말을 했기에 아계의 얼굴이 또 이리 흐린가?"

홍주가 금방 눈치를 챈 모양이었다. 그러나 아계는 길게 말할 시간이 없는지라 일단 출발하자는 손짓을 했다. 둘은 바로 가마에 올랐다. 조외삼은 걸어서 뒤를 따랐다.

아계는 그제야 방금 조외삼에게 들은 바를 홍주에게 들려줬다. 그리고는 한숨을 내쉬었다.

"이 사람은 아무래도 성군을 보필하기에는 그릇이 작은 것 같습니다……."

아계의 말을 듣더니 홍주의 눈동자가 유유한 빛을 발했다. 그가 이어 들썩이는 가마에 몸을 맡기면서 천천히 입을 열었다.

"내 말을 들어보게, 아계. 물이 너무 맑으면 고기를 키우지 못한다고 했네. 부유해지면 사치를 탐하고, 사치해지면 음란을 추구하지. 또 음란이 만연하면 난亂이 고개를 드는 건 사필귀정이네. 그리 되면 혁명이 일

어나 천지개벽이 되든지, 아니면 집권자의 칼날에 피비린내가 진동하든
지 둘 중 하나의 결과를 불러오게 되지. 자고로 세상은 그렇게 뒤집혀
오지 않았나? 항아리에 바가지가 하나만 떠 있을 때는 누르기 쉬우나
일곱 개, 여덟 개가 떠있을 때는 쉽지 않지. 하나를 누르면 다른 하나가
올라오고 두 개를 누르면 다섯 개가 떠오르는 격이니 어떤 일은 의욕만
으로는 역부족인 경우가 있네. 그러니 자네는 한두 개만 눌러버려도 훌
륭한 재상이네. 태감들의 구역질나는 짓거리에는 일일이 신경 쓸 거 없
네. 자네 눈 밖에 난 자들은 없애버리거나 궐 밖으로 쫓아내면 되니까.
자네는 앞으로 큰 날개를 펼쳐야 할 사람이네. 중풍 걸려 태의원에 쓰
러져 있는 유모로부터 진실을 밝혀내는 것이야말로 자네가 진정 고민해
야 할 일이네. 여기에서 사달이 생기는 날에는 자네는 물론이고 나 역
시 폐하를 뵈올 면목이 없을 것이네!"

'천하태평' 친왕의 입에서 한숨이 새어나왔다. 그가 덧붙였다.

"문제는 그 유모가 말도 못하고 움직이지도 못하는 주제에 글까지 모
른다는 거지. 그야말로 기가 막히지 않나?"

아계가 씁쓸한 미소를 지었다.

"친왕마마의 금옥양언金玉良言에 신은 그저 감격할 따름입니다. 외부
관리들의 부패상과 궁중의 추태 만상을 알고 있으면서 모른 척하기가
참으로 힘이 듭니다. 또 이를 폐하께 아뢰자니 군국대사가 산적해 있는
마당에 쓸데없는 일로 호들갑을 떠는 것 같고, 아뢰지 않자니 이로 인해
파생될 부작용이 큰 사건의 촉매제가 되지 않을까 심히 우려스럽습니
다. 친왕마마, 물이 너무 맑으면 고기가 없는 건 사실입니다. 하오나 너
무 흐려 그 속을 헤아릴 수 없어도 언제 어디에서 악어나 괴물이 출몰
할지 모르는 것 아니겠습니까!"

홍주는 아계의 말에 흠칫했다. 거기까지는 미처 생각지 못했던 부분

을 아계가 꼬집고 있었던 것이다. 아계가 다시 차분한 목소리로 말을 이었다.

"화친왕마마, 한 가지 청을 들어주십시오."

"청이라니? 내가 들어줄 수 있는 거라면 당연히 들어줘야지!"

"관상으로 사주를 보는 역술인들과 태의원의 태의들은 위가씨 복중의 아기가 황자라고 입을 모으고 있습니다……."

아계는 아랫입술을 물고 잠시 침묵하다가 다시 말을 이었다.

"폐하께서는 남순 길에 오르시면서 신에게 누누이 당부하셨습니다. 태의원에 명해 위가씨와 태아를 보호하는 데 정성을 다하라고 말입니다. 옛말에 칠성팔불성七成八不成(임신 칠 개월 만에 조산한 아기는 살 수 있고, 팔 개월 만에 조산한 아기는 살 수 없다)이라는 말이 있습니다. 공교롭게도 위가씨는 현재 회임 팔 개월째입니다. 신은 악인들이 속설에 맞춰 계획적으로 접근했다는 의혹을 떨칠 수 없습니다. 그래서 친왕마마께 청을 드리는 바입니다. 무슨 수를 쓰든 폐하께서 귀경하시기 전까지 위가씨를 안전한 곳에 피신시켜 주십시오."

"자네의 충정은 내가 발 벗고 따라가도 못 따르겠네."

아계가 다시 말했다.

"친왕마마, 혹시 《팔의도》八義圖라는 연극을 보신 적이 있습니까? 보위를 쟁탈하기 위해 온갖 권모술수를 부리고 죄 없는 사람의 등에 칼을 꽂는 자들이 얼마나 가증스런 몰골을 하고 있는지 여실히 보여주는 연극입니다."

홍주가 즉각 대답했다.

"아, 그거? 당연히 봤지! 권신權臣들이 난국亂國을 초래하고, 제후들이 서로 본인이 추종하는 황자를 보위에 올리기 위해 물밑으로 쟁투를 벌이는 장면이 참 인상적이었지. 그런데 지금 상황은 여러 가지로 그 연극과는 비할 바가 못 되네. 위가씨가 꼭 황자를 생산한다는 보장도 없어. 설사 황자를 생산했을지라도 폐하께서는 아직 혈기왕성한 춘추이시니 다른 황자들을 얻을 기회도 얼마든지 있지 않은가."

아계가 말을 받았다.

"물론이죠. 연극대로라면 신은 말 한마디로 보군통령아문의 병사들을 동원시킬 수 있는 막강한 권력을 행사하는 '권신'일 것입니다. 현실은 연극이 아니기 때문에 불안감이 더 큰 것입니다. 내일 어떤 상황이 닥칠지 아무도 알 수 없으니 말입니다. 미래의 태자를 보호한다는 일념으로 살신취의殺身取義를 통해 영빈 모자를 구출하는 것이 어떻겠습니까!"

홍주는 아계의 말을 듣자 마치 먹물 같은 앞길에 한 줄기 밝은 빛이 나타난 느낌을 받았다. 순간 머릿속에 성조 때 아홉 명의 황숙皇叔들이 벌였던 골육상잔의 보위쟁탈전이 생생하게 떠올랐다. 그 주인공들은 일부는 비참하게 죽고, 그도 아니면 미치거나 병들거나 하면서 모두들 정상적으로 생을 마감하지 못했다. 옹정제 때에 와서도 그런 불행은 어김없이 되풀이 됐다. 다행히 홍주 자신은 기꺼이 완세불공玩世不恭(현실에 얽매이지 않는 지나친 자유로움)의 '황당친왕'荒唐親王이 되기를 원했기에 화를 피할 수 있었다. 그러나 건륭과 보위 쟁탈을 벌이던 셋째는 결국 비명횡사하고 말았다. 이 논리대로라면 지금도 궁중에서는 아직 장성하지도 않은 황자들을 두고 후궁들끼리 은근한 힘겨루기가 한창이라는 얘기였…….

창밖에서는 바람이 기승을 부리고 있었다. 길가의 나무들은 뿌리까지 뽑힐 듯이 심하게 허리를 꺾었다. 모래알이 유리창을 스치는 소리도 들렸다. 갑자기 가마꾼들 중 누군가가 고꾸라진 듯 가마가 크게 흔들렸다. 골똘히 사색에 잠겨 있던 홍주가 흠칫 놀라 벌떡 일어났다. 그리고는 밖을 향해 욕설을 퍼부었다.

"이 새끼들이! 제대로 못해?"

그 사이 대교가 서서히 내려앉기 시작했다.

"태의원에 당도했습니다, 친왕마마!"

대교를 호위하고 가던 태감 왕보王保가 돌연 갈기를 세우는 홍주에게 다가가 연신 허리를 굽실거렸다. 아계는 홍주에게 생각할 시간이 더 필요하다고 짐작하고는 자리에서 일어섰다.

"하오면 마마, 신은 먼저 내리겠습니다."

홍주는 그러나 아계를 도로 눌러 앉혔다.

"그냥 앉아 있게. 왕보, 사람을 태의원으로 들여보내 원래 영련 황자를 시중들던 유모가 어느 방에 있는지 알아봐. 또 그 유모의 주치의를 불러오도록 하라!"

"예! 그리하겠습니다. 하오나 가마를 어디로 모셔야 할지 분부를 내리셔야 하지 않겠습니까?"

"태의원을 몇 바퀴 돌아!"

"예!"

대교가 다시 움직이기 시작했다. 영문을 알 길 없는 아계는 어리둥절하기만 했다. 한참 후 홍주가 말했다.

"이상해 할 거 없네. 나는 황당친왕이지 않은가! 가끔 왕부에서도 팔인 대교에 앉아 마당을 빙빙 돌면서 생각을 정리하고는 한다네!"

홍주가 말을 마치고는 바로 자조 섞인 웃음을 지어보였다. 이어 곧 정색을 하더니 평소의 그와는 달리 진지해졌다.

태의원 정원은 그리 크지 않았다. 아니나 다를까, 한 바퀴 반을 돌고 나자 왕보가 달려와 아뢰었다.

"천세千歲마마, 소인이 알아본 바로는 그 유모는 유씨라고 합니다. 중풍에 걸려 태의원에 보내졌을 때는 이미 인사불성이었다고 합니다. 유호록 귀비께서 어떻게든 살려내라고 몇 번이나 사람을 보냈다고 합니다. 그런데 이상하게도 불과 십분 전까지도 멀쩡히 숨이 붙어 있던 사람이 갑자기 위독해져서 지금은 위험한 고비를 못 넘길 것 같다고 합니다."

"의안醫案(진찰 기록)은 있고?"

홍주가 놀란 듯 눈꺼풀을 움찔거리면서 물었다.

"태의원에서는 보통 의안을 챙기는 편입니다."

왕보가 바로 대답했다. 그러자 홍주가 다시 분부를 내렸다.

"가마를 내리게. 자네는 가서 유모 유씨의 주치의가 누군지 알아보고 그동안의 치료과정이 기록돼 있는 의안을 봉해버리고 오게. 이는 화친왕의 분부라고 이르게!"

왕보는 그러나 물러가지 않고 허리를 굽실거리면서 대답했다.

"새로 온 의생은 참 못됐고 가증스러운 놈입니다. 그러잖아도 소인이 우리 친왕마마께서 의안을 원하실지도 모르니 준비해 놓으라고 했습니다. 그랬더니 그자가 하는 말이 폐하, 태후마마, 황후마마와 몇몇 후궁의 의안 외에는 따로 챙기지 않고 그때그때 내다버린다면서 없다고 딱 잡아뗐습니다. 사내새끼가 어찌나 맹꽁이같이 노는지 한 대 쥐어박고 싶은 걸 겨우 참았습니다. 게다가 다른 의생들까지 합세해 소인이 괜한 트집을 잡아 돈을 뜯어내려고 한다면서 모함을 했습니다. 그리고 또 자기네들은 '어의'御醫이지 '왕의'王醫가 아니라고 빈정대면서 친왕이 병을 얻었으면 양주揚州의 엽천사葉天士를 부를 일이지 여기는 어인 발걸음이냐면서 개턱을 쳐들었습니다!"

"개새끼들이! 네놈들이 어의御醫면 나는 어제御弟다!"

홍주가 왕보의 말에 크게 화를 내면서 조관朝冠을 잡아 뜯듯 벗어 대교 안의 탁자 위에 던졌다. 순간 개암만 한 동주東珠 몇 개가 떨어져 나뒹굴었다. 그가 다시 분노를 터트렸다.

"나는 천자가 봉한 총리왕대신總理王大臣이야. 그깟 태의 몇 놈을 손봐주지 못한다면 애신각라愛新覺羅 성을 거꾸로 쓸 것이야!"

홍주는 말을 마치자마자 벌떡 일어났다. 이어 대교의 문을 걷어차듯 거칠게 열어젖히고 가마에서 내렸다.

아계는 그제야 태의원 어의들이 홍주와 신경전을 벌이는 이유를 알 것 같았다. 윤계선이 홍주의 뜻을 받들어 엽천사를 태의원에 들이려고 하자 태의들이 그에게서 위기와 질투를 느낀 것이었다. 또 조금 전에는 홍주가 온 줄을 모르고 왕보가 호가호위하면서 허튼소리를 한다고 생각해 그런 식으로 빈정댔을 터였다. 아무튼 어떤 경우라도 천자의 아우인 천하제일의 황친皇親이 듣기 거북한 욕설을 퍼부어 황실의 존엄에 금이 가게 해서는 안 될 터였다.

아계는 거기까지 생각이 미치자 눈썹을 휘날리면서 달려가는 홍주를 쫓아가 앞을 가로막았다. 그리고 애원하듯 말했다.

"고정하십시오, 친왕마마! 마마께서는 천하제일의 황친으로 그 존귀함이 여느 신료들과는 비견할 수도 없습니다. 지금 조관도 없이 이대로 태의원에 들어가 언성을 높이신다면 후폭풍이 작지 않을 것입니다. 이 사실이 와전돼 장안에 괴상망측한 소문이 파다하게 퍼질 수도 있는 일입니다! 이런 소사小事는 신이 처리할 테니 지켜봐 주십시오. 내일 군기처 명의로 문제의 그 의생을 제명하도록 하겠습니다."

아계가 단호한 어투로 말하면서 왕보에게 의생의 이름을 물었다. 왕보가 기다렸다는 듯 즉각 아뢰었다.

"그자의 이름은 지병인遲秉仁이라고 합니다. 보태補胎, 타태墮胎(낙태)에 귀신이라고 합니다. 춘약春藥을 만들어 여러 사내를 잡은 일도 있다고 합니다. 유호록 귀비의 일곱째황자를 순산케 했다는 공로를 등에 업고 저리 으스대는 것 아니겠습니까?"

"이는 결코 소사小事가 아니네. 눈앞에 닥친 먹장구름이네!"

홍주가 가마에서 내려 신발 끈을 동여매려다 끈이 떨어져나간 것을 보고는 신발을 벗어 저만치 걷어차 버렸다. 이어 맨발 바람으로 석판石板 위에 서서는 아계에게 말했다.

"그래, 자네 말에 일리가 있네. 자네가 처리하게!"

말을 마친 홍주가 이번에는 다른 태감을 불렀다.

"자네 이름이 고명高明이라고 했나? 혹시 위빈魏嬪(영빈 위가씨)이 어느 궁에 있는지 알고 있나?"

태감은 친왕이 자기 이름을 부르자 황감해마지 않아 하면서 황급히 아뢰었다.

"위빈께서는 원래 연기궁延祺宮에 계셨으나 폐하께서 남순 길에 오르신 뒤로는 포르투갈 왕궁을 모방해 지은 궁전으로 거처를 옮기신 걸로 알고 있습니다. 그쪽은 북해자北海子와 조금 떨어져 있고 바람을 등져서 따뜻하다고 합니다……."

"포르투갈 왕궁이라고 했나? 원명원에 들어가서 북으로 쭉 가면 길 맞은편에 있는 그 궁전 말인가?"

홍주가 묻자 고명은 그렇다고 대답했다. 그러자 홍주가 자신만만한 표정으로 아계에게 말했다.

"이제 됐네. 여기서 군기처까지는 잠깐이네. 자네는 이곳 시위들의 말을 빌려 타고 즉각 군기처로 돌아가게. 풍대豐臺 대영과 선박영의 대장, 그리고 내무부 당관들에게 나의 통행을 허락하라고 명하게. 나는 조외삼을 데리고 들어가 위빈을 빼내올 거네. 열째패륵부十貝勒府(강희제의 열째아들 윤아의 집)에 꽁꽁 숨겨놓으면 아무도 찾지 못할 거네. 자네는 다시 올 필요 없이 폐하께 상주문을 보내 이 사실을 아뢰도록 하게. 서두르자고, 우리 독수리가 굶어죽겠네!"

홍주는 그 와중에 독수리까지 챙기면서 일사천리로 일을 처리했다. 아계는 조외삼을 데리고 벌써 저만치 멀어져 간 홍주를 보면서 내심 그의 비상한 두뇌에 감탄을 했다.

열째패륵은 죽은 지 이미 오래였다. 그래서 패륵부에는 미망인 복진만 살고 있었다. 그러나 열째패륵 집안은 탈적奪嫡의 불명예를 안고 쇠락한 가문이었다. 아무도 신경을 쓰지 않아도 전혀 이상할 것이 없었다. 그런데다 열째패륵의 복진은 지금 천자의 적친 숙모였다. 그곳을 의심할 만한 사람은 아무도 없다고 해도 좋았다. 그뿐이 아니었다. 홍주의 당부라면 열째패륵 복진 역시 황감해하면서 위빈의 산후조리까지 갖은 정성을 다 쏟을 것이 분명했다.

아계는 서둘러 군기처로 돌아와 풍대 대영과 구문제독아문, 그리고 선박영에 "화친왕의 통행에 어떤 명목의 제동도 걸어서는 안 된다. 적극 협조하라!"는 내용의 친필 서한을 보냈다. 그러면서 홍주가 그렇게 경황 없는 와중에 어떻게 열째패륵부를 내낭의 은신처로 정할 생각을 다 했는지 궁금했다. 생각하면 할수록 정말 신통했다.

아계는 곧이어 건륭에게 올릴 상주문도 작성했다. 위가씨를 긴급히 피신시킬 수밖에 없었던 자초지종에 대해 우선 소상히 설명했다. 이어 사라분의 처 타운이 만리 길을 전전하면서 북경에 와 난동을 부린 일도 있는 그대로 보고했다. 그는 상주문을 작성한 후 피로한 눈을 비비면서 자명종을 봤다. 이미 해시亥時가 넘은 시각이었다. 그제야 시장기가 몰려왔다. 그는 배를 움켜쥐고 다과를 가져오라고 분부하려고 했다. 그때 경운문 쪽에서 가마가 내려앉는 소리가 들려왔다. 잠시 후 말소리와 함께 누군가 다가오는 발소리가 가까워졌다. 이어 군기처 장경 소아蘇亞가 황급히 발을 걷고 들어와 황황한 표정으로 아뢰었다.

"중당 대인, 유호록 귀비마마께서 걸음 하셨습니다!"

"뭐?"

길게 하품을 하면서 기지개를 켜던 아계의 두 눈이 휘둥그레졌다. 머리 위로 올라갔던 팔이 스르륵 제자리로 내려갔다.

"유호록 귀비께서 걸음을 하셨습니다. 벌써……, 앞에 당도하셨습니다. 영접을 나가시죠, 중당 대인!"

창백하게 질린 소아가 한 번 더 반복했다.

"내가…… 자리에 없다고 하게!"

소아가 아계의 말에 난감해 어찌할 바를 몰라 하고 있을 때였다. 창문 너머로 유호록씨의 목소리가 들려왔다.

"아계! 있으면서 없다 하라고 시키는 건 또 뭔가?"

"귀비마마!"

아계가 흠칫 놀라 비명에 가까운 소리를 질렀다. 이어 황급히 창가로 다가가 밖에 서 있는 유호록씨를 향해 예를 갖추었다.

"신 아계가 귀비마마께 문후를 여쭙습니다!"

유호록씨는 괜히 치맛자락을 손가락으로 탁탁 털면서 무언의 위엄을 부렸다. 아계는 급히 지필紙筆이 준비된 책상을 턱짓으로 가리키면서 장경에게 대화 내용을 기록하라는 신호를 보냈다. 그의 얼굴 표정은 시간이 지나며 점점 평온해지기 시작했다. 유호록씨가 먼저 오만하게 턱을 쳐들면서 입을 열었다.

"자네, 그러고도 만주족의 후예라고 할 수 있는가? 먹물깨나 먹었다는 사람이 새빨간 거짓말로 후궁을 희롱하려 들고도 폐하의 충실한 신하라고 할 수 있겠는가!"

아계는 언젠가 태후에게 문후를 올리러 궁전에 들었다가 먼발치에서 유호록씨를 한 번 본 적이 있었다. 그때는 단아하고 조용한 성품을 지닌 여인이라는 인상을 받았었다. 그런데 오늘 유호록씨는 비수보다 더 날카롭게 눈초리를 세운 채 큰 소리로 호통을 치고 있지 않은가. 아계는 허리를 더 깊숙이 숙였다. 결코 유호록씨가 무서워서가 아니었다. 이어 애써 진정하면서 차분한 어조로 입을 열었다.

"신이 어찌 감히 귀비마마께 불경을 저지를 수 있겠습니까? 군신君臣 간, 내외 간에 신분이 엄연하고 유별한 것은 삼척동자도 아는 바입니다. 귀비마마께서 밤중에 기별도 없이 군기처로 거동하시니 너무 놀라서 그만 결례를 했습니다. 부디 넓은 아량으로 용서해 주십시오. 그런데 귀비마마께서는 어인 분부가 계시어 급한 걸음을 하셨는지요?"

유호록씨가 흥! 하고 콧소리를 내고는 쏘아붙였다.

"겁 없이 원명원을 헤집고 다니는 자들이 있더군. 그런데도 후궁전의 주사귀비主事貴妃가 사태를 무마하지 못하니 겁이 나서 어디 살겠나? 군기대신에게 살려 주십사 청을 드리러 왔다는 거 아니오!"

엎어진 김에 쉬어간다고 했던가. 이쯤 되자 아계도 오기가 발동하지 않을 수 없었다. 급기야 깊이 숙였던 허리를 펴면서 반문했다.

"화친왕마마께서는 위빈의 처소를 더 좋은 곳으로 옮겨드리기 위해 원명원에 들어가셨습니다. 귀비마마께서는 털끝 하나 다치지 않으셨는데 뭐가 그리 두렵다는 것입니까?"

유호록씨가 발끈하여 대꾸했다.

"어허! 이런 무법천지가 있나! 누구 마음대로? 누구 마음대로 이궁移 宮이야?"

"귀비마마께서도 위빈의 건강을 염려하시어 처소를 옮겨주려고 하시지 않으셨습니까? 소인은 귀비마마와 친왕마마의 명에 충실히 따랐을 뿐입니다!"

"끝까지 잘했다는 얘기로군! 반야半夜(한밤중)에 어원御園에 들이닥쳐 모종의 혐의를 받고 있는 사람을 빼돌리다니, 자네가 지금 무슨 죄를 지었는지 모른다는 말인가? 자네, 지금 폐하의 가무家務에 간섭하겠다는 얘기인가?"

유호록씨가 세모눈을 치켜뜨고 아계를 노려보았다.

"소인이 어찌 감히 그럴 수 있겠습니까? 화친왕마마께서는 당금 폐하의 아우이시자 총리왕대신입니다. 정무든 가무든 간에 후궁의 처소를 옮길 정도의 재량권은 있다고 생각합니다!"

그 말에 유호록씨는 말문이 막혔다. 기세도 조금 꺾인 듯했다. 그녀가 잠시 머뭇거리더니 물었다.

"묻겠는데……, 대체 위빈을 빼내간 저의가 뭔가?"

아계가 조심스럽게 대답했다.

"귀비마마, 저의 같은 건 없습니다. 이유라면 몇 가지가 있으나 한두마디로 주명奏明할 수는 없습니다. 폐하께서 귀경하시는 대로 소인이 말씀 올리도록 하겠습니다."

유호록씨가 바로 냉소를 터트렸다.

"군소리 말고 밖으로 나오게. 내가 봉선전奉先殿으로 데리고 갈 테니 열성조들의 신위神位 앞에서 그 '주명할 수 없는' 저의를 털어놔 보시지!"

"봉선전은 어의가 없이는 들어갈 수 없는 걸로 알고 있습니다. 또 소인은 폐하께서 맡기신 업무가 막중해 그리 할 시간적 여유도 없음을 양지해 주십시오."

유호록씨는 당당하고 침착하기만 한 아계의 말에 말문이 막혔다. 급기야 끓어오르는 분노를 터뜨리면서 고함을 질렀다.

"군신君臣의 신분이 엄연한데 쥐새끼 같은 네놈이 나를 여기까지 걸음하게 만들어 놓고 어찌 그리 당당해? 나와! 못 나와? 내가 들어갈 때까지 기다리겠다는 얘기인가?"

"여기는 귀비마마께서 발을 들여놓을 수 있는 곳이 아닙니다!"

아계가 큰 소리로 대답했다.

"내가 왜 못 들어간다는 말이냐?"

"여기는 군기처입니다!"

"건청궁 양심전도 내 마음대로 드나드는데, 이 쥐구멍 같은 데를 왜 못 들어가?"

아계는 입술을 힘껏 깨물었다. 분출하는 울분을 눌러 참느라 숨소리가 거칠어졌다. 그러나 그는 한참 동안 눈을 감고 가까스로 평정을 되찾았다. 그가 곧 유호록씨의 말을 무시한 채 큰 소리로 명령했다.

"당직 태감은 어디 있느냐? 등롱을 밝혀 귀비마마께 철패유지鐵牌諭旨를 똑똑히 보여드려라!"

"예, 중당어른!"

옆방의 태감들이 일제히 목소리를 뽑아 올리며 대답했다. 유호록씨는 방금까지만 해도 화가 머리끝까지 치밀었다. 그러나 '철패유지'라는 말에는 다소 놀라는 눈치를 보였다. 잠시 후 여덟 명의 태감들이 각자 큼직한 노란 등롱을 받쳐 들고 두 줄로 나란히 나타났다. 이어 말없이 군기처 동쪽 담벼락까지 걸어가더니 철패유지 앞에서 등롱을 높이 치켜올렸다. 유호록씨는 후궁에만 있었지 군기처는 오늘이 처음이었다. 이곳에 철패유지가 있을 줄은 꿈에도 몰랐다. 대낮같이 환한 등불 아래 과연 대문짝만 한 철패 두 개가 나란히 세워져 있는 것이 보였다.

세조, 성조, 세종의 유훈遺訓을 근봉謹奉해 정무에 간여하는 후궁과 비빈들은 가차 없이 주살한다!

다른 쪽 철패에도 비슷한 내용이 적혀 있었다.

천자가 하늘의 뜻을 받들어 명한다. 사사로이 군기처에 진입한 왕공귀족, 문무백관과 후궁은 가차 없이 주살한다!

만한滿漢 합벽合璧의 금박 글자는 누가 봐도 틀림없는 어필御筆이었다. 방금 전가지 기고만장하던 유호록씨는 혼비백산하지 않을 수 없었다. 창백하게 질린 입술을 덜덜 떨면서 사색이 되었다. 살짝 건드리기만 해도 이내 쓰러질 것 같았다.

"귀비마마께서는 어찌 성유聖諭를 마주하고도 행례行禮를 하지 않사옵니까?"

아계가 물었다. 유호록씨는 모든 걸 체념한 듯 고분고분해졌다. 그 자리에 털썩 꿇어앉았더니 바로 무릎걸음으로 철패 앞으로 다가갔다. 이어 땅에 납작 엎드려 머리를 조아렸다. 다시 머리를 든 그녀의 얼굴은 완전히 눈물범벅이 돼 있었다.

"폐하……, 신첩의 무지몽매한 죄를 용서해 주시옵소서! 하오나 부디 신첩의 억울한 사연을 헤아려 주시옵소서. 불충한 자들이 만삭의 위빈을 저리 막 굴리오니 이를 어찌하면 좋사옵니까?"

유호록씨의 애절한 하소연은 듣는 아계의 마음을 심란하게 만들었다. 의심이 지나쳐 좋은 사람을 괜히 억울하게 만든 것이 아닌가 하는 회의가 잠시 일기도 했다. 급기야 한결 부드러워진 어조로 입을 열었다.

"소인은 아무런 이유 없이 존귀한 귀비마마를 눈물짓게 만들지 않을 것입니다. 진실은 조만간 밝혀지겠지요. 밤이 깊었으니 귀비마마께서는 그만 처소로 돌아가십시오. 배웅하러 나가지 못함을 용서하십시오."

아계는 유호록씨의 흐느낌소리가 더 이상 들리지 않자 장경 소아를 불러 지시를 내렸다.

"오늘 이 장면을 목격한 모든 태감들에게 이르게. 조금 전에는 아무

일도 일어나지 않았네. 방금 본 것은 무덤까지 가지고 가야 하는 비밀일세. 이를 어겼을 시에는 나 아계를 매정한 사람이라고 원망하지 말라고 하게!"

단단히 엄포를 놓은 아계는 다시 책상 앞에 마주 앉았다. 이어 건륭에게 올리는 상주문에 몇 마디 더 보충을 했다.

……재삼 생각을 고쳐 해봐도 신의 행동이 다소 무모하고 경솔했던 것 같사옵니다. 보잘것없는 재주로 폐하의 하늘과 같은 은덕을 입어 조정의 기추중지機樞重地에 몸담게 됐사오니 감히 큰 일, 작은 일을 따져가면서 여유를 부릴 수 없었사옵니다. 신의 언행에 불찰이 있어 성명하신 군부君父께 불명不明의 오점을 남겼다면 신은 달게 그 죗값을 치르겠사옵니다…….

아계는 열심히 붓을 날렸다. 가슴속의 답답함이 차올라 그의 눈자위가 축축해지고 있었다.

33장
황음무치荒淫無恥한 국척國戚

　고항은 될 대로 되라는 자포자기의 심정으로 역관으로 돌아왔다. 그
러나 앉은 자리가 데워지기도 전에 다시 윤계선의 '초대'를 받고 총독아
문 동쪽 서재로 모셔졌다. 서재에는 과일과 다과를 비롯해 갖은 먹을거
리가 준비돼 있었다. 또 필묵지연筆墨紙硯도 고루 갖춰져 있었다. 아늑하
고 넓은 공간이었다. 이곳에서 고항은 자신의 생각과는 달리 아역들의
극진한 대접을 받았다. 무엇보다 배고플 새 없이 음식들이 줄지어 나왔
다. 배불리 먹은 뒤에는 햇살 따사로운 창가 아래 푹신한 침대에서 발
뻗고 편히 잠도 잘 수 있었다. 그러나 고항이 별다른 생각 없이 먹고 자
고를 거듭하는 동안에도 "조금만 기다리면 곧 올 것이다"고 한 윤계선
과 유통훈은 하루가 지나고 이틀이 가도 좀처럼 모습을 드러내지 않았
다. 김홍조차 그림자도 비추지 않았다. 아역들은 그저 "이 서원書院에는
여러 아문들이 모여 있으니 쓸데없는 구설수를 피하기 위해 웬만하면

바깥출입은 삼가 달라"는 말만 강조할 뿐이었다.

고항은 그제야 자신이 서재에 연금당한 것은 아닐까 하는 의심을 품게 됐다. 그러나 계하수^{階下囚}(죄수를 의미함)로 전락하고 나니 마음은 오히려 더 편해졌다. 주는 대로 먹고 필요하면 아역들을 불러 얘기를 나누며 한가롭게 시간을 때웠다. 그러나 겉으로 아무리 대범한 척해도 시간이 갈수록 커지는 불안감을 어쩔 수 없었다. 그는 자신이 지은 죄는 헤아릴 수 없이 많지만 그 어떤 증거나 약점도 남기지 않았다고 자신했다. 그러자 도대체 윤계선 등이 어디에 초점을 두고 자신의 죄를 물을 것인지가 궁금해졌다. 또 전도까지 잡혀 들어올 경우 두 사람의 자백이 일치하지 않으면 어쩌나, 남경에 있는 설백과 조씨가 혹형을 못 이겨 뭔가 불리한 증언을 토설^{吐說}하지는 않을까 하는 걱정도 점점 심해져 갔다. 그렇게 해서 때로는 불속에서 타들어가는 것 같고 때로는 얼음구멍에 빠져 심장이 오그라드는 것 같은 고통과 불안감이 번갈아가며 그의 심신을 괴롭혔다.

초조와 불안, 그리고 일말의 기대 속에서 시간은 자꾸만 흘러 며칠이 훌쩍 흘렀다. 그동안 숨이 막혀 몇 번 문밖을 나서려고 시도한 적도 없지 않았다. 그러나 시원한 바깥바람을 힘껏 들이마시기도 전에 가슴을 쑥 내민 친병들이 칼을 들고 정중히 가로막아 한 발짝도 내디딜 수가 없었다. 그때마다 그는 서글픈 미소를 지으면서 방으로 되돌아와야만 했다.

그렇게 고항은 겉으로는 여전히 '풍류국구'였으나 속은 다 해진 솜처럼 완전히 만신창이가 되어갔다. 그렇게 서서히 지쳐가던 어느 날이었다. 갑자기 밖에서 화신의 목소리가 들렸다.

"고 대인, 주무십니까? 총독께서 걸음 하셨습니다."

고항은 화신의 말을 듣고는 힘없이 누워 멍하니 천장만 쳐다보고 있다가 오뚝이처럼 벌떡 일어나 앉았다. 이어 엎어질 듯 문께로 달려갔다. 그러나 곧 자신이 너무 호들갑을 떤다는 사실을 깨닫고는 잠시 진정을 취했다. 그리고는 천천히 다가가 문을 열었다. 등롱을 든 가인家人들이 뜰 안에 두 줄로 시립하고 윤계선이 그 가운데 서 있는 모습이 보였다. 그의 등 뒤로 유용의 모습도 보였다. 고항은 애써 담담한 척하면서 비아냥대는 어투로 말했다.

"영영 다시 못 볼 줄 알았더니 귀하신 걸음을 하셨소. 어서 드시오."

"그동안 불편한 건 없었소?"

방 안에 들어선 윤계선은 고항이 자리를 권하기도 전에 의자에 앉았다. 이어 책상 앞의 자리를 가리키면서 말했다.

"두 분도 앉으시지."

유용은 윤계선의 말이 떨어지자 그의 옆자리에 앉았다. 고항은 곱지 않은 시선으로 두 사람을 지켜봤다. 윤계선은 낯빛이 다소 우울해 보였고 유용은 '유통훈'의 분신답게 딱딱하고 엄숙한 표정이었다. 때문에 고항으로서는 두 사람의 표정만으로는 희로喜怒를 가늠할 수 없었다. 그러나 둘 다 피곤한 기색이 역력한 것만큼은 사실이었다. 고항은 처음에는 둘을 만나면 속사포를 쏘아대려고 굳게 별렀었다. 하지만 정작 두 사람이 앞에 나타나자 뱃속 가득한 말을 억지로 삼키고는 아무 말도 하지 않았다.

"폐하께서는 현재 총독아문에 계시오."

윤계선이 견디기 힘든 긴 침묵을 깨고 드디어 입을 열었다. 고항이 그에게서 지금껏 한 번도 들어본 적이 없는 딱딱하고 사무적인 어조였다. 이어 덧붙였다.

"몇몇 군기대신들이 상의한 끝에 먼저 이쪽 얘기부터 들어보기로 했소. 이리로 처소를 옮기게 한 것은 어디까지나 우리 나름의 최대한의 배려였소. 사람은 병이 고황에 들면 아무 약이나 집어먹게 돼 있소. 고 대인도 그쪽에 계속 있어봤자 본인에게 도움은커녕 오히려 해로운 일만 하고 다녔을 거요. 여기저기 선을 대고 이 집 저 집 기웃거리면서 말이오. 그러니 우리의 깊은 뜻을 이해하지는 못할망정 원망은 말아줬으면 하오."

고항이 즉각 냉소를 터트렸다.

"나는 비록 파면을 당한 몸이기는 하나 아직까지 내 죄를 물으라는 어지는 없는 것으로 알고 있소. 그리고 내 작위도 아직 살아 있소. 그런데 지금 그대들은 나를 어떻게 하려는 거요?"

윤계선이 고개를 흔들면서 차갑게 내뱉었다.

"어떻게 하려는 뜻도 없고 심문하는 것도 아니오. 그저 무릎을 맞대고 가슴 속의 진솔한 얘기를 나눠보자는 거요. 우리는 이 서원에 계엄령을 내렸소. 그러나 그것은 고 대인의 발목을 붙들어 매기 위함이 아니라 폐하의 신변을 철저히 경호하기 위함이었소. 흥분하는 것만이 능사는 아니오. 우리의 우정을 생각해서라도 마음을 차분히 가라앉혀 줬으면 하오!"

고항의 부은 눈두덩이 가늘게 떨렸다. 그러나 그는 전혀 개의치 않았다. 이판사판이라는 생각이었다. 그는 윤계선의 시선을 외면한 채 여전히 볼멘소리를 했다.

"우리 사이에 더할 얘기가 남았소? 계선 공도 내가 적어도 엉망진창인 염무鹽務를 더 엉망으로 만들지 않았다는 데에는 공감할 거요. 내가 그동안 국고에 들여놓은 돈이 얼만데, 나한테 이래도 되는 거요? 나는 염무에 심혈을 쏟아 부었소. 가시적인 성과도 이뤄냈소. 굳이 공과를 따지자면 나는 오직 공로만 있을 뿐 이런 비인간적인 대접을 받을 정도로 잘못한 건 하나도 없다고 생각하오."

고항의 언성은 점점 높아졌다. 목의 핏줄이 터질듯 굵어졌다. 그러나 그런 노력에도 불구하고 윤계선의 매서운 시선과 부딪치는 순간 그의 위엄에 눌려 금세 풀이 죽었다. 그러더니 중얼거리듯 얼버무렸다.

"……그러니 할 말이 없다고!"

윤계선이 다문 입을 옆으로 찢은 채 조용히 웃었다. 그리고는 정교한 꽃무늬가 새겨진 찻잔을 빙빙 돌려가면서 감상만 할 뿐 고항이 기대하는 말은 더 이상 하지 않았다. 잠시 후 유용이 대신 몸을 앞으로 조금 숙여 예를 갖춘 다음 입을 열었다.

"외람되오나 할 말씀이 없을 리 없을 텐데요? 우리는 대단히 궁금합니다. 도무지 이해할 수가 없습니다. 저잣거리에 좌판을 펼쳐놓고 장사를 하는 사람들도 하루 장사를 마치고나면 꼬박꼬박 장부를 기록하는 법입니다. 그런데 어찌 나라의 염무를 통괄하는 염정사鹽政司에서 하루 아침에 수십 년 묵은 장부를 전부 소각할 수 있다는 말입니까? 묵은 장부도 최소 오십 년은 보존해야 할 의무가 있다는 걸 모르지 않을 텐데 말입니다. 덕주德州에서 염무를 보면서 부당한 수법으로 사람을 기용한 적은 없습니까? 언제, 어디서, 누구하고, 몇 번에 걸쳐 골동품, 약재, 비단, 자기 등 고가품을 밀매하셨는지요? 그리고 나라에서 취급을 엄금하는 물품을 암암리에 거래한 적은 없습니까? 있다면 혼자 했습니까, 아니면 누구하고 손을 잡았습니까? 고 대인, 연루된 사건이 하도 많아 머릿속이 포화상태에 이르렀을까봐 기억을 상기시켜 드리는 바입니다. 이 밖에도 셀 수 없이 많지만 제삼자의 입으로 까발리기보다 본인의 자백에 맡기는 것이 나을 것 같습니다."

이번에는 윤계선이 거들고 나섰다.

"미심쩍은 줄기를 더듬는 곳마다 어김없이 그 끝에 고 대인이 있었소. 이 사실을 대서특필해 온 천하에 공개하면 조정의 체통에 엄청난 타격이 가해질 것이오. 그래서 우리는 고 대인이 진심으로 회개하는 내용의 상주문을 폐하께 올렸으면 하오. 물론 죗값은 상응하게 받겠으나 고 대인의 노력 여하에 따라서는 공의公義(공평한 도의)와 사의私誼(개인 간의 정분)의 비중이 결정될 거요. 원래는 오늘밤에도 시간을 내기 힘든 상황이었으나 수년간에 걸친 우리의 우정을 소중히 여겨 건너온 거요. 신중히 생각해보기 바라오!"

고항은 먼저 유용의 속사포 같은 질문공세에 긴장한 나머지 심장이 멎는 것 같은 공포를 느꼈다. 이마와 등골에 식은땀이 흥건했다. 물론 불행 중 다행인 부분도 없지 않았다. 아직까지 '황음'에 대해 묻지는 않았던 것이다. 더구나 사건들은 다행히도 모두 그가 죽어도 아니라고 강력히 부인할 경우 그 실체를 잡기 어려운 것들뿐이었다. 고항은 한 번 죽지 두 번 죽겠느냐는 생각으로 이를 앙다물었다. 그랬더니 서서히 마음에 여유가 생기기 시작했다.

'절대 입을 열어서는 안 된다. 천길 제방도 개미구멍으로 시작해 무너지는 법이야.'

고항은 속으로 그렇게 마음을 다잡으면서 스스로를 다독였다. 그 순간 윤계선과 유용의 시선이 부딪쳤다. 둘 다 죄인을 취조하고 자백을 받아내는 데는 선수들이었으나 지금은 상황이 좀 달랐다. 고항이 만만치 않은 상대라는 것은 분명한 사실이었다. 둘은 잠깐 시선을 주고받으면서 고개를 끄덕였다. 그리고는 동시에 다시 시선을 고항의 정수리에 박았다. 채찍보다 따갑고 비수보다 날카로운 시선이었다. 고항은 굳게 마음을 다잡고 고개를 번쩍 들었다. 다분히 도발적인 눈빛이었다. 두 사람과 눈싸움이라도 벌일 기세였다. 그러나 그의 눈길은 이내 스르르 미끄러져 내려갔다. 좌중에서는 치열한 설전도 없었다. 언성을 높이거나 얼굴을 붉힌 것도 없었다. 폭력이나 공공연한 협박은 더더군다나 없었다.

그러나 질식할 것 같은 침묵과 정수리를 뚫고 심장을 관통할 것 같은 두 사람의 예리한 시선은 고항을 허물어지게 만들기에 충분했다. 고항이 한번 떨어뜨린 고개는 자꾸 밑으로 처졌다. 맞잡은 두 손이 눈에 띄게 떨렸다. 영락없이 취조관 앞에 앉은 죄인의 모습이었다. 마침내 고항은 어깨를 들썩거리면서 흐느껴 울기 시작했다. 동시에 기침, 눈물, 콧물이 동시에 터져 나왔다. 낭패도 그런 낭패가 없었다.

"나는 사람도 아니오. 폐하와 열성조들을 뵈올 면목이 없소. 나는 발 닿는 곳마다 비리를 저지르고, 있은 자리마다 구린내가 진동하오. 공금으로 주지육림의 나날을 보내고……, 업무는 뒷전이었소. 입이 백 개라도 할 말이 없소. 폐하께서 '탐람황음'이라고 죄를 물으심은 천만번 지당하시오. 내가 저지른 죄상에 비하면 파직의 처벌은 너무 가볍소. 두 분 대인께서 폐하께 상주해 주시오. 고항이 죄를 청하오니 이 못난 놈을 정법에 처해 나라의 기강을 바로잡는 제물로 쓰시라고 말이오."

윤계선과 유용은 그러나 고항의 기대와는 전혀 다른 반응이었다. 그가 아무리 읍소해도 전혀 감동받지 않은 눈치였다. 겉으로는 통절하게 뉘우치는 것 같았으나 사실 고항의 목적은 눈물 섞인 하소연으로 두 사람을 미혹시켜 다른 돌파구를 찾는 것이었다. 둘은 그 사실을 너무나도 잘 알고 있었다.

아니나 다를까, 어느새 고항은 이 방법도 안 통한다고 생각했는지 눈물을 말끔히 닦고 천천히 허리를 펴고 의자등받이에 기대앉았다. 그리고는 찻잔을 들어 위에 떠 있는 찻잎을 후후 불면서 차를 홀짝이는 여유까지 보였다. 그의 그런 일거수일투족을 무심히 간과해버릴 윤계선과 유용이 아니었다. 유용이 먼저 입을 열었다.

"고 대인은 저의 질문에 아직 아무것도 대답하지 않으셨습니다."

"질문이라니? 자네가 백 번을 물어도 나는 아는 게 없네. 염무를 제외하고 나는 장사치들과 왕래한 일이 없네."

고항이 짐짓 모르쇠를 놓았다. 이어 잠시 말을 멈췄다가 다시 입을 열었다.

"묵은 장부를 폐기시킬 때도 조정에 허락을 구했었네. 그랬더니 내정內廷에서는 장부가 여러 사람의 손을 거치면서 엉망이 됐으니 소각하고 새로 만드는 것도 나쁘지 않다는 뜻을 전해왔네. 못 믿겠으면 직접 가서 물어보면 될 거 아닌가? 그 당시 폐하께서도 이 사람의 주장을 어람하시고 이를 윤허하셨어. 뿐만 아니라 '참으로 듬직한 일꾼답다'라고 어비御批를 달아 보내셨지."

윤계선과 유용은 고항의 말에 거의 동시에 벌떡 자리를 차고 일어났다. 고항이 놀란 표정으로 눈을 휘둥그레 뜨고 둘을 올려다봤다. 윤계선이 그예 화를 참지 못하고 씩씩거리면서 소리쳤다.

"지금 누구를 데리고 노는 거요? 이 마당에 장난을 치려 들다니, 참으로 한심하오! 거짓과 허위로 기군죄를 일삼은 것도 모자라 자신의 치부를 드러낼 때마저도 어찌 그리 뻔뻔스럽고 당당하단 말이오?"

유용 역시 단호한 어조로 다그쳤다.

"하관도 더 이상 드릴 말씀이 없습니다. 두 가지만 말씀드리겠습니다. 첫째는 한양 현지에서 전도를 체포해 재판에 회부하라는 어지가 이미 떨어진 상태라는 겁니다. 둘째도 알려드리죠. 아직 전국 열일곱 군데의 염도鹽道에 장부가 보존돼 있습니다. 이미 네 명의 염무 관리가 형부에 자수했습니다. 이런 움직임이 도처에서 보이고 있습니다. 사정이 이러니 알아서 하십시오."

말을 마친 윤계선과 유용은 간단히 작별인사를 고하고는 자리를 떴다. 이어 월동문을 나선 다음 서화청의 북쪽 서재로 향했다. 둘은 그곳으로 통하는 좁다란 자갈길 산책로를 걸으면서 아무 말도 하지 않았다. 그러다 윤계선은 건륭이 머물고 있는 금치당琴治堂을 지날 때 잠시 걸음을 멈췄다. 이어 이문을 향해 절을 하고 나서 한참 후 깊은 한숨을 토해냈다.

"고 국구는 입을 봉해버리기로 작정을 한 모양이네."

유용이 말을 받았다.

"누구보다 계산이 빠른 분이니 토설하면 곧 죽음이라는 걸 어찌 모르겠습니까? 관염官鹽을 시중의 소금 장사꾼들에게 빼돌린 액수만 해도 최소한 은자 이백만 냥은 넘을 텐데요. 아마 대청大淸이 개국한 이래 최대의 직권 남용죄와 공금 횡령죄로 기록될 것입니다. 고 대인 본인은 물론 대청의 역사에도 큰 오점을 남기게 될 것입니다. 이치吏治 쇄신의 기치를 다시 내거신 폐하께서 이 같은 고래의 배를 가르지 않을 리 있겠습니까?"

"이백만 냥이라!"

윤계선이 무거운 어조로 유용의 말을 되뇌었다. 그리고는 미간을 좁힌 채 말을 이었다.

"염세를 탕진한 것 말고 소금을 내다 팔아 취득한 검은 돈의 액수만 해도 그 정도라는 얘기지? 거기에 운남에서 가져다 되판 구리도 사십만 근이 넘는다고 하지? 인삼 밀거래는 차치하고 이 몇 가지 죄만 물어도 대청률에 따라 백번 죽어 마땅할 것이네!"

유용이 서글픈 미소를 지었다.

"사형대에 올리는 것도 쉽지는 않을 것입니다. 하관은 폐하께서 성려가 깊으시어 칼을 들지 못하실까봐 걱정입니다."

윤계선이 유용의 말뜻을 조용히 음미하더니 물었다.

"자네가 어찌 그런 우려를 하는지 물어도 될까?"

유용은 입을 열기가 쉽지 않은 듯 잠시 망설였다. 그러나 몇 번 입술을 실룩거리더니 마침내 용기를 내서 말을 꺼냈다.

"일단 고 대인은 다년간 염무를 관장하면서 나름대로 수완을 발휘해 난장판이던 염무를 정돈하는 데 어느 정도 기여했습니다. 이는 인정해 줘야 할 공로입니다. 또 전공戰功도 세운 국척國戚입니다. 대청 '팔의'八議 제도 기준에 맞춰 봐도 고 국구는 그중 세 가지에 해당됩니다. 또 그를 재판에 회부시켰을 때 이 사건에 연루되는 관리가 적지 않을 것입니다. 폐하께서는 이치 쇄신에 발동을 걸었다고는 하지만 관대한 정치의 원칙을 깨뜨리지 않는 선에서 추진하실 것입니다."

유용의 말이 떨어지자마자 갑자기 등 뒤에서 누군가의 말소리가 들려왔다.

"관대한 정치는 각종 가렴주구와 부세賦稅를 면제시켜 백성들의 부담을 덜어주는 것에 초점을 둔 것이네. 결코 고항과 같은 탐관오리들에게 면죄부를 주는 핑계가 될 수는 없지!"

윤계선과 유용은 깜짝 놀라며 소리 나는 쪽을 향해 고개를 돌렸다. 건륭이 오할자와 파특아의 경호를 받으면서 연못 저쪽에서 걸어오고 있었다! 윤계선과 유용은 황급히 엎드린 채 머리를 조아렸다.

"신들이 폐하의 청흥淸興을 깨뜨렸사옵니다!"

"대소사가 거미줄처럼 얽혀 있는데 어인 청흥 타령인가!"

건륭은 말을 마치자마자 가느다란 초승달을 바라보면서 깍지를 꼈다. 희고 긴 열 손가락이 마음의 불안을 대변하듯 가늘게 떨리고 있었다. 그러나 느리고 무거운 목소리는 여전히 평온했다.

"일지화를 단두대에 올리기도 전에 고항과 전도의 사건이 먼저 파란을 일으키게 생겼군. 바람 잘 날이 없는 나날이로세. 부항은 제발 잘 싸우고 와야 할 텐데. 악종기는 한양에 도착했는지 모르겠네."

건륭의 말에 윤계선이 조심스레 아뢰었다.

"너무 심려하지 마시옵소서, 폐하. 일지화는 이미 그물에 걸린 물고기 신세가 됐사오니 이번에는 빠져나가지 못할 것이옵니다. 방금 유용이 승기루로 가서 황천패와 개영호를 만나보고 왔사옵니다. 체포령만 떨어지면 한 시간 내에 생포할 수 있다고 하옵니다!"

건륭이 유용을 향해 고개를 끄덕였다.

"자네 부자가 이번에 큰 공을 세웠네. 참으로 빈틈없이 일을 처리했네. 북경으로 돌아가면 자네 아비 연청에게는 석 달, 자네에게는 한 달 동안 휴가를 줄 것을 약조하네. 그런데 경들은 지금 어디로 가던 중이었나?"

유용은 황제로부터 생각지도 못한 격려를 받자 가슴이 뭉클해졌다. 그동안의 고뇌와 피로, 좌절과 아픔이 순식간에 사라져버리는 것 같았다. 전략을 짜고 계획을 세우느라 수없이 많은 불면의 밤을 보냈던 것이 이제 보상을 받는다는 생각이 들었다. 그가 천천히 발걸음을 떼어놓는 건륭의 뒷모습을 향해 길게 절을 하고는 젖은 목소리로 아뢰었다.

"폐하께서 천하 창생蒼生들의 보다 나은 앞날을 위해 소간근정宵旰謹政(밤낮으로 정무를 봄)하시온데 신이 어찌 업무를 소홀히 할 수 있겠사옵니까! 폐하를 향한 충정 여부를 떠나 일단 양심에 거리끼는 일을 하고 살 수는 없사옵니다. 하해와 같은 폐하의 성은에 신은 그저 변함없는 충정으로 보답할 것을 맹세할 따름이옵니다!"

그러자 윤계선이 유용의 말을 이었다.

"유용의 말은 가슴 깊은 곳에서 우러나오는 진솔한 고백임을 신은 믿어마지 않사옵니다. 신은 폐하의 크나큰 성은에 힘입어 가까이에서 폐하를 모셔온 지난 몇 십 년 동안 연청 부자처럼 우직하고 충성스러운 신하를 몇 명 못 보았사옵니다. 유용은 어제 정오부터 지금까지 한 끼도 제대로 먹지 못했사옵니다. 오늘 승기루에서 황천패와 개영호의 비무比武 장면을 지켜보고 돌아온 뒤에도 잠시도 쉬지 못하고 또 신을 수행해 고향을 만나보고 왔사옵니다. 신은 스스로를 돌이켜보매 당당하다고 자부해 왔사오나 이 두 부자 앞에서는 부끄러울 뿐이옵니다."

"서화청으로 가던 길인가? 짐도 같이 들어가 볼까 하네."

건륭은 윤계선의 말이 끝나자 바로 보폭을 조금 늘려 걸어가면서 말을 이었다.

"경들 모두 충직한 신하들이라는 사실은 짐이 잘 알고 있네. 연청 부자가 조정과 종묘사직을 위해 목숨을 걸고 일하는 우국충정의 모습은 비장한 느낌마저 드네. 짐으로서는 더 이상 바랄 게 없다네. 다만 유통훈은 나이가 있으니 노마불사老馬不死의 의지와는 무관하게 건강이 염려되네. 유용은 아직 젊으니 열심히 일하는 것도 좋으나 조금 더 오래 짐에게, 더 나아가서는 황자들을 위해 진력하려면 건강을 소중히 지켜야하네. 대소사를 엄격히 구분해 대세에 지장을 초래하지 않을 작은 일들은 아랫사람들에게 맡기게. 그리고 그 시간에 독서양성讀書養性하기를 권하네. 여러모로 성숙되고 노련한 신하의 모습으로 부단히 거듭나는 것이야말로 진정으로 성은에 보답하는 길임을 알아야 하네. 신하는 많으나정작 꼭 필요할 때 힘이 되는 신하는 그리 흔하지 않다네."

건륭이 말을 마치고 감격에 젖은 표정을 지었다. 자신이 말해놓고도그 내용에 감동한 듯했다. 그렇게 군신 간에 서로 격의 없이 대화를 주고받는 사이 어느덧 서화청 동산東山 담벼락 밑에 당도했다. 기윤, 유통훈과 김홍 등이 영접을 나와 엎드려 있었다. 언홍과 영영도 한 명은 은병, 다른 한 명은 은쟁반을 받쳐 들고 금치당 태감의 옆에서 대기하고있었다. 군신 간에 도란도란 대화를 나누면서 다가오는 모습을 멀리서발견한 화신이 미리 금치당으로 가서 보고했던 것이다.

건륭은 엇박자가 나는 인사말을 들으면서 적수첨滴水檐 아래에 엎드려있는 황천패 등을 향해 미소를 지었다. 이어서 모두들 일어나라고 명하고는 금치당으로 향했다. 순간 눈치 빠른 윤계선이 한발 앞서 주렴을 걷어 올렸다. 이어 황천패 등을 향해 분부했다.

"자네들은 복도에서 대기하고 있다가 폐하께서 부르시면 그때 들도록 하게."

"그래, 그리 하게."

방 안으로 들어간 건륭은 손가는 대로 의자를 당겨 앉았다. 영영이 황급히 찻물을 따라 올렸다. 건륭은 한 손으로는 찻잔을 받으면서 다른 손으로는 신하들에게 편하게 사리라는 손짓을 해 보였다. 이어 빙그레 웃으면서 입을 열었다.

"담배연기가 코를 찌르는구면. 틀림없이 기윤의 짓이겠지! 날도 춥지 않은데 환기 좀 시키게, 언홍!"

언홍이 은병을 내려놓고 북쪽으로 난 작은 창문을 뒤로 연 다음 받침대로 받쳐놓았다. 그런 다음 촛불을 몇 개 더 밝혔다. 방 안은 한결 시원하고 밝아졌다. 방으로 들어온 사람들 모두 처음보다 기분이 밝아진 듯했다. 기윤이 먼저 아뢰었다.

"신은 천하에 둘째가라면 서러워 할 골초이옵니다. 참아보려고 했사오나 번번이 구제불능임을 확인하고 말았사옵니다. 불행인지 다행인지 연청 공도 신의 훈도薰陶를 받아 이제는 운무를 삼키고 뱉는 재주가 제법인 것 같사옵니다. 김홍도 점입가경이오나 계선 공만 아직 요지부동이옵니다!"

건륭이 기윤 특유의 익살에 하하하! 크게 웃으며 농담을 했다.

"그러니 장화에 불이 붙는 줄도 모르고 생살을 다 태워 두 달씩이나 지팡이 신세를 졌지. 짐 평생에 신하가 담뱃불 때문에 절룩대면서 궁전을 뛰쳐나간 모습은 처음 봤네!"

건륭의 말에 좌중의 사람들은 모두 웃음을 금치 못했다. 이어 건륭이 짐짓 정색을 하더니 영영이 들고 있는 쟁반 뚜껑을 열어봤다. 인삼탕과 몇 가지 궁중다과가 들어 있었다. 그는 친히 인삼탕 그릇을 들고는 유통훈에게 다가갔다.

"연청, 이걸 쭉 마시게. 영영, 자네의 그 다과는 유용 앞에 내려놓게. 곡기를 밥 먹듯 거른다고 하니 이렇게라도 먹여야겠네!"

건륭은 미소를 머금고 자리로 돌아가 앉았다. 영영이 다과 접시를 하나씩 내려놓으면서 아뢰었다.

"폐하께서도 아직 저녁 수라를 들지 않으셨사옵니다. 신첩이 가서 다시 내오도록 하겠사옵니다. 단지 인삼탕은 조금 시간이 걸릴 것이옵니다."

건륭이 영영의 말에 바로 고개를 저었다.

"인삼탕은 됐네."

건륭이 짧게 말하고는 입을 닫자 방 안의 분위기는 갑자기 엄숙하고 진지하게 바뀌었다. 유통훈은 아들 유용과 함께 깊이 머리를 조아려 사은을 표하고 난 다음 인삼탕 그릇을 받아들었다. 핏줄이 불거진 그의 야윈 손이 심하게 떨리고 있었다. 눈물이 고인 시선은 시종 건륭의 얼굴을 향하고 있었다. 그나마 인삼탕을 조금씩 홀짝홀짝 마시는 게 신통할 지경이었다. 유용 역시 다과를 하나 집어 입안에 넣었으나 눈물이 앞을 가리는지 씹어 넘기지를 못했다. 그 모습을 지켜보는 윤계선과 김홍 역시 가슴 뭉클한 기분과 함께 코끝 찡한 감동을 느끼는 듯했다.

건륭이 천천히 입을 열었다.

"자, 이젠 각자 일에 대해 얘기해보세. 다섯 명의 군기대신들 중 이 자리에 셋이 있네. 김홍과 유용도 생각한 바를 적극적으로 얘기해보게. 계선, 방금 고향을 만나고 오는 길이라고 했나?"

건륭이 윤계선을 향해 질문을 하고 난 다음 두 손을 장화 속에 집어 넣고 곰방대를 더듬고 있는 기윤을 향해 말했다.

"연청과 자네는 정 못 참겠으면 담배를 태워도 되네. 김홍은 태우고 싶어도 참게."

기윤이 건륭의 말에 황급히 도리질을 했다.

"아니옵니다, 폐하! 신이 어찌 그런 무례를 범할 수 있겠사옵니까? 참는 데까지 참아보겠사옵니다."

윤계선은 기윤의 말이 끝나기 무섭게 자세를 고쳐 앉았다. 이어 가벼운 헛기침으로 목소리를 가다듬고는 입을 열었다.

"고항의 사건은 아직 이렇다 할 성과를 거두지 못하고 있사옵니다. 신과 연청 공은 여러 차례 상의한 끝에 산동, 하남, 강서, 호광, 사천과 섬서 등 지역의 염도鹽道에 수사관을 파견했사옵니다. 하오나 사천은 금천 전사 때문에 염무가 제 구실을 못한 지 오래돼 수사에 도움이 될 만한 자료들을 확보할 수 없었다고 하옵니다. 청염靑鹽을 운송하는 길목에 있는 섬서성에서 뭔가 단서가 포착될 확률이 크오나 길이 멀어 아직 수사관들로부터 보고가 올라오지 않은 상태이옵니다. 그 밖에 나머지 네 성에서는 장부의 대부분을 소각해버려 수사에 어려움을 겪고 있사옵니다. 전국적으로 장부가 비교적 온전한 곳은 회안淮安, 개봉開封, 안경安慶, 남창南昌 등 네 곳뿐이옵니다. 또 다섯 곳은 장부를 폐기하지는 않았사오나 수십 년 동안 들춰보지 않은 탓에 내용을 알아볼 수 없었사옵니다. 쥐가 갉아먹은 데다 빗물에 절어 그런지 영 상태가 좋지 않았사옵니다."

"그렇다면 전체적인 염도의 실체를 파악하는 건 어렵다는 얘기인데……."

건륭이 차를 후후 불면서 한 모금 마셨다. 표정이 급속도로 어두워지고 있었다. 그러나 머릿속에 떠오르는 의문을 정리해 질문으로 연결하는 것은 잊지 않았다.

"그런데 어찌해서 그 아홉 곳은 고항의 명령에 따라 장부를 소각하지 않았을까?"

윤계선이 대답했다.

"장부가 제대로 보존돼 있는 곳 중 일부는 고항과 같은 배에 타는 것을 거부했기 때문이옵니다. 또 일부는 관망을 하느라 미처 없애버리지 못한 경우이옵니다. 또 어떤 아문은 고항이 발송한 문서를 뜯어보지도 않고 내팽개친 경우도 있었다고 하옵니다. 조사단이 내려가니 처음 듣는 일이라면서 놀라더랍니다."

"흥! 순 엉터리들! 보아 하니 저희들끼리 치고받고 싸우게끔 불을 붙여야겠군! 연청, 자네의 소견을 들어보세."

건륭이 흥분한 듯 숨소리가 점점 거칠어졌다. 건륭의 명령에 시종일관 심각한 표정을 짓고 있던 유통훈이 천천히 아뢰었다.

"신의 마음이 괴로운 이유는 관가에 똥 묻은 개, 겨 묻은 개들이 득실거리는 것 때문이옵니다. 고항과 전도가 구리를 운반하던 도중 구리를 실은 배 세 척을 같은 관가의 무리들에게 빼앗겼다고 하옵니다. 그러자 고항은 태호 수사水師를 동원해 장물을 회수했습니다. 그 한 탕에 고항과 전도는 무려 은자 삼만 냥이 넘는 검은 돈을 취득했다고 하옵니다. 이 한 가지만으로도 충분히 죽을죄를 물을 수 있사옵니다. 더욱 놀라운 것은 고항이 관염을 헐값에 개인들에게 팔아넘긴 뒤 그들이 이를 시중에 되팔 수 있도록 '관염'官鹽이라는 허위 증명서를 떼 줬다는 것이옵니다. 그렇게 해서 고항이 편취한 금액은 자그마치 칠만 냥이옵니다. 염정을 통괄한다는 자가 이리 썩어 구린내를 풍기고 있으니 열여덟 개 성省의 스물일곱 개 염도鹽道가 다 연루된 것이 아니겠사옵니까? 이들이 횡령한 금액은 조정의 월 평균 염정 수입과 맞먹는다는 계산이 나와 더욱 충격을 금할 수 없사옵니다. 다년간 눈덩이처럼 불어난 염무 적자 이백만 냥을 메우고 편의를 봐준 부하들에게 얼마씩 나눠준 것을 제외하고도 고항이 부정부패를 통해 횡령한 액수는 최하 백만 냥이 넘사옵니다."

건륭의 낯빛이 시퍼렇게 굳어졌다. 의자 손잡이를 움켜잡은 손등에 힘줄이 불거졌다. 급기야 그가 한심하기 그지없다는 듯 마른 웃음을 머금었다.

"황음무치荒淫無恥하고 탐욕스러운 놈! 짐이 눈이 멀었었네. 저런 배은 망덕하고 포악무도한 자를 제이의 부항으로 점찍었으니!"

기윤도 가만히 있어서는 안 되겠다고 생각한 듯 황급히 나섰다.

"군자 중에는 간혹 재능이 부족한 사람이 있을 수 있사오나 소인배 중에는 재주 없는 자가 없사옵니다. 고항과 전도는 결코 무능한 사람이 아니옵니다. 일처리도 빈틈이 없고 노련하옵니다. 그들이 부정의 구렁텅이로 완전히 빠져 들어갈 때까지 문제점을 발견하지 못한 책임은 신을 비롯한 몇몇 군기대신들에게 물어야 할 것이옵니다. 이 년 전부터 폐하께서는 고항과 전도에게 이상 징후가 느껴진다고 하시면서 신들에게 유의할 것을 지시하셨사옵니다. 작년에도 밀지密旨를 내리시어 염무 정돈 상황을 파악하라고 하셨사옵니다. 하오나 신들은 신망 높고 매사에 흐트러짐이 없던 국구를 믿었사옵니다. 뒤를 철저히 캘 엄두도 내지 못했사옵니다."

사실 군기대신들은 2년 전에는 고항과 전도의 부정을 캐고 다닐 경황이 없었다. 당시에는 금천의 전사가 복잡하게 돌아갔을 뿐 아니라 장광사와 눌친의 사건이 세상을 떠들썩하게 달구던 때였기 때문이었다. 건륭 역시 이 사실을 잘 알고 있었다. 기윤의 말을 듣고 표정이 한결 밝아진 건륭이 이번에는 윤계선에게 물었다.

"그래, 고항은 뭐라고 지껄이던가?"

윤계선은 고향을 만나 나눴던 얘기를 소상히 건륭에게 설명했다. 이어 말미에 덧붙였다.

"하는 꼴이 마치 죽은 돼지가 뜨거운 물을 두려워하겠느냐는 식이었사옵니다. 사건이 빠르게 진척되기는 어려울 것 같사옵니다. 신의 생각이기는 하나 전도는 막료 출신이라 형명刑名과 전량錢糧에 일가견이 있을 것이옵니다. 두 사람이 죄를 피하기 위해 미리 꿍꿍이를 꾸미고도 남음이 있을 것 같사옵니다!"

건륭은 이미 결심이 선 듯 단호했다.

"마고일척魔高一尺이면 도고일장道高一丈이라고 했네. 그자의 주변에 어중이떠중이가 많다는 것은 짐도 인정하네. 비호하고 감싸주려는 무리들이 많겠지. 그럴수록 조정에서는 더욱 강도 높은 수사를 벌여야 하네. 지구전에 돌입했을 때 조정과 개인 중에서 어느 쪽이 더 유리할 것인지 여실히 보여줘야 하네. 절대 움켜쥔 덜미를 풀어줘서는 안 되네. 일지화 일이 마무리되면 연청 부자가 이 사건을 맡게. 고항을 능가하는 그 어떤 거물이 연루되더라도 주저하지 말고 과감히 치고 나가게! 경들의 뒤에는 짐이 있네. 계선, 자네는 오늘 저녁에 어지를 작성해 북경으로 보내게. 고항과 전도를 비롯한 모든 탐관오리들의 검은 돈을 전부 회수하라는 내용으로 말일세. 은닉하는 자는 가차 없이 엄벌에 처할 거라고 명시하게!"

"어지를 받들어 모시겠사옵니다!"

유통훈 부자가 자리에서 일어나 우렁찬 목소리로 대답했다. 동시에 기윤이 어느새 곰방대에 불을 붙이고 길게 들이마신 담배연기를 콧구멍으로 내보내면서 입을 열었다.

"신이 아뢸 말씀이 있사옵니다. 사건의 진상을 철저히 규명하고 불법 취득한 재물을 회수해야 함은 백번 지당하오나 떠들썩하게 할 필요는 없을 것 같사옵니다."

기윤이 조용히 귀를 기울이는 건륭을 힐끔 쳐다보고는 다시 말을 이었다.

"고항은 신분이 높은 국척이옵니다. 만인의 본보기가 돼야 마땅할 자가 도처에 성은을 과시하고 다니면서 비리의 먹이사슬을 만들었사옵니다. 그자의 목을 치고 죄상을 낱낱이 공개하는 건 쉽지만 그에 따른 후폭풍이 염려되옵니다. 앞으로 '국구'를 부정부패와 횡령의 대명사로 기억하는 사람이 많아질 것이옵니다. 또 탐관오리들은 자신들의 소행을 반성하기는커녕 '수백만 냥을 착복한 고 국구에 비하면 이 정도는 새발의 피'라는 식으로 자기합리화를 할 것이옵니다. 이치 쇄신은 장기적인 노력을 필요로 하는 최대 사안이옵니다. 한꺼번에 뒤엎으면 사달이 생기게 마련이옵니다. 상서롭고 평화로운 태평성대의 분위기를 깨뜨리지 않는 차원에서 차근차근 추진해야 할 것이옵니다."

전반적인 정세를 고려해 피해를 최소화해야 한다는 기윤의 폐부지언肺腑之言에 좌중의 사람들은 모두 감탄해마지 않았다. 월척을 낚은 마당에 이치 쇄신의 역사에 획기적인 한 획을 긋고 크게 이름을 떨치리라 웅심을 품었던 유용도 냉정을 되찾았다. 그는 순간 평소에 박학다식한 재자才子, 엉뚱하고 재치 있는 문인 정도로만 생각해왔던 기윤이 진정한 재상의 풍모를 품고 있다는 사실을 새삼 깊이 느꼈다. 그때 건륭이 말했다.

"여물 먹은 소가 뭐를 한다고, 담배를 실컷 피우게 했더니 그 값어치를 하네그려! 중용의 도를 깨우쳐준 좋은 말을 했네. 병이 깊을수록 맹약猛藥은 피한다고 했지. 연청, 자네는 조급해하지 말고 부자가 지혜를 모아 더 나은 방책을 연구하도록 하게. 유용, 일지화는 어찌 됐는가? '점괘선생'의 지혜로 마련한 승기루 모임에서는 볼거리가 풍성했겠네?

변화옥이라는 자는 어떤 인물이었나?"

"변화옥이 바로 일지화 역영이었사옵니다!"

유용이 갑자기 가슴을 쑥 내밀면서 장내가 떠나갈 듯 큰 소리로 대답했다. 잠시 다른 생각에 잠겨 있다 흠칫 놀란 때문이었다. 좌중의 사람들은 모두 웃음을 금치 못했다. 그제야 자신의 실수를 깨달은 유용이 정신을 추스르면서 조용히 목소리를 가다듬고 아뢰었다.

"역영은 이번에 양주에서 이삼십 명밖에 데려오지 않았사옵니다. 그마저도 여기저기 분산돼 있사옵니다. 그자들은 이미 우리의 철저한 감시를 받고 있사옵니다. 폐하께서 비로원을 나오신 뒤로 역영 역시 교송, 당하, 한매 등 세 '시신사자'侍神使者들을 데리고 도엽도桃葉渡로 거처를 옮겼사옵니다. 신은 역영에게 막천파莫天派, 사정로司定勞 두 첩자를 심어뒀사옵니다."

"계속하게."

건륭의 표정은 담담했다. 유용이 대답과 함께 말을 이었다.

"예, 폐하! 이번에 황천패와 무예를 겨룬 개영호라는 자는 직예의 고비점高碑店 태생이옵니다. 기공을 배워 물을 얼음으로 만들고 끓는 기름 속에서도 목욕을 할 수 있을 정도의 비상한 실력을 쌓았다고 하옵니다. 오 년 전에 남경 부두를 제패하겠다는 일념하에 입성했다고 하옵니다. 그때 당시는 역영이 군비를 편취한 사건이 떠들썩해지면서 숨을 곳을 잃은 무리들이 갈팡질팡하던 무렵이었사옵니다. 개영호는 자연스럽게 역영의 세력을 대거 흡수해 남경 부두를 손쉽게 장악했사옵니다. 이어 역영과도, 관부와도 밀접한 관계를 유지하면서 몇 년 사이에 몸집을 크게 불렸다고 하옵니다. 그는 승기루 회합을 앞두고 가부家父와 윤 총독께 조정에 귀의할 뜻을 밝혔사옵니다. 가부와 윤 총독은 그에게 천총千總 자리를 약속하고 그동안 저지른 살인, 방화, 약탈 등 각종 흉악 범죄에 대한 죄를 묻지 않겠노라고 약속했사옵니다. 개영호의 도움에 힘입어 역영을 승기루로 유인하는 전술은 일단 성공하는 듯했사옵니다."

"성공하는 듯했다니?"

건륭이 의아해하면서 되물었다. 유용이 즉각 대답했다.

"미리 짠 각본대로 적당히 치고받고, 맞아주고 때려주면서 제법 그럴싸하게 무예시합이 시작됐사옵니다. 신은 줄곧 역영의 동태를 주시했사옵니다. 처음에 역영은 먼발치의 구경꾼들 틈에 섞여 비무를 지켜보고 있었사옵니다. 신과 눈이 마주치자 고개를 끄덕이면서 알은체하기도 했사옵니다. 간간이 박수까지 치면서 구경하더니 막판에 황천패와 개영호가 일대일로 붙어 묘기를 선보이고 있을 때 주루 뒤편으로 가더니 다시는 나오지 않았사옵니다. 슬며시 물러가는 모습을 보고 신이 따라갔으나 어느새 귀신같이 사라져버린 뒤였사옵니다. 신들이 주루 안팎을 발칵 뒤집었으나 끝내 찾아내지 못했사옵니다. 하오나 염려하지 마시옵소서, 폐하. 오늘밤 중으로 역영에게 심어놓은 두 첩자들로부터 소식이 올 것이옵니다. 도중에 자리를 뜬 이유는 불분명하오나 그가 우리의 실체를 아직 간파하지 못한 건 확실하옵니다. 하오니 팔월 팔일 어가가 입성할 때 반드시 그 자리에 다시 나타날 것이옵니다."

"어찌 됐건 우리 쪽에서 철저하게 준비한 건 사실이니 멀리 도주하지는 못할 거라고 짐도 믿네. 아무튼 이번에는 유용 자네가 일지화 체포 작전에 크게 기여했네. 신료들이 모두 경의 반만 따라가도 짐이 무슨 걱정이 있겠는가?"

건륭이 천천히 걸음을 떼더니 창문께로 다가갔다. 이어 고개를 들어 씻은 듯 맑은 하늘과 신월新月(초승달)을 바라봤다. 그리고는 오래도록 말이 없었다.

34장
부정부패와 사교邪敎

　승기루에서 자취를 감춘 역영은 낌새를 채고 도망간 것이 아니었다. 그저 더 이상 볼 것이 없다고 생각하고 거처인 도엽도로 돌아간 것뿐이었다. 윤계선은 미리 심어둔 첩자들로부터 그 사실을 확인하고는 안도의 한숨을 내쉬었다. 그리고 즉시 '변화옥 선생, 유시酉時에 문묘文廟에서 황제의 접견을 기다리시오'라는 내용의 홍첩紅帖을 발송했다. 초청장에는 그날 함께 초대하는 진신縉紳, 명류名流들의 명단도 첨부했다. 역영이 자세히 보니 맨 위에는 '전 군기처대신·상서방대신·영시위내대신·태자태보 장정옥'의 이름이 있었다. 또 그 아래에는 전대前代의 명재상 웅사리熊賜履의 손자 웅효유熊孝儒, 고사기高士奇의 아들 고영高英의 이름도 있었다. 그 밖에 누군지 알 수 없는 현지 명사들의 이름이 죽 나열되어 있었다. 역영의 이름은 신사록紳士錄의 네 번째에 올라 있었다. 역영은 헌납한 은자의 다과多寡에 따라 순서가 정해진 것이 틀림없다고 생각하면서 속으로 실소를 금치 못했다.

'사람을 상품처럼 돈에 따라 등급을 매기다니, 참으로 더러운 행태로 군.'

역영은 코웃음을 치면서 초청장을 탁자 위에 아무렇게나 내던졌다. 기분이 뭐라 표현할 수 없을 정도로 심란하고 착잡했다. 역영은 무거운 마음을 날려버릴 요량으로 앞이 확 트인 창가로 천천히 걸어갔다.

이곳이 바로 그 유명한 도엽도였다. 폭이 3장丈도 넘는 강물이 은색 띠처럼 완연蜿蜒하게 흐르면서 동남쪽에서 진회하秦淮河와 만나는 곳이었다. 거울같이 맑고 평평한 수면 위로 맞은편의 즐비한 주사酒肆(술집)와 가루歌樓들이 물그림자를 드리우는 곳이었다. 그러나 '도엽도'桃葉渡라는 아름다운 이름에도 불구하고 복숭아나무는 한 그루도 없었다. 대신 언덕 저편에 우거진 버드나무 숲이 좁다란 산책길을 따라 양쪽으로 길게 뻗어 있었다. 남경南京은 기온이 높고 다습한 지역이라 이미 8월 중순에 들어섰는데도 숲은 아직도 눈이 시리게 푸르렀다. 그러나 자세히 눈여겨보면 가을에 접어든 절기가 무색하지 않게 군데군데 누런 잎들도 있었다.

"무슨 생각을 그리 깊이 하십니까?"

바깥 경관을 보면서 무거운 심사를 달래고 있는 역영에게 당하가 다가왔다. 이어 석류, 포도, 감귤과 월병을 담은 쟁반을 탁자 위에 내려놓으면서 덧붙였다.

"남경의 날씨는 참으로 괴팍하네요. 엊그제는 찬비가 쏟아져 늦가을을 실감했는데, 오늘은 다시 봄으로 돌아가는 것 같습니다. 부채를 준비해야 될 정도예요. 이 월병을 좀 드셔보세요. 다른 데서 먹던 것과는 맛이 다른 것 같아요!"

"남경뿐만이 아니야. 어디서나 이월과 팔월은 원래 날씨가 죽 끓듯 변덕을 부리는 법이야."

역영이 월병을 집어 들었다. 그러나 별로 먹고 싶지 않은 듯 조금 뜯어 맛만 봤다.

"정말 맛이 좀 다르네? 아 참, 부자묘夫子廟에 가서 기생어멈 조씨와 설백을 만나봤어?"

당하는 역영의 말에 무거운 목소리로 대답했다.

"그러지 않아도 지금 말씀드리려던 참입니다. 부자묘뿐만 아니라 그 일대를 다 뒤졌는데도 조씨와 설백은 그림자도 보이지 않았습니다. 조씨의 방직공장에서 일하던 집사가 그러는데, 이틀 전쯤 조씨는 양주로 물건을 하러 간다면서 배를 타고 떠났다고 합니다. 그 뒤로 아무런 연락이 없다고 합니다."

순간 역영이 고개를 갸우뚱했다. 조씨가 자신을 피하려 한다는 건 벌써부터 눈치채고 있었으나 설백까지 증발해버렸다는 사실이 도무지 믿어지지 않는 모양이었다. 그녀가 잠시 생각하더니 물었다.

"방직공장은 아직 돌아가고 있어?"

당하가 바로 고개를 끄덕였다.

"예, 꽤나 시끄러웠습니다. 혹시 도망가면서 우리를 물어버리지 않았나 의심스러워 들어가 뒤져봤지만 이상한 흔적은 발견되지 않았습니다. 집사의 말로는 대만의 임아무개라는 자가 양주에 물건을 가져와 헐값에 판다는 소문이 있었다고 합니다. 그래서 조씨는 그 물건들을 이쪽으로 가져오면 적어도 여섯 배의 이문을 남길 수 있을 거라면서 신이 나서 갔다는 겁니다. 길면 보름, 짧으면 열흘이면 돌아올 거라고 했습니다."

역영은 당하의 말이 그다지 믿기지 않는 듯 고개를 갸웃했다. 이어 미간을 좁혔다. 그리고는 중얼거리듯 말했다.

"그럴 리가……. 설백은 그렇게 배신할 아이가 아닌데. 고향이 붙잡고 있어서 못 나오는 건 아닐까?"

당하가 고개를 저었다.

"그쪽에도 알아봤습니다. 역관에서 그러는데, 고 대인은 짐은 역관에 풀어놓고 총독아문에 들어가서는 전혀 나오지 않고 있다고 합니다. 다시 아문에 가서 알아보려고 했더니 요 며칠 사이 문지기들이 모두 새 얼굴로 바뀌어버렸던데요?"

갈수록 오리무중이었다. 그때 교송이 들어와 아뢰었다.

"막천파와 사정로가 개영호를 데리고 왔습니다. 들여보낼까요?"

"내가 조금 전에 나갔다고 해."

역영이 짜증스레 손사래를 쳤다. 그러나 이내 생각을 달리한 듯 서둘러 말을 바꿨다.

"아니야, 가자. 객실로 가서 만나보지!"

역영을 비롯한 세 사람은 나무계단을 따라 어두운 아래층으로 내려갔다. 거기서 기다리고 있던 한매가 가벽假壁의 단추를 누르자 겨우 한 사람이 통과할 만한 쪽문이 나타났다. 곧 그곳을 지나온 역영은 객실의 발을 걷고 환한 미소를 지으며 들어섰다.

"개 선생, 이렇게 멋진 곳으로 거처를 옮겨줘서 대단히 고맙소! 확실히 비로원보다 나아……."

개영호가 그녀의 말이 채 끝나기도 전에 대답했다.

"널찍하고 편한 거야 비로원만 한 곳이 없죠. 그러나 금릉의 명소답게 참배객들이 너무 몰렸어요. 그래서 이리로 옮겼어요. 그런데 혹시 비로원에서 스스로를 '융격'이라고 소개한 사람이 누군지 아세요?"

개영호가 잠시 말을 멈췄다가 다시 말을 이었다.

"방금 알아봤는데, 그 사람이 지금 폐하의 사촌 아우인 이친왕怡親王 홍효弘曉라지 뭡니까!"

순간 역영의 입가 근육이 움찔거렸다. 가슴속에서 한기가 오싹 솟구쳤다.

그녀에게는 스승이 남겨주고 간《만법비장》이라는 책이 있었다. 그 책에는 "법술法術로 죄 없는 무리를 괴롭히지 말라. 사술邪術로 귀종貴宗을 해하지 말라"는 가르침이 있었다. 역영은 그동안 비로원에 있으면서 융격에게 '음한혈풍'陰寒穴風이라는 법술을 수없이 시도했다. 그러나 번번이 실패했다. 그때는 영문을 몰라 궁금했었는데 이제야 그 의혹이 풀렸다. 상대는 '귀종'貴宗이었으니 후록厚祿의 보호를 받고 있었던 것이다!

'친왕에게조차 법술이 먹혀들지 않으니 그렇다면 '건륭'에게는 꿈도 꾸지 말라는 얘기인가?'

역영은 그렇게 생각하고는 바로 고개를 끄덕였다.

"어쩐지 기품이 남달라 보였어. 알고 보니 용자봉손龍子鳳孫이었구먼! 그러면 그를 수행하던 젊은이는 누구인가? 승기루에서 비무比武할 때 보니 기공 실력이 이만저만이 아닌 것 같던데!"

개영호가 역영의 말이 끝나자마자 신나게 설명을 하기 시작했다.

"산동성 단목세가의 세손世孫이에요. 그래도 단목세가 전체로 따지면 쟁쟁한 실력은 아니라고 하네요! 이위 총독의 총애를 받아 이친왕부에서 호위護衛 겸 황자들의 무예 교습으로 있는데, 이번에 황제 남순 길의 장애물을 제거하고자 먼저 떠나왔다는군요."

개영호는 유용이 시킨 대로 단목양용에 대해 제법 그럴싸하게 꾸며댔다. 그리고는 이내 진지한 어조로 바꿔 덧붙였다.

"나는 역주易主께 한 가지 드릴 말씀이 있어서 왔어요. 고항, 고 국구 말이에요. 끝내 덜미가 잡히고 말았어요. 총독아문의 막료 한 놈이 전해온 바에 의하면 파직당해 처벌을 기다리고 있는 중이라는군요! 양주의 배아무개라는 지부도 파직 당했다고 하고요!"

교송과 한매, 당하는 모두 약속이나 한 듯 흠칫 놀랐다. 당하가 소리치듯 물었다.

"그럼 설백은요? 역주께서 첩자로 양주에 심어 놓았던 그 기생 말이에요. 어떻게 됐어요?"

당하의 말이 끝나기도 전에 역영이 그만 하라는 눈짓을 보냈다. 그리고는 말머리를 돌려 물었다.

"고항이 무슨 죄목으로 그리 됐는지는 모르는가? 어떤 놈이 재를 뿌렸지? 배흥인과 근문괴 외에는 연루된 사람이 더 없는가?"

사실 개영호는 어떻게든 설백의 은신처를 알아내 이번 기회에 양주의 백련교 무리들을 한 삽에 엎어버리려고 작정했다. 그런데 역영은 이미 눈치를 챘는지 당하의 말을 잘라버리는 것이 아닌가. 개영호는 그런 역영을 보면서 꿀꺽 마른침을 삼켰다. 아쉬웠지만 참을 수밖에 없었다. 역영 등이 실토하지 않는 한 절대 슬쩍 찔러보는 식으로 물어서는 안 된다는 유용의 지시가 떠올랐던 것이다. 그가 곧 핵심에서 조금 비켜선 대답을 했다.

"그 막료는 술이 떡이 돼 윤계선과 김홍을 싸잡아 욕설을 퍼붓더니 나중에는 두광내라는 자가 황제에게 밀주문을 올렸네 어쩌네 하면서 떠들더군요. 그리고는 그 자리에 나자빠져 버리더라고요. 감히 깨워 자초지종을 물을 수도 없었어요."

역영이 조금 이상해 보이는 개영호를 지그시 바라보더니 한참 후 입을 열었다.

"안 묻기를 잘했어. 꼬리가 길면 밟힌다고, 고항이 덜미 잡히는 건 시간문제라고 생각했었지. 그래서 전혀 놀랍지는 않아. 그러나 고항이 전에 소금과 구리를 밀거래하면서 우리 애들을 적잖게 만나고 다닌 걸로 알고 있어. 개도 급하면 담을 넘는다고 혹형을 못 이겨 아무나 물어뜯는 건 아닌지 모르겠네. 우리 애들이 걸려드는 날에는 사태가 걷잡을 수 없이 흉흉해질 테니 각별히 신경을 써야겠어. 제때에 기별을 해줬으니 참 잘했어."

역영의 말투는 담담했다. 그러나 시선은 개영호의 표정 변화를 날카롭게 주시하고 있었다. 그도 그럴 것이 강호에 수십 년 동안 몸담고 살아오면서 인심의 험악함을 뼈저리게 느껴온 그녀는 눈치가 보통이 아니었던 것이다. 그러나 남경에서는 개영호의 세력이 여전히 막강했다. 개영호는 역영과 피를 나눠 마시며 충성을 맹세한 사이도 아니었다. 목숨 걸고 우의를 다진 사이는 더더욱 아니었다. 언제나 떠날 듯 말 듯, 잡힐 듯 말 듯 불안감을 주는 존재였다. 그래서 역영은 일말의 불안함을 느낄 수밖에 없었다. 자신의 심복들도 점점 충성심이 예전 같지 않고, 백련교 세력도 지리멸렬해지는 민감한 시점에 개영호가 반기라도 드는 날에는 큰 사달이 날 것이라는 걱정이 없지 않았던 것이다. 그럴 경우 역영은 오도 가도 못하는 비참한 처지에 빠질 것이 당연했다. 역영이 윤계선의 초대에 응할 것이냐 말 것이냐를 두고 자꾸 망설이는 이유도 바로 그 때문이었다.

같은 시각 막천파와 사정로도 개영호를 위해 손에 땀을 쥐고 있었다. 두 사람 역시 역영의 옆에 뿌리 내리기까지 곤장보다 열 배는 더 괴로운 역영의 시선을 받았던 터였다. 때문에 지금 개영호의 심경을 충분히 이해할 수 있었다. 아무려나 개영호는 속을 훤히 들여다보는 듯한 역영의 따가운 시선에도 불구하고 담담했다.

"그러니 역주께서는 양주로 돌아가는 게 낫겠어요! 남경은 아무래도 오래 머무를 곳이 못되는 것 같아요."

"석두성石頭城(남경의 다른 이름)은 자고로 용반호거龍盤虎踞(용이 서리고 호랑이가 웅크림)의 명소이거늘 오래 머물 곳이 못 된다니 무슨 말인가?"

역영이 물었다. 하지만 개영호는 역영의 눈길을 피하지 않고 미소를 지으면서 대답했다.

"금릉의 왕기王氣가 옛날 얘기가 되었다'는 말도 못 들어봤습니까? 역주는 여중호걸이에요. 나 개아무개 역시 보통은 아니라고 자부해요! 그러나 세상만사는 연분에 달려 있어요. 나는 우리의 인연이 험악한 세파의 시련을 이겨낼 정도로 단단하지는 못하다고 생각해요. 역주는 그 이름도 빛나는 교주敎主이자 용이지만 나는 한낱 금릉 지역의 미꾸라지일 뿐이에요. 역주를 따라 남북을 전전한 적도 없고 처음부터 역주의 세력 불리기에 기여한 바도 없어요. 그러니 나는 역주의 믿음을 얻기가 너무 힘들 것 같네요."

느리고 침착한 개영호의 말속에는 뼈가 들어 있었다. 그가 덧붙였다.

"내가 아직 역주를 배신하지 않았을 때 떠나세요. 떠날 의향이 있다면 내가 직접 양주까지 모셔다 드리겠어요. 어때요?"

"내가 언제 그대를 못 믿는다고 했나? 뭔가 켕기는 게 있나 보지?"

역영이 차갑게 내뱉었다. 그 말에 개영호가 쓰디 쓴 웃음을 지어보였다.

"어찌 켕기다 뿐이겠어요? 두렵기까지 하죠! 그런 눈빛으로 노려보면 아무 죄 없는 사람도 나중에는 자신이 친구를 팔아먹은 죄인이 아닌가 하는 착각을 하게 생겼으니 말이에요!"

역영이 바로 너털웃음을 터트렸다.

"죄 없는 사람도 죄인인 것 같은 착각이 든다? 나 원 참! 오래 살다 보니 별소리 다 듣네!"

그때 막천파가 나섰다.

"우리도 처음에는 그런 시선을 많이 받았어요. 하기야 우리는 근본이 없는 놈들이라 그럴 수도 있겠지만 개 형은 알 만한 사람은 다 아는 호걸이 아닙니까! 어찌 도둑을 취조하듯 그렇게 노려볼 수 있단 말이에요?"

막천파의 말에 교송과 한매와 당하가 입을 가리고 웃었다. 개영호가 웃음기를 싹 거둬들이면서 말했다.

"그리고 할 말이 한 가지 더 있어요. 원래 우리는 팔월 십오일에 기생과 거지들을 동원시켜 '성세'盛世를 더 '성세'답게 만들어주자고 계획을 세웠잖아요? 그런데 그 계획은 없었던 일로 하는 게 나을 것 같아요. 신임 남경 지부가 각 행원行院에 공문서를 보냈다고 해요. 건륭이 금릉에 머무는 동안 기생들은 막수호 일대에서만 활동할 뿐 진회하 쪽으로는 건너오지 못하게 하라고 말이에요. 또 거지와 타지에서 유입된 유민流民들도 일률적으로 우두산牛頭山 아래 현무호 동쪽의 폐가나 절에서만 머물게 하고 무료 급식을 시킨다고 해요. 아무래도 유통훈이 뭔가 냄새를 맡은 것 같아요. 조심해서 나쁠 건 없지 않겠어요?"

화불단행禍不單行(불행은 홀로 오지 않는다)이라는 말이 있다. 그 말처럼 역영은 요즘 되는 일이 하나도 없었다. 무엇보다 조씨와 설백이 흔적도 남기지 않은 채 사라져버렸다. 이어 고항까지 체포됐다고 했다. 그녀로서는 안절부절 할 수밖에 없었다. 어디 그뿐인가. 야심차게 계획했던 '일지화 월병'은 월병가게가 관부의 감시를 받는 바람에 만들 수 없게 됐다고 했다. 심지어 중뿔나게 나타난 황천패는 대체 무슨 목적인지 아직까지도 남경을 떠나지 않고 있었다. '무예시합'도 그랬다. 굉장한 볼거리라고 떠들썩하던 것과는 달리 소문난 잔치에 먹을 것 없다고 두어 번 팔다리를 놀리는 것으로 싱겁게 끝나버렸다. 그러니 개영호와 그 무슨 세력다툼을 벌이는 모양새도 아니었다. 결정적인 것은 남경의 모든 아문이 문지기부터 시작해 전부 낯선 얼굴들로 바뀌어 첩자를 심을 수도 없게 됐다는 사실이었다. 아무튼 뭐가 잘못돼도 단단히 잘못되었다! 역영은 오랜 시간을 두고 준비해 왔던 일이 이처럼 무기력하게 원천 봉쇄될 줄은 꿈에도 생각하지 못했다.

의자에 앉아 고민을 거듭하던 역영이 마침내 입을 열더니 단호한 어조로 말했다.

"여러모로 상황을 짜 맞춰보니 조정에서 냄새를 맡고 경계를 강화하는 게 틀림없어! 유통훈이 예사내기가 아닌 줄은 알았으나 이 정도로 빈틈없을 줄은 몰랐어. 원래의 계획은 전부 없던 걸로 해야겠어. 그냥 이참에 추석이나 즐겁게 쇠자고. 그리고 중양절重陽節(음력 9월 9일) 이후 양주에 한번 다녀오지 뭐. 나를 '모시'라는 게 아니라 개 형에게 후한 선물을 드리려고 그래. 간 김에 새로운 친구들도 몇 명 만나고."

"알았어요!"

개영호가 생각할 필요도 없다는 듯 바로 대답했다. 이어 자리에서 일어나 작별인사를 고했다.

"역주의 현명한 판단에 수많은 형제자매들이 환호로 답할 거예요. 소털처럼 많은 날에 이번만 기회인 건 아니잖아요. 나는 그저 역주가 이 사람을 믿어줬으면 하는 바람밖에는 없어요. 갈 길이 멀면 말의 힘을 알 수 있고, 시간이 흐르면 인심을 엿볼 수 있다고 했어요. 나는 날고 기는 재주는 없어도 의리로는 둘째가라면 서러워할 사내대장부예요. 역주와 우리 백련교의 일취월장을 위해서라면 칼산인들 못 오르겠어요? 불바다인들 못 뛰어들겠어요! 달리 지령이 없다면 나는 그만 가봐야겠어요. 원래의 계획을 취소한다는 지령을 빨리 전달해야겠어요."

역영은 개영호를 배웅하고 하늘을 올려다봤다. 해는 이미 넘어가고 어느새 어둠이 깃들고 있었다. 그때 사정로가 말했다.

"저녁 드셔야죠. 옆집 양청재養淸齋에 담백한 음식을 몇 가지 주문했는데 부를까요?"

"여러분이나 가서 맛있게 먹도록 해! 나는 나가서 좀 걷고 싶어."

역영이 일어서면서 덧붙였다.

"교송과 당하는 나를 따라 나서게. 종일 방안에만 갇혀 있었더니 숨이 막혀서 갑갑하군."

역영 등 세 사람은 밖으로 나왔다. 북쪽 길 건너편 집들에서는 굴뚝마다 저녁밥 짓는 연기가 하얗게 피어오르고 있었다. 진회하 저편에서는 이제 막 등불이 켜지고 그보다 멀리 가루歌樓에서는 각종 악기를 점검하는 소리와 가기歌妓들이 목청을 가다듬는 소리가 흘러왔다. 저녁바람이 스쳐지날 때마다 거울 같은 호수에는 잔잔한 파도가 일렁이고, 물 위에 드리운 버들가지들은 하느작거리면서 만천풍소萬千風騷(풍소風騷는 시가詩歌를 말함. 여기에서는 그런 시가를 불러일으키는 풍경)를 자랑하고 있었다. 며칠 동안 바깥출입을 삼가고 골방에 들어앉아 머리를 썩인 역영은 부드럽고 청신한 저녁공기를 실컷 들이마셨다. 그러자 그동안의 울분, 실망, 초조와 불안이 일시에 씻겨나가고 상쾌한 기분이 들었다. 교송과 당하 역시 기분이 좋은지 팔다리를 힘차게 놀리면서 얘기꽃을 피웠다.

"오늘 보니 개영호 오라버니는 참 멋진 사람인 것 같아요. 전에 그 호인중도 괜찮은 사내였지만 이 오라버니에 견줄 정도는 못 되는 것 같아요!"

"그래?"

역영이 웃는 듯 마는 듯한 표정으로 입 꼬리를 살짝 밀어 올렸다. 이어 버들가지를 하나 꺾어 코끝에 대고 향을 맡으면서 말을 이었다.

"나도 그런 생각을 해보지 않은 건 아니야. 하지만 그는 어쨌든 수재秀才 출신이야. 글공부를 많이 한 자들은 우리와 달라. 꿍꿍이가 많고 속이 천 길 만 길 깊거든. 나는 아직 그를 완전히 믿을 수 없어!"

그러나 당하는 그녀와 생각이 다른 것 같았다.

"제가 보기에는 걸 다르고 속 다른 사람은 아닌 것 같아요. 교주께서는 자라 보고 놀란 가슴 솥뚜껑 보고 놀라는 격이 아닌가 싶습니다."

역영이 버들가지를 입안에 넣고 잘근잘근 씹었다. 그리고는 마치 그 쓴맛을 음미하듯 눈을 감고 가만히 되씹으면서 말했다.

"오늘밤 오의항烏衣巷으로 거처를 옮겨야겠어. 도엽도에는 들어가지 말아야 해!"

교송과 당하는 역영의 말에 마주 보면서 의아한 눈빛을 교환했다. 역영의 의심이 지나치다는 생각이 드는 모양이었다. 그러나 둘 다 역영의 의견에 반하는 말은 하지 않았다. 역영이 다시 짤막하게 한숨을 내쉬었다.

"내가 중양절 이후 양주로 가자고 말한 것도 실은 속에 없었던 얘기야. 개영호는 겉으로는 솔직한 척하지만 실은 의심스러운 구석이 한두 곳이 아니야. 설백이 남경에 온 걸 뻔히 알고 있으면서도 짐짓 모르쇠를 놓고 있다가 결국 놓쳐버렸어. 어쩌면 빼돌린 건지도 모르지. 그리고 우리가 남경에 온 뒤로 그는 우리 마음대로 거처를 정하지 못하게 했어. 말로는 이 땅의 주인으로서 접대를 잘하기 위해서라고 했지만 우리가 머물고 싶어 한 곳은 한사코 반대를 했어. 내가 의심스런 눈초리를 보낸다면서 발끈하고 나선 것도 지금 생각해보니 공격적인 수비였던 것 같아. 사기꾼은 정직하게 보이려고 애쓰고, 간사한 자들은 더없이 충직한 모습으로 상대를 현혹시키려고 애쓰는 법이지. 우리는 알게 모르게 저 자의 손아귀에 잡혀 있었어. 알겠어?"

교송과 당하 두 사람은 역영의 말을 듣고 나자 그러고 보니 남경에 와 있는 동안 자유가 없었다는 것을 깨달았다. 물론 그리 심각한 정도는 아니었으나 역영의 설명을 듣고 보니 충분히 그럴 법도 했다. 둘은 순간 오싹하고 소름이 끼쳤다. 개영호가 배신이라도 하는 날에는 유통훈이

나 황천패보다 백배는 더 위험한 존재였던 것이다. 당하는 금세라도 재앙이 들이닥칠 것만 같아 불안에 떨었다.

"팔월 십오일 계획을 취소한 마당에 굳이 여기 계속 머물러 있을 이유가 어디 있습니까? 서둘러 양주로 돌아가는 게 좋겠습니다!"

"아니야. 이대로 도망갈 수는 없어. 우리는 아무것도 모르는 척 침착하게 대응해야 해."

역영이 그 사이 생각을 정리한 듯 단호하게 말했다. 이어 조용히 말을 이었다.

"아직 제풀에 놀라 도망갈 때는 아니야. 갈 때 가더라도 윤계선이 차려주는 잔칫상은 받고 가야지. 미리 배를 대기시켜놓았다가 연회가 끝나는 대로 배를 타고 가버리면 돼. 지킬 건 지키고 당당한 모습을 보이는 것이 우리의 앞날을 위해서도 좋아. 지금 온다간다 소리 없이 가버리면 윤계선이 오히려 우리를 의심할 수도 있어. 저기 좀 봐, 저 사람들은 뭘 저리 열심히 들여다보는 거야?"

역영이 갑자기 하던 말을 멈추고 어딘가를 손가락으로 가리켰다. 교송과 당하는 그쪽으로 고개를 돌렸다. 몇 사람이 담벼락에 나붙은 방문榜文을 보면서 고개를 갸웃거리고 있었다. 호기심이 동한 역영은 걸음을 재촉해 그쪽으로 다가갔다. 그것은 강녕 현령 원매가 내붙인 고시문告示文이었다. 희미한 등불 빛에 비친 방문의 내용은 아주 묘했다.

황제폐하의 이관위정以寬爲政(관대함을 정책으로 함)에 힘입어 지금 천하에는 인효예의仁孝禮義의 풍토가 정착되고 있다. 폐하의 심혈 덕분에 우리 어초경독魚樵耕讀들도 무학승평舞鶴昇平의 태평성대를 살아갈 수 있는 것이다. 안타까운 것은 오늘날의 태평성대에 아직도 죄를 범하는 사람들이 있다는 사실이다. 또 형을 살고 나온 뒤에도 자포자기하고 새사람이 되기를 거부하면서 다시 계하수^{階下囚}로 전락하는 자들도 늘고 있다. 가증스럽기는 하나 연민의 정도 동시에 느낀다. 하늘과 같은 성은과 상천^{上天}의 호생지덕^{好生之德}에 힘입어 목숨을 건졌거늘 새사람으로 거듭날 기회를 스스로 포기해서야 되겠는가. 오늘부터 형기가 만료돼 석방이 되는 자들은 일률적으로 강녕 현아문으로 와서 사과패^{思過牌}(잘못이 적혀 있는 호패)를 받아가도록 하라. 아울러 각 향리의 관리들은 이들을 천민이라고 차별하거나 냉대해서는 아니 될 것이다. 동등한 인격체로 따뜻하게 대해주기를 바라마지 않는다.

역영 일행의 옆에서 한 노인이 방문을 소리 내어 읽었다. 그러자 다른 노인이 통 말귀를 못 알아듣겠다는 듯 반문했다.

"이건 뭐 부세^{賦稅}를 면제해준다는 고시문인가? 누리끼리한 종이에 쓴 걸 보니 그런 것 같은데?"

글을 읽던 노인이 답답해 죽겠다는 듯 한숨을 내쉬었다.

"내가 설명해줄게. 예를 들어 말이야, 혼인한 자네 누이동생이 다른 사내와 정분이 나 그 짓을 하다가 현장에서 덜미를 잡혀 관아로 끌려갔다고 치자고. 판결 결과 형을 살게 됐으나 삼 년이면 삼 년, 이 년이면 이 년 살고 나오면 그 다음부터는 아무도 그 사람의 과거에 대해 손가락질해서는 안 된다……, 뭐 이런 뜻이야!"

"예끼, 나쁜 놈! 네놈의 누이동생이 그 지랄을 하고 다닌다고 다른 사람들도 다 그런 줄 아냐?"

글을 모르는 노인이 갑자기 씩씩대면서 눈을 부라렸다. 그 모습에 주변 사람들은 모두 웃지 않을 수 없었다.

야시장에는 별의별 물건이 다 있었다. 우선 골동품을 비롯해 서화작품, 송지송묵^{宋紙宋墨}, 옥불^{玉佛}, 관음상^{觀音像}은 말할 것도 없고 오래된 가구며 바둑돌, 병풍 등이 보였다. 심지어 보기 민망한 요강도 있었다. 게다가 도처에 난전이 즐비해 어디부터 봐야 할지 모를 정도였다. 이곳의 야시장 풍경은 북경의 귀시鬼市와 흡사했다. 야시장은 어둠이 짙어지고 각종 등롱 불빛이 휘황찬란해질 무렵이 되자 장사꾼들의 고함소리와 손님들의 흥정소리로 더욱 절정을 이뤘다. 도대체 어디서 몰려나왔는지 '인파'人波라는 말이 무색할 정도로 사람들이 많아졌다. 말 그대로 인산인해였다. 역영을 비롯한 세 사람은 딱히 살 물건도 없는지라 보기만 해도 끔찍한 인파 속으로 들어갈지 말지 한참 고민했다. 그때 앞에서 골동품 상인과 비단 두루마기를 입은 뚱보 사내가 골동품의 진위 여부를 놓고 입씨름을 벌이는 소리가 들려왔다.

"성황묘, 부자묘 일대의 골동품가게에 가서 나 마덕옥馬德玉의 이름을 대봐, 모르는 사람이 있나! 이거 왜 이래? 이게 무슨 진짜 진전秦磚(진시황 때의 벽돌)이라고 그래? 열흘 전에 구워낸 모조품이구먼! 이 사람 이거 순 사기꾼 아니야? 너, 오늘 임자 만났어!"

뚱보가 검고 마른 골동품 상인을 비웃더니 팔까지 걷어 올리면서 정색을 했다. 그러자 사람들이 꾸역꾸역 모여들었다. 급기야 상인은 구경거리가 되는 것이 싫은 듯 한숨을 내쉬었다.

"그러면 얼마에 사겠소?"

"진작 그렇게 고분고분하게 나올 일이지! 칠십 냥에 저 가짜 기왓장까지 끼워 팔면 안 되겠나?"

마덕옥이 삼중으로 늘어진 턱을 흔들면서 낄낄거렸다. 골동품 상인은 어쩔 수 없다는 듯 다시 한 번 길게 한숨을 푹 내쉬었다.

"마음에 드는 걸로 골라서 가져가세요. 허참, 있는 사람들이 더한다더니 벼룩의 간을 빼먹겠네. 오늘 장사는 허탕이야!"

마덕옥은 상인의 말이 끝나자 그새 마음이 변하기라도 할세라 허겁지 겁 돈을 지불했다. 이어 물건을 챙기면서 한마디 던졌다.

"당신이 나를 속이고 내가 또 이걸 들고 가서 누군가를 현혹시키는 것이 세상사 아니오? 너무 억울해 하지 말게, 젊은이! 앞으로 복 받을 거야!"

역영은 흩어지는 구경꾼들을 따라 자리를 뜨려고 했다. 바로 그때 비로원에서 만났던 연 선생이 눈에 띄었다. 연 선생의 등 뒤에서는 융격이 따르고 있었다. 자세히 살펴보니 단목양용과 의심 많은 늑대 같은 철두교도 어슬렁대면서 주위를 두리번기리고 있었다. 역영은 모른 체하고 지나치려다가 갑자기 무슨 생각이 들었는지 알은체를 했다.

"융 나리, 연 나리! 야시장 구경을 나오셨네요?"

"아니, 변 선생 아니오?"

기윤은 야시장에서 갑자기 역영을 만날 줄은 생각도 못했던 터라 내색은 하지 않았으나 속으로는 가슴이 철렁하도록 놀랐다. 그러나 곧 어색함을 털어내더니 마덕옥을 툭 치면서 말했다.

"또 어떤 어수룩한 장사치의 등을 쳐 먹었는가? 이리 오게, 마덕옥. 내가 소개해드리지, 여기 이분은 융격 나리시고, 이분은 변화옥 선생이시네. 자네가 아무리 팔뚝이 굵다고 해도 변 선생에게는 당해낼 도리가 없을 걸? 이번에 어가 영접 행사에 써달라면서 은자 십만 냥을 쾌척했다는 거 아닌가? 그래서 양강 총독의 초청을 받고 남경 구경을 오셨다네! 변 선생, 요즘은 절에서 안 보이던데 다른 데로 거처를 옮겼나 보오?"

기윤의 말에 역영은 건륭을 향해 읍을 한 다음 대답했다.

"금지옥엽이신 줄도 모르고 일전에는 결례가 많았습니다! 장사하는 친척이 억지로 끌고 가는 바람에 작별인사도 하지 못하고 떠났지 뭡니까. 그런데 시장구경 나오셨나 봐요?"

마덕옥은 기윤을 만난 적은 있으나 건륭은 배알한 적이 없었다. 그런데 기윤이 엉뚱하게 '연 선생'으로 불리고 '융격'이라는 생소한 사람까지 소개받고 나니 어리둥절할 수밖에 없었다. 그러나 그는 생김새에 비해 머리가 명석했다. 곧바로 얼렁뚱땅 장단을 맞춰 줬다.

"연 나리와는 아무래도 각별한 인연이 있나 봅니다. 이런 곳에서 만날 줄 누가 알았겠어요? 게다가 덕분에 융 나리, 변 선생까지 알게 됐으니 참 기분이 좋구먼요. 다들 저녁은 드셨는지요? 제가 한턱낼 테니 갑시다. 연 나리도 걱정 말고 따라오시죠. 보복은 절대 안 할 테니 말이에요(기윤이 예전에 발바닥 각질로 만두를 만들어 대접했던 사실을 빗대 말하는 것임)."

그러자 기윤이 고개를 저었다.

"우리는 저녁을 배불리 먹어서 더 이상 들어갈 데가 없는데……. 오늘만 날인가? 나중에 근사하게 한턱내면 우리가 눈썹이 휘날리도록 달려가지 않을까봐? 그런데 누가 또 골동품을 바치라고 옆구리를 찔렀나 보지?"

마덕옥이 대답했다.

"요즘 강남 관가에는 비상이 걸렸습니다. 폐하께서 칼을 뽑으셨다는데 내가 죽고 싶어서 이러겠어요? 조금 잠잠해진 뒤 내무부 조외삼 당관에게 가져다주려고 샀어요. 은자 백 냥짜리에요. 별것 아니에요, 헤헤헤. 조정을 상대로 장사하는 우리 황상皇商들은 내무부에 잘 보이지 않으면 끝장이거든요. 그자들은 처먹는 버릇이 들어서 툭하면 달걀에서 뼈를 골라내기 일쑤라니까요!"

기윤은 엉뚱한 곳에서 건륭과 역영이 장시간 대면할 수 있는 기회를 주고 싶지 않았다. 그래서 마덕옥의 말에 건성으로 대답했다.

"그래, 그래. 상술이야 우리 같은 사람이 어찌 자네를 따르겠는가? 자, 그러면 나중에 또 보지!"

"이렇게 만난 것도 인연 아니겠는가? 급한 볼일이 없으면 같이 걷지. 마 선생, 그 기왓장 나도 좀 보여주구려."

건륭이 말을 마치고는 마덕옥과 어깨를 나란히 한 채 서쪽으로 꺾어 들었다. 당황한 단목양용과 파특아, 오할자, 황천패의 움직임이 바빠졌다.

그때 역영은 인파 속에서 개영호가 스쳐지나가는 걸 분명히 봤다. 순간 자신의 짐작이 틀림없다면서 속으로 웃었다. 건륭이 옆에서 입을 열었다.

"이렇게 완전무결한 한와漢瓦는 드문데? 마 선생, 우리 한옥漢玉과 이 한와를 맞바꾸지 않겠소이까?"

마덕옥이 건륭의 말에 좋아서 싱글벙글했다.

"그렇게 해주신다면 저야 감지덕지죠. 그러면 이 사람은 이 진전秦磚까지도 덤으로 드리겠습니다. 사실 이 한와는 가짜예요. 진짜 한와는 밑굽에 주사朱砂를 덧칠했는데, 모조품을 만드는 자들이 무식해서 누런색을 칠해버렸지 뭡니까? 이 진전은 그런대로 쓸 만한 것입니다. 벼루를 만들면 워낙 무늬가 고풍스러워서 보기 좋을 겁니다."

역영이 마덕옥의 말을 듣고 한마디 했다.

"전磚으로 벼루를 만들면 모양새는 좋을지 몰라도 먹이 스며들어 쓰기가 불편할 걸요?"

마덕옥이 지지 않겠다는 얼굴을 붉혔다.

"그건 한묘전漢墓磚이고요! 이 진전秦磚은 절대 먹이 스며들 염려가 없어요."

건륭이 가짜 한와라는 마덕옥의 말에 손에 들고 있던 기왓장을 기윤에게 넘겨줬다. 이어 물었다.

"글공부도 좀 한 것 같은데, 어쩌다가 황상皇商이 될 생각을 했소?"

"팔고문八股文도 진저리나고 가부家父께서 외우라는《사서》四書도 못 외우니 어쩌겠습니까! 열여덟 살에야 비로소 동생童生 시험을 봤는데, 글쎄 꼴찌를 했다는 거 아니에요. 가부께서는 기가 막혔던지 거품을 물고 쓰러지셨죠. 그때 죽도록 얻어맞고 울면서 했던 말이 생각나네요. '셋째할아버지는 진사 시험에 합격했어도 뇌물을 받은 혐의로 관직에 오르자마자 파직 당했어요. 둘째숙부 역시 현령 노릇 일 년 만에 탐관오리의 오명을 쓴 채 항쇄를 차지 않았나요? 그리 더러운 노릇을 왜 시키지 못해 안달이에요?'라고 했죠. 그렇게 악을 바락바락 쓰고 집을 뛰쳐나와 황상이 된 거예요. 누가 사농공상士農工商이라고 등급을 매겼는지 모르지만 그래도 비천한 상인이 관리들보다 깨끗하고 인간적이라고 생각해요. 지금도 후회는 없어요. 어떤 책에서 봤는데 '세태만상을 간파한 자는 상인이 되고, 헛된 망상을 버리지 못하는 자는 관리가 돼 목숨을 잃는다'고 경종을 울렸더라고요. 그 말이 참 인상적이었어요."

"세태만상을 간파했다면 공문空門에 들어가야지, 어찌 상문商門에 들어갔나요? 마 선생은 참으로 재미있는 분이시네요."

역영이 그렇게 농담을 던지자 기윤도 웃는 얼굴로 거들었다.

"상인들 중에도 자기 아비를 속이는 자들이 있는가 하면 가난한 사람들을 구제해주는 인품이 고매한 사람들이 있듯이 관리들 중에도 대소大小, 충간忠奸, 현우賢愚의 구별이 있는 법이오. 그리 무 자르듯 단칼에 잘라 말할 수는 없는 거요."

그 말에는 마덕옥도 곧바로 수긍했다.

"그 말에는 달리 반박을 못하겠네요. 가부께서도 늘 그리 말씀하셨으니까요. 우리 현의 훈도訓導와 교유敎諭(청나라 때 부현府縣에서 선비를 양성하고 고시를 주관하는 관리)들은 나를 '쓸모없는 물건'이라면서 손가락질했었죠. 사람노릇 못할 거라는 거였죠. 어느 날엔가는 나에게 '쓸모

없는 물건'이라는 제목으로 글을 지으라고 하는 게 아니겠어요? 그래서 내가 뭐라고 썼는지 아세요? 아무튼 결론부터 말하자면 나는 그날 이후 서당에 들어가지 못했어요."

건륭이 호기심이 발동한 듯 바로 캐물었다.

"뜸들이지 말고 어서 말해 보시오."

마덕옥이 입술을 실룩거리면서 대답했다.

> 니는 아둔하고 무지몽매해 교유敎諭해도 쓸모없는 물건이고, 훈노訓導해도
> 역시 쓸모없는 물건이 틀림없다!

마덕옥이 입에 올린 글은 간접적으로 훈도와 교유 두 사람을 쓸모없는 물건이라고 욕되게 한 것이었다. 훈도와 교유가 입에 거품을 물고 날뛸 수밖에 없을 터였다. 건륭과 기윤은 곧 마덕옥이 말한 글의 뜻을 음미해봤다. 동시에 너털웃음을 터뜨렸다. 역영 역시 웃음을 참지 못했다.

"마 선생, 진짜…… 재치 있네요! 제자를 혼내주려던 그 두 사람은 머리에 김이 모락모락 났겠어요!"

역영은 그러나 이내 웃음을 거두고는 길게 탄식을 했다.

"그런데 황제라는 사람은 무슨 생각으로 그깟 시문詩文 따위로 선비들을 괴롭히는지 모르겠어요. 우리 고을에도 늙은 동생童生이 살고 있었는데, 흰 수염이 석 자가 될 때까지 시문을 쥐어뜯어도 과거는커녕 수재 시험에도 번번이 낙방하고 말았어요. 그래서 죽는 순간까지도 '시문 제도'의 폐해를 통탄했다고 해요. 강희제 때 폐지됐던 걸 왜 다시 끄집어내서 진짜 실력 있는 선비들을 울리는지 모르겠어요!"

건륭은 역영의 말에 뜻밖이라는 듯 그녀를 다시 봤다. 사술邪術과 사교邪敎에만 관심이 있는 줄 알았던 여인이 시국이나 과거제도에 대해서

도 언급할 줄은 생각지도 못했던 것이다. 순간 그는 자신의 눈앞에서 겁없이 지껄이는 여인이 공공연히 조정에 반기를 든 '역적'이라는 사실도 잠시 잊은 듯했다.

일행은 서늘한 밤바람을 마시면서 등불 빛이 황홀한 진회하 강변을 거닐기 시작했다. 강을 따라 즐비하게 늘어선 주루는 사람들로 붐볐다. 술 취한 사내들의 시중을 드는 기생들의 꾀꼬리 같은 소리가 공중에 떠돌아다녔다.

"역시 육조六朝의 수도였던 대단한 땅이라 풍운風韻이 각별하군."

건륭이 감개가 무량한 표정을 지었다. 이어 덧붙였다.

"이런 곳에서 음풍농월을 즐기니 발걸음이 쉬이 떨어지겠나!"

역영은 지분 냄새와 육향肉香을 실은 미풍에 옷자락을 날리며 한가로이 걷다보니 자신이 지금 어디서 무얼 하고 있는지도 잠시 잊고 건륭의 말에 고개를 끄덕였다.

"여기는 가진 자들의 천당입니다. 이 강물은 수많은 은자와 눈물, 이합離合의 애수를 품고 있죠."

건륭은 묵묵히 역영의 말을 되새기더니 미소를 지으면서 말했다.

"변 선생은 여기서 하룻밤 놀음에 집 한 채를 날려본 적 없소? 말 그대로 재자와 가인들이 풍류를 즐기는 곳이고 가진 자의 천당이기는 하나 사실 조정 관리들은 이런 곳에 출입할 수 없지 않소. 법규도 법규겠지만 일 년치 양렴은을 다 써도 이런 곳에서는 하룻밤도 대접받을 수 없을 테니 말이오."

"……"

역영은 잠시 침묵을 지켰다. 그러다 갑자기 피식 실소를 터트렸다.

"내 말이 당치 않다는 얘기요?"

건륭이 묻자 역영이 대답했다.

"전혀 틀린 말은 아니나 이런 곳에 출입하는 관리들치고 자기 주머니를 터는 사람이 어디 있겠습니까?"

"그런가?"

"예를 들어 내가 지금 살인사건에 연루돼 있다고 쳐요. 그런데 누군가가 나를 죽을죄로부터 구해줄 수 있다, 그 사람의 말이 곧 왕법이다, 이런 경우라면 무슨 수를 쓰든 그 사람이 원하는 걸 갖다 바치고 살려달라고 간청하지 않겠어요?"

"무슨 말인지 알겠소!"

그러나 역영은 히죽 웃으면서 도리질을 했다.

"말씀은 그리 하셔도 내막은 잘 모르실 거예요. 지부 자리에 삼 년만 있으면 백은白銀이 십만 냥이라는 말이 괜히 나도는 줄 압니까? 융 나리, 요즘 세상은 안팎이 다 썩었습니다. 관리들의 부패가 극으로 치닫고 있다는 말씀입니다!"

건륭은 역영의 말을 들으면서 순간적으로 고항을 떠올렸다. 희대의 사건의 중심에 '국구'國舅가 있는 상황에서 어쩌면 역영과 같은 무리들의 설 자리를 없앤다는 건 애초부터 불가능했는지 모른다는 생각이 들었다. 사교의 온상은 바로 부패라고 해도 좋았다. 건륭은 부패와의 전쟁이 반드시 필요하다는 사실을 뼈저리게 느꼈다.

35장

일지화를 놓아주는 건륭

역영에게 이 순간 건륭은 말로 표현할 수 없는 기품을 지닌 태산처럼 듬직한 사내로 다가왔다. 참으로 거대하고 당당해 보였다. 그뿐 아니라 달빛 아래 비치는 그의 날렵한 턱선을 보며 역영은 그에게 기대고 싶다는 엉뚱한 생각까지 들었다. 동시에 경외심 때문에 자꾸만 마음이 약해지면서 스스로가 초라해지는 느낌을 어쩌지 못했다. 건륭이 한참 후 뜬금없이 물었다.

"혹시 결례가 안 된다면 어떻게 살아왔는지 물어봐도 되겠소?"

"아니, 그런 건 묻지 마세요."

"우리는 벗이 아니었소? 벗이라면 서로 흉금을 털어놓을 수도 있지 않겠소?"

"저 강 건너에 사는 사람들이 무슨 생각을 하고 사는지 우리는 알 길이 없지 않겠어요? 아무리 벗이라 하더라도 우리 사이에는 건널 수 없는 강이 가로놓여 있어요."

역영의 목소리에는 처연함이 감돌았다. 마음속의 갈등을 억지로 감추려 이를 악문 그녀의 두 눈에 눈물이 차올랐다.

둘은 다시 침묵 속에 빠졌다. 건륭은 마치 뭇별들 속에서 뭔가를 찾으려는 듯 한참 동안 고개를 들어 밤하늘을 쳐다봤다. 역영은 달빛이 하얗게 내려앉은 버드나무 가지를 쓰다듬었다. 이 순간만큼은 하늘의 달도, 고요한 수면도, 멀리 양자강에서 명멸하는 어화漁火도, 가루주사歌樓酒肆의 질펀함도 모두 사라지고 없는 것 같았다. 마치 이 넓은 우주에 멀고도 가까운 관계인 두 사람만 남아 있는 것 같았다.

먼발치에서 기윤과 당하 일행의 말소리가 들려왔다. 그 속에 가끔씩 마덕옥의 헤헤거리는 웃음소리도 섞여 있었다. 기윤과 당하는 매화꽃과 복숭아꽃의 우열을 두고 논쟁을 벌이고 있었다. 기윤이 먼저 말했다.

"매화꽃은 성정이 너무 고오高傲하오. 백화百花의 비웃음을 받을까봐 설압상기雪壓霜欺(고통을 당함)를 감내하면서 나 홀로 외롭게 피어나지. 그러나 복숭아꽃은 해마다 흐드러지게 피어 뭇사람들의 가슴속에 봄을 심어주지 않소! 《시경》詩經에도 '도지요요'桃之夭夭라는 말은 있어도 '매지요요'梅之夭夭라는 말은 없거든."

그러자 당하가 즉각 반박했다.

"세한삼우歲寒三友는 '송죽매'松竹梅이지 '송죽도'松竹桃는 아니지 않아요?"

기윤 역시 지지 않고 바로 응수했다.

"매화꽃이 과연 그리 대단하다면 어찌 죽군자竹君子, 송대부松大夫라는 말은 있는데 매장부梅丈夫라는 말은 없겠소?"

기윤은 당하와 논쟁을 하면서도 연신 사방을 두리번거렸다. 단목양용을 찾는 것 같았다. 그러나 그는 어디 갔는지 보이지 않았다.

건륭은 묵묵히 두 사람의 악의 없는 논쟁을 듣고 있다가 불쑥 입을 열었다.

"도화桃花와 매화梅花 중 누가 더 잘 났느냐를 따지는 것이 무슨 의미가 있겠나? 가락에 애락哀樂이 따로 없고, 사는데 잘난 사람 못난 사람이 따로 없다오. 안 그렇소, 일지화?"

이게 웬 마른하늘에 날벼락 같은 소리란 말인가!

건륭의 느닷없는 경천동지할 말에 좌중의 사람들은 모두 목석처럼 그 자리에 굳어져 버렸다. 그러다 교송과 당하가 가장 먼저 정신을 차리고 허리춤을 만졌다. 그러나 아무것도 만져지지 않았다. 기윤 역시 등골 가득 식은땀을 쏟기는 마찬가지였다. 황급히 사방을 둘러보았다. 그때 단목양용이 어디선가 불쑥 나타나 건륭에게 바짝 다가갔다. 그 역시 눈이 휘둥그레진 채 놀란 입을 다물 줄 모르고 있었다. 반면 어찌된 영문인지 전혀 모르는 마덕옥은 갑자기 살벌해진 분위기가 이상하다는 듯 이 사람 저 사람을 번갈아 둘러봤다.

역영의 놀라움 역시 교송이나 당하에 못지않았다. 그러나 그녀는 험악한 강호의 분위기에 익숙한 사람답게 바로 입가에 웃음을 띠면서 여유를 부렸다.

"융 나리는 참 농담도 잘하시네요. 사람을 그런 식으로 떠보지 마세요!"

"그러게 말이오. 우리 주인나리는 가끔 이렇게 사람을 놀라게 하신다오."

기윤이 제격 말을 받았다. 사실 이럴 때 진실을 밝힌다면 역영이 도주하는 건 문제가 아니었다. 자칫 건륭이 다치거나 납치당하는 참변이 일어나지 않는다고 장담할 수 없는 상황이었다. 정말 그렇게 된다면 기윤을 비롯한 수행원들은 건륭의 신변을 지키지 못한 천고의 죄인이 될 것이다. 생각만 해도 끔찍한 일이었다. 기윤은 그러나 길게 생각할 여유가 없다는 듯 다급히 말을 이었다.

"지난번 과친왕부果親王府에서 누군가가 과친왕이 연갱요 사건에 연루돼 폐하께서 수사를 명하셨다는 헛소문을 퍼뜨렸지 뭐요. 그래서 놀란 과친왕께서는 몇 날 며칠이고 집안에서 한 발짝도 움직이지 못했다고 하지 않소. 변 선생이 과연 일지화의 역영이라면 이미 대경실색해 화용花容을 잃었겠지 이리 멀쩡할 수 있겠소? 아니 그렇소? 하하하하……."

긴륭은 기윤이 경황없는 와중에도 분위기를 바꾸기 위해 안간힘을 쓴다는 것을 모르지 않았다. 그가 침묵한다면 기윤의 의도에 따라 자신은 그저 한낱 '실없는 농담'을 한 사람이 되고 무사할 것이었다. 그러나 '제왕의 존엄'은 그걸 용납하지 않았다. 건륭이 그예 이를 악물고 흥! 하고 콧소리를 내면서 차갑게 내뱉었다.

"농담할 일이 따로 있지, 내가 그리 실없는 사람으로 보이나? 나는 근거 없는 말은 하지 않아!"

기윤은 온몸의 피가 거꾸로 치솟는 것 같았다. 분위기는 또다시 일촉즉발의 위기로 치달았다. 역영은 침묵을 지켰다. 그러나 낯빛은 걷잡을 수 없이 창백하게 질려갔다. 마음도 머리도 하얗게 비는 것 같았다.

건륭이 얼마 후 조금 부드러운 어조로 말을 이었다.

"우리는 예전에 한 번 만난 적이 있지, 역영? 그러니 비로원에서의 만남은 해후라고 해야겠지. 오래전 산동성 평음현에서 나는 자네가 가난한 백성들에게 약을 나눠주고 병을 치료해 주는 것을 봤네. 또 무자비하게 사람을 죽이는 모습도 봤지. 평음을 떠날 때 성문 밖에서 오늘처럼 이렇게 잠깐 마주보고 스쳐갔지. 하지만……."

건륭은 깊은 추억에 빠진 듯 잠시 침묵에 잠겼다. 역영 역시 몇 년 전 평음현 성문 밖에서 그를 일별했던 때가 떠올랐다. 역영이 오랜 침묵을 깨고 마침내 입을 열었다.

"지금 생각해보니 그런 일이 있었네요. 보아 하니 그쪽은 미리 준비가 되어 있었던 것 같군요."

역영은 말을 마치고 태연하게 한 발 앞으로 나섰다. 이어 '패륵' 건륭에게 단도직입적으로 물었다.

"죗값을 치러야 한다면 그것은 칼산입니까, 아니면 기름가마입니까? 쾌히 응하겠습니다!"

건륭이 자신의 앞을 막아서는 단목양용을 손으로 막았다.

"자네를 체포하는 것은 일도 아니야. 일문구족一門九族이 멸문지화를 당하고도 남을 죄를 지었으니 그 어떤 형에 처해도 결코 무겁지 않겠지. 하지만 그건 형부刑部의 일이네. 우리는 인연이 있어 만났으니 사교私交일 뿐이지. 내가 줄곧 궁금했던 건 도술에도 능하고 미모도 특출한 자네 같은 여류女流가 어찌 공공연히 조정에 대적해 모반을 꿈꾸느냐는 거야. 삼백육십 가지 행업行業에서 저마다 장원이 나온다고 했거늘 그렇게도 할 일이 없었던가? 대체 원하는 바가 뭐야? 여자 황제라도 되고 싶은 건가?"

역영이 매섭게 건륭을 노려봤다. 그러나 입을 꼭 다문 채 대답을 하지 않았다.

"내 말에 대답할 가치가 없다고 생각하는가?"

"어찌 대답해야 할지를 모르겠네요. 하지만 설명해도 그 깊은 뜻을 모를 것입니다. 패륵마마는 지금 저와 같은 자리에 있으나 우리 두 사람 사이에는 건널 수 없는 강이 가로막혀 있습니다. 패륵마마는 이 사람의 마음속에 어인 연유로 파도가 이는지 그 까닭을 영원히 알 수 없을 것입니다!"

"그렇게 단정 짓지 말게! 나는 오경五經, 육예六藝, 이십사사二十四史와 관련한 서적을 두루 독파하지 않은 것이 없어. 그런 식으로 대답을 거부한다고 내가 모를 줄 아는가?"

건륭의 입가에 냉소가 스쳤다. 역영이 역시 차가운 얼굴로 대꾸했다.

"한 사람이 죽지 않을 정도로 목숨을 연명하려면 하루에 어느 정도의 식량이 필요하죠? 대설大雪 때문에 시문柴門(사립문)이 열리지 않고 와조瓦竈(지붕과 부뚜막)가 얼어붙었을 때는 어떻게 해야 뼛골까지 스며드는 추위를 이겨낼 수 있죠? 빚쟁이들이 막대기를 휘둘러도 아무것도 걸릴 게 없는 집에 찾아와 행패를 부릴 때는 어떻게 대처해야 하죠? 이런 것도 모르는 사람에게 대체 무슨 말을 하라는 겁니까?"

가파르게 높아진 역영의 목소리가 떨렸다. 감정을 주체하기 힘든 듯 온몸을 떨면서 힘겹게 서 있는 얼굴이 달빛에 비친 창호지처럼 창백했다. 건륭을 뚫어지게 노려보는 눈길에는 자탄과 스스로에 대한 연민도 다분했다. 그녀가 다시 입을 열었다.

"여자로 태어난 것만 해도 서러워요. 그런데 전생에 무슨 큰 죄업을 쌓았다고 다섯 살에 조실부모하고 길거리로 내몰려야 했는지……. 생각해보면 세파에 찌들려 숨통이 짓눌리는 괴로움 속에서 보낸 지난날들이 억울하고 분하기만 합니다. 그런데 당신들은 내 기구한 인생에 무슨 도움을 줬다고 이리 큰소리를 치는 거예요! 여황女皇이라고요?"

역영이 갑자기 실성한 사람처럼 까르르 웃으면서 말을 이었다.

"그래요, 나는 여황이 되고 싶었어요. 그렇게 살고 싶었어요. 그래서 누구에게도 지고 싶지 않았죠. 적어도 가난한 사람들이 거리로 내몰리지 않고 배곯지 않는 세상을 만들어보고 싶었다고요!"

"됐네, 그만 하게."

건륭은 여태껏 이토록 울분에 찬 처절한 소리는 한 번도 들어본 적이 없었다. 그러나 지금 들리는 소리는 마치 오갈 데 없이 떠도는 고혼孤

魂이 절망에 빠져 비명을 지르고 오열을 터뜨리는 것 같았다. 그는 오싹하고 몸이 떨리면서 온몸에 좁쌀 같은 소름이 돋았다. 급기야 두 손으로 시린 어깨를 비비며 떨리는 목소리로 말했다.

"내가……, 내가 특사特赦를 해줄 수도 있네!"

기윤은 위기일발의 상황이 지나갔다고 생각하고 속으로 한숨을 삼켰다. 그러나 여전히 가슴은 떨렸다. 그 역시 역영의 불행했던 과거를 듣고 일말의 연민이 생기기도 했지만 그렇다고 해서 마음이 흔들려서는 안 될 일이었다. 역영을 생포해 사형대에 올리는 것은 조정의 오랜 '숙원'이었다. 역영을 잡기 위해 수년 동안 얼마나 천문학적인 비용을 쏟아 부었는가! 인명 피해 역시 얼마나 많았는가! 그런데 이제 겨우 그물에 걸려든 '역적'을 '특사'를 해준다고? 기윤은 아무래도 뭔가 잘못됐다고 생각했다.

"특사는 어명이 있어야 가능한 일입니다. 도천滔天(죄악이 극에 달함)의 죄를 지은 자를 어찌 구명하려 드시는 겁니까?"

"자네는 내가 특사어지 하나 받아내지 못할 것 같은가?"

"그런 건 아닙니다만……."

기윤의 말이 끝나자 건륭은 잠시 망설이는 표정을 지었다. 이어 자조 섞인 미소를 지어보였다.

"자네들은 물러가 있게. 내가 역영하고 단 둘이 할 말이 있네."

"저희들은 물러갈 수 있으나 단목양용만은 아니 됩니다. 이것만은 패륵마마의 명에 따를 수 없습니다."

기윤이 건륭과 시선을 마주치면서 공손히 말했다. 건륭은 가타부타 말이 없었다. 교송, 당하, 마덕옥과 기윤 등은 곧 건륭에게서 얼마간 떨어진 나무 밑으로 물러갔다.

"나는 아직도 꿈을 꾸고 있는 것 같네요. 대체 뭐가 뭔지 모르겠습니다."

마덕옥이 축 늘어진 볼살을 부르르 떨면서 기윤에게 말했다.

"꿈이 아니야. 가까이 와 보라고. 원수가 외나무다리에서 만났어. 성황묘로 가면 유용이 있을 거야. 자네가 꾼 '꿈'을 소상히 들려주고 과감한 결단이 필요하다는 내 말을 전해주게!"

기윤이 마덕옥의 귓전에 대고 목소리를 한껏 낮춰 지시했다. 마덕옥이 고개를 갸웃거렸다.

"나는 유용이 누군지도 모릅니다."

"왜 그 유명한 점쟁이 있지 않은가! 물어보면 다 알 테니 어서 가보게!"

마덕옥이 그제야 고개를 끄덕이고는 서둘러 걸음을 옮겼다.

"방금 내가 특사를 시켜주겠다는 말을 듣고 무슨 생각을 했나?"

건륭이 두 사람만 남은 자리에서 긴 침묵을 깨고 물었다. 역영이 처연히 고개를 저었다.

"애당초 믿지도 않았어요. 그런 말은 하지 않느니만 못했어요. 오늘은 어찌 된 영문인지 누군가에게 하소연을 하고 싶었어요. 동백산桐柏山의 산수가 나를 품어도 비적들이 가만히 놔두지 않으니 산 속에서 나올 수밖에 없었어요. 천하의 백성들은 나를 밉다고 하지 않는데 관부에서는 눈에 든 가시처럼 여기니 산속으로 숨어들 수밖에 없었고요. 하늘을 우러러 한 점 부끄럼이 없고 누구 앞에서나 당당한 내가 어쩌다가 '사술로 사람을 해한다'는 악명까지 얻게 됐는지 통탄스러울 뿐이에요!"

건륭이 역영의 말이 끝나기 무섭게 발걸음을 옮기면서 천천히 입을 열었다.

"내 말을 잘 듣게, 역영. 나에게는 어마어마한 권력이 있어. 내 힘으로 특사를 못해줄 것도 없지. 다만 '사직杜稷은 중기重器'라는 말이 있어. 어느 누구도 사적인 일로 공기公器를 문란케 할 수는 없는 법이네. 지금 이 한당漢唐 이래의 보기 드문 태평성대임은 장님이 아닌 이상 다 보고 느낄 수 있네. 이런 시점에 모반을 꿈꾼다는 것은 곧 사죄死罪를 의미한 다는 걸 모르지 않을 텐데? 사면을 해주면 인간적이기는 하지만 이치 에 어긋나고, 사면을 해주지 않으면 그 반대일 테지. 어찌하는 것이 옳 은 길인지 잘 생각해보세."

역영이 가볍게 걸음을 옮겨놓으면서 마치 혼잣말처럼 대답했다.

"천지개벽을 시도한 그날부터 좋은 결말은 꿈도 꾸지 않았어요. 물론 이 지경이 된 이상 어디 도망갈 수도 없겠죠. 그러나 설령 도망간들 뭐 하나 싶기도 하네요."

역영이 갑자기 걸음을 멈췄다. 그리고는 건륭을 그윽한 눈길로 바라 보면서 다시 덧붙였다.

"우리 인연도 어지간히 끈질긴 것 같네요. 그런 의미에서 인간적으로 한 가지만 부탁드릴게요. 들어주실 의향이 있는지요?"

"말해보게."

"항복은 하지 않을 거예요. 그렇다고 달걀로 바위를 치는 무모한 짓도 더 이상 하지 않을 거예요. 지금 당장 죽어버릴 수도 없고요. 그래서 어 디 청정한 암자로 들어갈까 하는데⋯⋯, 나중에라도 건륭황제에게 덜미 를 잡혀 죽임을 당한다면 그때는 천하디 천한 골회骨灰이기는 하나 좋은 곳을 찾아 묻어주신다면 고맙겠습니다."

"좋은 곳이라니? 어디 생각해둔 곳이라도 있는 건가?"

"사신애舍身崖 망부석 옆에 묻어주세요. 왼쪽에 폭포가 있고 오른쪽에 송죽松竹이 푸르른 곳이에요."

건륭이 등불 빛이 명멸하는 진회하를 등지고 돌아서면서 말했다.

"풍수를 따지면 역시 망산^{邙山}이지. 소항蘇杭(소주와 항주)에서 나고 망산에 묻힌다는 말도 있지 않은가. 그러나 어딘들 한 줌 뼈를 묻지 못하겠나. 내가 보기에는 영곡사靈谷寺가 좋을 듯싶네. 명 효릉^{明孝陵}이 가깝고, 왼쪽으로 장강이 흐르고 우두산이 친구를 하니 덜 외로울 테지……."

역영은 건륭의 말이 채 끝나기도 전에 깊이 허리를 숙여 사은을 표했다.

"그러면……, 그렇게 해주신다면 참으로 고맙겠어요. 오늘밤 너무 즐거웠어요. 몇 년 동안 이렇게 심금을 털어놓고 말을 해본 적이 없었던 것 같아요. 그러면, 훗날을 기약하면서 오늘은 이만 작별인사를 하겠습니다."

역영이 깍듯이 읍을 해 보이고는 자리를 뜨려고 했다.

"잠깐만!"

건륭이 외로운 그림자를 끌고 돌아서는 역영을 불러 세웠다. 마음이 착잡한 모양이었다. 그는 역영에게 가까이 다가가더니 그녀의 어깨에 손을 얹은 채 위로했다.

"세상에 죽으라는 법은 없다고 했어. 내 말을 듣게. 지금 거처로 가지 말고 두 부하를 거느리고 즉각 남경을 떠나게. 살 수 있는 길은 그것밖에 없어!"

"떠나면 어디로 가겠어요?"

"출가하게. 공문^{空門}으로 돌아가라는 말이네. 중원과 강남은 아무리 넓어도 자네 한 몸 뉘일 곳이 없을 것이네. 그러니……."

건륭이 잠시 생각하더니 말을 이었다.

"봉천奉天으로 가게. 봉천 황고둔^{皇姑屯}에 백의암^{白衣庵}이라는 곳이 있는데, 강희황제의 태비^{太妃}가 출가해 주지로 있는 암자야. 그곳에 가면 괴롭히는 무리가 없을 거네."

역영은 믿어지지 않는다는 듯 멍한 표정으로 서 있었다. 그러다 한참 만에 다시 입을 열었다.

"봉천까지 가려면 만수萬水를 건너고 천산千山을 넘어야 해요. 무사하려면 남경에서도 살아남겠지만 죽을 목숨이면 봉천으로 가는 길도 무사하지 못할 거예요."

"가고 안 가고는 자네 결정에 달렸어. 남경을 무사히 탈출할 수 있을지 여부는 하늘에 달렸고."

건륭이 말을 마치고는 몸을 더듬었다. 은자는 없었다. 대신 아랫것들에게 상을 내릴 때 주는 금 조각이 몇 개 있었다. 그는 그것을 전부 꺼내 역영의 손에 쥐어주면서 무겁고 부드러운 어조로 당부했다.

"떠나게! 삼십육계 줄행랑이라고 하지 않나……."

건륭은 더 이상 말을 하지 않았다. 역영이 당혹한 표정을 감추지 못하면서 물었다.

"패륵이 아닌 친왕親王이에요? 어찌 저에게 이런 호의를 베푸시는 거예요? '역적'을 풀어주고 황제께 죄를 추궁 받을 일이 두렵지 않아요?"

건륭은 아무 말도 하지 않았다. 그리고 고개를 돌리더니 단목양용에게 분부했다.

"자, 이제 그만 부자묘로 돌아가지."

말을 마친 건륭은 빠른 걸음으로 역영의 곁을 떠났다. 발걸음이 가볍지 않았다.

역영은 마치 긴 꿈속에서 깨어난 것 같았다. 갑자기 마음이 우울해지고 갑갑했다. 그녀는 '융격'의 모습이 어둠 속으로 완전히 사라질 때까지 말없이 바라보고 있다가 가까이 온 교송과 당하에게 지시했다.

"어서 준비해서 금릉을 뜨자."

역영은 다짜고짜 두 사람을 끌고 거처로 향했다. 그리고는 여느 때와 변함없는 풍경의 골목 입구에서 긴 한숨을 토해냈다. 이어 뜰 안으로 들어와 미행이 있는지 살피고 나서 한매에게 분부를 내렸다.

"양주에서 가져온 문서와 서찰들을 전부 태워 버려라. 우리가 빌린 배가 연자기燕子磯에 있으니 물건을 챙겨 어서 여기를 떠야 해!"

한매가 고개를 갸우뚱거렸다.

"역주, 밖에 나가셨다가 무슨 일이 있었어요? 어쩐지 불안해 보이십니다. 막천파가 개영호를 찾으러 갔는데 혹시 못 만나셨나요? 원매가 이번에 헌금을 한 사람들을 막수호로 초청했잖아요? 명승지를 유람하면서 회문會文을 한다고 해서 역주께서도 개영호하고 그 자리에 참석하기로 했잖아요?"

역영은 가타부타 대답이 없었다. 한매는 그런 역영의 눈치를 조심스레 살피면서 일지화 일당들의 명단이 적힌 문서들을 불붙는 화로에 집어던졌다.

역영은 한쪽에 멍하니 앉은 채 이런저런 복잡한 생각에 잠겨 있었다. 개영호와 작별인사를 해야 하는지, 떠나기에 앞서 누구에게 이 사실을 알려야 하는지, 성 밖을 나선 다음에는 수로로 가는 것이 나은지, 아니면 육로로 가는 것이 나은지…… 그런 생각이 잇따라 떠올라 머릿속이 복잡하기 그지없었다. 그때 갑자기 아래층에서 다급한 발걸음소리가 들려왔다. 그녀는 벌떡 자리를 박차고 일어나면서 경계를 했다.

"누구요?"

"접니다! 막천파! 사정로와 개영호에게 다녀오는 길이에요!"

막천파가 큰 소리로 대답했다. 역영이 그제야 안도의 한숨을 내쉬었다.

"알았네! 곧 내려갈 테니 잠깐 기다리게. 교송, 당하, 한매! 너희들은 어서 여장女裝으로 갈아 입거라. 머리도 올리고 화장도 좀 하고!"

역영이 지시를 마치고는 서둘러 연지함을 열어 이것저것 찍더니 얼굴에 발랐다. 실로 오랜만에 꽃무늬가 화려한 치마로 갈아입었다. 워낙 자색이 뛰어난 그녀가 그렇게 치장하고 나서니 아리따운 여염집 여인으로 변신하는 것은 일도 아니었다. 네 사람은 서둘러 짐을 챙겨 들고 일층으로 내려갔다. 기다리고 있던 사정로와 막천파는 그녀들의 놀라운 변신에 입을 다물지 못했다. 눈이 휘둥그레진 막천파가 입을 실룩대더니 한참 후에야 물었다.

"역주! 대체 무슨 일이에요?"

"어서 여기를 떠야겠어."

"떠난다고요?"

"그래! 지금 당장 출발해 양주로 돌아갈 거야."

사정로와 막천파는 역영의 말에 속으로 흠칫 놀라면서 재빨리 시선을 교환했다. 사정로가 히죽 웃으면서 말했다.

"하도 갑작스런 일이라 통 정신이 없네요. 그새 무슨 일이 있었던 거예요? 이리 서두르게……. 개 선생이 한상 가득 차려놓고 기다리고 있는데요!"

"내가 감기에 걸려 드러누웠다고 전해."

역영이 잠시 말을 멈췄다가 다시 덧붙였다.

"그리고 날씨가 변덕을 부리니 건강에 유의하라고 전해줘."

사정로와 막천파는 초조한 나머지 부아가 치밀었다. 그들은 역영이 갑자기 이렇게 변덕을 부리는 이유를 알 수가 없었지만 상부의 지시 없이는 마음대로 행동할 수가 없었다. 그러나 확실한 것은 이대로 있다가는 역영을 놓칠 게 뻔하다는 사실이었다. 두 사람은 역영과 눈길이 두 번째로 부딪치고 나서야 황급히 정신을 추슬렀다.

"당장 가서 그리 전하겠어요. 워낙 서두르시니 뭐부터 해야 할지 모르겠네요. 그런데 육로로 갈 거예요, 아니면 수로로 갈 거예요? 수로면 배를 먼저 빌려야 하지 않나요?"

역영이 지체 없이 말했다.

"배는 이미 구해놓았어."

사정로와 막천파는 감히 더 이상 묻지를 못했다. 그들은 일단 네 여인을 따라 밖으로 나왔다.

거리의 풍경은 여느 때와 다름없었다. 그러나 으슥한 밤이라 화장을 하고 고운 옷을 입은 네 여인은 유난히 눈에 띄었다. 그나마 다행인 것은 이곳이 청루의 여인들이 많이 드나드는 곳이라는 점이었다. 때문에 넷은 별다른 의심을 받지는 않았다.

역영 일행이 꼬불꼬불한 양의 내장 같은 골목에 접어들었을 때였다. 갑자기 술이 거나하게 취한 취객 둘이 역영에게 치근덕대기 시작했다. 아무리 바빠도 그런 걸 그냥 외면하고 넘어갈 역영이 아니었다. 급기야 취객은 정신이 번쩍 들 정도로 역영에게 두들겨 맞았다.

얼마 후 역영 일행은 가장 신경이 쓰이던 꼬불꼬불한 골목을 무사히 통과했다. 그제야 역영은 한숨을 돌릴 수 있었다. 그러자 역영은 문득 융격이 떠올랐다. 이제 이곳을 뜬다고 생각하자 일말의 아쉬움이 남았다.

'황친의 신분으로 천인공노할 죄를 지은 '역적'인 나를 풀어준 의도는 무엇일까? 설마 그 사람이 나를 여자로 본 것은 아니겠지? 아니야. 절대 그럴 리는 없어. 그렇다면 자신의 말대로 단순히 '인연'을 소중히 여겨서일까?'

역영은 아무리 생각해 봐도 이렇다 할 답이 떠오르지 않았다.

사정로와 막천파는 달리 방법이 없어 역영의 뒤를 따라 조용히 걸었다. 그러나 이대로 역영을 놓쳐버릴지도 모른다는 불안과 초조함에 속마음은 완전히 타서 재가 되는 것 같았다. 그렇다고 상의를 할 만한 상대도 없었다. 어디에 보고를 올릴 수도 없는 상황이었다.

'이러다가 역영을 놓쳐버리는 날에는 무슨 면목으로 황천패 사부님의 얼굴을 다시 본다는 말인가? 그리고 유통훈 대인 부자의 '등쌀'에 어찌 살아남는다는 말인가?'

사정로와 막천파는 그렇게 생각하면서 황천패의 문생들 중에서도 가장 영리한 사람들답게 대책을 강구했다. 그러나 뾰족한 방법이 떠오르지 않았다. 사실 사정로는 십삼태보의 막내로, 본명이 황부양黃富揚이였다. 무예실력은 보통이였으나 거지 출신으로 황천패의 문하에 들어온 탓에 약삭빠르기가 원숭이 저리 가라 할 정도였다. 그는 계속해서 있는 머리 없는 머리 다 굴렸다. 그러다 갑자기 진땀을 흘리면서 배를 끌어안고 주저앉았다.

"아이고, 배야! 아……, 창자가 뒤틀리네. 아이고!"

"왜 그래? 뭘 잘못 먹었어?"

역영이 걸음을 멈추고 뒤돌아보며 물었다. 사정로는 곧 숨이 넘어갈 것처럼 그 자리에서 데굴데굴 굴렀다.

"개 선생의 집에서 설익은 배를 한 조각 먹은 것밖에……. 아이고, 배야! 사람 살려……."

사정로는 오도 가도 못하고 발만 동동 구르는 역영 앞에서 그럴듯하게 연기를 이어갔다.

"우리는 신경 쓰지 말고 먼저 가요. 정 안 되면 형님이 업고라도 따라 갈게요."

역영은 먼저 가라는 사정로의 말에 불쑥 의심이 생기는 듯 잰걸음으로 다가와서는 그의 이마를 짚어 봤다. 미지근했다. 그러나 거짓으로 아폰 척하는 건 아닌 것 같았다. 역영이 물었다.

"아니면……, 둘은 남아서 치료를 받고 있어. 좀 잠잠해지면 내가 사람을 보낼 테니."

"내가 업고 가면 돼요!"

막천파는 어떻게든 역영을 놓쳐서는 안 된다는 생각을 한 듯 황급히 사정로를 들쳐 업었다. 사정로가 갑자기 아프다고 나뒹구는 것을 보고 말을 하지 않아도 그 이유를 알 것 같았던 것이다.

이미 해시亥時가 다 된 시각이었다. 역영은 더 이상 지체할 수 없다고 생각한 듯 자리에서 일어났다.

"그럼 조금만 참게. 일단 성을 빠져나가는 게 급선무야. 수로로 가지 않고 우두산에 먼저 올라가자고. 편담扁擔진이라는 곳에 우리의 향당香堂이 있으니 좀 쉬어가면 될 거야."

말을 마친 역영은 곧바로 날듯이 걸음을 재촉했다. 그러나 어떻게든 시간을 끌어야 하는 사정로와 막천파 두 사람은 그때부터 연기투혼을 펼쳤다. 사정로는 조금 잠잠한가 싶다가도 자지러지게 비명을 지르면서 막천파의 등에서 수차례 굴러 내리기를 마다하지 않았다. 그런가 하면 뒤가 급하니 잠깐 내려달라고 했다가 어느 주머니에 약이 있으니 꺼내달라고도 했다. 사정로는 막천파가 주머니를 뒤져 약인 척 꺼내주는 땅콩을 두어 알 받아먹으면서 몰래 웃음을 참았다. 고역이 따로 없었다. 그는 어느새 땀투성이가 된 막천파가 안쓰럽기도 했으나 어쩔 수가 없었다. 어떻게든 시간을 끌어 동쪽 성문城門이 닫혀버리기만 바라고 또 바랄 뿐이었다.

드디어 동쪽 성문이 가까워졌다. 이곳에서 서쪽으로 2리쯤 떨어진 곳에는 유용이 '돗자리'를 깔았던 고자당 골목이 있었고, 서북쪽의 명明나라 고궁故宮 옆에는 호거관과 청량산이 자리 잡고 있었다. 모두 인가가 없는 외진 곳이었다. 사정로는 고개를 들었다. 톱니바퀴처럼 생긴 거대한 성벽과 전루箭樓에 높다랗게 내걸린 노란 궁등宮燈이 평소와 달리 섬뜩한 느낌을 풍겼다. 성문은 아직 닫히지 않은 상태였다. 열대여섯 명의 문지기 병사들은 피곤한 듯 하품을 쩍쩍 해대고 있었다.

이 시간이면 신분증을 제시하지 않고도 성문을 통과할 수 있었다. 그래서인지 영곡사로 예불을 올리러 가는 참배객들이 가끔 눈에 띄었다. 역영은 그제야 안도의 한숨을 내쉬었다. 일단 오포午砲가 울리기 전에 성문에 도착했다는 사실이 무엇보다 다행스러웠다. 그녀는 발걸음을 늦추고 일행의 옷차림을 훑어봤다. 아무리 봐도 참배객들의 행색은 아니었다.

"아직 성문을 무사히 통과한 건 아니니 끝까지 긴장을 늦춰서는 안돼! 접선하기로 한 사람들이 접관정接官亭 쪽에서 기다리고 있을 거야. 이놈의 땅은 가마 한 대 빌리려고 해도 여간 어려운 게 아니네!"

역영이 말을 마치고는 고개를 돌려 물었다.

"막씨, 사씨! 그래, 배는 좀 어떤가?"

"괜찮습니다."

사정로가 아픈 사람답지 않게 큰 소리로 대답했다. 그러는가 싶더니 갑자기 누군가의 칼에 등을 찔린 것처럼 몸을 꼿꼿하게 뒤로 젖혔다. 이어 막천파의 등에서 빠르게 미끄러져 내렸다. 동시에 막천파와 함께 미리 약속이라도 한 듯 가까이에 있는 성문을 향해 몸을 솟구쳤다. 그리고는 360도 공중회전을 하며 눈 깜짝할 사이에 성문에 당도했다. 둘은 하품을 하다 말고 깜짝 놀라 서 있는 문지기의 허리춤에서 잽싸게 칼을 뽑아들었다. 그와 동시에 공격 자세를 취하면서 역영의 앞길을 막고 나섰다. 막천파가 소름 끼치는 웃음을 터트렸다.

"이 음탕하고 천한 비적匪賊년아. 설마 우리가 뒤통수를 칠 줄은 몰랐겠지?"

문지기들은 갑작스러운 상황에 어리둥절해 잠시 어찌할 바를 몰랐다. 방금 전까지만 해도 역영이 사정로와 막천파에게 "막씨, 사씨!"라고 부르는 것을 듣고는 주종관계라고 생각했는데, 갑자기 둘이 칼을 빼들고 '주인'을 공격하다니……, 이게 웬일이란 말인가!

"미친 개새끼 같으니라고! 감히 주인의 발뒤꿈치를 물어? 내 그럴 줄 알았어!"

역영이 표독스런 눈빛으로 둘을 노려보면서 뇌까렸다. 얼굴에는 배신감보다는 자신의 예상이 틀리지 않았다는 데에 대한 절망감이 더 크게 묻어났다. 그녀는 그제야 융격이 했던 말이 떠올랐다. 융격은 역영에게 거처로 돌아가지 말라고 하지 않았던가. 역영은 크게 화를 내려고 하다가 이내 마음을 가라앉혔다. 일단 성문부터 벗어나야 한다는 생각이 들었다.

"약 처먹을 때가 됐나, 또 미쳐서 돌아가네. 아이고, 웬수! 가자!"

역영이 갑자기 엉뚱한 말을 했다. 그녀는 둘을 정신병자 취급을 해서 문지기 병사들을 속이려 한 것이다. 그러자 사정로가 성문을 빠져나가려는 역영의 등 뒤에서 다급히 외쳤다.

"저년 붙잡아라! 역적 일지화다! 어서, 어서 성문을 닫아걸어라!"

사정로는 고함을 지르자마자 막천파와 함께 몸을 날려 역영을 덮쳤다. 그와 동시에 네 여자 역시 저마다 손에 굵직한 쇠사슬을 꺼내들었다. 한매는 역영에게 칼을 휘두르는 막천파에게 달려들었다. 바람을 가르며 포효하는 듯한 쇠사슬 소리와 찢어질 듯한 기합소리가 어둠을 뒤흔들었다. 막천파는 역영과 한매를 대적하기에는 역부족이었다. 설상가상으로 당하까지 달려들었다. 그녀는 한줄기 회오리바람처럼 빙글빙글 회전하면서 다가오더니 공중으로 번쩍 몸을 솟구쳤다. 이어 사정로와 막천파의 가슴팍을 향해 발길질을 했다. 막천파는 당하의 기습공격에 휘청거리면서 뒤로 물러났다. 순간 왼쪽 얼굴에 채찍이 스치고 지나갔다.

사정로는 무예실력이 확실히 떨어졌다. 네 여자에게 앞뒤로 공격을 당하게 되자 어느새 머리와 목에서 끈적끈적한 피가 흘러내리기 시작했다. 눈앞이 아찔해지면서 다리에 힘이 풀리는 모습이었다. 막천파 역시 피를 많이 흘려 기진맥진했다. 두 사람이 꼼짝없이 네 명의 여자들에게 당하게 될 위기일발의 순간, 갑자기 말이 달려오는 소리가 들렸다. 연입운을 비롯해 황부광黃富光, 황부종黃富宗, 황부위黃富威와 오할자 등이 맨 앞에 보였다. 또 그들이 청방靑幇에서 선발해 유용 휘하로 보낸 여덟 명의 무림고수도 모습을 드러냈다. 그러자 살벌한 싸움판에 끼어들 엄두조차 못 내던 문지기 대장이 성문령 아문에서 만났던 연입운을 알아보고는 식은땀을 훔치면서 다가갔다.

"연 나리, 저 여섯 연놈들이 자기네들끼리 물고 뜯고 지랄들을 합니다. 칼싸움을 하려면 성문 밖으로 나가서 하지, 누구 잡을 일이 있나⋯⋯?"

연입운이 말에서 내리면서 바로 명령을 내렸다.

"문지기들은 아무짝에도 쓸모없으니 걸리적거리지 않게 물러가 있어! 이 여섯 연놈들은 적아敵我를 구분하기 힘드니 한꺼번에 잡아 족쳐!"

연입운이 말을 마치고는 칼을 빼든 채 '돌격' 신호를 내렸다. 그러자 아슬아슬한 순간에 지원군이 당도해 크게 안도하던 사정로와 막천파는 깜짝 놀랐다. 연입운이 역영을 힐끗 쳐다보고는 대뜸 두 사람을 향해 칼을 휘둘렀던 것이다. 둘은 얼떨결에 종아리에 칼을 맞고 다시 일어설 수 없는 상황이 되고 말았다. 둘은 급기야 난도질을 하겠다는 듯 덮쳐오는 칼을 피해 담벼락 쪽으로 데굴데굴 굴러갔다.

사정로는 그제야 연입운이 "적군과 아군을 구분하기 힘들다"는 명목하에 역영을 빼돌리려 한다는 생각을 하고는 힘껏 외쳤다.

"연입운, 이 자식! 아직까지도 적심賊心을 버리지 않았군. 우리 십삼태보의 형님들, 잘 들으세요. 저 새끼가 우리를 배신하려고 해요!"

황부광을 비롯한 황부종, 황부위 세 태보들은 사정로가 외치기 전에 이미 이상하다고 생각하던 참이었다. 그들은 연입운을 둘러싸고 다가갔다. 그런데 상황이 또다시 이상하게 변했다. 이미 연입운에게 매수당한 대여섯 명의 '청방' 고수들이 황천패의 태보들에게 칼을 겨눈 것이다. 결국 장내는 정말로 적과 아군을 구분하기 힘든 아수라장이 되고 말았다.

"저 새끼, 저럴 줄 알았어. 개가 똥 먹는 버릇을 고치겠어?"

사정로가 자꾸 허물어지는 몸을 간신히 담벼락에 기대고 거친 숨을 몰아쉬면서 욕설을 내뱉었다. 그러다 갑자기 무슨 생각이 난 듯 주머니에서 폭죽을 찾아냈다. 이어 재빨리 폭죽에 불을 붙여 허공에 던졌다. 폭죽은 화살이 날아가는 소리를 내면서 힘차게 공중으로 날아올라갔다. 그리고는 홍황백자람紅黃白紫藍 다섯 가지 현란한 불꽃을 발산하면서 터졌다. 그것은 황천패에게 긴급 상황을 알리는 암호였다. 그 사실을 알고 있는 연입운은 청방 고수, 역영 일행 등과 함께 십삼태보들을 요절을 내버리겠다는 듯 악을 쓰고 달려들었다.

36장

일지화의 최후

건륭은 진회하 강변에서 역영과 헤어진 다음 총독아문으로 돌아오는 길에 한마디도 하지 않았다. 시끌벅적한 장터, 휘황찬란한 등불, 인산인 해를 이룬 인파를 구경할 마음도 사라진 듯 울적하고 처연한 모습이었다. 심지어 기윤이 가마를 부르자고 두 번이나 말했으나 계속해서 묵묵부답이었다. 그는 총독아문 앞에서 김홍의 문후를 받고 나서야 비로소 자신이 이미 금치당으로 돌아왔다는 사실을 깨달았다. 그러나 건륭은 김홍을 들라 하지 않았다. 영영이 인삼탕을 올리자 손사래를 치기까지 했다. 언홍은 이상한 생각이 드는지 찻물을 받쳐 올린 다음 건륭의 눈치를 살피면서 아뢰었다.

"폐하, 어째 기분이 울적해 보이시옵니다. 기 대인, 밖에서 무슨 일이 있었나요?"

"자네가 뭘 안다고 나보고 울적하니 뭐니 그러나? 짐은 심사가 좀 무거울 따름이네."

건륭은 퉁명스레 말을 내뱉고는 그제야 "김홍을 들라 하라!"고 명했다. 김홍은 즉각 두루마기 자락을 움켜잡고 문지방을 넘어서는 예를 갖춰 문후를 올렸다.

"폐하께서 밖에서 역영을 만나셨다는 보고를 받고 유통훈은 고질병이 발작해 누워 있다고 하옵니다. 하오나 신이 뵙기에 폐하의 신색은 달리 이상이 없어 보이시옵니다. 괜찮으시옵니까, 폐하?"

건륭은 김홍의 말을 듣고 흠칫 놀라면서 기윤에게 의혹에 찬 시선을 돌렸다. 이어 다시 바깥뜰에 서 있는 단목양용과 파특아를 쓸어보면서 화를 냈다.

"누가 입이 이리 가벼운가?"

"신이 유통훈 대인에게 통보했사옵니다."

기윤이 털썩 무릎을 꿇었다. 이어 연신 머리를 조아렸다.

"폐하께서 인파 속에서 불측의 인물을 가까이 하고 계시오니 신은 속이 타서 재가 될 것 같았사옵니다. 그 자리에서 쟁간諍諫을 올릴 수도 없고 해서 궁여지책으로 마덕옥을 급파해 연청 공과 계선 공에게 알리게 했사옵니다. 그 당시 상황은 폐하께서도 잘 알고 계실 것이옵니다. 신은 초조함과 두려움을 주체할 길이 없었사옵니다. 만에 하나 역영이 수심獸心이 발작해 폐하의 털끝 하나라도 다치는 날에는……, 신은 그날로 영영 돌아오지 못할 길을 가겠다고 작심했었사옵니다."

기윤은 눈물을 흘리며 하소연했다. 그러자 건륭이 짧게 웃어 보이고는 두 손을 깍지 낀 채 말했다.

"세상만사는 자네가 생각하는 것처럼 그리 단순한 게 아니네. 백성들이 입버릇처럼 말하는 '천리양심'天理良心 네 글자에서 천리는 곧 도道를 뜻하네. 양심은 정情을 말하지. 세상사는 칼로 자르고 자로 잰 듯 이치

만으로 해석할 수 없는 거네. 왜냐하면 우리는 신선이 아닌 오욕칠정五慾七情을 가진 사람이기 때문일세. 기윤, 자네는 책을 더 읽고 세상 보는 안목도 더 키워야 할 것이네.”

기윤이 다시 읍을 하면서 황급히 아뢰었다.

“대단한 불경이오나 신은 그렇다면 그런 ‘안목'은 키울 생각이 없사옵고 그럴 필요도 느끼지 못하옵니다. 신은 오로지 천하 중생의 안위와 화복이 달려 있는 폐하의 안전만을 기원할 뿐이옵니다!”

“하기야……”

건륭이 가벼운 한숨을 지으면서 자리에서 일어났다.

“짐이 경의 입장이었어도 그리 했을 테지. 짐은 무사히 돌아왔는데 신하들은 모두 불안에 떨었다니……, 그것 참! 유통훈은 병까지 발작했을 정도라고 했나? 자, 괜찮은지 가보세!”

기윤은 재빨리 소맷자락으로 눈물을 닦아냈다.

“어찌 불안하기만 했겠사옵니까? 신들은 혼비백산해 아직도 악몽을 꾸고 있는 것 같사옵니다. 연청 공이 왔사옵니다.”

과연 유통훈이 두 태감의 부축을 받으면서 안으로 들어섰다. 그는 건륭을 향해 예를 갖추고자 두 태감의 잡은 팔을 물리치다가 비틀거렸다. 순간 건륭이 황급히 다가가 직접 그를 부축했다. 유통훈은 금방이라도 쓰러질 것처럼 병색이 완연했다. 건륭은 그 모습에 감동을 받은 듯 빙그레 웃어보였다.

“짐이 나가서 아는 사람을 좀 만나고 왔기로서니 어찌 이리 하나같이 못나게 구는가? 역영도 사람이네. 짐이 사냥터에서 호랑이를 쓰러뜨려 눕히고 곰을 쏴 죽이는 걸 경들도 익히 봐오지 않았는가. 그리고 짐의 무예도 어지간한 시위 뺨치는 수준인 걸 알면서 어찌 그리 놀라는 건가? 만에 하나 싸움이 붙었더라도 역영은 짐의 상대가 못 됐을 걸세.

이제 막 지천명至天命(50세)을 넘긴 사람이 이리 늙고 병들어서야 되겠나? 마음을 넓게 먹고 보양에 힘쓰게. 경과 같은 신하들을 월병 찍어내듯 많이 생산할 수 있으면 좋으련만 그렇지 못하지 않은가! 경은 짐의 아들들에게도 태산 같은 존재로 남아 있어야 하네."

건륭은 자신의 간곡한 말에 스스로 감동한 듯 눈물을 글썽였다. 그리고는 유통훈을 부축해 안락의자에 앉혔다. 유통훈은 긴 숨을 몰아쉬며 겨우 입을 열었다.

"신은 침으로 쓸모없고 무능한 사람이옵니다. 신은 심장을 도려내서라도 폐하의 성심을 움직이고 싶사옵니다. 다시는 가벼이 묘당廟堂을 떠나지 않으시도록 피눈물로 호소하고 싶사옵니다."

유통훈의 얼굴은 울다 못해 푸르스름하고 누렇게 떠 있었다. 그러지 않아도 검고 마른 얼굴이 이제는 보기가 딱할 정도였다. 그가 얼굴 못지않게 검고 까칠한 손등으로 눈물을 훔쳐내고는 부들부들 떨리는 두 손으로 건륭이 건네는 인삼탕을 받았다. 그러나 그릇을 들 힘도 없어 바로 떨어뜨릴 듯 위태로웠다. 그는 좌중의 사람들이 조마조마하게 지켜보는 가운데 인삼탕을 한 모금 넘겨 입술을 조금 적시더니 조심스레 그릇을 내려놓았다. 그리고는 늙고 쉰 목소리로 아뢰었다.

"신은 반평생 형부에 몸을 담고 있으면서 별의별 흉악범들을 다 봤사옵니다. 강호에는 의리와 신망을 중히 여기는 호한好漢도 있사오나 인성을 잃은 악랄하고 흉악한 자들이 대부분이옵니다. 폐하께서는 너무 인애로우시옵니다. 어쨌든 무사히 돌아오셨으니 실로 다행이옵니다."

"알았네, 짐이 경의 마음을 어찌 모르겠는가. 두 번 다시는 이런 일이 없을 테니 그만 안심하게."

건륭 역시 고굉대신의 눈물 어린 호소에 가슴이 뭉클해진 듯 목소리가 떨렸다. 유통훈은 건륭의 약속에 어느 정도 마음이 안정된 듯 표정이 다소 밝아졌다.

"당연히 역영은 두 번 다시 폐하 앞에 나타나지 못할 것이옵니다. 신은 이미 남경 전역에 비상경계령을 내리고 일지화 체포작전에 돌입했사옵니다."

건륭은 유통훈의 보고에 아무 말이 없었다. 그저 가볍게 고개를 끄덕여 보이고는 천천히 자리로 돌아가 앉았다. 이어 북경의 아계가 보내온 상주문들을 손가는 대로 집어 뒤적거렸다. 그러나 마음이 진정되지 않는 듯 상주문들을 다시 책상 위에 내려놓았다.

"오늘밤 역영과 오랫동안 깊은 얘기를 나눴네. 새롭게 느낀 바도 많네. 짐은 역영을 특사해주기로 약속했네. 역영도 교화를 받아들여 새로운 사람으로 거듭나기로 했네. 회개해서 조정에 귀순하겠다는 사람을 잡아들이면 뭐하고 천뢰天牢(감옥)에 처넣으면 또 뭐하겠는가! 연청 공, 경은 우리 대청大淸의 대들보이고 짐의 고굉대신이네. 그동안 이룩한 공로는 타의 추종을 불허하지. 짐은 이번에 경이 일지화 사건 때문에 얼마나 많은 밤을 새우고 노심초사했는지 누구보다 잘 알고 있네. 경의 살신성인의 희생 덕분에 짐 역시 평화롭게 역영과 마주할 수 있었던 것이 아니겠는가. 그러니 짐으로서는 더 이상 바랄 바가 없네. 꼭 피를 봐야 승리를 하는 것은 아니지 않은가? 이미 역영을 생포한 걸로 여겨 경에게 큰 공로를 내릴 것이네."

바로 그때 기윤이 기다렸다는 듯 나섰다.

"폐하께서는 그때 당시 한순간의 기분에 좌우되시어 특사를 약속하신 것이라 사료되옵니다. 역영 사건은 반드시 율법에 따라 공정히 처리해야 마땅하다고 생각하옵니다."

건륭은 기윤의 완강한 반대에 마음이 상한 듯 심드렁하게 대답했다.

"경들이야말로 율법에 따라 일을 처리해야 할 걸세.《대청률》삼천 조항 모두 삼강오상三綱五常에 그 기본을 두고 있네. 황제에게는 희언戲言이 없나니 짐은 특사의 약속을 거둘 수 없네."

기윤이 입술을 깨물었다. 그러나 감히 더 이상 토를 달지는 못했다. 그때 유통훈이 나섰다.

"인仁으로써 가르침을 주시되 정의의 이름으로 천고의 죄인을 엄히 벌해야 할 것이옵니다. 역영은 설령 날개가 돋쳤을지라도 남경을 빠져나갈 수 없을 것이옵니다. 신은 폐하께서 부디 천하위공天下爲公(천하는 사사로운 소유물이 아니라는 뜻)의 성심으로 이 사건을 냉정하게 판단하시기를 간청하옵니다. 절대 역영의 감언이설에 흔들리셔서는 아니 되옵니다."

기윤은 유통훈의 말에 고무된 듯 다시 답답한 심정을 한 구절의 시로 대변했다.

"그래서 선인先人들은 '천약유정천역로'天若有情天亦老(하늘에 정이 있으면 사람처럼 늙는다)라고 했나 보옵니다!"

"그 다음 구절은 모르나? '도시무정환유정'道是無情還有情이라 했지 않은가. 무정한 듯하면서도 유정한 것이 하늘이라고 하지 않았는가? 공맹의 도는 인仁에 뿌리를 두고 있네. 인이라는 것은 측은지심에서 발원하는 것이지. 간혹 인정人情이 곧 천리天理일 때가 있네."

건륭은 두어 마디 말로 즉각 유통훈과 기윤 두 신하에게 반박했다. 이어 자신의 확고한 뜻을 다시 내비쳤다.

"짐이 무원칙하게 인의仁義를 베푸는 사람이라고 생각하면 오산이네. 유강, 객이흠, 눌친과 경복 모두 면죄부를 받지 못했네. 고항과 전도 역시 결코 왕강王綱(왕권이 집행되는 제도와 질서)을 피해갈 수 없을 것이네. 그러나 역영은 그들과 다르네."

"물론 다르옵니다. 십악十惡의 대죄를 골고루 다 지은 천추의 죄인이니 말이옵니다!"

건륭은 신하들이 모두 특사를 반대하는 상황에서도 계속해서 역영을 감싸주려고 했다. 유통훈은 하늘이 무너지는 것 같은 충격을 금치 못했다. 심지어 그는 신하의 본분도 잊은 채 건륭의 말을 반박했다.

"공자는 극기복례克己復禮(스스로를 이기고 예를 갖추는 것)가 인이라고 했사옵니다. 예라는 것은 상하 질서를 정확하게 지키고 문란하지 않음을 뜻하는 것이라 하옵니다. 설령 작전이 실패해 역영을 생포하지 못할 경우에도 필히 그자의 뼈를 갈아 천지에 재를 뿌림으로써 후세에 경고를 해야 마땅하다고 생각하옵니다."

유통훈은 아직 몸이 채 회복되지 않은 상태였다. 조금만 흥분해도 숨소리가 거칠어지고 가슴이 옥죄어왔다. 아직은 흥분해서는 안 되었다. 그러나 그는 죽음을 각오하고 간언을 멈추지 않았다. 건륭도 지지 않았다.

"역영은 스스로 칭왕稱王을 하지 않았네. 성을 공략하거나 관부를 점령한 것도 아니네. 강산을 탈취해 제왕이 되려한 것도 아니었네. 그가 모역을 감행한 것은 스스로를 보호하기 위함이었네. 그래서 그는 다른 반적들과 구별된다고 생각하네. 짐은 그녀와 이야기를 나누어본 결과 그녀도 원래는 양순하고 착한 여인이었다는 사실을 알게 됐네. 현실의 핍박을 못 이겨 조금씩 반역의 수렁으로 빠져들었던 것이네. 그래서 산으로 올라가 역천逆天의 깃발을 올리고 조정에 대항했네. 그녀를 그럴 수밖에 없도록 몰아붙인 지방관들과 조정의 신료들도 모두 조금씩 책임이 있네. 짐은 그 죄를 조금이나마 분담하고자 하네. 그 사람은 자신의 과거에 대해 참회하는 마음이 엿보였어. 두 번 다시 사달을 일으키지 않겠노라고 다짐했네. 선제 때 증정曾靜과 장희張熙라는 자가 악종기를 종용해 모반을 일삼은 적이 있네. 그러나 선제께서는 그 같은 대역 죄인들을 주살하지 않았을 뿐만 아니라 관직을 내리고 관품도 수여하셨네. 경들의 논리대로라면 선제께서도 크게 잘못하셨다는 말인가?"

건륭의 말은 억지에 가까웠다. 역영을 비호하고자 하는 엉터리 궤변일 뿐이었다. 그러나 좌중의 신하들은 더 이상 반박할 엄두를 내지 못했다. 유통훈도 연신 마른침만 삼킬 뿐이었다. 하기야 황제가 친히 죄인의 죄를 '분담하겠다'는 데 신하된 입장에서 무슨 말을 더 하겠는가? 그러나 기윤은 달랐다.

"하늘은 죄를 지어도 용서받을 수 있으나 인간은 죄를 지으면 반드시 죗값을 치러야 하옵니다. 역영은 공공연히 천병에 항거하고 모반을 일삼았사옵니다. 급기야 나라를 혼란에 빠뜨렸사옵니다. 일지화는 대역죄인이옵니다! 폐하께서는 즉위 초에 증정과 장희를 주살하라는 명을 내리셨사옵니다. 하온데 오늘날 역영에 대한 특사를 역설하시면서 그 두 사람의 사례와 비교하신다는 것이 신은 이해가 가지 않사옵니다."

"선제가 용서하신 증정을 짐이 죽였으니 짐이 용서한 역영을 짐의 아들들이 없애든 말든 그건 지금 논할 일이 아니네."

건륭의 억지는 갈수록 심해져 신하들을 숨 막히게 했다. 유통훈과 기윤이 어떻게 건륭을 설득해야 할지 몰라 골머리를 앓고 있을 때였다. 밖에서 다급한 발소리가 들려왔다. 달리듯이 빠른 걸음으로 들어선 사람은 윤계선이었다. 그는 좌중의 사람들에게 알은체를 할 경황도 없이 곧바로 건륭에게 다가가 예를 갖추면서 아뢰었다.

"폐하! 역영이 동쪽 성문에서 이 리 밖에 있는 관풍루觀楓樓에 갇혀 있다고 하옵니다!"

역영은 결국 유통훈의 손아귀를 빠져나가지 못했다. 건륭은 마음이 착잡했다. 그러나 황제의 체면 때문에 애석함을 공공연히 드러낼 수가 없었다. 급기야 나른하게 등받이에 기대앉은 채 물었다.

"일어나서 천천히 아뢰어 보게. 지금은 어떤 상황인가?"

윤계선이 이마에 흥건히 밴 땀을 훔치면서 대답했다.

"동문을 통해 도주하려던 역영은 십삼태보들 중 첩자로 들어가 있던 두 태보에 의해 발목이 잡히면서 혼전이 벌어졌다고 하옵니다. 소식을 듣고 투입된 연입운이 막판에 조정을 배신하면서 막천파라는 이름으로 잠입해 있던 십이태보 황부명을 죽였습니다. 또 사정로로 불렸던 십삼태보 황부양은 중상을 입었다고 하옵니다. 때마침 역영의 도주로를 차단하고자 연자기와 도엽도 일대 부두를 돌던 황천패 등이 사정로가 터뜨린 불꽃 신호를 보고 달려가 역영은 독 안에 든 쥐 신세가 되었고, 관풍루에 갇혀버렸다고 하옵니다. 현재 관병 천여 명이 유용의 지휘하에 사방을 포위하고 있고, 역영 일행은 관풍루 안에서 관병들과 대치하고 있사옵니다!"

윤계선의 보고에 유통훈이 바드득 이를 갈았다.

"연입운 그 자식, 끝까지 구제불능이군! 개자식 같으니라고! 유용이 현장에서 지휘하고 있다고 했소? 안 되겠소, 내가 가봐야지!"

그러자 기윤이 진지한 눈빛으로 물었다.

"성 안의 백성들을 놀라게 하지는 않았소?"

윤계선이 즉각 대답했다.

"큰 혼란은 없었소. 그 일대는 민가가 적은 곳이오. 게다가 어두운 밤이라 몇몇 길 가던 사람을 제외하고는 구경나온 백성들이 없었소."

김홍은 아직 심장병이 다 회복도 되지 않은 몸으로 자리에서 일어나는 유통훈을 보고 황급히 만류했다.

"연청 공, 이제 겨우 몸이 회복되기 시작했는데 또 어디를 가겠다고 그러시오? 여기서 폐하를 모시고 기다리고 계시오. 이 사람이 계선 공과 함께 관풍루에 다녀오겠소. 반적들을 한 놈이라도 놓치는 날에는 이 사람에게 죄를 물으시오!"

건륭은 황제의 의사는 묻지도 않고 신하들이 자발적으로 움직이는 모습을 보고 한편 어이가 없으면서 걱정도 되었다. 역영은 융격이 활로를 열어주는 척하면서 뒤통수를 쳤다고 오해할 것 같았다. 그는 그렇게 생각하자 이루 말할 수 없이 마음이 착잡했다. 결국 찻잔을 내려놓으면서 말했다.

"짐도 가봐야겠네!"

유통훈과 김홍은 건륭의 말에 화들짝 놀라며 어찌할 바를 몰라 했다. 공공연히 역영을 비호하던 건륭이 현장으로 가봤자 깔끔한 사태 해결에는 도움이 안 될 것이 뻔했기 때문이었다. 유통훈이 막 입을 열어 말리려고 할 때였다. 기윤이 먼저 나섰다.

"신의 소견으로 폐하께서는 거동하시지 않는 것이 좋을 듯하옵니다. 수화불용水火不容의 위험천만한 현장이옵니다! 역영은 도천滔天(죄악이 극에 달하다)의 죄를 지은 대역죄인이니 죽어 마땅하옵니다. 폐하, 지금 책상 위에 산적해 있는 상주문 가운데 그 어떤 것을 뽑아보더라도 역영 사건보다 중요한 일이 적혀 있을 것이옵니다……."

건륭은 그러나 기윤의 말이 채 끝나기도 전에 일어나 밖으로 걸음을 옮기고 있었다. 때는 자정 무렵이었다.

관풍루는 남경성南京城 동문에서 2리쯤 되는 곳에 있었다. 그곳은 명 효릉으로 통하는 신도神道에서 북쪽으로 그리 멀지 않은 곳이었다. 주변이 온통 단풍나무숲이어서 가을이면 단풍 구경하기 딱 좋은 명승지였다. 그랬기에 원매는 다른 곳에서 예산을 아껴 모은 돈으로 그곳에 누각을 지은 다음 이름도 관풍루라고 지었다. 그 후 가을철이면 수많은 여행객들의 발길을 끌어모으던 그 관풍루는 이 시각, 짙은 어둠 속에서 포효하는 바람소리와 함께 섬뜩한 분위기에 싸여있었다.

건륭 일행은 달리는 말에 채찍질을 가하면서 관풍루 앞에 당도했다. 소식을 접한 유용이 마중을 나와 기다리고 있었다. 그러나 그가 미처 예를 갖추기도 전에 건륭이 손사래를 치면서 말에서 내렸다.

"그래, 지금 상황은 어떠한가?"

"관풍루 안에 갇혀있는 자들 중 멀쩡한 자는 하나도 없사옵니다. 연입운은 등에 황천패의 칼을 맞았사온데 상처가 가볍지 않나 보옵니다. 역영을 비롯한 네 여자들도 크고 작은 부상을 입었사옵니다. 지금 그들은 관풍루 안에서 꼼짝도 하지 않고 있사옵니다. 소리쳐 불러도 아무 대답도 없사옵니다. 신은 이렇게 대치하고 있다가 날이 밝는 즉시 일거에 생포하는 것이 바람직하다고 생각하옵니다. 밤중에 무리하게 혼전을 벌이다가는 놓칠 위험이 크다고 사료되옵니다."

건륭은 유용의 말이 끝났는데도 묵묵히 관풍루만 바라보면서 말이 없었다. 그러자 기윤이 대신 나섰다.

"날이 밝으면 더 큰 혼란을 초래할 수 있어. 고함소리가 커지고 사향팔리四鄕八里의 백성들이 몰려들면 혼란은 둘째치고 천 명 대 다섯 명이 싸우는 꼴불견이 고스란히 드러날 게 아니겠나? 성 안에서는 어가를 영접하는 분위기가 한껏 무르익어가고 있는데 이런저런 유언비어가 퍼져서 좋을 게 뭐가 있겠는가? 지금은 역영을 설득해 스스로 투항하게 하는 것이 최선이야. 그렇게 해봤는가?"

기윤의 질문에 편한 차림에 장검을 든 황천패가 유용 대신 대답했다.

"목이 터지게 불러도 아무런 대꾸가 없습니다! 저 도둑년이 무슨 사술을 부리는지 몇 번이고 안으로 돌격했으나 가까이 접근할 수가 없습니다. 멀리서 보면 대충 쌓아놓은 책걸상인데, 가까이 다가가 보면 그것이 전부 높다란 담으로 변해 있습니다. 유용 나리께서 그러시는데 이는 기문팔괘奇門八卦에 속하는 어떤 술수라고 하옵니다."

그때였다. 넷째태보 요부화廖富華가 특유의 거칠고 높은 목소리로 관풍루를 향해 외치기 시작했다.

"역아무개 듣거라! 너희들은 이제 독 안에 든 쥐야. 옹기 안의 거북이 신세가 됐다고! 미친 연놈들아, 고집부리지 말고 어서 나와! 콧대가 그리 높으면 당당하게 나와서 나하고 겨뤄보자!"

장내의 사람들은 이번에는 혹시나 하고 바짝 귀를 기울였다. 과연 관풍루 안에서 작게나마 무슨 소리가 들려오는 것 같았다. 잠시 기다리자 한쪽 창문이 벌컥 열렸다. 이어 통증 때문에 허리도 제대로 펴지 못하는 연입운이 모습을 드러냈다. 그는 손가락으로 요부화를 가리키면서 소리쳤다.

"허튼소리 마라! 내가 너하고 겨뤄봐서 잘 알아. 그 실력으로 우리 역주와 겨루겠다고? 하하, 웃다가 이빨이 빠질 노릇이구먼! 아래에서는 잘 듣거라! 나는 지금 역주와 혼인을 해서 동방화촉을 밝히고 있으니 작작 떠들란 말이야!"

이 마당에 혼인을 하다니! 건륭을 비롯해 윤계선과 유통훈 등, 장내의 사람들은 어이가 없었다. 칼을 든 십삼태보들은 킥킥거리면서 웃음을 겨우 참고 있었다. 그때 건륭이 차가운 음성으로 말했다.

"이번에는 유용, 자네가 직접 얘기해보게. '융격' 패륵이 와 있다고. 역영은 할 말이 없느냐고 묻게!"

유용이 건륭의 명령을 듣고는 바로 아버지 유통훈을 힐끔 쳐다봤다. 그러나 유통훈은 말할 것도 없고 윤계선, 김홍과 기윤 등은 모두 입을 꾹 다문 채 침묵하고 있었다. 유용이 관풍루를 향해 돌아섰다. 이어 숨을 크게 들이마신 후 손나팔을 만들어 건륭이 시킨 말을 외쳤다. 아니나 다를까, 창문에 역영의 모습이 나타났다. 그녀는 융격의 모습을 확인하려는 듯 고개를 숙인 채 아래를 내려다보고는 물었다.

"아직 다 못하신 말이 있습니까?"

"내가 몇몇 대신들과 의논해 자네를 특별사면해주기로 했네. 아직도 늦지 않았네. 조정에 투항하고 죄를 용서받도록 하게. 내가 목숨만큼은 살려주겠네!"

건륭이 차분하게 설득했다. 그 말에 역영의 얼굴에 동요하는 표정이 어렸다.

"그러면……, 연입운과 우리 자매들까지도 전부 용서해주실 수 있다는 말씀이십니까?"

건륭이 꾹 다문 입술에 힘을 주었다. 이번에는 그가 침묵할 차례였다. 잠시 기다리던 역영은 처연하게 마지막 한마디를 내뱉었다.

"우리의 인연은……, 끝났습니다."

이어 창문이 닫혔다. 순간 건륭의 얼굴이 험악하게 일그러졌다. 그는 이내 결심한 듯 단호하게 명령을 내렸다.

"태워버려!"

유통훈을 비롯한 신하들은 마침내 내린 건륭의 용단에 크게 안도했다. 유용은 건륭의 말이 떨어지기 무섭게 명령을 내렸다. 기름에 적신 불화살 수백 발이 일제히 관풍루를 향해 날아갔다.

일층과 이층에서 거의 동시에 불이 붙었다. 그리고는 불과 몇 분 만에 무서운 기세로 관풍루 전체를 집어삼켰다. 하늘로 치솟는 거대한 불기둥이 주위를 대낮처럼 환하게 비췄다. 꽝! 꽝! 폭발음과 함께 기염을 토하는 불길은 마치 거대한 활화산 같았다. 1000여 명의 이목이 집중된 가운데 불길 속에서 탈출하는 사람은 한 명도 없었다. 대신 불길 속에서 마치 취객들처럼 비틀거리면서 '춤추는' 무리들 사이로 역영의 처절한 노랫소리가 끊어질 듯 이어졌다.

가엾은 벽혈화碧血花야! 바람에 꺾이고 비에 쓰러져 죽어가는 벽혈화야. 만리 모래바람이 저승길을 가리니 곤곤滾滾한 홍진紅塵은 찰나였구나. 이내 영혼이 머물 곳은 천애지각 그 어디에 있을까.

이윽고 노랫소리도 활화산의 기염에 눌린 듯 더 이상 들리지 않았다. '취객'들은 모두 사라지고 역영의 모습 역시 시커먼 연기에 가려 보이지 않았다. 잠시 후 쿵! 하는 굉음과 함께 관풍루는 폭삭 내려앉고 말았다……

"그만 돌아가지! 이번 사건에 기여한 모든 이들의 공로를 후하게 치하할 것이네. 군자는 포주庖廚(푸줏간, 즉 살생의 현장을 의미)를 멀리 하라고 했네. 하지만 짐은 오늘 처음으로 포정庖丁(백정)이 되어 봤네. 골회骨灰를 찾을 수 있으면 찾아서 영곡사에 묻어주게."

건륭은 기름 가마처럼 들끓던 가슴이 식어가자 담담하게 명령했다. 하지만 얼굴에는 여전히 안타까운 기색이 남아 있었다.

그 끔찍한 사건이 있은 이후 건륭은 한동안 말수가 줄어들었다. 평소 허물없이 농담을 주고받던 친신親臣들과 우스갯소리를 하는 일도 없었다. 8월 8일 '어가입성'御駕入城 의식이 끝나고 계명사에 있는 행궁으로 거처를 옮겨서도 크게 달라지지 않았다. 8월 15일 양강 총독아문에서 연회를 베풀어 현지 유로遺老들을 초청한 자리에서는 더 심했다. 장정옥에게 다가가 몇 마디 음식기거飮食起居와 관련한 안부를 묻고 유로들에게 '지방의 큰어르신'들로서의 역할을 제대로 해줄 것을 간단히 당부하고는 조용히 자리를 떴다.

그렇게 달리 특별할 것도 없는 평범한 나날이 한동안 이어졌다. 그러다 8월 27일 윤계선은 부항의 상주문을 받았다. 그의 낯빛은 상주문을 읽을수록 심상치 않게 바뀌었다. 급기야 다급하게 기윤을 찾았다.

윤계선은 서안西安으로 출발하기에 앞서 가족들과 함께 총독아문에서 나와 있었다. 그리고 건륭이 금치당에서 계명사 행궁으로 거처를 옮기면서 기윤은 윤계선이 원래 기거하던 내원으로 들어갔다. 그렇게 해서 다섯 명의 군기대신들 중 세 명이 총독아문에 거주하게 됐다. 따라서 총독아문은 원래의 경호원, 북경에서 파견 나온 선박영 어림군, 그리고 내무부 태감들이 뒤섞여 경호를 서는 장소가 되었다. 경계가 삼엄한 것은 당연했다. 윤계선이 그런 경계 초소 몇 개를 지나 서원西院 월동문을 나서자 북쪽 서재 쪽에서 홍주弘晝가 팔자걸음을 걸으며 나타났다. 홍주가 온 줄을 전혀 모르고 있던 윤계선이 흠칫 놀라 멈춰서면서 인사를 했다.

"화친왕마마, 여기는 언제 당도하셨습니까? 아계는 어찌 사전에 편지 한 통도 없는지 참……."

홍주가 히죽 웃어보이고는 입을 열었다.

"내가 이르지 못하게 했네. 폐하께 드릴 말씀도 있고, 여기 상주문도 있네. 내 마누라만 해도 버거운데 남의 마누라까지 달고 오느라 힘이 들었다네. 사라분의 처자 말일세."

"지금 기윤 공을 만나러 가시는 길이옵니까? 그런데 사라분의 처자가 어찌……?"

윤계선이 놀라서 눈을 동그랗게 떴다. 홍주가 별것 아니라는 듯 손사래를 쳤다.

"궁금해도 조금만 참게. 그래, 기윤에게는 무슨 볼일이 있어서 가는 길인가?"

"부항이 부상을 당했다고 합니다."

윤계선의 입에서 튀어나온 말은 그야말로 아닌 밤중에 날벼락이었다. 홍주 역시 꿈에도 생각하지 못한 일이었다.

37장

치세治世의 도道

홍주는 윤계선의 말을 듣고는 걸음을 뚝 멈췄다. 그리고는 한참 후에 야 히죽 웃음을 지어보였다.

"이 사람아, 농담할 게 따로 있지. 그 정도면 국가 대사야. 그런 국가 대사를 가지고 감히 농담을 해? 부항이 부상을 당했다면 자네가 과연 이렇게 태연할 수 있겠나?"

"사실입니다. 하지만 가벼운 찰과상 정도라고 합니다. 금천의 사라분 유민流民들이 암살을 시도했다고 합니다. 자객을 잡았으나 하루 만에 다 시 풀어줬다고 합니다."

윤계선이 미간을 모으며 정색을 한 채 대답했다. 홍주가 그 말에 고 개를 갸웃거렸다.

"부항 그 양반도 참 웃기는군! 자기를 저승으로 보내려 한 자를 하루 만에 풀어줬단 말인가? 자, 다 왔으니 안에 들어가서 얘기를 나누지!"

방 안에서는 기윤의 코 고는 소리가 요란했다. 그는 도서편찬 문제 때문에 전날 밤늦게까지 관리들을 접견하고 새벽녘에야 잠자리에 들었으니 피곤할 만도 했다. 그러나 유용은 젊은 사람답게 금세 피곤을 회복하고는 벌써 도착해 바깥의 사랑채에서 기다리고 있었다. 윤계선은 아직 화친왕 홍주를 만난 적이 없는 유용에게 서둘러 그를 소개했다.

"화친왕마마이시네. 어서 머리를 조아려 문후 올리지 않고 뭘 꾸물대는가? 이쪽은 유연청의 아들 유용이라는 자입니다. 도찰원 행주, 군기처 장경 겸 좌도어사 직을 맡고 있습니다. 장래가 촉망되는 젊은이입니다."

유용은 윤계선의 말이 끝나자마자 격식을 갖춰 홍주에게 인사를 올렸다.

"됐네, 그만하게! 바쁜 사람이 한가한 사람에게 무슨 인사를 그리 길게 하나! 그런데 소개할 필요도 없구먼. 유통훈을 빼다 박았네, 뭘."

홍주가 얼굴 가득 웃음꽃을 피운 채 부채 끝으로 유용의 머리를 살짝 건드리면서 말했다. 이어 발을 걷고 안방으로 들어갔다. 그리고는 요란하게 코를 골면서 꿈나라를 헤매는 기윤의 귀를 사정없이 비틀었다.

"일어나, 일어나! 해가 중천에 떴는데 아직까지 코를 골면 어떡하나!"

기윤은 누가 갑자기 단잠을 깨운 것이 기분 나빴는지 버럭 화를 내려고 눈을 반쯤 떴다. 그러다 눈앞에서 싱글벙글 웃고 있는 홍주를 발견하고는 아직도 꿈을 꾸는 줄 알고 손등으로 두 눈을 힘껏 비볐다. 그렇게 잠시 동안 멍하니 바라만 보다가 급기야 벌떡 일어나 앉았다. 이어 속곳차림 그대로 엎드려 문후를 여쭙고 나서 덧붙였다.

"꿈에 마누라가 애를 데리고 와서 가족이 모처럼 단란한 한때를 보내고 있었습니다. 그런데 하필이면 지금 오실 게 뭡니까! 밖에 잠깐 앉아 계십시오. 얼굴 한 번만 문지르고 오겠습니다."

홍주는 기윤의 말대로 안방에서 나왔다. 이어 주인 자리 손님 자리가리지 않고 손 가는 대로 아무 의자나 당겨 자리에 앉았다. 그리고는 유용에게 이것저것 물었다.

"연청 공은 요즘 어떤 약을 복용하는가? 물어봐도 대답을 하지 않아서 자네에게 묻는 걸세. 내가 돈이나 물건을 보내는 게 부담스러운가 보지?"

유용은 처음에는 친왕이라는 신분 때문에 홍주에게 어려운 마음이 컸다. 그러나 홍주가 허물없이 편하게 대해주자 긴장이 한결 풀리는 듯했다. 이어 고개를 숙여 예를 차리고는 차분하게 대답을 했다.

"평소에는 천패川貝, 빙편氷片, 안혼식신환安魂息神丸을 드시고, 응급상황에는 폐하께서 하사하신 소합향주蘇合香酒를 드십니다."

홍주가 유용에게 자리를 권하면서 말했다.

"이곳에 엽천사라는 신의神醫가 있네. 내가 어젯밤 도착하자마자 머리가 어지럽고 맥박이 불규칙하기에 그를 불러서 침을 한 대 맞았어. 아, 그랬더니 직통이더라고. 언제 한번 불러다 자네 아버지 병을 봐 달라고 하게. 어의들 중에는 쓸 만한 놈이 하나도 없어. 엽천사를 북경으로 데려다 태의원에 눌러 앉히든가 해야지, 원."

홍주가 잠시 입을 다물었다가 덧붙였다.

"업무 보고를 위해 일찍부터 와서 기다렸나 보군?"

기윤이 수건으로 얼굴의 물기를 닦으면서 유용 대신 대답했다.

"이 사람이 불렀습니다. 지방에서 올려 보낸 도서 목록을 보니 큰 게 하나 걸린 것 같습니다. 장씨라는 늙은 선비의 집에서 명나라 숭정崇禎황제의 옥첩玉牒이 발견됐다고 합니다. 그자의 성도 원래는 주씨朱氏라는 말도 있어요. 아무튼 뭔가 문제가 있는 사람이라고 합니다. 이밖에 복건성 쪽에서도 역서逆書가 몇 권 올라왔습니다. 뭐 주삼태자朱三太子의 아들이 여송呂宋(필리핀의 루손 섬)에 살아 있다느니, 십만 정예병을 거느리고 명나라 부흥을 시도한다느니 하는 말도 안 되는 내용이 적혀 있다고 합니다. 사실 무근이라고는 하나 그래도 섬뜩하지 않습니까? 그래서 유용을 불러 조사하라고 하려던 참이었습니다."

윤계선은 기윤의 말을 옆에서 듣고 있다가 자신도 모르게 흠칫 놀랐다. 주삼태자는 강희 8년부터 마치 지독한 악몽 속의 유령처럼 나타났다 사라졌다 하기를 거듭하면서 옹정과 건륭 황제까지 괴롭히고 있으니 이제는 진저리가 났다. 한마디로 뜬소문인 줄 뻔히 알면서도 간과할 수 없는 것이 주삼태자와 관련한 소문이라고 할 수 있었다.

홍주가 고개를 갸웃거리면서 말했다.

"내가 대충 따져 봐도 우리 대청에서 여태까지 잡아들인 주삼태자가 열댓 명도 넘은 것 같은데? 순치 십칠 년, 강희 육십일 년, 옹정 십삼 년 동안에 말이야. 그렇게 긴 세월동안 주삼태자가 설령 살아 있다 하더라도 아마 백 살은 넘겼을 걸? 그러나 조정으로서는 대단히 민감한 사안인 만큼 폐하께 아뢰게."

"친왕마마와 원장 공께서는 같이 오셨습니까?"

기윤이 무거운 화제를 피하고자 다소 가벼운 화제로 말머리를 돌렸다. 이어 홍주, 윤계선과 유용 등에게 차를 권하고는 덧붙였다.

"친왕마마께서 여기까지 친히 걸음을 하시어 폐하를 알현하고자 하시는 걸 보면 필히 중요한 용무일 것 같습니다."

홍주는 기윤의 말에 웃는 듯 마는 듯한 표정으로 대답했다.

"중요한 일은 무슨! 사라분의 처가 폐하를 알현하는 게 소원이라고 해서 데리고 온 것뿐이네. 서리가 내리고 추운 북경보다는 강남 경치가 더 수려할 것 같아 구경도 할 겸 겸사겸사해서 내려왔지. 또 한 가지, 상주문을 통해 아뢰기보다 폐하의 앞에서 직접 말씀 올리면 나을 일도 있고 해서 말이야."

기윤이 히죽 웃으면서 다시 입을 열었다.

"바로 그 부분이 궁금한 것입니다. 불감고성어不敢高聲語(감히 큰 소리로 말을 못한다)의 뜻은 공경천상인恐驚天上人(하늘나라 사람들이 놀랄 것을 우려한다)이라고 하지 않았습니까?"

홍주는 기윤의 말에 사라분의 처 타운이 건륭을 알현하기 위해 백방으로 노력해도 안 되자 급기야 조혜의 집에 들이닥친 전후사연을 자세히 들려줬다. 그러나 정작 중요한 위가씨의 이궁移宮 사실에 대해서는 입도 벙긋하지 않았다. 윤계선은 홍주가 그 정도의 일 때문에 금릉까지 내려올 사람이 아니라고 생각했기에 다른 일이 있을 거라고 확신했다. 하지만 그는 그 생각은 잠시 접어뒀다. 그리고는 부항이 사천四川에 도착한 뒤 배에서 내려 육로에 접어들었을 때 자객을 만난 자초지종을 사람들에게 보고 받은 대로 자세히 털어놓았다. 홍주는 얘기를 끝까지 듣고나더니 한마디 내뱉었다.

"그자들이 그 지랄을 해서는 사라분에게 득이 될 게 하나도 없겠는데 말이야."

기윤이 홍주의 말이 끝나자 시계를 꺼내보더니 유용에게 지시했다.

"자, 슬슬 막수호로 출발하라고. 숭정황체 옥첩 사건은 철저하게 조사하도록 하게. 원래 성이 주씨가 맞는지 여부도 반드시 밝혀내야 하네. 폐하께서 남순 중이시니 평화롭고 상서로운 분위기를 깨서는 안 된다는 걸 항시 명심하게. 수사에 착수하되 너무 요란스럽게 떠들고 다니지는 말게. 자네도 이제는 방면대원方面大員의 반열에 오른 사람이네. 매사에 대국大局적인 차원에서 착안해 중요한 것과 덜 중요한 것을 구분해 처리하는 안목을 배워야 할 것이네. 황천패에게 도움을 요청하게. 진보적인 강호 세력들과 손잡고 도둑과 불순분자를 걸러내는 그의 일에도 적극 협조하도록 하게. 일지화 사건을 통해 공로에 맛을 들였으니 아마

의욕이 넘쳐 있을 것이네. 내가 한 말을 명심하고 돌아가서 그들을 소집해 구체적인 방책을 강구해보게."

유용은 즉시 일어나 예를 갖추고 물러났다. 윤계선 역시 자리에서 일어나 홍주와 기윤에게 인사를 했다.

"친왕마마, 이 사람은 오늘 서안으로 출발해야 합니다. 그럼 여기서 작별인사를 고하겠습니다. 어제 폐하께서는 연청 공의 건강을 무척 걱정하셨습니다. 연청 공의 어깨에 너무 무거운 짐을 지우지 말라고 하셨습니다. 그리고 기윤 공, 폐하께서는 유용에게도 숨 돌릴 틈을 줘가면서 일을 맡기라고 당부하셨소. 기윤 공은 워낙 박학다식하고 다재다능하니 공무 외에 아랫사람들과의 분위기도 잘 조율할 수 있으리라 믿소. 가끔씩 서신을 주고받기로 하자고요. 폐하의 안위도 기윤 공이 이 사람을 대신해 각별히 신경 써주기를 바라오."

기윤은 홍주와 함께 밖으로 나가면서 대답했다.

"이쪽 염려는 붙들어 매고 계선 공이나 몸조심해서 잘 갔다 오시오. 강남 사람은 서안의 양고기 냄새에 적응하기 무척 어렵다던데, 그래 누구를 데리고 가오?"

윤계선이 바로 대답했다.

"원매를 데리고 가기로 했소. 문관이니까 총독아문에 남아있어 봤자 마땅히 할 게 없소. 인재는 인재인데 말이오. 어떻게 서안 지부로 눌러앉힐 방법이 없는지 공이 이부에 언질을 넣어 보오."

기윤이 청탁 비슷한 윤계선의 말에 빙그레 웃었다.

"그거야 어려울 게 없지만……, 다만 금기서화琴棋書畵에 능한 그가 그쪽에 가면 친구가 없어 외로울까봐 그게 걱정이오."

윤계선은 홍주와 기윤을 멀리까지 배웅하고 나서 돌아섰다. 이어 부지런히 떠날 채비를 하기 시작했다.

홍주와 기윤 두 사람이 가마를 타고 막수호에 도착했을 때는 신시申時 무렵이었다. 건륭의 처소로 정한 행궁은 비로원 아랫자락에 있었다. 강희 23년에 착공해 여러 해가 지난 뒤 완공된 곳이었다. 그러나 정작 강희황제는 여섯 차례의 남순 길에 단 한 번도 이곳에 머문 적이 없었다. 분지盆地 형태로 우묵하게 꺼진 곳이라 양자강 물이 불어나면 위험할 수 있었기 때문이다. 이위는 그래서 양강 총독으로 부임한 이후 이곳 행궁의 안전을 위해 가까이 있는 양자강의 제방을 높이가 두 배가 되도록 든든하게 쌓았다. 그 후부터는 그 어떤 홍수가 들이닥쳐도 걱정이 없었다. 심지어 옹정 11년에는 백년에 한 번 있을까 말까 한 홍수가 발생했는데도 이곳은 전혀 피해를 입지 않았다.

건륭은 이곳 행궁을 무척이나 좋아했다. 절간의 저녁 북소리와 새벽 종소리를 들을 수 있는데다 천하절경 막수호의 경관을 내려다볼 수 있다는 게 좋은 모양이었다. 아무려나 이 때문에 역대 양강 총독들은 이곳 행궁 수선에 엄청난 공을 들였다. 지금은 그래서 백년 노송, 푸른 대나무와 늘어진 버드나무들이 울창한 숲을 이루게 됐다. 묘하게도 그 안에 자리 잡은 홍장황와紅墻黃瓦(붉은 담장과 황금색 기와)는 멀리서 보면 북경의 창춘원과 매우 흡사했다. 물론 아쉬운 점도 없지는 않았다. 황제의 행궁인지라 경계가 너무 삼엄한 것이 옥에 티라면 티였던 것이다. 일반인의 출입이 엄격히 통제되어 아름다운 막수호에 유람객들의 화방畵舫(놀이배)이 뜰 수 없는 것도 아쉬웠다.

행궁 입구에는 접견을 기다리는 관리들이 많았다. 대부분은 기윤과 안면이 있었다. 그중에는 감히 알은체를 못하고 먼발치에서 기윤을 우러러보는 말단 지방관들도 없지 않았다. 반면 산동, 안휘, 복건, 강서 등 몇 개 성의 순무들은 황급히 다가와 기윤에게 인사를 했다.

기윤이 화친왕 홍주를 사람들에게 소개하고자 막 입을 열려고 할 때였다. 홍주가 먼저 채문彩門 옆에 서 있던 5품 관리를 향해 반색하면서 손짓을 했다.

"어이, 자네 귀덕貴德현의 단세덕段世德이 아닌가? 오품관이 되더니 이 제는 친왕도 안중에 없다 이건가? 그래, 승진은 언제 했나?"

단세덕이라고 불린 5품 관리는 당장에 종종걸음으로 달려왔다. 이어 머리를 조아렸다.

"그렇습니다. 하관 단세덕입니다. 친왕마마께서 가마에서 내리실 때부 터 알아봤습니다. 하오나 워낙 관품이 미천한지라 감히 앞으로 나설 수 없었습니다. 소인은 친왕마마 덕분에 올해 하남성 신양信陽부에 한 자 리 마련하게 됐습니다."

홍주가 빙그레 웃음을 지었다.

"자네가 보내준 그 여치 말이네. 그놈이 몸집은 작아도 아주 날렵하 더군. 열셋째패륵부의 '무적대장군'無敵大將軍과 붙어서도 전혀 기죽지 않 고 오히려 한바탕 때려주고 왔다는 것 아닌가! 말이 났으니 말인데 이 것만은 분명히 알아두게. 자네가 승진한 것은 내 덕이 아니라 그놈 여 치 덕분이네. 다음에는 메추리나 몇 마리 보내게. 신양 메추리들이 잘 놀거든."

단세덕은 홍주의 말이 끝나기 무섭게 감지덕지한 표정을 한 채 허리 를 굽실거렸다.

"예, 여부가 있겠습니까! 절대 백성들에게 피해를 주지 않고 친왕마마 의 마음에 쏙 드는 놈으로 구해 보내겠습니다. 기노旗奴의 자그마한 성 의로 받아주시면 고맙겠습니다."

"봄 메추리는 '춘초'春草라고 하는데, 못 써! '추백'秋白이라는 가을 메 추리는 그런대로 괜찮아. 그러나 가장 쓸 만한 놈은 겨울의 '동영웅'冬英 雄이지. 너무 살쪄워도 안 되고 너무 말라도 맥을 못 춰. 수컷 소리만 들

어도 날개를 쫙 펼치고 대가리 빼들며 달려들 태세를 취하는 그런 놈
으로 골라오게."

홍주가 신이 나서 손짓 발짓 하면서 떠들고 있을 때였다. 측문에서 태
감 복의가 종종걸음으로 달려 나왔다. 이어 한쪽 무릎을 꿇어 예를 갖
추더니 가볍게 숨을 몰아쉬면서 아뢰었다.

"폐하께서는 장춘헌에 계십니다. 친왕마마께서 패찰을 건네셨다고 아
뢰니 기윤 중당과 함께 들라고 하십니다."

그러자 막 흥이 올라오던 홍주가 김이 새는지 입을 쩝쩝 다셨다.

"효람, 들어가지!"

행궁에는 용도甬道(건물 사이를 잇는 복도)가 없었다. 그러나 크고 작은
전각殿閣들은 예사롭지 않았다. 모두 강남의 산자야山子野(건축가)들이
소주蘇州 원림園林의 고풍스러운 멋을 본떠서 건축한 명품들이었다. 호수
를 따라 늘어선 붉은 칠을 한 전각의 난간은 일직선으로 이어져 정자와
맞닿아 있었다. 난간에는 군데군데 의자가 그네처럼 걸려 있었다. 잠깐
쉬어가면서 호수의 미려한 풍광을 느낄 수 있게 한 것이었다.

복의는 두 사람을 안내하면서 꼬불꼬불 이어진 숲길을 걸어갔다. 그리
고는 여기저기 가리키면서 소개했다.

"저쪽에 보이는 정전은 '일승전'日昇殿이라고, 폐하께서 대신을 접견하
시는 곳입니다. 왼쪽의 '월항전'月恒殿은 황후마마의 처소이고요, 오른쪽
의 '성공원'星拱院은 귀비 나랍씨와 진비 하씨, 그리고 영영과 언홍 두 빈
이 기거하는 곳입니다. 또 그 밖에 성공원 서쪽으로는 자녕궁이라 명명
한 궁전이 있습니다. 태후마마의 처소입니다."

복의가 숨 돌릴 새도 없이 설명하느라 입에 침이 마를 때였다. 태감 왕
팔치가 마중을 나오더니 함박웃음을 지었다.

"이 회랑 서쪽에 있는 저 압수정자壓水亭子는 북경 노염친왕老廉親王의

서재를 본떠 지은 것입니다. 폐하께서는 보통 저곳에서 상주문을 어람하시고 사람을 접견하십니다. 일명 '장춘헌'이라고 하죠."

홍주와 기윤은 왕팔치를 따라 조금 더 안으로 들어갔다. 과연 '장춘헌'長春軒이라는 커다란 편액이 걸려 있는 건물이 보였다. 왕팔치가 아뢰었다.

"두 분께서는 들어가실 때 발소리를 조금만 낮춰 주십시오. 황후마마께서 가야금을 뜯으시고 폐하께서 시를 읊고 계십니다."

홍주와 기윤은 잠시 걸음을 멈추고 귀를 기울였다. 과연 안에서 심산유곡의 물소리를 방불케 하는 청량한 가야금 소리가 은은히 들려왔다. 그 소리가 흘러나오는 장춘헌 밖 복도에는 얼굴이 깎아지른 듯 날카롭게 야위고 6품 정자를 단 젊은 관리가 기다리고 있었다. 안색이 약간 창백해 보이는 30대 초반의 관리였다. 기윤이 그를 턱짓으로 가리키면서 낮은 목소리로 말했다.

"두광내라고 하는 자입니다. 스물두 살에 이갑 진사에 급제해 한림원에 들어와 지금은 소인을 따라 《사고전서》 편수작업의 행주를 맡고 있습니다. 가장 먼저 고항을 탄핵한 자이기도 합니다."

홍주가 알겠다는 듯 고개를 끄덕였다. 안에서는 가야금 소리에 맞춰 건륭이 시가를 읊는 소리가 들려왔다.

초근목피는 재해를 입은 굶주린 백성들의 비상식량이라고 하네. 힘껏 구휼해 그런 일이 없을 줄 알았거늘 이마저 없어 못 먹는 이들의 피난행렬이 길다고 하니, 과연 그 아픔을 어찌 안무按撫하면 좋을꼬? 가루를 빻아 죽을 쑤어 내주니 구름이 비친 사발 위에 이내 눈물 금할 길 없었다오. 부끄럽고 면목 없소. 참으로 천하의 어버이가 체면이 말이 아니오……

홍주와 기윤은 밖에서 조용히 서서 건륭의 음창을 들었다. 둘은 백성을 향한 건륭의 지극한 마음에 감동한 나머지 콧마루가 찡해졌다. 얼마 후 인기척을 느낀 듯 안에서 건륭의 목소리가 들려왔다.

"셋 다 들게."

홍주를 필두로 한 세 사람은 함께 안으로 들어갔다. 그중 두광내는 지척에서 건륭의 용안을 대면하는 것이 처음이었다. 이런 경우, 대부분의 사람들은 길게 엎드린 채 숨도 제대로 못 쉬고 고개도 못 드는 것이 정상이었다. 그러나 그는 공손하게 엎드려 머리를 조아리고는 천천히 고개를 들었다. 건륭은 크고 널찍한 목탑木榻(나무걸상) 위에 다리를 괴고 앉아 있었다. 그 앞 낮은 탁자 위에는 서류가 산더미처럼 높이 쌓여 있었다. 또 그 옆에 있는 큰 접시에는 음식이 반쯤 남아 있었다. 아직 김이 나는 걸로 보아 건륭은 수라를 들던 중인 듯했다. 그러나 황후는 옆자리에 없었다. 두광내가 주의 깊게 살펴보니 나무걸상 북측으로 노란 주렴이 미풍에 흔들리는 것이 보였다. 황후는 안방에 들어가 있었던 것이다.

건륭 역시 여느 신참들처럼 겁에 질려 사시나무 떨 듯 하지 않고 당당하게 예를 갖춘 후 무릎을 꿇고 있는 두광내를 천천히 쳐다봤다. 그리고는 속으로 '예사 담력를 가진 자가 아니로구나!' 하고 생각했다. 그가 곧 대기 순서와 무관하게 홍주를 향해 입을 열었다.

"그 먼 길을 달려오고도 피곤하지 않은가? 어디를 그리 돌아다니는가? 역관에도 없고……. 간 곳을 모르니 심려를 놓을 수가 없었네. 나이는 어디로 먹는지, 언제쯤 철이 들 텐가?"

건륭이 온돌에서 내려서더니 직접 홍주를 일으켜 세웠다. 그리고는 기윤에게 말했다.

"경도 일어나 자리에 앉게."

건륭이 두광내는 그대로 내버려둔 채 왕팔치에게 명령을 내렸다.

"친왕과 기윤에게 차를 올리거라."

건륭은 말을 마치고는 여느 집의 자상한 형님처럼 애틋한 눈빛으로 홍주를 위아래로 훑어봤다. 이어 자상한 어조로 덧붙였다.

"어쩐지 살이 좀 빠진 것 같군. 기색은 그런대로 괜찮아 보이지만 말일세."

"폐하의 안색은 아우가 기대한 것보다 좋지 않아 보이옵니다."

홍주는 왕팔치로부터 받아든 찻잔을 입가로 가져가지 않고 조심스레 탁자 위에 내려놓았다. 이어 정감 어린 눈빛으로 건륭을 바라보았다.

"폐하께 심려를 끼쳐드려 죄송하옵니다. 아시다시피 이 아우는 어딘가에 매이고 갇히는 걸 질색하는 병이 있지 않사옵니까? 역관에 있으면 별의별 어중이떠중이들이 다 기웃거릴 것 같아 밖으로 도망간 것이옵니다. 정신 사나운 건 딱 질색이옵니다."

건륭이 홍주의 말에 알겠다는 듯 고개를 끄덕였다. 동시에 접시 위에 남은 시커먼 덩어리를 가리켰다.

"이게 뭔지 아는가? 두광내가 올려온 건데, 안휘성 태호太湖현 백성들이 먹고사는 곰팡이가 낀 겨떡이라고 하네. 오늘 두광내를 단독으로 접견하고자 했던 것도 모두 이 때문이었네. 짐뿐만 아니라 태후마마를 제외한 황후와 모든 후궁들에게 한 조각씩 나눠줬네. 남기지 말고 다 먹으라고 했네. 황후는 비위가 약해서 짐이 대신 먹어주기로 했네. 아직 반이 남았네. 점심도 이걸로 해결할 참이네. 짐은 영원히 이 곰팡이 맛을 잊을 수 없을 것 같네."

말을 마친 건륭은 길고도 깊은 한숨을 토했다.

"북경에 있는 친왕과 패륵들에게도 이 기막힌 맛을 보이고자 짐이 조금씩 봉투에 넣어 쾌마로 보내주라고 했네!"

기윤은 건륭의 말을 듣고 다시 한 번 코끝이 찡해졌다. 급기야 감격에 젖은 목소리로 아뢰었다.

"폐하께서는 실로 요순堯舜의 성심을 지니셨사옵니다. 어미지향魚米之鄕으로 유명한 태호현 백성들이 이 정도로 기아에 허덕인다는 사실은 가히 충격이옵니다. 재상으로서 이를 미리 살피지 못한 신의 책임을 물어주시옵소서. 간청하옵건대 나머지는 모두 신에게 상으로 내려주시옵소서. 신이 다 먹도록 하겠사옵니다."

기윤이 연신 머리를 조아리고 나서 무릎걸음으로 건륭에게 다가갔다. 이어 접시 위의 겨떡을 집어 한입 크게 베어 물었다. 식감이 깔깔하고 곰팡이 냄새가 코를 찔러 씹지도 않았는데 벌써 구역질이 치밀었다. 그럼에도 기윤은 끝까지 씹은 다음 목구멍으로 넘겼다. 백성들은 삼시 세끼 이런 떡으로 연명하다니! 죽지 못해 사는 사람들에 대한 측은지심이 그를 스치고 지나갔다. 자기도 모르게 눈물이 주르륵 흘러내렸다. 두광내 역시 눈물을 흘리면서 쉰 목소리로 아뢰었다.

"신은 폐하의 부름을 받고 달려오면서 심히 걱정이었사옵니다. 폐하께서 진노하시어 신에게 크게 벌을 내리실 거라고 생각했사옵니다. 폐하께서 기아와 추위에 허덕이는 초민草民들의 고초를 이처럼 통촉해 주시니 구중창궁九重蒼穹이 감화해 눈물을 흘릴 일이옵니다. 신은 부끄러워 몸 둘 바를 모르겠사옵니다. 명촉明燭 같으신 성심이 기라정원綺羅庭園만 밝히지 않으시고 피폐한 망옥亡屋까지 따사롭게 비추시오니 세상이 바로 서지 않을 까닭이 있겠사옵니까!"

홍주 역시 고개를 끄덕이면서 무거운 음성으로 입을 열었다.

"신이 내황內黃을 지나면서 보니 그곳 백성들은 관음토觀音土로 허기를 달래고 있었사옵니다. 물론 극소수이지만 신은 그들에게도 관심을 보여야 한다고 생각하옵니다."

원래 기윤은 지독한 육식 체질이었다. 기름기가 번지르르한 돼지 뒷다리 고기만 삼시세끼 한 달 내내 먹을 수도 있다는 사실을 건륭까지 알 정도였다. 그런데 그의 배 속에 곰팡이 낀 겨떡이 들어갔으니 어떻게 됐겠는가! 기윤의 배 속에서는 바로 항의 농성이 시작되었다. 기윤이 급기야 꾸르륵거리며 요란한 소리가 나는 배를 움켜잡은 채 분노에 찬 음성으로 아뢰었다.

"식량에 곰팡이가 낄 때까지 끌어안고 있다가 도저히 못 먹게 되니 그제야 백성들에게 나눠준 몰염치하고 비인간적인 지방관들의 책임을 물어야 마땅할 것이옵니다!"

건륭이 고개를 끄덕였다.

"두광내, 짐은 자네가 쓴 《전시책론》殿試策論을 읽어봤네. 학문도 뛰어나고 필체도 달필이더군. 그러나 내용에 융통성이 없고 너무 딱딱한 것 같아 최종 선발 때 낙방시켰네. 방금 지적한 약점만 잘 보완한다면 앞으로 큰 인물이 될 수 있을 걸세. 짐은 아직 젊고 유능한 자네에게 큰 기대를 걸고 있네. 자네는 이제 《사고전서》 편수작업에서 철수하고 도찰원으로 돌아가게. 거기에서 민간 채풍采風(민간에 들어가서 민정과 민속을 이해하는 일을 함) 업무를 맡도록 하게. 자네를 불러들인 건 짐이 겨떡을 먹었다는 것을 보여주기 위함이 아니라 경에게 직주권直奏權을 주고자 함이었네. 이제부터는 경이 짐을 대신해 '망옥亡屋을 따사롭게' 비춰주기를 바라네."

건륭의 말이 끝나기 무섭게 왕팔치가 대궤大櫃 위에서 노란 함을 내렸다. 이어 두광내에게 건네주면서 공손하게 말했다.

"이 금 열쇠는 나리께서 가지고 계십시오. 폐하께서도 하나 가지고 계십니다. 기밀을 요하는 상주문이 있으면 이 함에 넣어 내무부에 보내시면 폐하께 바로 전달될 것입니다. 밀주문은 반드시 본인이 직접 써야 합니다. 폐하께서 주비를 달아서 내려 보내시면 읽어보신 뒤 황사성에 보내 보관하시면 됩니다. 이 점을 유의하십시오."

"성은이 망극하옵니다!"

두광내가 조심스럽게 함을 받아 바닥에 내려놓으며 머리를 조아렸다.

"신은 또 고항과 전도의 부정부패와 수뢰, 직무 유기, 황음무치 등 죄상에 대해서도 아뢰고자 하옵니다. 폐하께서는 빠른 시일 내에 용단을 내리시어 이 둘의 죄상을 낱낱이 밝히고 그 죄를 물으심이 마땅할 것이옵니다!"

"경이 양주에서 올려 보내 상주문은 벌써 읽어봤네. 급할수록 돌아가라고 했으니 너무 서두르지 말게. 죄상을 낱낱이 밝히려면 시간이 필요하네. 달리 상의할 것이 있으니 경은 그만 물러가게. 아뢸 말이 있거나 생각나는 바가 있으면 상주문을 올리도록 하게."

두광내는 마치 강보에 싸인 갓난아기를 안 듯 조심스레 노란 함을 안고는 뒷걸음질로 물러갔다. 건륭이 창문 너머로 멀어져가는 그의 뒷모습을 바라보면서 다시 말을 이었다.

"강직하고 사심이 없는 사람이네. 파특아의 말에 따르면 매일 날이 밝기도 전에 나와서 대궐이 있는 방향을 향해 절을 올린다고 하네. 모난 돌이 먼저 정을 맞는다는 말도 있으나 모두 동글동글하고 뺀질뺀질한 와중에 저리 모난 사람이 있다는 자체가 신기하고 기쁘다네. 간혹 외골수로 빠지더라도 저 사람의 모난 습성을 갈아버리려고 하지는 말게. 잘 키우면 제이의 손가감, 사이직으로 자라 종묘사직에 크게 기여할 묘목이네!"

기윤은 진작부터 홍주가 이번에 남경으로 찾아온 이유가 결코 사라분의 처 타운을 데려다주기 위한 것 정도로 단순하지 않다는 것을 직감하고 있던 차였다. 필히 다른 일이 있다고 생각했다. 그러나 그것이 크게 궁금하지는 않았다. 또 알아서 득이 될 것 같지도 않았다. 때문에 그는 서둘러 자리를 뜨고 싶은 생각에 황급히 장상공張相公이라는 늙은 이가 옥첩을 소장하고 있었다는 사실을 상주했다. 그리고 잠시 침묵한 후에 덧붙여 아뢰었다.

"유용이 장아무개를 취조할 때 신이 옆에서 지켜봤사옵니다. 그자는 일흔 전후의 늙은이였사옵니다. 절대 숭정崇禎의 아들이라고 고집할 수 없는 나이였사옵니다. 명나라 말기, 이자성이 자금성을 공략하면서 황실 문서, 글씨와 그림들이 대량으로 민간에 유출됐사옵니다. 장아무개도 그때 당시 누군가로부터 넘겨받아 소장했을 가능성이 크옵니다. 옥첩만 소장하고 있었을 뿐 무리를 만들고 요언을 날조하는 따위의 본분을 벗어난 행동은 보이지 않았사옵니다. 신의 소견으로는 이 일을 무작정 역모로 몰고 가는 건 바람직하지 않을 것 같사옵니다."

"짐의 생각은 경과 다르네."

건륭의 얼굴에는 피곤기가 역력했다. 많은 생각을 한 듯 했다. 곧이어 건륭이 차를 조금 마셔 목을 축이고 나서 말을 이었다.

"짐은 요 며칠 동안 상주문을 어람하고 나서 틈틈이 강남도서채방총국江南圖書採訪總局에서 찾아낸 금서禁書들을 몇 장 넘겨봤다네. 솔직히 짐은 당치도 않은 요술로 민심을 현혹시킨 것 따위에는 개의치 않네. 그런데 경도 읽어보면 놀랄 만한 내용들이 심심찮게 눈에 띌 것이네. 어떤 자는 '주색朱色은 정색正色이 아니다. 이종異種들이 칭왕稱王하는 세상을 뒤엎어야 한다'면서 역모를 꿈꾼 대명세戴名世를 세상에 둘도 없는 '절재'絶才라고 공공연히 미화하기도 했네. 이런 분위기 속에서 그 장아무개가 주씨朱氏(숭정황제를 가리킴)의 옥첩을 그냥 골동품 삼아 여태까지 소장하고 있었겠는가?"

건륭은 처음에 도서 수집을 명했을 때 문제 도서를 소장한 사람의 죄는 일률적으로 묻지 않겠노라고 공언한 적이 있었다. 그런데 지금 와서는 딴소리를 하고 있었다. 그의 말은 어의를 번복할 수도 있다는 뜻을 내포하는 것이었다. 그러나 어떤 이유로 문제 도서들을 소장했는지는 모르지만 아무튼 그런 사람들을 전부 '대역죄인'으로 몰고 간다면 앞으로 누가 감히 책을 내놓으려고 하겠는가? 기윤은 거기까지 생각이 미치자 잠시 망설인 끝에 용기를 냈다.

"수집한 서적들은 문화전은 물론 무영전에도 꽉 차고 넘칠 정도로 많사옵니다. 어떤 책은 전명前明의 유로遺老들이 저술한 것이어서 우리 대청에 대해 불경스런 언사를 내비친 내용도 있사옵니다. 그러나 이를 소장했던 산야우민山野愚民들 중에는 글이 짧고 먹물을 적게 먹어 책 내용이 무슨 뜻인지 모르는 사람도 많사옵니다. 이런 사람들을 이유를 불문하고 대역죄로 다스릴 경우 민심 안정에 역효과를 불러올 소지가 크옵니다."

기윤은 잠시 생각을 정리하는 듯하더니 다시 말을 이었다.

"역영은 대청 역사에 전무후무할 역모죄인이지만 폐하께서는 하늘같은 호생지덕好生之德으로 그 잔당의 죄를 묻지 않을 것을 명하셨사옵니다. 거기에 비하면 책을 무분별하게 소장하고 있었던 몽매한 자들의 죄가 더 무거운 것은 아니라고 생각되옵니다."

건륭은 기윤과는 생각이 달랐다.

"이 두 부류는 당연히 동일시할 수 없네. 천하를 다스림에 있어 항시 먼저인 것은 공심攻心(마음을 공략하는 일)이네. 치술治術은 그 다음이라네. 역영을 비롯한 백련교, 홍양교 신도들은 대부분 지지리도 암담한 현실에서 도피하기 위한 수단으로 그 같은 사교를 택한 사람이네. 우매하고 무지해 사술邪術에 목숨을 건 운운중생芸芸衆生이 얼마나 가여운가. 그러나 서적을 다루는 자들은 성질이 다르지. 그자들은 손에는 붓, 속에는 역심을 품은 자들이라네. 속에 먹물이 가득 찬 자들이 흑심을 품으면 그 위험성과 파괴력이 엄청나다는 걸 알아야 하네. 곰팡이 낀 겨떡이나 심지어 흙을 주워 먹는 자들도 군부君父의 은혜에 감지덕지할 줄 알지만 자나 깨나 모여 모역謀逆을 꿈꾸는 자들의 눈에는 군부도 없는 법이지. 그러니 어찌 이 두 부류를 동일시할 수 있겠는가?"

건륭이 말을 마치고는 책상 위를 뒤적거렸다. 이어 책 한 권을 찾아냈다. 그는 그것을 기윤에게 던져주었다.

"효람, 자네는 가슴에 만 권의 서적을 품은 사람이네. 혹시 이런 기서奇書를 본 적이 있나?"

기윤은 건륭이 건넨 책을 받아들고 살펴봤다. 남색 바탕에 흰 글자로 쓰인 책의 제목은《견마생시초》堅磨生詩钞였다. 기윤이 고개를 갸웃하면서 잠깐 생각하더니 대답했다.

"견마생堅磨生, 이는 분명 필명筆名일 것이옵니다. 이 단어는《논어》의〈양화〉陽貨 편에 나오는 것이옵니다. 그 뜻은 '진정 견경堅硬한 물체는 갈아도 얇아지지 않고, 그 어떤 괴롭힘을 당해도 굴하지 않는다'는 것이옵니다. 이는 어느 불순분자의 시가 틀림없사옵니다."

"짐과 화친왕은 이자를 직접 만나봤었네."

건륭이 경멸에 찬 시선으로 시집을 노려보더니 천천히 말을 이었다.

"본명은 호중조胡中藻로, 내각 학사를 지낸 인물이지. 과거 섬서성과 광서성에서 학정까지 지냈던 인물이네. 유명한 한림이고 죽은 악이태의 고족高足(제자)이지. 망발의 달인이고 경거망동의 대부이지. 그러니 어찌 불순하다 뿐이겠는가!"

기윤은 건륭이 기세등등하게 말하는데 감히 더 뭐라고 토를 달 수가 없었다. 순간 그의 가슴은 놀란 토끼를 품은 듯 심하게 쿵쾅거렸다.

38장
여일중천如日中天

　황후의 병이 점점 악화됐다. 백약이 무효였다. 어의들은 그저 식은땀만 줄줄 흘렸다. 급기야 건륭은 기윤에게 신의神醫로 소문난 엽천사라는 의원을 불러오도록 했다. 유통훈이 총독아문에서 주치의 정도로 부리는 사람이었다.

　기윤은 말을 타고 총독아문으로 돌아와서는 바로 공문결재처로 엽천사를 찾아갔다. 윤계선과 김홍은 없었다. 그래서 그런지 뜰이 텅 빈 것 같은 느낌이 들었다. 우牛씨 성을 가진 막료가 홀로 앉아 담배연기를 뿜어내는 모습이 신기하게 보일 정도였다. 그는 기윤이 들어가자 황급히 일어나며 공손히 인사했다.

　"엽천사는 어디 있는가?"

　막료가 기윤의 물음에 바로 대답했다.

　"그 사람은 대가리 떨어진 파리처럼 어디를 싸돌아다니는지 종잡을 수가 없습니다. 방금 전까지도 연청 중당에 대해 불만을 토로했었습니다. 아직도 십년 동안은 아무 문제도 없을 병을 가지고 자신을 데려다 옭아맨다면서 투덜거리더니 아편을 한 대 태우고 나갔습니다."

기윤은 길거리의 개들도 외면한다는 엽천사의 못생긴 몰골을 떠올리고는 피식 웃었다.

"대충 짐작이 가는 데는 없나?"

막료가 잠시 생각하더니 대답했다.

"순포사巡捕司 동원東院으로 가보십시오. 순포사 대장의 며느리가 죽어 장례식을 치르고 있으니 아마 거기에 가 있을 수 있습니다. 여기 온 지 얼마 안 된 사람인데 마구간의 마씨에서부터 측간의 똥을 푸는 장씨에 이르기까지 모르는 사람이 없습니다. 엽천사는 정말 팔방미인입니다."

기윤은 웃으면서 뜰을 나섰다. 멀리서부터 상갓집의 생황소리가 처량하게 들려왔다. 기윤은 소리 나는 방향을 따라 동쪽으로 향했다. 예전에 가마를 대던 곳인 교고轎庫, 마차를 대던 거고車庫, 마구간, 채소밭 그리고 총독아문 전용 도살장까지 모두 텅텅 비어 있었다. 지난번 건륭이 비로원에서 총독아문으로 거처를 옮기면서 이곳의 사람과 물건들을 모두 다른 곳으로 옮겨간 탓이었다. 기윤은 뜰 네 개를 가로질러 다시 쪽문으로 나가 동쪽으로 꺾어들었다. 곡 소리는 바로 코앞에서 들려오고 있었다. 귀청이 찢어질 것 같았다. 척 봐도 무슨 배우처럼 생긴 네 명의 연주가들이 술기운이 벌겋게 오른 얼굴로 나팔을 불고 북을 치느라 여념이 없었다. 그 옆의 아역들이 살고 있는 낮은 건물 앞에는 천막 네 개가 준비돼 있었다. 긴 두루마기와 짧은 마고자 차림을 한 아역들은 이미 술을 한잔 걸쳤는지 목소리를 높여 뭔가 열심히 떠들어대고 있었다.

그러나 기윤이 사람들 틈을 아무리 샅샅이 살펴봐도 엽천사의 모습은 보이지 않았다. 상주는 기윤이 이런 곳에 걸음을 할 줄은 미처 상상도 못했던 듯 크게 놀라면서 종종걸음으로 다가와 머리를 조아렸다. 이어 황송해마지 않아 하면서 말을 건넸다.

"이놈 유부귀柳富貴의 며느리가 죽어 조촐하게나마 거애식擧哀式을 갖다 보니 본의 아니게 중당 대인을 놀라게 해드렸습니다. 큰 죄를 지었습니다."

"생로병사는 인지상정인데 그게 무슨 죄가 되겠는가. 그런데 엽천사가 여기 와 있지 않은가? 혹시 두 사람은 친지간인가?"

기윤은 제 일만 제일 우선이라고, 급한 김에 남의 장례식상을 혼란스럽게 만들었다는 생각에 겸연쩍은 웃음을 지어보였다.

"소인과 엽천사는 둘 다 양주 태생입니다. 한 고향이라 서로 친척처럼 가깝게 지내고 있습니다. 그 양반도 평소에 우리 며늘아기를 무척 귀애하셨습니다. 그런데 갑자기 이런 변고를 당하니 상심이 큰지 지금 영구 앞에서 오열을 하고 있습니다. 사는 게 넉넉하지 못해 관도 준비하지 못했습니다. 그냥 보내야 할 것 같습니다."

유부귀가 침통한 어조로 대답했다. 기윤은 그가 가리키는 곳으로 시선을 돌렸다. 과연 한쪽에 안치된 침대 위에 스무 살 남짓한 젊은 여자가 누워 있었다. 엽천사는 그 옆에 꿇어앉아 시체의 얼굴을 가린 종이까지 치워놓고는 눈물콧물 범벅이 된 채 오열하고 있었다. 고인의 친지와 가족들은 곱지 않은 눈길로 엽천사를 지켜보고 있었다. 아무리 비통하다지만 남의 아녀자의 시체를 껴안고 만져보면서 우는 엽천사가 도무지 이해가 되지 않았던 것이다. 기윤이 봐도 저게 뭐 하는 짓이냐 싶었다. 도대체 누가 상주이고 누가 문상객인지 헷갈릴 정도였다.

기윤이 미간을 찌푸리면서 막 돌아서려고 할 때였다. 갑자기 엽천사가 울음을 뚝 그치더니 무릎을 털고 일어났다. 이어 유부귀에게 깜짝 놀랄 말을 했다.

"자네 며느리는 기절했네. 그저 잠깐 숨이 끊어졌을 뿐이네. 아직 죽지 않았어. 송곳이나 바늘이 있으면 가져오게, 어서!"

유부귀는 믿어지지 않는다는 표정으로 잠시 멍하니 서 있었다. 다른 사람들도 모두 하던 일을 멈추고 무슨 엉뚱한 소리냐는 듯 엽천사를 바라봤다. 기윤은 그제야 엽천사가 슬피 우는 척하면서 '망자'의 맥을 짚어봤다는 걸 짐작하고 황급히 소리쳤다.

"이 사람아, 송곳을 가져오라는데 뭘 하나?"

"예? ……예, 예!"

기윤의 득달에 비로소 제정신이 든 유부귀는 허둥지둥 안방으로 들어갔다. 이어 이곳저곳을 마구 헤집더니 송곳을 비롯해 뜨개바늘, 돗바늘, 수놓는 바늘 등 뾰족한 물건들을 한움큼 들고 나왔다.

엽천사는 낚아채듯 그것들을 빼앗아들고 하나씩 촛불에 가져다 댔다. 이어 인상을 찡그릴 정도로 뜨겁게 바늘을 달구고 나서 다른 손으로 여자의 버선을 마구잡이로 당겨 벗겨냈다. 이어 먼저 인중혈人中穴을 찌를 것이라는 기윤의 생각과는 달리 두 발의 용천혈에 침을 하나씩 꽂았다. 그리고는 사람들에게 저만치 가 있으라고 하더니 여자의 옷을 쫙 찢어버렸다. 곧 여자의 봉긋한 젖가슴이 드러났다. 엽천사는 주저 없이 가슴을 움켜잡고 젖가슴 바로 밑과 겨드랑이에 바늘을 하나씩 꽂았다. 기윤도 의술에 일가견이 있었으나 도대체 그곳에 무슨 혈 자리가 있는지는 몰랐다. 아무려나 엽천사의 동작은 대단히 빨랐다. 불과 몇 초 사이에 여자의 몸 여기저기에 바늘이 가득 꽂혔다. 구경하던 사람들은 모두 경악을 한 채 입을 다물지 못했다.

엽천사가 드디어 무릎을 털고 일어나더니 붓을 들었다. 그리고는 누런 종이에 괴발개발 몇 글자를 적더니 유부귀에게 건넸다.

"가서 이 처방대로 약을 지어오게!"

유부귀는 며느리가 가슴을 훤히 드러낸 채 사람들 앞에 누워 있다는 사실이 못내 민망한 모양이었다. 바로 애꿎은 아들에게 버럭 화를 냈다.

"야, 이놈아! 어서 아무거나 가져다 덮어주지 않고 뭘 해? 이 등신 같은 놈아!"

기윤은 여자에게서 한순간도 눈을 떼지 않았다. 침을 꽂고 조금 지나자 과연 여자의 누렇게 뜬 낯빛이 조금씩 혈색을 회복하는 것 같았다. 엽천사는 자신만만한 표정으로 차를 마시면서 여자의 주위를 어슬렁거렸다. 잠시 후 여자의 입술이 미약하게 달싹이기 시작했다. 그러자 엽천사는 찻잔 대신 술잔을 바꿔들고 여자의 머리 쪽으로 다가갔다. 이어두 손으로 여자의 귀를 힘껏 잡아당겼다 놓고는 여자의 입안에 술을 부어넣었다. 그리고는 찰싹찰싹 뺨을 두어 번 때리더니 욕설을 퍼부었다.

"이 썩어 문드러질 년아, 진짜 뒈진 것이 아니면 어서 일어나! 여러 사람 울리지 말고!"

엽천사의 기상천외한 행동을 본 좌중 사람들의 반응은 제각각이었다. 죽은 사람을 괴롭힌다고 생각해 분개하는 사람이 있는가 하면 신기한 듯 유심히 지켜보는 이들도 있었다. 어떤 자는 웃음을 참느라 입을 감싸쥐고 킥킥댔다. 바로 그때 기윤이 실성한 듯 소리를 질렀다.

"깨어났어!"

유부귀는 화들짝 놀라면서 민망스러운 표정을 감추지 못한 채 며느리에게 바싹 다가갔다. 과연 여자의 입술은 연지를 바른 듯 발갛게 핏기가 돌더니 그 사이에서 들릴 듯 말 듯한 신음소리가 새어나왔다. 마치 깊은 잠에서 깨어나듯 눈꺼풀도 천천히 올라가기 시작했다. 웅성거리는 사람들 틈에서 드디어 실낱같지만 또렷한 목소리가 흘러나왔다.

"내가…… 지금 어디 있지?"

삽시간에 와! 하는 함성과 함께 떠나갈 듯한 박수갈채가 터져 나왔다. 사람들은 엽천사를 번쩍 들어 헹가래치면서 기쁜 마음을 숨기지 못했다.

　엽천사를 데리고 공문결재처로 돌아온 기윤은 우 막료에게 깨끗한 의복을 가져다주라고 지시했다. 그리고는 엽천사가 곧 행궁으로 가서 황후를 진맥할 것이라는 기별을 넣게 했다. 그 사이에 기윤은 엽천사에게 옷을 갈아입히고 삼궤구고三跪九叩를 비롯한 여러 가지 예법을 서둘러 가르쳤다. 그러나 성정이 자유분방한 엽천사는 말귀를 잘 알아듣지 못하고 제멋대로 했다. 가까스로 익힌 몇 가지 동작도 돌아서면 금세 잊어버리고는 했다. 시간은 없고 상황은 급했다. 어쩔 수 없는 상황에서 기윤이 말했다.

　"잘 모르겠으면 그냥 무작정 무릎을 꿇고 머리를 조아려. 그렇게 말고 조금 더 부드럽게. 심궁深宮의 규수처럼 부드럽고 얌전하게 하면 돼! 방금 전 유부귀 며느리에게 했던 것처럼 황후의 몸에 손을 대서는 절대 안 되네. 그렇게 했다가는 뭐 주고도 뺨 맞는 격으로, 병을 치료했을지라도 칭찬을 못 받을 거야. 침을 놓고 약 처방을 내리는 것은 눈치 볼 것 없이 마음대로 하게. 자네 의술은 내가 믿지만 혹시 들어가서 실수라도 할까봐 그게 제일 걱정이네."

　"병을 치료하려면 의도醫道를 따라야 합니다. 환자를 대할 때는 빈부귀천을 따지지 않고 똑같이 생각해야 합니다. 그래서 나는 우리 생약가게 이름도 '동인당'同仁堂이라고 지었다는 거 아닙니까."

　엽천사가 콧구멍에 손가락을 넣고 코딱지를 후비면서 말을 이었다.

　"방금 전 유부귀의 며느리 같은 경우는 기절한 지 이미 사흘이나 지났는지라 인중이나 찌르고 인당이나 꾹꾹 눌러봤자 아무 효과가 없습니다. 그건 병을 치료하는 게 아니라 시체를 데리고 노는 것이죠. 걱정하지 마십시오, 중당 대인. 우리 집 할망구 진맥하듯 그리 정성스럽게 하면 될 거 아닙니까."

엽천사는 갑자기 아편 인이 발작한 듯했다. 말을 마치자마자 부랴부랴 주머니에서 곰방대를 꺼내들었다. 이어 아편을 꽉꽉 채워 넣고는 불을 붙여 입에 물더니 게걸스레 뻑뻑 빨아대기 시작했다. 기윤은 '쇠귀에 경 읽기'라는 걸 알면서도 입궁한 뒤 갖춰야 할 예의범절에 대해 또 한 번 입이 닳도록 설명했다.

아편을 물고 황홀경에 빠진 엽천사는 채 듣지도 않고 다 알겠노라면서 고개만 끄덕거렸다. 이어 콧노래를 흥얼거리면서 실컷 아편을 피웠다. 그때 태감 복의가 도착했다. 기윤은 엽천사의 등을 떠밀어 가마에 태웠다. 그리고 자신은 유통훈이 있는 북쪽 서재로 갔다. 엽천사에 대해 몇 마디 물어보고 나서 바로 행궁으로 뒤따라가려고 한 것이었다. 그러나 기윤은 문을 열고 들어선 순간 흠칫 놀라고 말았다. 유통훈이 고항, 전도와 마주 앉아 있었던 것이다!

놀랍게도 고항의 목에는 쇠사슬이 감겨져 있었다. 전도의 목에도 나무로 만든 항쇄가 씌워져 있었다. 그러나 둘 다 무릎은 꿇지 않고 작은 걸상에 나란히 앉아 있었다. 두 사람의 신색도 생각했던 것보다는 훨씬 괜찮아 보였다. 의복도 괜찮은 편이었다. 다만 머리카락과 수염은 오랫동안 손보지 않은 듯 고슴도치처럼 비죽비죽 자라나 있었다. 유통훈은 책상 앞에 앉아 있었다. 유용은 그 옆, 황천패는 조금 떨어진 곳에 서 있었다. 두 사람 모두 방금 전 크게 혼이 난 듯 표정이 황황해 보였다. 기윤은 유통훈이 앉으라면서 자리를 권하자 그제야 원래의 표정을 회복하면서 자리에 앉았다.

"폐하께서 연청 공의 건강을 염려하시어 나에게 잠깐 들러보라고 해서 왔소! 엽천사의 처방이 괜찮았소?"

기윤이 관심 어린 어조로 물었다. 유통훈이 즉각 대답했다.

"내 병은 쇠뿔 빼듯 단김에 뺄 수 있는 게 아니라더군. 조급해하지 말고 마음을 차분히 가지고 피로하지 않게 몸을 잘 보양하면 문제될 게 없다고 들었소. 그가 지어준 약을 먹으니 가슴이 답답하던 증상이 훨씬 덜해진 것 같소. 아무튼 특별한 효과가 있기는 한 것 같소."

기윤은 고개를 끄덕이면서 고항과 전도 두 사람을 바라봤다. 벼슬길에 오르기 전에는 박주산채薄酒山菜에도 음풍농월吟風弄月을 즐기면서 허물없이 지내왔던 벗들이었다. 그런데 지금은 항쇄 쓴 죄인들이 돼 감히 눈길도 마주치지 못하고 있으니 이게 웬일이란 말인가? 그로서는 마땅히 건넬 위로의 말이 생각나지 않아 답답하기만 했다.

"두 사람을 부른 건 방금 얘기했던 그 이유 때문일세."

유통훈이 다시 두 사람에게 얼굴을 돌리면서 엄숙한 표정으로 말했다.

"두 사람의 진술이 엇갈리오. 둘 중 누군가는 분명히 거짓말을 하고 있다는 얘기지. 이렇게 나오면 사태 해결에 전혀 도움이 안 되오. 자칫 폐하의 불같은 분노를 유발해 그대들이 더 큰 불측의 처지에 빠질 수도 있소. 나 유통훈이 인정머리 없다는 식으로 말하는데 그건 아닌 것 같소. 건륭 십삼 년에 나는 벌써 고항 그대의 해관세 착복혐의를 포착하고 수사에 착수했었소. 그때 그대가 울고 불면서 착복 금액 삼천이백 냥을 당장 게워내고 두 번 다시 같은 잘못을 범하지 않겠다고 손이 발이 되게 빌지 않았소? 그래서 나는 하늘이 알고 땅이 알고 그대와 나만 아는 비밀로 하자고 그쯤에서 손을 뗐었소. 그리고 전도, 자네는 이시요에게서 구리 삼만 근을 빌려 놋그릇상인들에게 넘겨 칠천 냥도 넘는 차액을 챙겼었어. 그 일 역시 자네 체면을 봐서 적당히 보상금만 내는 선에서 조용히 넘어갔었지. 솔직히 내 마음에 죄책감을 가지면서까지 벗을 구해줄 요량으로 그리 해줬건만 두 사람은 개과천선은커녕 더욱더 헤어나지 못할 범죄의 수렁에 빠지고 말았소!"

유통훈이 급기야 책상까지 두드리면서 말을 이었다.

"지금이라도 먹은 것을 토해내라는 말이오. 두 고래의 입에서 고작 사만 냥밖에 안 나오다니, 이게 말이나 되오? 우리가 지금까지 조사해서 밝혀낸 액수와 엄청난 차이가 있소!"

고항과 전도는 불안한 듯 몸을 움찔거렸다. 고항이 먼저 입을 열었다.

"장부를 소각하기 전에 주청을 올렸고, 그에 대해 윤허를 받았소. 그리고 내가 이시요, 장유공, 노작, 늑민, 악선, 그리고 죽은 눌친 대인과 거래했던 내역은 기억나는 대로 다 적어 올렸소. 못 믿겠다면 이 사람들을 불러 대질심문하면 될 거 아니오."

이번에는 전도가 입을 열었다.

"명색이 한 지역의 부모관이라는 사람이 본분을 망각하고 검은 돈을 챙기는 데만 혈안이 됐으니 죄를 피할 수 없을 것 같습니다. 이시요에게 구리를 빌려 불상을 두 개 만들면서 차액은 내가 챙겼습니다. 이시요는 그 내막에 대해 모릅니다. 주머니 사정이 빈약한 관리가 어려움 때문에 유혹을 뿌리치지 못한 점 널리 양지해 주십시오. 정말 사정상 어쩔 수 없었습니다. 죽을죄를 묻는다고 해도 할 말은 없습니다. 다만 죄신이 죽기 전에 폐하를 한 번만이라도 면성面聖해 사죄를 청할 수 있도록 연청 중당께서 기회를 만들어주셨으면 여한이 없겠습니다!"

가만히 듣고만 있던 기윤은 전도의 말을 듣고는 바로 고개를 절레절레 저었다. 고항과 전도 두 사람은 마음가짐부터 달라 보였다. 그러니 두 사람의 진술이 엇갈리는 것은 당연한 일이었다. 고항은 이 사람, 저 사람을 끌어들여서 가능한 한 일을 크게 벌이고 싶어 하는 것 같았다. 연루된 사람이 많을수록 건륭이 모두에게 중죄를 묻기 껄끄러울 것이라고 생각한 것이다. 이에 반해 전도는 죄는 인정하되 용서를 구하는 쪽으로 조금 더 현명하게 대처하고 있었다. 기윤은 속으로 고항을 '멍청이'라고 욕하면서 전도의 처지도 안타깝게 생각했다. 그때 유통훈이 통보하듯 두 사람에게 말해주었다.

"두 사람은 내일 중으로 남경을 떠나 북경으로 압송될 거요. 물론 같은 배에 태워 보내지는 않겠지. 북경에 지인들이 많으니 탐옥探獄(면회) 오는 사람들도 많을 텐데 다른 사람들의 도움을 바랄 생각은 애초에 그만두는 게 좋겠소. 이 사람, 저 사람의 가랑이를 잡고 늘어져봤자 역효과만 불러일으킬 뿐이니 자중하시오. 사내대장부로 태어났으면 적어도 자기가 한 짓에 대해서는 책임을 지고 죄를 뉘우쳐야 할 게 아니오? 내가 봤을 때 그대들의 유일한 살 길은 숨김없이 죄를 자백해 성심聖心을 감동시키는 것밖에 없는 것 같소."

유통훈이 말을 마치고 나서 황천패에게 명령을 내렸다.

"두 사람을 원래대로 격리해서 수감시키게!"

유통훈이 기윤을 향해서 얼굴을 돌렸다.

"나는 벌써 이틀째 폐하께 문후를 여쭈러 가지 못했소. 매일 문후 올리러 올 필요가 없다는 폐하의 특지特旨가 계시기는 하오만 그래도 마음은 늘 폐하께 가 있다오."

유통훈이 물러가는 고항과 전도를 외면하면서 말을 이었다.

"폐하께서는 강남의 풍광을 즐기실 여유도 없으신 것 같소. 이쪽으로 오신 뒤 더 다망해지셨으니 존체가 심히 염려되오. 사소한 일은 신하들에게 맡기시고 조금 더 여유를 가지시라고 간언을 드려 주시오. 유통훈이 죽으면 '장통훈', '마통훈'이 나와 뒤를 이을 것이니 이 사람에 대해서는 심려를 거두시라고 전해 주시게……"

순간 유통훈은 자신이 실수를 하고 있다는 생각에 잠시 말을 멈췄다.

거동이 가능한 사람이 누군가에게 부탁해 천자에게 말을 전한다는 것은 큰 불경이었으니 그럴 수 있었다. 그가 덧붙였다.

"그럴 게 아니라…… 우리 함께 행궁으로 가세."

그러잖아도 엽천사가 실수를 저지르고 있지 않는지 걱정하고 있던 기윤이 얼른 말을 받았다.

"내 대교大轎를 같이 타고 가는 것이 좋겠소. 연청 중당도 거울을 좀 보시오. 가끔씩 밖에 나가 움직이기도 해야지 매일 방 안에만 갇혀 있으니, 이제 갓 쉰을 넘긴 사람이 어찌 형신 대인(상정옥)보다 더 늙어 보인단 말이오!"

유통훈은 기윤의 걱정 어린 힐책에 히죽 웃을 뿐 말이 없었다. 기윤의 말이 틀리지 않는다고 생각하는 모양이었다.

그 시각 엽천사는 황후의 처소에 있었다. 일반적인 경우 태의들은 후궁을 진맥할 때 발을 사이에 두고 조금 떨어진 거리에서 무릎을 꿇은 채 후궁의 손목에 가느다란 실을 매고 그 실을 통해 맥을 가늠하는 것이 관례였다. 여러 번 반복적으로 진맥한 연후에 조용히 물러나 처방을 내려 황제에게 보여주고 달리 분부가 없으면 약을 지어 복용케 하는 것이 그 다음 순서였다. 그러나 궁중의 법도를 알 리 만무한 엽천사는 긴장한 김에 "무조건 무릎을 꿇고 머리를 조아려라, 규수처럼 얌전하게 행동하라"고 했던 기윤의 말만 마음속으로 수없이 되뇌었다. 처음 건륭을 알현했을 때는 그런대로 실수가 없었다. 그러나 진맥을 시작하자 기윤의 말은 어느새 까맣게 잊어버리고 슬슬 '본색'을 드러내기 시작했다. 태의들과 달리 황후의 바로 옆에 앉아 오른손목을 잡아당겨 손가락을 얹어보는가 하면 고개를 갸우뚱하면서 뭐라 중얼거리다가 다시 왼손을 내밀어보라고 주문하기도 했다. 이어 끈을 당기듯 황후의 가녀린 왼팔을 당겨 진맥을 하고 나더니 건륭에게 다가와 머리를 조아렸다. 한두 번이면 될 것을 그만하라고 할 때까지 조아렸다. 예의바른 사람을 좋아하는 건륭이 홍주를 향해 웃으면서 말했다.

"효람이 그새 훈련을 잘 시킨 게로군. 보나마나 무조건 머리만 많이 조아리면 된다고 했을 테지!"

엽천사가 흡족해하는 건륭을 보면서 공손히 아뢰었다.

"기 대인은 소인에게 얌전한 규수처럼 행동하라고 했사옵니다. 하오나 소인은 정녕 그렇게 할 자신이 없사옵니다. 소인이 폐하께 아뢸 말씀이 있사옵니다. 황후마마에 대한 처방을 내리기 전에 먼저 황후마마의 기색을 가까이에서 살피고 몇 마디 대화를 나눠볼 수 있도록 윤허해주실 수 없겠사옵니까?"

세상에 둘도 없는 난봉꾼 같은 엽천사에게 '규수처럼' 행동하라고 주문했다니, 건륭과 홍주는 기윤이 역시 대단한 사람이라면서 마주보고 웃었다. 그러다가 엽천사가 갑자기 '윤허'까지 운운하면서 유난을 떨자 다시 표정을 떨떠름하게 바꿨다. 홍주가 먼저 입을 열었다.

"황후마마께서 위독하신 경우가 아니면 그냥 진맥 결과에 따라 처방을 내리게 돼 있네. 진맥이 끝났으면 그만이지 무슨 헛소리가 그리 많은가? 태의원의 태의들도 자네처럼 이리 말이 많지는 않네."

엽천사가 머리를 조아리는 것도 잊은 채 바로 대꾸하듯 말했다.

"진맥 결과를 보면 황후마마께서는 위장 쪽에 질환이 약간 있는 것 같사옵니다. 의자醫者에게는 사묘四妙라는 것이 있사옵니다. 즉 신神, 성聖, 공工, 교巧 네 가지이옵니다. 척 보아서 아는 경우를 '신'이라 하옵고, 들어서 아는 것을 '성', 물어서 아는 것을 '공'이라 합니다. 또 진맥을 통해 아는 바를 '교'라고 하옵니다. 이 '사묘' 가운데서 하나만 몰라도 양의良醫라고 할 수 없사옵니다. 그러하오니 보고, 듣고, 묻는 세 가지를 불허한다면 죽은 화타華陀(중국 의학의 신)가 살아 돌아온다고 해도 뾰족한 수가 없을 것이옵니다. 방금 소인을 태의들과 비교해 말씀하셨는데, 하오면 부족한 소인 대신 태의를 부르시지 그랬사옵니까?"

처음에는 엽천사의 고론高論에 귀를 기울이면서 가끔 고개까지 끄덕이던 건륭은 마지막 한 마디에 낯빛이 확 변했다. 순간 홍주가 버럭 고함을 질렀다.

"이봐, 엽천사! 네 이놈! 누구의 안전이라고 감히 그런 망발을 하는 게냐?"

건륭도 싸늘한 표정으로 내뱉었다.

"충효가 만사의 우선임은 코흘리개들도 다 아는 바이거늘 자네는 자네 어미, 아비 앞에서도 이런 식으로 혓바닥을 놀리는가?"

"폐하! 친왕마마! 의자醫者가 치료할 수 없는 여섯 가지 부류가 있사옵니다."

엽천사는 물불 가리지 않는 배짱을 발동하기 시작했다. 기윤의 신신당부는 어느덧 잊어버린 채 어조도 점점 높아지고 있었다.

"의자를 불러들였으면 의자의 말에 따라야 마땅할 것이옵니다. 다 아는 소리를 하실 거면 두 분께서 황후마마를 진단하시지 어찌 소인을 들라 하셨사옵니까? 의자가 치료할 수 없는 환자는 무술巫術을 믿고 의술을 믿지 않는 환자, 의자를 못 믿어 약을 복용치 않는 자, 선천적으로 기력이 부족한 자, 의식衣食 습관이 불량한 자, 재물에 눈이 어두워 마음이 들떠 있는 자, 거만해 남의 말을 무시하는 자. 이 여섯 부류이옵니다. 의생의 입장에서는 이런 환자들을 만나면 넌더리가 나옵죠. 아시겠사옵니까?"

엽천사의 말은 마치 아버지가 아들을 훈계하는 식이었다. 건륭과 홍주는 둘 모두 당장 천둥 같은 분노를 터뜨릴 것처럼 진노했다. 순간 황후가 분위기가 심상치 않게 돌아간다고 생각한 듯 저만치에 앉아 있다가 입을 열었다.

"폐하, 사례비를 줘서 돌려보내시옵소서. 신첩은 이제 괜찮아졌사옵니다. 저런 자를 상대로 진노하시어 옥체를 상하게 할 필요는 없사옵니다."

하지만 엽천사는 건륭이 미처 대답하기도 전에 목을 빼들고 끼어들었다.

"황후마마! 입을 여신 김에 소인이 몇 마디만 여쭤보면 아니 되겠사옵니까?"

황후는 가타부타 응답이 없었다.

"아침보다 낮에 미열이 있고, 어지러운 증상이 있으시죠?"

"……"

"밤에 까닭 없이 악몽에 시달리시고, 밤새 불안하시죠?"

"……"

"아침에 기침하시면 가슴이 뛰고 신시申時 무렵에는 가슴이 답답하고 숨이 가쁘시죠?"

"…… 그러하네."

"밤에는 속곳이 흠뻑 젖을 정도로 식은땀이 흐르고, 생리 주기는 번번이 늦어지옵고, 양은 많았다 적었다 종잡을 수 없사오나 생리통은 없으시옵니다. 소인의 짐작이 어떠시옵니까?"

"…… 그러하네. 앞에서 말한 것도 다 맞네."

엽천사는 가만히 고개를 숙였다. 이어 손가락으로 땅바닥의 벽돌 사이를 후벼 파면서 뭐라고 혼자 중얼거렸다. 건륭과 홍주는 이 괴물 같은 의생의 태도에 어떻게 대처해야 할지 몰라 그저 말없이 지켜보기만 했다. 그 사이 다시 평상심을 회복한 엽천사가 머리를 조아렸다.

"소인이 무례한 언행을 많이 했사옵니다. 누가 말리겠사옵니까, 원래부터 그리 생겨먹은 놈인 걸요. 이제 처방전을 두 가지 내 드리겠사옵니다. 첫 번째 처방전에 따라 약을 지어 사흘 복용하신 뒤 하루 반 동안 식사를 금하셔야 하옵니다. 그리 하시면 황후마마의 위장병은 훨씬 차도를 보이실 것이옵니다. 그때 두 번째 처방대로 약을 지어 드시되 약을 복용하신 후 네 시간 뒤에 음식을 천천히 드셔야 하옵니다."

엽천사가 책상 앞으로 다가가 붓을 들더니 오리발 같은 글을 휘날리기 시작했다. 건륭은 처방전을 빼앗아 대충 훑어보고 나서 그것을 말없이 다시 홍주에게 건네줬다. 이어 명령을 내렸다.

"은자 스무 냥을 상으로 내리거라. 할 말을 다 했고, 볼일도 다 봤으니 이제 그만 물러가게."

엽천사가 머리를 조아려 사은을 표하고는 쿵쿵 요란한 소리를 내면서 물러갔다. 그러더니 갑자기 무슨 생각이 들었는지 되돌아와서 다시 뒷걸음질로 물러가기 시작했다. 중심을 잡지 못해 뒤뚱거리는 모습이 우스꽝스럽기 그지없었다. 홍주가 어이가 없다는 듯 실소를 터트리면서 손사래를 쳤다.

"됐어, 그만 가봐! 끝까지 기가 막히게 구는군!"

건륭은 말없이 웃으면서 발을 걷고 황후가 있는 안방으로 들어갔다. 그리고는 애써 일어나 앉으려는 황후를 조심스레 눌러 뉘면서 이불깃을 여며줬다. 이어 물었다.

"다행히 혈색이 좀 돌아온 것 같군. 괜찮은가? 어지럼증과 가슴이 답답한 증상은 좀 나았는가?"

"괜찮사옵니다. 날마다 생기는 증상이오니 이제는 새삼스러울 것도 없사옵니다. 요즘은 폐하께서 이리 곁에 계시오니 얼마나 좋은지 모르겠사옵니다. 신첩은 몸이 부실해 누워 있어도 항상 바깥 동정에 귀를 기울이고 있사옵니다. 폐하께서 즐거워하시는 목소리가 들리면 누워 있는 신첩도 즐겁사옵고, 폐하께서 우울해하시오면 신첩도 우울해지옵니다. 하오나 매일 이렇게 폐하의 가까이에서 함께 할 수 있어 신첩은 여한이 없사옵니다."

황후의 표정은 그새 많이 밝아져 있었다. 목소리도 좋았다. 그러자 건륭이 기분 좋은 표정을 한 채 말했다.

"북경으로 돌아가면 양심전으로 처소를 옮겨주겠어. 여름에 짐이 원명원으로 들면 황후도 따라 들어오게 하겠네. 이렇게 서로의 숨소리를 느낄 수 있는 곳에 있으니 얼마나 좋은가? 염려하지 마, 황후 옆에는 항상 짐이 있어줄 테니……"

도란도란 나누는 건륭과 황후의 대화에는 애정이 듬뿍 묻어있었다. 홍주는 밖에서 부부간의 그런 대화를 들으면서 훈훈한 감동을 받았다. 곧 그가 조심스레 발을 마주 한 채 허리를 깊이 숙이면서 아뢰었다.

"마마, 어제 말씀 올렸던 위가씨의 일은 너무 심려치 마시옵소서. 안전한 곳으로 은신시켰사옵니다. 그리고 이 사람의 복진福晉이 영곡사로 가서 점괘를 봤더니 황후마마께서는 곧 자리를 털고 일어나실 거라고 했답니다."

그에 황후가 힘없는 목소리로 말했다.

"고맙습니다, 오숙五叔(황자들의 다섯째숙부. 홍주)! 숙모에게도 말씀 전해주세요. 북경에 돌아가면 숙모에게 자주 입궐해 이 사람의 말동무를 해주라고 말이에요."

홍주는 황후의 말에 대답하고 나서 바로 작별인사를 고하고 물러났다. 그러자 건륭도 바깥바람을 쐬고 싶다면서 따라 나왔다. 두 사람은 어깨를 나란히 하고 막수호 호반을 향해 천천히 거닐었다.

"아우!"

건륭이 푸른 물결이 잔잔한 호수를 바라보면서 침묵을 깼다.

"천하에는 억만 중생이 살고 있으나 친정親情을 따지면 우리 둘만 한 사이가 또 있겠나? 그래서 묻는데, 위가씨 사건은 대체 어느 여자의 소행일 것 같은가? 솔직한 생각을 얘기해줬으면 좋겠네."

홍주는 반짝이는 햇빛에 눈이 부신 듯 눈을 몇 번 깜빡이고 나서 대답했다.

"글쎄요……. 아시다시피 이 아우는 가무家務나 국사國事에는 별로 흥미가 없지 않사옵니까? 발등에 불이 떨어지니 일단 위가씨 배 속의 황자부터 살려야겠다는 생각밖에 없었사옵니다. 지금 북경에 남아 있는 사람은 유호록씨지만 그렇다고 꼭 유호록씨만 의심할 수도 없는 상황이옵니다. 귀비 나랍씨가 북경을 떠나기 전에 미리 음모를 꾸며놓고 왔을 가능성도 배제할 수 없사옵니다. 또 범인이 꼭 여자들 중에만 있다고 단정 지을 수도 없을 것 같사옵니다. 태감들이 어떤 족속들이옵니까? 어느 귀비의 눈 밖에 난 자가 보복이랍시고 사달을 일으키고 그 죄를 귀비들에게 전가시키는지도 모르죠. 폐하, 이 사건은 철저히 수사하되 조심스럽게 접근해야 할 것이옵니다. 범인을 따로 놔두고 억울한 사람에게 누명을 씌우는 일은 막아야 하지 않겠사옵니까? 지금 현덕賢德하신 황후마마의 옥체가 불녕不寧하시어 폐하께서 성심이 무겁겠사오나 너무 심려하지 마시옵소서. 황후마마께서는 곧 차도를 보이실 것이옵니다. 황후마마께서 예전의 원기를 회복하신다면 폐하께서는 달리 내우內憂가 없으실 것이옵니다. 게다가 부항, 아계, 유통훈, 윤계선, 기윤과 같은 든든한 양신良臣들도 있지 않사옵니까. 이번에 부항이 멋진 일전을 치러낸다면 더 이상 외환外患 걱정도 없으실 것이옵니다. 물론 가지 많은 나무에 바람 잘 날 없는 건 당연지사이겠사오나 큰 내우외환만 없다면 대청의 태평성대는 일취월장의 가도를 달릴 수 있을 것이옵니다."

건륭이 홍주의 말에 고개를 끄덕였다.

"고맙네, 아우. 역영도 불길 속으로 영영 사라졌고, 사라분도 기진맥진할 때가 됐네. 오죽했으면 처자를 불측의 만리 길로 등 떠밀어 보냈겠는가? 누군가 상주문에 오늘날의 태평성대를 여일중천如日中天이라 비유했더군. 그걸 보고 잠깐 기분이 좋았다가 다시 불안해지더군. 중천에 뜬 해가 영원히 그 자리에 머물러 있는 건 아니지 않은가? 마치 산을 타는 사람들이 천신만고 끝에 정상에 올랐으나 '야호!' 하고 잠깐의 기쁨을 누리고는 다시 내리막길을 내려가야 하는 것과 같네. 이 얼마나 허무한 일인가. 우리 대청도 극성極盛이라는 정상에 이르면 그때부터 누가 등 떠밀지 않아도 저절로 비탈길을 내려가지 않겠나?"

바람이 불어왔다. 물결이 주름처럼 일렁이는 수면 위로 멀리 승기루와 수조대垂釣臺(낚시터)의 구불구불한 회랑, 분홍색 담벼락과 푸른 기와들이 물그림자를 드리웠다. 거울처럼 맑은 호수 안에서는 가끔 파란 물감을 떨어뜨려 놓은 것 같은 수조水藻가 물결을 따라 출렁거렸다. 홍주가 그 광경을 보면서 대답했다.

"하늘이 높아지니 바람도 제법 차게 느껴지옵니다."

건륭과 홍주는 행궁 입구에 도착했다. 건륭의 접견을 기다리고 있던 수많은 관리들이 두 형제를 발견하고는 바로 그 자리에서 무릎을 꿇었다. 홍주가 말을 이었다.

"폐하께서 처리하셔야 할 일들이 너무 많사옵니다. 부디 과로를 피하시고 옥체를 보존하시옵소서!"

건륭은 아름드리 버드나무 밑에 서서 불어오는 가을바람에 몸을 맡긴 채 아무런 말이 없었다. 긴 두루마기 자락을 날리면서 물결치는 수면을 뚫어지게 바라보는 얼굴에는 표정의 변화가 없었다. 한참 후 그가 단호한 어조로 말했다.

"물론 힘이 들겠지. 먼 길을 가다 보면 가끔 다리 힘이 빠져 주저앉고 싶을 때도 있을 테고. 그러나 가는 길이 아무리 험난하고 힘들어도 주저앉아서는 안 돼, 절대!"

건륭과 홍주는 한동안 아무런 말을 하지 않았다. 행궁 처마 밑에 매달린 동마銅馬가 바람에 흔들리면서 내는 청아한 소리가 그나마 적막을 깨트리고 있었다. 이윽고 건륭이 입을 열었다.

"저들에게 순서대로 들라 하게!"

〈3부 「일락장하」 끝, 4부 10권에 이어집니다〉